Das kleine Weihnachtshaus

WEITERE TITEL VON TRACY REES

TRACY REES

Das kleine Weihnachts-haus

Übersetzt von Michaela Link

bookouture

Die Originalausgabe erschien 2021 unter dem Titel
„The Little Christmas House"
bei Storyfire Ltd. trading as Bookouture.

Deutsche Erstausgabe herausgegeben von Bookouture, 2023
1. Auflage Oktober 2023

Ein Imprint von Storyfire Ltd.
Carmelite House
50 Victoria Embankment
London EC4Y 0DZ

deutschland.bookouture.com

ISBN: 978-1-83790-942-1
eBook ISBN: 978-1-83790-941-4

Für Mum und Dad mit Liebe und Dank für die wunderbaren Weihnachtsfeste, und für Teresa, die alles über Engel weiß

PROLOG

HOLLY

Letzte Weihnacht …

Holly Hanwell trat vor den Spiegel und strich sich das festliche efeugrüne Satinkleid über den Hüften glatt. Sie hatte zur Feier des Tages ihren schönsten Schmuck angelegt, die braunen Augen mit moosgrünem Eyeliner betont und das wellige goldene Haar offen gelassen. Von unten drang durch die angelehnte Hotelzimmertür leise Musik zu ihr herauf – die samtene Stimme von Johnny Mathis, der über die Geburt eines ganz besonderen Kindes sang. Hollys Hände wanderten zu ihrem Bauch und blieben dort liegen. Was hielt das Leben für sie und Alex bereit?

Hinter ihr wurde die Tür weit geöffnet. »Wow, du siehst umwerfend aus, Hols!« Es war Alex, der sich auf die Suche nach ihr gemacht hatte.

Sie drehte sich lächelnd zu ihm um, und sie umarmten einander schnell. Alex war untersetzt, nicht viel größer als Holly in ihren hohen Schuhen. Er hatte maisblondes Haar und ein freches Lächeln, das leicht über seinen Ehrgeiz und seinen scharfen Anwaltsverstand hinwegtäuschte. Er sah aus wie ein freundlicher Gärtner oder ein männliches Kindermädchen, aber in Wirklichkeit war er Rechtsanwalt und in seiner neuen Kanzlei gerade zum Partner ernannt worden.

»Alles okay?«, fragte Alex. »Die anderen können es kaum erwarten, dich kennenzulernen.«

»Es geht mir gut. Ich mache mich nur schön.« Außerdem gönnte sie sich eine Atempause, bevor sie sich in Alex' Weihnachtsparty mit seinen Kollegen stürzte. Nach zehn gemeinsamen Jahren hatte sie genug solcher Partys besucht, um zu wissen, was sie erwartete. Er wechselte oft die Kanzlei – *ohne Aufstieg hilft nur Ausstieg,* pflegte er zu sagen –, sodass Holly meistens auf eine neue Gruppe von Menschen traf, doch sie waren sich in der Regel sehr ähnlich. Sie betrachteten Holly, die Grundschullehrerin, stets als »erfrischenden Neuzugang«.

»Das ist dir mehr als gelungen. Du siehst wirklich wunderschön aus. Komm.« Er hielt Holly die Hand hin, und sie ergriff sie. Sie vergewisserten sich, dass sie die Schlüsselkarte für ihr Zimmer bei sich hatten, dann gingen sie die breite, geschwungene Hoteltreppe hinunter. Sie war wie geschaffen für einen dramatischen Auftritt – nicht, dass Holly einen geplant hätte und sowieso hätte ihn niemand bemerkt, da die Gäste zu dritt oder zu viert ins Gespräch vertieft beisammenstanden. Das Geländer war mit einer dicken Girlande geschmückt, und ein hoher goldener Weihnachtsbaum stand gegenüber vom Kamin, in dem ein echtes Feuer loderte. Auf dem Sims türmten sich goldene Kerzen und Tannenzapfen. Man hatte keine Kosten gescheut.

Am Fuß der Treppe standen Kellner mit Tabletts bereit und boten ihnen Champagner an. Die Musik wechselte zu Leona Lewis.

»Es ist wunderbar, Alex, wirklich wunderbar.«

Er grinste. »Freut mich, dass es dir gefällt. Komm mit – da ist George. George? Das ist Holly, meine Partnerin.«

Eine Stunde später hatte Holly den Eindruck, jeden einzelnen Mitarbeiter der Kanzlei zu kennen. Es war im Großen und Ganzen ein netter Haufen. Auf die Einstiegsfrage nach ihrem Beruf – der klassische Eisbrecher – hatte Holly mehrmals erklärt, dass sie ihre Arbeit als Lehrerin liebe und nicht die Absicht habe, Direktorin zu werden, da sie gern bei den Kindern im Klassenzimmer sei. Alex hatte immer wieder Blickkontakt aufgenommen und ihr zugezwinkert – sie lachten oft darüber, dass Juristen sich nicht vorstellen konnten, etwas anderes als Jura zu machen, und es sicher nicht ertragen könnten, ihren Lebensunterhalt mit der Arbeit mit kleinen, unordentlichen und lauten Menschen zu verdienen.

Jetzt waren sie zu den persönlichen Themen übergegangen: Wie lange verschiedene Paare zusammen-Schrägstrich-verheiratet waren, wie viele Kinder sie hatten, wo sie den nächsten Urlaub verbrachten und so weiter und so fort. Alex und Holly erklärten, dass sie im April eine Walbeobachtungstour auf den Azoren machen wollten, dass sie seit zehn Jahren zusammen seien und dass sie noch keine Kinder hätten, in Zukunft aber auf jeden Fall welche bekommen würden. Holly drückte Alex jedes Mal die Hand, wenn er »auf jeden Fall« sagte. Seine positive Einstellung war eins der Dinge, die sie an ihm liebte.

Holly war müde, aber entspannt. Es war der erste Tag der Weihnachtsferien, und davor war immer am meisten zu tun. Dean Court Primary, ihre Grundschule am Rande der kleinen Stadt Hopley in Kent, veranstaltete jedes Jahr eine Weihnachtsfeier, und Holly hatte sich mit dem Beitrag ihrer Klasse große Mühe gegeben. Sie liebte die Kreativität, die Herausforderung, den Zauber der Weihnacht zu beschwören, an den die Kinder sich noch Jahre später erinnern würden, und die Freude, ein Lächeln auf ihre kleinen Gesichter zu zaubern ... Es war schwer, das auf einer solchen Feier zu erklären, daher sagte

Holly nichts mehr und genoss einfach den Abend, während die Weihnachtslieder liefen, die Champagnergläser glitzerten und die goldenen Lichterketten an den Fenstern leuchteten.

Alex' Kollegin Rosa bat lautstark um Aufmerksamkeit und brachte einen Trinkspruch aus. »Auf Alex!«

Holly hob das Glas, nahm noch einen Schluck von dem perlenden Champagner und platzte fast vor Stolz auf ihren Freund. Alex hielt eine kurze Rede, und dann, während er ringsum Hände schüttelte, trat Rosa neben Holly.

»Hoffentlich bleibt er für eine Weile bei uns«, sagte sie. »Ich weiß, dass er einem guten Angebot nie abgeneigt ist, doch ich denke, wir können ihm reichlich Entfaltungsmöglichkeiten bieten.«

»Oh, das weiß ich«, sagte Holly. »Alex ist ganz begeistert über diese Position.«

»Was ist mit Ihnen? Wechseln Sie auch so oft die Stelle?«

»Ich? Eigentlich nicht. Ich bin jetzt seit fünf Jahren an der Schule und fühle mich dort sehr wohl – bis auf die lange Autofahrt von Maidstone nach Hopley. Die Schule legt großen Wert auf Theaterarbeit, und das ist genau mein Ding. Mehr kann ich mir nicht wünschen.«

»Wie schön für Sie«, sagte Rosa. »Süß. Bei so viel Erfahrung mit Kindern werden Sie bestimmt eine großartige Mum, wenn es so weit ist. Was denken Sie, werden Sie es bald angehen?«

Holly musste lächeln; selbst in diesem Jahrhundert wurden einem als Frau im gebärfähigen Alter ständig diese Fragen gestellt, selbst von einer erfolgreichen Karrierefrau. Wenn sie für jedes Mal, dass ihr jemand gesagt hatte, sie würde eine großartige Mum abgeben, ein Pfund bekommen hätte …

»Wir hoffen es«, antwortete sie gut gelaunt und hob das Glas. »Auf das kommende Jahr.«

KAPITEL 1

EDWARD

Diese Weihnacht ...

Manchmal gibt es Tage im Leben, an denen einfach alles stimmt. Man fühlt sich gut, die Sonne scheint, und die Sorgen vergehen. Tage der Leichtigkeit. Heute war keiner dieser Tage.

Edward ging in der Küche auf und ab, las einen Brief und hinterließ mit den Turnschuhen eine Schlammspur auf dem Boden. Als er mit Lesen fertig war, faltete er den Brief zusammen und schob ihn sich hinten in die Hosentasche. Dann nahm er zwei Schälchen aus dem Schrank und eine Packung Milch aus dem Kühlschrank. Leer. Verärgert schleuderte er sie in Richtung Mülleimer – ein beeindruckender Wurf –, wo sie abprallte und auf dem Boden landete.

Es gibt Menschen, die behaupten, nicht kochen zu können. Sie sagen, sie hätten »ungefähr fünf Sachen« drauf. Doch wenn sie sie aufzählen, sind es lauter Klassiker von Nigella Lawson mit Jakobsmuscheln und Tahini und Galgant, der im Lichte des Vollmonds gepflanzt und an einem

Donnerstag geerntet worden ist. Die Rezepte enthielten jeweils siebenundzwanzig Zutaten, die braisiert, arrosiert und dann ganz leicht souffliert wurden. Edward zählte nicht zu diesen Menschen. Er hatte eine Sache drauf. Cheerios. Er hatte festgestellt, dass es großes Geschick erforderte, genau die richtige Menge in die Schüssel zu geben. Jetzt allerdings fehlte eine der beiden benötigten Zutaten. Konnte man sie auch trocken essen? Er würde sie trocken essen. Aber es ging nicht nur um ihn.

Es war nicht so, dass er schnell in den Laden an der Ecke springen konnte. Sie waren vor einem Monat von Leeds, wo es Eckläden an jeder Ecke gab, hierher nach Kent aufs Land gezogen, wo es gar keinen Laden gab, weder an der Ecke noch sonst wo. Ihr neues Heim, Christmas House (sie hätten es allein wegen des Namens gekauft!), war über zwei Meilen von Hopley entfernt, der nächsten Stadt. Also gab es keine Milch, keinen Laden und nichts zum Frühstück. Stattdessen hatte er diesen verdammten Brief in der Tasche, über den er jetzt nicht nachdenken würde.

Über ihm erklang ein Donnern, wie es nur von einem Alien stammen konnte, der mit seinem Raumschiff eine Bruchlandung hingelegt hatte und in eins der Zimmer gekracht war. Oder mit *ihrem* Raumschiff – Edward pflegte keine sexistischen Vorurteile über das Geschlecht außerirdischer Piloten. Schritte klapperten durch den Flur und polterten die Treppe herunter.

»Nein! Bitte!«, rief er aus und drückte sich in die Ecke. »Ich werde niemandem verraten, dass Sie hier sind! Ich helfe Ihnen, in die Bank einzubrechen. Ich verteidige Sie gegen die Men in Black! Nur lassen Sie mich am Leben! Lassen Sie mich am Leben!«

»Du bist albern, Daddy.«

Edward setzte sich auf den kalten Linoleumboden, strecke die Beine aus und grinste. Es war kein Alien, sondern eine kleine Achtjährige in schwarzen Leggings, violetten Schuhen und Spider-Man-T-Shirt. Seine Eliza.

»Oh, Lizzie, ich bin so froh, dass du es bist. Ich dachte schon, es wären Außerirdische, die mich entführen und noch mehr Experimente machen wollten!«

Eliza nahm Anlauf und sprang ihrem Vater lachend auf den Bauch. Er zuckte zusammen, und nicht nur von dem Aufprall. Sie war so unvorhersehbar und schnell, dass er nie wusste, was sie als Nächstes tun würde. Instinktiv schloss er die Arme um sie. Kalter Fußboden, Kante der Arbeitsplatte, Schubladengriffe aus Metall – es gab endlose Möglichkeiten, sich wehzutun. Doch sie war unversehrt und kicherte in seinen definierten Waschbrettbauch hinein. Oder, wie er sich in ehrlichen Momenten eingestand, seinen weichen Waschbärbauch. Unversehrt. Also lachte er ebenfalls.

»Wie schaffst du es nur, beim Aufstehen so viel Lärm zu machen, wenn du kaum etwas wiegst? Du bist leicht wie eine Feder, aber du klingst wie eine Herde Elefanten.«

»Spinnen müssen leicht sein«, sagte sie und schnellte hoch, sprang auf einen Stuhl, dann auf den Tisch, dann gegen die Wand, stieß sich ab und landete grinsend auf dem Boden. Wieder zuckte Edward zusammen. »Was gibt es zum Frühstück, Dad?«

»Ach, das.« Er sah auf die Armbanduhr. Nicht viel Zeit vor der Schule. Er wünschte, er könnte ihr sagen, dass sie schwänzen und zu Hause bleiben dürfe, aber sie war noch keine Woche an der neuen Schule. Das wäre keine verantwortungsvolle Erziehung. »Ich muss ehrlich sein, Eliza, wir haben keine Milch mehr. Wie du weißt, gibt es nur ein Gericht, das ich zuverlässig zubereiten kann, und das sind Cheerios. Wir haben folgende Möglichkeiten: das Frühstück auslassen. Die Cheerios trocken essen. Saft. Oder Toast.«

Eliza runzelte die Stirn. Sie mochte keinen Toast. »Haben wir Honig?«

»Nein.«

»Erdnussbutter?«

»Nein.«

»Daddy, was machst du eigentlich den ganzen Tag, wenn ich in der Schule bin?«

Eine berechtigte Frage. Edward erhob sich mit einem Seufzer. Gestern hatte er den Tag damit verbracht, auf den Klempner zu warten, der nicht gekommen war. Die Dusche funktionierte nicht. Nur gut, dass keiner von ihnen lange Haare hatte und sie sie über der Badewanne waschen konnten. Trotzdem war es nicht ideal. Er hatte die Zeit genutzt, um das Wohnzimmer aufzuräumen und Möbel zu bestellen, damit sie wenigstens einen halbwegs gemütlichen Wohnraum hatten. Der Winter stand vor der Tür, und der Wettervorhersage nach würde es der tödlichste Winter aller Zeiten werden. Außerdem hatte Edward gute zwei Stunden damit verbracht, dem Ziegelstaub mit dem Staubsauger zu Leibe zu rücken, nachdem Handwerker vergangene Woche eine Wand eingerissen hatten. Er hatte jedoch schnell feststellen müssen, dass der Staub sehr hartnäckig war und bis in alle Ewigkeit aus unerwarteten Ecken, Teppichen und den Fasern seines Seins rieseln würde.

Dann hatte er verschiedene Websites auf der Suche nach einer Haushälterin/Babysitterin durchkämmt. In etwas über einer Woche würde er seine neue Stelle antreten, und dann musste jemand Eliza von der Schule abholen und ihr Gesellschaft leisten, bis er nach Hause kam. Doch auch das war ohne Erfolg geblieben. So waren die Stunden verflogen, und dann war es Zeit gewesen, Eliza abzuholen. Zur Feier ihres vierten Schultages waren sie zu Pizza Hut gegangen und hatten daher die gähnende Leere im Kühlschrank erst jetzt bemerkt.

»Gehst du denn gar nicht einkaufen?«, fragte Eliza.

»Nein, mein Schatz. Ich fürchte, nein. Ich liege faul herum, während eine Schar Schönheiten mir Eiscreme und Weintrauben bringt.« Moment, war das überhaupt kinderfreundlicher Humor?

Eliza wirkte unbeeindruckt. »Ich schreibe dir eine Einkaufsliste.«

Edward stöberte in den leeren Weiten ihrer Küche und fand eine Banane. Eine ziemlich alte. Dem Schnuppertest nach zu urteilen war sie essbar. Er schälte sie hastig, zerdrückte sie, streute Zucker darüber, strich sie auf eine Scheibe Toast und präsentierte sie Eliza zusammen mit einem Glas Pfirsichsaft. Aus irgendeinem Grund hatten sie Pfirsichsaft, das alte Grundnahrungsmittel.

»Es ist ganz lecker, danke, Daddy«, nuschelte sie mit vollem Mund. Edward warf eine Handvoll trockene Cheerios ein und tat so, als hätte er keinen Hunger, während er ihre Einkaufsliste las:

Honig
Erdnussbutter
Milch
Bohnen
grüner Nagellack

Es waren Momente wie dieser, in denen Edward sich fragte, ob gewisse Leute nicht doch recht hatten und er sich zu viel vorgenommen hatte. Ob er nicht einen riesigen, katastrophalen Fehler begangen hatte. Alleinerziehender Vater, kleine Tochter, neues Haus und besagtes Haus renovierungsbedürftig, obwohl er noch nie ein Haus renoviert hatte ... Manchmal kam Edward sich selbst wie ein großes Kind vor, dem es nur mit Mühe und Not gelang, das Erwachsenenleben zu bewältigen. Dabei war er in Wirklichkeit nicht nur erwachsen; er war ein Vater.

Eliza näherte sich dem letzten Bissen ihres Toasts und schaute verzückt aus dem Fenster. Als er ihrem Blick folgte, wagte er zu hoffen, dass er vielleicht doch keine große Dummheit begangen hatte. Das neue Haus in Kent war vollkommen anders als ihr altes Haus in Leeds. Christmas House stand an der perfekten Stelle: links der Wald, rechts Felder. *Es liegt mitten im Nirgendwo!*, sagte eine entsetzte Stimme in seinem Kopf, doch jetzt würde er nicht darauf hören. Sie waren Anfang Oktober hergezogen, als der Wald orange und golden gewesen war, voller knirschender Laubhaufen, wie geschaffen dafür, hineinzuspringen, und die Felder kahl, braun und friedlich gewesen waren. Selbst jetzt, als der November Einzug hielt, war es immer noch schön: Sepia und Silber und Regenbögen. Vor allem aber war es nicht Leeds. Es war ein neuer Ort.

Dann fiel ihm die Uhrzeit ein. »Lizzie-Loops, Schule. Schnell! Putz dir die Zähne, hol deine Sachen und dann ab mit uns.«

Elizas Freude verschwand und ihre schmalen Schultern sackten ein wenig nach vorn. *O Gott, ich kann es nicht ertragen,* dachte Edward. Es war, als würde sie noch einmal mit voller Wucht auf seinem Magen landen.

»Lizzie-Loops? Deine neue Schule ist doch in Ordnung, oder? Es ist nicht schlimm, hinzugehen?«

»Sie ist okay, Daddy. Sie ist einfach nur ... neu.«

»Das weiß ich, Süße, aber denk daran, worüber wir gesprochen haben. Neu ist nicht schlecht, neu ist nicht böse, es ist einfach nur ungewohnt. Und die einzige Möglichkeit, sich daran zu gewöhnen, besteht darin, weiter hinzugehen und weiter zu lächeln.«

»Ich weiß. Es ist nur ... Was ist, wenn es so wie in meiner letzten Schule wird?«

»War jemand gemein zu dir? Hat jemand etwas gesagt?«

»Nein. Nein, niemand hat etwas gesagt. Aber was ist, wenn es doch einer tut?«

Wieder seufzte Edward und nahm sie in den Arm. Wenn er gekonnt hätte, würde er die Welt, die Zukunft und vor allem die

Vergangenheit aussperren und Lizzie jeden einzelnen Tag hier bei sich behalten. Doch das wäre nicht richtig. Er hielt sich zwar als alleinerziehenden Vater für einen ziemlichen Versager, aber das wusste selbst er. »Niemand wird etwas sagen. Versprochen.« Natürlich konnte er ihr das nicht versprechen. Es lag nicht in seiner Macht, dafür zu sorgen, dass jedes Kind und jeder Lehrer an ihrer neuen Schule freundlich und einfühlsam sein würde oder zumindest keine Ahnung hatte, wer ihre Mutter war. Doch wir begehen viele Dummheiten aus Liebe, und voreilige Versprechen sind noch die harmlosesten. »Es ist eine neue Schule. An deiner alten hattest du einfach Pech, das ist alles. Also, gestern hast du doch erzählt, dass du neben einem netten Mädchen gesessen hast, stimmt's?«

Sie nickte. »Fatima.«

»Genau. Und du magst deine Lehrerin, nicht wahr? Miss Hamster?«

Sie kicherte. »Miss Hanwell.«

»Wunderbar. Das wären also schon zwei Leute, die du magst, und du bist erst vier Tage da. In Eddington hast du in drei ganzen Jahren keine zwei wirklich netten Menschen kennengelernt, oder?«

»Stimmt.«

»Also ist es jetzt schon besser, und es wird noch besser werden, wenn das Haus erst einmal fertig und ein richtiges Zuhause für uns ist. Dann kannst du deine Freunde zu Partys einladen, und Weihnachten gehen wir Stechpalmenzweige und Efeu sammeln, um das Haus zu schmücken, und im Frühling pflücken wir Blumen ...« Er bremste sich gerade rechtzeitig, bevor er ihr den Mond versprach und ihm einen Ehrenplatz über dem Kamin geben wollte.

»Ich hab dich lieb, Daddy.«

»Ich dich auch, Eliza-Bean.«

Eliza war ein verspieltes, impulsives Kind und alberte gern herum – zumindest, wenn sie glücklich war und sich sicher fühlte. Doch jetzt sah sie Edward mit einem Ernst an, der einen erwachsenen Mann zum Weinen bringen konnte. Wieder ermahnte er sich, dass er ein Erwachsener war, voll und ganz verantwortlich für dieses zauberhafte kleine Wunder.

Sie gab ihm einen Kuss auf die Wange und machte sich auf die Suche nach ihrem Schulranzen, der ungefähr so groß war wie sie selbst.

Als Edward darüber nachdachte, ob seine beruhigenden Versicherungen zutrafen oder nicht und dass er sie allein ins Unbekannte schickte, durchzuckten ihn Schuldgefühle. Doch die einzige Möglichkeit, Eliza die Chance auf ein normales Leben zu bieten, bestand darin, optimistisch zu bleiben. Dann merkte er, dass sie fertig war und er nicht, warf sich die Fleecejacke über, setzte sich eine Bommelmütze auf und rannte mit Eliza zum Auto. Um den Brief würde er sich später kümmern.

KAPITEL 2

HOLLY

Holly Hanwell liebte ihr Klassenzimmer zu dieser Tageszeit. Bis auf das Knarren und Zischen der Rohre der alten Zentralheizung, die zum Leben erwachten, herrschte Stille. Das viktorianische Schulgebäude von Hopley war zwar inzwischen modern ausgestattet – Tablets, Beamer, Whiteboards und dergleichen –, doch in ruhigen Augenblicken wie diesen stellte Holly sich immer vor, Kreidestaub riechen und das leise Scharren von Nagelschuhen hören zu können. Die Decken waren hoch und voller Spinnweben, die Bleiglasfenster verzogen. Schon bald würden fünfundzwanzig Achtjährige hereingestürmt kommen und den Tag von Anfang bis Ende in ein Durcheinander aus Lachen und Energie verwandeln, Schürfwunden und Tränen inklusive.

Jetzt, wo der November angebrochen war – Diwali und Halloween lagen hinter ihnen, Bonfire Night war auch vorbei –, konnte Holly sich ganz auf Weihnachten konzentrieren. Es war ihr Lieblingsfest, normalerweise jedenfalls, aber sie war sich nicht sicher, ob sie sich dieses Jahr daran freuen konnte. Sie wollte jetzt nicht darüber nachdenken. Das Tolle am Lehrerberuf war, dass er täglich und den ganzen Tag lang ihre gesamte Aufmerksamkeit forderte und nur wenig Raum für traurige Gedanken ließ. Bis zu den Weihnachtsferien würde sie durchhalten, dann galt es, die Feiertage zu überstehen, aber nächstes Jahr würde bestimmt alles besser werden.

Sie breitete sorgfältig ihre Notizen und heutigen Unterrichtspläne auf dem Lehrertisch aus und machte sich dann daran, die Bilder der Ausstellung von dieser Woche abzunehmen. Bonfire Night war diesmal auf einen Sonntag gefallen, günstig gelegen für Feuerwerksveranstaltungen und Partys. Am Montag hatte Holly die Kinder gebeten, entweder eine Szene aus der Geschichte von Guy Fawkes oder ihr Lieblingsfeuerwerk zu malen. Als Ergebnis waren die Wände mit abenteuerlichen Feuerrädern, zischenden Raketen und glitzernden Fontänen tapeziert, dazwischen schauerliche Darstellungen des Gunpowder Plots – explodierende Köpfe und dergleichen.

Eliza Sutton hatte für ihren Start an der Schule eine gute Woche erwischt. Nicht zu anstrengend, keine Tests an den ersten Tagen. Sie war ein bezauberndes Kind: hübsch, klug und anders als die anderen. Aber sie war sehr still. Es war mehr als Schüchternheit; *gequält* war das Wort, das Holly einfiel. Sie hoffte, dass es nicht auf Probleme im Elternhaus hindeutete. Diese Fälle brachen ihr immer das Herz. Doch Elizas graue Augen hatten aufgeleuchtet, als Holly die Kinder gebeten hatte, zu erzählen, was sie am Guy-Fawkes-Abend getan hatten. Eliza hatte von dem Feuerwerk gesprochen, das ihr Vater im Garten ihres neuen Hauses gezündet hatte, und von dem Film und dem Popcorn danach. Sie hatte schwarzes Papier als Hintergrund für eine knallrosa Fontäne gewählt und gefragt, ob es Glitzer gab. Sie hatte auch eine künstlerische Ader.

Kinder waren wie Feuerwerk, dachte Holly, während sie vorsichtig ein Bild nach dem anderen abnahm. Sie löste die Heftklammern mit einem Messer, damit sie die Bilder den kleinen Künstlern unbeschädigt zurückgeben konnte. Laut, bunt und explosiv verlangten sie einem volle Aufmerksamkeit ab und gönnten einem keine Atempause, solange man sie vor sich hatte. Wenn das Klassenzimmer sich leerte und wieder Ruhe einkehrte, war die Stille so erholsam wie ein samtener Nachthimmel. Sie regte zum Nachdenken an. Die Stunden vor und nach dem Unterricht waren für Holly die kreativsten des Tages.

Eliza war wie ein feucht gewordener Knallfrosch, dachte sie in Fortsetzung der Analogie; ihr Potenzial blieb so fast ungenutzt. Seltsam, da sie ihren Dad ja offenbar sehr liebte. Holly kannte Mr Sutton nicht. Mr Buckthorn, der Direktor, traf neue Eltern immer zu einem persönlichen Einführungsgespräch und gab nur dann Informationen an die Klassenlehrer weiter, wenn und falls es absolut notwendig war. Er nannte es Diskretion, aber mehrere Lehrer, darunter auch Holly, vermuteten, dass er sich dadurch einfach nur wichtigmachen wollte. Holly war es ohnehin lieber, nicht zu viel im Voraus zu wissen. Auf die Weise konnte sie die Kinder unvoreingenommen kennenlernen. Schon jetzt spürte sie, dass diese blasse Version des neuen Mädchens nicht die echte Eliza Sutton war. Sie wusste nur noch nicht, warum.

Als die weiß getünchten Ziegelmauern wieder nackt waren, legte sie jedem Kind ein Weihnachtsbild auf den Platz. Sie hatte die Bilder im Laufe der letzten Monate in einem Ordner gesammelt. Es war ein netteres Willkommen als der Mathetest, den sie später schreiben mussten. Dann fielen die Horden ein, schälten sich plappernd und lachend aus Anoraks und warfen Taschen zu Boden. Holly konnte nicht anders als mitzulachen. Wie sie strahlten, voll dummer Gedanken und verblüffender Ideen. Am meisten liebte sie an ihrem Beruf, dass sie die Welt dadurch mit Kinderaugen sah, und das verwandelte die Welt in einen magischen – und oft sehr seltsamen – Ort.

»Miss Hanwell, werde ich das sein?«, fragte Lily Orton und wedelte mit ihrem Weihnachtsbild. »Werde ich der Engel bei der Weihnachtsfeier sein?«

Bei der Erwähnung der Weihnachtsfeier verstummte die Klasse und spitzte gespannt die Ohren.

Holly hatte die Bilder verteilt, ohne darüber nachzudenken, wer wo saß. Jetzt erkannte sie, dass das ein Fehler gewesen war. Lily hatte ein Bild von einem Engel erhalten, der in einen goldenen Schein getaucht war. Mit ihrem langen weißblonden Haar und dem großen ... Selbstwertgefühl (es erschien Holly zu hart, in Bezug auf ein Kind von »Ego« zu sprechen), war es für Lily eine logische Schlussfolgerung.

»Nein«, erklärte Holly fest. Erwartungsvolle Stille hatte sich über die Klasse gesenkt. Selbst die Simmons-Zwillinge, die ADHS hatten, hörten zu. »Die Bilder sind nur zum Angucken. Aber ich werde heute mit euch tatsächlich über die Weihnachtsfeier sprechen« – Jubel brach im Raum aus, obwohl Eliza, wie Holly bemerkte, still dasaß und sich auf die Unterlippe biss – »nachdem wir mit dem heutigen Mathetest fertig sind.«

Die Begeisterung schlug sofort in Unmut um, Jubel wich Buhrufen und Gähnen. Holly lachte. »So schlimm ist es nun auch wieder nicht. Wenn ihr eure Hausaufgaben gemacht habt, solltet ihr alle vorbereitet sein!«

Javai Anand schaute zur Decke, zum Boden, zum Fenster hinaus, überallhin, nur nicht zu Holly. Hausaufgaben waren für Javai – kurz Jai genannt – ein Fremdwort. Jede Klasse hatte ihren Störenfried, da war man sich im Lehrerzimmer einig. Hollys Klasse hatte gleich vier von der Sorte: Jai, Jason Tillwell und die Zwillinge. Sie regte sich darüber jedoch nicht auf. Nicht jedes Kind war in der Schule eine Leuchte, aber auch diese Kinder besaßen Gaben, um auf ihre Art im Leben zu glänzen. Holly war stolz darauf, diese Talente zu fördern. Ja, sie musste Ziele erreichen, und es war ihre Verantwortung – wie

Mr Buckthorn gern wiederholte –, sie durch das Schulsystem zu schleusen, damit sie am Ende die nötigen Qualifikationen erwerben konnten, um als Erwachsene zu bestehen. Für Holly waren jedoch auch andere Dinge wichtig. Sie wollte ihnen zum Beispiel das Gefühl vermitteln, dass jeder von ihnen Talente besaß, die nicht in Schablonen gepresst zu werden brauchten, um wichtig zu sein, und sie sah es als ihre Pflicht an, die Schule für sie zu einem freundlichen, einladenden Ort zu machen – wenn möglich, sogar zu einem magischen Ort.

Sie dachte zurück an ihre eigene Kindheit, an die trostlose Grundschule in Manchester, wo Deborah McGinty und ihre Freundinnen sie schikaniert hatten. Jahrelang hatte sie die Fensterscheiben angestarrt und zugesehen, wie die Regentropfen lange Streifen darauf malten. Sie hatte nicht am Unterricht teilgenommen und keine guten Noten, und das nur, weil sie sich gelangweilt hatte und unglücklich war. Hollys Liebe zum Lernen hatte sich spät entwickelt, erst als sie fünfzehn war, und auch nur wegen eines wunderbaren Theaterlehrers, der Hollys Talent für die Kunst entdeckt und sie gefördert hatte. Er hatte Holly gezeigt, wie Schule sein konnte, und sie versuchte, ihn sich bei jeder beruflichen Herausforderung zum Vorbild zu nehmen und ihre kleinen Schüler genau im Auge zu behalten. Sie wollte, dass jeder einzelne von ihnen sich geborgen fühlte und aufnahmefähig war. Sie gestaltete die Tage so abwechslungsreich, wie es der Lehrplan und Mr Buckthorn erlaubten, denn jedes Kind interessierte sich für irgendetwas. Sie wollte Funken schlagen und eine bleibende Glut entfachen, die die Kinder lange begleiten würde; darum ging es ihr.

Der Mathetest allerdings war nötig. Holly verteilte die Blätter, zeigte auf die Uhr und sagte den Schülern, dass sie zwanzig Minuten hatten. Dann setzte sie sich an ihr Pult und tat so, als würde sie lesen, aber in Wirklichkeit beobachtete sie die Kinder. Sie erfuhr so viel über sie, wenn sie nicht wussten, dass sie hinschaute. Sie sah, wie David Kanumba Matt Simmons etwas in die ausgestreckte Hand legte. Sie kniff die Augen zusammen, aber was immer es war, landete sofort in Matts Mund. Also etwas Süßes. In Ordnung.

Evie Greavey (was hatten ihre Eltern sich nur dabei gedacht?) schaute sich mit ratloser Miene um, als würde sie gleich weinen, dann beugte sie sich zur Seite, bis sie fast in einem Fünfundvierzig-Grad-Winkel dasaß und einen guten Blick auf Indira Khans Blatt hatte. Sie warf einen Blick zu ihrer Lehrerin. Holly saß regungslos da, den Kopf über das Buch geneigt. Evie begann eifrig zu schreiben. Interessant. Also hatte sie Probleme mit Mathe und machte sich Sorgen deswegen. Mr Buckthorn kannte kein Pardon, was Schummeln betraf. »An den Pranger!«, lautete seine Regel. Aber sie waren acht, Herrgott noch mal. Holly sah nicht ein, was Bestrafung bringen sollte. Sie würde sich etwas einfallen lassen, wie sie mit Evie verfahren wollte.

Jason Tillwell arbeitete angestrengt. Er hatte vor Konzentration die Zunge aus dem Mund gestreckt und hielt den Stift unelegant in der Faust umklammert. Es sah Jason gar nicht ähnlich, so fleißig zu sein. Vicky Myers, die in der hinteren Ecke saß, zerkaute ein Stück Papier und schoss mit einer leeren Kulihülse Spuckebällchen in Lilys golden glänzendes Haar. Holly machte ein eigenes Spuckebällchen – sie hatte während ihrer vergeudeten Jugend gewisse Fähigkeiten erlernt – und zielte sorgfältig. Es landete auf Vickys Pult, und sie schaute erschrocken auf. Holly zog vielsagend die Brauen hoch. Vicky lief dunkelrot an und begann hastig zu schreiben. Holly lächelte, und ihr Blick wanderte zu Eliza Sutton.

Eliza arbeitete hochkonzentriert. Sie schrieb ruhig, kaute ab und zu auf der Unterlippe und beendete den Test mehrere Minuten vor der Abgabezeit. Als Holly die Blätter einsammelte, sah sie sofort, dass Eliza eine gute Note erhalten würde.

Vicky hatte ihr etwas unten an den Rand geschrieben: *Tut mir leid, Miss.* Holly klopfte ihr auf die Schulter. Auf Jasons

Blatt standen nur sehr wenige Antworten, aber es war mit der kunstvollen Zeichnung eines Zombies geschmückt, von der er sich nur widerstrebend trennte. Evie saß kerzengerade da und gab ihren Test mit Unschuldsmiene ab, konnte Holly jedoch nicht in die Augen sehen.

Holly legte die Tests in die Schublade, um sie später zu benoten, und machte sich an die aufregende Aufgabe, über Weihnachten zu sprechen. Eliza zuliebe erklärte sie, dass die Dean-Court-Grundschule berühmt für ihre Weihnachtsfeier sei. Alle Mitarbeiter, Kinder und Familien würden zusammenhelfen – und alle machten immer begeistert mit. Jede Klasse erarbeitete ein Stück oder eine Darbietung, und sie wurden alle nacheinander aufgeführt, um ein abendfüllendes Programm zu bieten. Hollys Klasse kam am Ende der Show. Obwohl alle Lehrer mit ganzem Herzen dabei waren, waren Hollys Produktionen durch ihre Theatererfahrung immer besonders aufwendig. Das sagte sie den Kindern natürlich nicht.

»Es wird sogar die Lokalzeitung da sein«, berichtete sie. »Sie bringt immer ein Foto von uns und schreibt einen Artikel. Aber das ist nicht das Wichtige. Das Wichtige ist, dass es großen Spaß macht, stimmts, Leute?« Die Kinder jubelten zustimmend. »Die ganze Klasse hilft zusammen. Jeder beteiligt sich, ob er oder sie nun der Star der Aufführung ist, im Chor singt oder bei den Kulissen mitanpackt. Es gibt genug Rollen und Aufgaben für alle. Also, noch einmal, herzlich willkommen, Eliza, und ich hoffe, dass du bei deiner ersten Weihnachtsfeier an der Dean Court genauso viel Spaß haben wirst wie wir. Nun, wer möchte raten, was unsere Klasse diesmal machen wird? Ich wette, da kommt keiner drauf.«

»Ein Krippenspiel!«, rief Dean Corwell. Er behauptete, die Schule sei nach ihm benannt worden, obwohl sie schon hundertfünfzig Jahre vor seiner Geburt gestanden hatte.

Holly schüttelte den Kopf. »Du weißt doch, dass die Drittklässler immer das Krippenspiel machen.«

»Ja, stimmt.« Dean runzelte die Stirn. »Dumme kleine Kinder.«

»*Eine Weihnachtsgeschichte* von Dickens?«, kam der Vorschlag von Fatima Jefferies.

»Gut geraten, Fatima, aber nein.«

»*Der Grinch?*«, rief Javai, aber Holly schüttelte den Kopf.

»Ich habe euch doch gesagt, dass niemand darauf kommt.« Sie konnte sich ein Lachen über ihre frustrierten Gesichter nicht verkneifen. Sie hatte es sich selbst zuzuschreiben, wenn sie gleich völlig überdreht waren, aber es machte so viel Spaß. Dann hob Eliza die Hand.

»Ist es etwas ganz Neues, das Sie selbst geschrieben haben?«, fragte sie.

»Wow. Ja, du hast den Nagel auf den Kopf getroffen«, staunte Holly. »Genau das ist es. Wie klug von dir!« Sie freute sich, als sie sah, dass Fatima Eliza anstupste, um ihr zu gratulieren. Sie war sich sicher, dass Eliza aufblühen würde, sobald sie ein paar Freunde hatte. »Das Stück heißt *Ein Weihnachtswunsch*, und ich habe es extra für euch geschrieben. Deshalb wird unser Beitrag dieses Jahr etwas ganz Besonderes sein. Wir werden etwas vollkommen Neues machen, das noch niemand gesehen hat. Also verlasse ich mich auf euch, dass ihr es für mich zum Leben erweckt.«

Wieder jubelten die Kinder. »Kommen Weltraummonster darin vor?«, wollte Griff Heaton wissen.

»Ah, das Weltraummonster, das bekannte Weihnachtssymbol«, sagte Holly. »Ähm, nein.«

»Dürfen wir ganz viel Kunstblut verwenden?«, warf Jason ein.

Holly grinste. »Weil nichts so sehr für Frieden und Nächstenliebe steht wie ein Massaker?«

Holly beantwortete lachend die weiteren Fragen und begann mit dem Prozess der demokratischen Diskussion darüber, wer welche Aufgabe übernehmen würde. Sie hatten sechs Wochen bis zur Weihnachtsfeier und eine Menge Arbeit vor sich. Sie würde wirklich zu viel um die Ohren haben, um über die Enttäuschungen in ihrem Leben außerhalb der Arbeit nachzugrübeln, bis alles vorbei war und Weihnachten wirklich und wahrhaftig vor der Tür stand.

KAPITEL 3

ELIZA

Als Eliza nachmittags um halb vier die Schule verließ, erwartete ihr Dad sie am Tor. Ihr wurde leichter ums Herz, als sie ihn sah, und sie lief zu ihm und umarmte ihn. Ihr Dad war der Fels in der Brandung – hoch gewachsen, mit lockigem braunem Haar und grauen Augen, genau wie ihre. Sein Kinn war immer kratzig, weil er ständig vergaß, sich zu rasieren, und er trug eine abgewetzte Jeans und ein altes Sweatshirt. Diese Klamotten trug er oft, seit Mummy fort war, und Eliza mochte ihn so am liebsten, denn seine schmuddeligen Sachen bedeuteten, dass er nicht bei der Arbeit war – sie bedeuteten, dass er ganz ihr gehörte.

»Lizzie-Loops! Du meine Augenweide. Wie war dein Tag?«

»Ganz okay, danke, Daddy.« Als sie sah, wie sein Lächeln verschwand, versuchte sie es noch einmal. »Eigentlich richtig gut!«

»Hmm«, sagte er. Sie merkte, dass er ihr nicht glaubte. »Dann ab nach Hause. Was hältst du von einem Spaziergang im Wald, bevor es dunkel wird?«

Elizas Laune wurde noch besser. Sie liebte den Wald. Als sie letzte Woche spazieren waren, hatte sie ein Rascheln gehört und den Kopf gerade rechtzeitig herumgerissen, um einen Blick auf einen buschigen roten Schwanz mit weißer Spitze zu erhaschen, bevor das Tier im Gebüsch verschwand. Ein Fuchs. Eliza fand wilde Tiere magisch. Sie wünschte sich mehr als alles andere, den Fuchs noch einmal zu sehen.

Nicht weit von ihr stieg Fatima in einen glänzenden roten Wagen. »Tschüss, Eliza, bis nächste Woche«, rief sie, und Eliza lächelte und winkte. Sie traute sich nicht, Freundschaften zu schließen, aber wenn sie es nicht tat, würde die Schule sehr langweilig und einsam für sie sein, und Fats war so hübsch und nett. Ihr Dad winkte auch, und Fatimas Eltern, die im Auto saßen, winkten zurück. Ihre Mum steckte den Kopf aus dem Fenster.

»Willkommen in Hopley«, rief sie. »Wir sind in Eile, sonst würden wir uns richtig vorstellen. Das holen wir nächste Woche nach.« Ihr Wagen reihte sich in den Strom der Autos ein, die den Schulparkplatz verließen.

»Das ist also Fatima. Sie sieht nett aus«, bemerkte ihr Dad, als sie an der Reihe waren zu fahren.

»Ist sie auch. Wir haben heute zusammen Mittag gegessen. Sie mag auch Spiderman.«

»Sie scheint ein vernünftiges Mädchen zu sein. Woran denkst du? Ich merke doch, dass du nicht auf voller Elizapower läufst.«

»Wir machen eine Weihnachtsfeier.«

»Aha.« Er beugte sich vor und stellte das Radio leiser, dann schaltete er es ganz aus.

»Wir haben in der Schule lange darüber geredet. Es ist eine große Sache, Daddy. Alle gehen hin. Die Zeitung wird ein Foto bringen.« Ihr Vater verzog das Gesicht. Sie mochten beide keine Zeitungen. »Und Miss Hanwell hat extra für uns ein Stück geschrieben, das wir aufführen werden. Sie ist ganz aufgeregt, und sie ist sehr nett. Aber ...«

»Aber«, sagte Daddy. »Ich weiß. Hat irgendjemand etwas gesagt? Über ... du weißt schon?«

Eliza schüttelte den Kopf. Dann sagte sie laut: »Nein«, damit ihr Daddy sich auf den Verkehr konzentrieren konnte.

»Also«, antwortete er, »du weißt, wie es läuft, Lizzles. Du musst nichts tun, was du nicht willst. Du wirst niemanden enttäuschen, und Miss Hanwell wird es verstehen. Also hast du keinen Grund zur Sorge, okay?«

»Okay. Miss Hanwell hat gesagt, dass alle, die keine Rolle übernehmen wollen, hinter der Bühne helfen können.«

»Na bitte.« Sie fuhren über ein gerades Stück Straße, und er klopfte ihr beruhigend den Arm.

»Aber in Wirklichkeit möchte sie, dass wir alle auf der Bühne sind. Sie will nicht, dass sich jemand ausgeschlossen fühlt. Ich habe darüber einen Brief für dich in der Tasche.«

»Weißt du was? Mach dir darüber jetzt keinen Kopf. Wie wär's, wenn du am Wochenende darüber nachdenkst? Wenn du es wirklich nicht machen willst, kannst du es ihr nächste Woche sagen und erklären, dass du lieber hinter der Bühne helfen möchtest, und dann ist alles gut. Ganz wie du willst, Liebes. Versprochen.«

»Okay, Daddy.« Eliza sah ihren Dad an, während er fuhr. Er sagte das, was sie hören musste, und sie wusste, dass er es ehrlich meinte. Er war der beste Dad der Welt. Doch er sah traurig aus, weil er sich Sorgen um sie machte. Er hatte wirklich schon genug Stress, weil Mummy weg war und das Haus leer und halb fertig war. Eliza machte das nichts aus, aber er dachte, es würde sie stören, und deshalb machte er sich Sorgen. Und wenn Eliza Sutton bei einer Weihnachtsfeier nicht auf der Bühne stand, bedeutete das, dass immer noch nicht alles in Ordnung war. Er wusste das, und sie wusste es auch. Vor allem machte er sich Sorgen um sie. Sie stellte sich sein Gesicht vor, wenn sie beschloss, doch mitzuspielen, und sie war beinahe drauf und dran, sich dafür zu entscheiden. Beinahe.

Sie erreichten das Haus und fuhren durch die Torpfosten, auf denen zwei unförmige Steingebilde thronten. Sie waren so alt und verwittert, dass sie wirklich alles hätten darstellen können. Löwen seien am häufigsten, hatte Daddy gesagt, aber es hätten genauso gut Greife oder Drachen sein können, oder sogar Schafe! Eliza fand es schön, in einem Haus mit steinernen Wächtern auf den Torpfosten zu leben – auch wenn man sie nicht erkennen konnte.

Das Auto fuhr zu Elizas Begeisterung knirschend über den Kies. Sie fand es schön, in einem Haus zu leben, das von Kies umgeben war. Sie fand es schön, dass es Christmas House hieß; mit einem solchen Namen musste es einfach magisch sein. Sie fand es schön, dass sie einen großen Garten hatten, auch wenn er im Moment etwas überwuchert war. Eine Wildnis, nannte Daddy es, und er klang auch darüber besorgt.

Das Haus war groß, kastenförmig und grau und hatte spitze Sachen auf dem Dach. Es erinnerte Eliza an ein Hotel in Cornwall, in dem sie einmal gewohnt hatten, nur dass es ihnen gehörte.

Sie liefen hinein und stellten fest, dass es wie immer kalt im Haus war. Daddy hatte mit der Zentralheizung noch nicht ganz den Dreh raus. Das war noch etwas, worüber er sich Sorgen machte, aber Eliza war die Kälte völlig egal. Dafür gab es doch Pullover! Und Mützen. Und Handschuhe! Sie hatte das alles schon an und war bereit für den Spaziergang. Sie ließ den Ranzen im Flur auf den Boden fallen, während ihr Dad sich Schal und Mütze schnappte, und schon waren sie wieder draußen.

Zuerst plauderten sie miteinander. Daddy hatte einen arbeitsreichen Tag gehabt und das Badezimmer verputzt, Elizas Zimmer in dem hübschen Buttergelb gestrichen, das sie sich ausgesucht hatte, und die Waschmaschine in Empfang genommen. Damit konnten sie nun zu Hause waschen, statt immer in den Waschsalon in Hopley fahren zu müssen – obwohl Eliza diese Ausflüge großen Spaß gemacht hatten. Sie sah gern zu, wie die Kleider im Seifenschaum hin und her schwappten, und versuchte immer, ein Stück zu verfolgen, bis sie schielte und Kopfschmerzen bekam. Dad hatte sogar eingekauft und an den grünen Nagellack gedacht. Ob er ihr erlauben würde, ihn in der Schule zu tragen?

Eliza brachte ihn mit Geschichten über die Jungen in ihrer Klasse und deren Ideen für das Weihnachtsstück zum Lachen. »Außerirdische und Blut«, kicherte er. »Was hat Miss Hanwell dazu gesagt?«

Doch als sie tiefer in den Wald hineingingen, verstummten sie und nahmen sich an der Hand. Es war schön, einfach nur dem Wispern der Bäume und dem Krächzen der Krähen zu lauschen. Ab und zu hörten sie das hübsche Lied eines Rotkehlchens.

Der Wald war für sie wie Magie. Er war genau wie Enid Blytons Zauberwald. Sie fanden Kastanien und rote Pilze mit weißen Punkten. Es gab kleine Pfade, die sich zwischen den Bäumen hindurchschlängelten, und unverhoffte grasbewachsene Lichtungen, die jetzt von bronzefarbenem Laub übersät waren. Während sie den Wald erkundeten, hielt sie Ausschau nach dem Fuchs, aber es war keine Spur von ihm oder ihr zu sehen. Elizas größter Wunsch im Leben war im Moment, dass sie das Tier vor Weihnachten noch einmal sehen würden.

Sie wusste, dass ihr Daddy befürchtete, der Umzug hierher wäre nach all den anderen Veränderungen eine zu große Lebensveränderung für Eliza. Er dachte, er müsse alle Probleme lösen, um es ihr recht zu machen, aber sie wünschte, sie könnte ihn davon überzeugen, dass ihr jetzt schon alles recht war und dass es ihr gut ging. Sie liebte das Leben hier mit ihm. Der Tag, an dem sie nach Hopley gezogen waren, war der beste Tag ihres Lebens gewesen.

KAPITEL 4

EDWARD

Als Eliza im Bett war, saß Edward allein im Wohnzimmer auf einem Sitzsack im Schein einer nackten Glühbirne und des elektrischen Heizlüfters. Es war wirklich freudlos, dachte er und schaute sich um. Als Edward konnte er über die Mängel hinwegsehen und das Potenzial des Raumes erkennen: die angenehmen Proportionen und den atemberaubenden Blick durch die hohen Fenster, hinter denen jetzt nur Dunkelheit und Sterne zu sehen waren. Doch war es als Vater nicht seine Aufgabe, die Mängel unverzüglich zu beseitigen? Das war doch kein Zuhause für ein kleines Mädchen. Sie lebten wie Hausbesetzer.

Eine dampfende Tasse Tee stand neben ihm auf dem Boden. Er hätte lieber ein Glas Rotwein gehabt, aber er trank in letzter Zeit kaum noch. Es war der Gedanke, dass Eliza oben schlief, die Angst, dass sie ihn nachts brauchen könnte. Nicht, dass er je der Typ gewesen wäre, der sich bis zur Besinnungslosigkeit betrank, aber trotzdem. Das Verantwortungsgefühl konnte manchmal lähmend sein. Er faltete den Brief auseinander und las ihn noch einmal. Er hatte ihn bereits dreimal gelesen, doch diesmal musste er entscheiden, was er deswegen unternehmen wollte.

Der Brief war von seiner Mutter. Er wusste, dass sie es gut meinte. Woran lag es also, fragte Edward sich, dass sie diesen unbestimmten Groll in ihm hervorrief und er sich wünschte, dass sie sich irrte, auch wenn sie wahrscheinlich recht hatte?

Mein liebster Sohn, schrieb sie mit ihrer tadellosen, schwungvollen Handschrift.

Möchtet ihr zwei Sturköpfe nicht an Weihnachten zu uns kommen? Du weißt, dass du das Haus nicht rechtzeitig fertig bekommen wirst, und es ist auch sehr groß für euch beide. Ihr werdet euch darin vollkommen verloren vorkommen! Nicht sehr schön für ein kleines Mädchen. Kommt zu uns, dann können Granny und Grandad sie verwöhnen. Sie bekommt etwas Gutes, Gesundes zu essen, das nicht in der Mikrowelle aufgewärmt oder angebrannt ist, und sie kann mit ihren Cousinen spielen. Liebling, du weißt, dass es vernünftig ist. Es ist eine Ewigkeit her, dass Cressida euch verlassen hat, und es wird höchste Zeit, dass ihr beide anfangt, ein normales Leben zu führen. Eliza verdient ein richtiges Weihnachten.

Edward starrte finster auf den Brief. Persönlich wünschte er sich nichts weniger als ein Weihnachtsfest mit seinen Eltern und ihren unerträglichen Freunden, aber für Eliza würde er es tun. Es stimmte, dass er kein begabter Koch war und mit seiner Rolle als Hausmann zu kämpfen hatte. Ihr neues Haus war tatsächlich groß und er fühlte sich damit im Moment hoffnungslos überfordert. Er hatte keine Zeit gehabt, irgendeinen Weihnachtsschmuck aufzuhängen oder ein Geschenk zu kaufen. »Festlich« war kaum das richtige Wort dafür. Doch bizarrerweise suggerierte dieses Haus für ihn Weihnachten, und das lag nicht an seinem Namen. Er wusste nicht, ob der Grund dafür die großen Hoffnungen auf ein neues Leben waren, mit denen sie hergezogen waren, oder der schwache, kalte Kieferngeruch, der nachts über dem Garten hing. Einem unvoreingenommenen Beobachter musste sein Reiz verborgen bleiben, und Edward konnte nicht erwarten, dass Eliza genauso empfand. Wahrscheinlich wäre es für sie bei seiner Mutter wirklich besser.

Er hatte immer den Standpunkt vertreten, dass Alleinerziehende Weihnachten genauso gut bewältigten wie ein Elternpaar, aber es erforderte viel Selbstvertrauen – und viel Zeit –, und in diesem Jahr war er sich zum ersten Mal nicht sicher, ob er dem gewachsen war. Er würde in einer Woche mit seinem neuen Job anfangen, und wo sollte er dann die Zeit für den Haushalt hernehmen, ganz zu schweigen von Weihnachten? Er hatte noch nicht einmal eine Betreuung oder Tagesmutter für Eliza gefunden, auch wenn er am Wochenende einige Vorstellungsgespräche führen würde.

Obwohl er sich nicht geschlagen geben und ihr erstes Weihnachtsfest hier nicht verpassen wollte, würde es eine Menge Probleme lösen, wenn sie die Feiertage bei seinen Eltern in Bexley verbrachten. Sie lebten in einem großen charakterlosen Vorstadthaus, das nach Lufterfrischern roch. Es würde darin nur so wimmeln von den materialistischen Nachbarn seiner Eltern, die über seine Ex-Frau klatschen und in Elizas Gegenwart persönliche Bemerkungen über sie machen würden, als könne sie sie nicht hören. Er würde die ganze Zeit über angespannt mit den Zähnen knirschen und die Minuten zählen, bis sie wieder fahren konnten. Aber sie würden in den Genuss guten Essens, einer Zentralheizung und eines Breitbild-Fernsehers kommen. Seine Mutter würde völlig darin aufgehen, Geschenke zu besorgen und einzupacken und Eliza mit Kleinigkeiten zu überraschen.

Als er und Cressida geheiratet hatten, waren sie zwei junge Träumer gewesen. Gut, er war siebenundzwanzig gewesen, aber jeder wusste, dass Männer vor ihrem vierzigsten

Geburtstag keinen Funken Verstand hatten. Er hatte gehofft, bis dahin vernünftig zu werden. Cressida war erst einundzwanzig gewesen. Sie waren seit einem Jahr zusammen. Es war Liebe auf den ersten Blick gewesen, und niemand konnte es ihnen ausreden. Er war bis über beide Ohren verliebt. Cressida war eine schöne junge Schauspielerin, die am Theater kleine Rollen spielte und so gerade über die Runden kam. Sie war leidenschaftlich und voller Leben, und er fühlte sich am Ziel aller Wünsche. Cressida träumte davon, ein Star zu werden, aber sie war immer selbstkritisch gewesen, was ihr Talent und ihre Schönheit betraf, immer realistisch in Bezug auf ihre Erfolgschancen in einer überlaufenen, knallharten Branche. Für eine Weile waren sie wirklich glücklich gewesen.

Er schüttelte sich. Ihr Leben hatte sich verändert. Das erste Weihnachtsfest vor drei Jahren, sechs Monate, nachdem Cressida ihre Bombe hatte platzen lassen und ihn endgültig verlassen hatte, war ... interessant gewesen! Doch Eliza hatte gut mitgespielt. Angebrannter Truthahn und Mikrowellengemüse machten ihr nichts aus. Edward war auch handwerklich nicht sehr begabt, aber er machte fehlendes Talent mit Schere und Kleber wieder wett, indem er mit Eliza Shoppingtrips in die Einkaufszentren von Leeds unternahm und sie mit einer völligen Missachtung von Geschmack und Mäßigung begeisterte. Sie hatten ein kleines Vermögen für Karten, glänzendes Geschenkpapier und schimmernde Christbaumkugeln ausgegeben. Schnell entstanden neue Edward-und-Eliza-Traditionen: McDonald's an Heiligabend, die *Top-of-the-Pops*-Weihnachtsfeier am ersten Weihnachtstag und Fußball im Park am zweiten Weihnachtstag.

Alles in allem fand Edward, dass er seine Sache ziemlich gut machte. Er wusste, dass Eliza ihn liebte und dass sie viel Spaß zusammen hatten, aber er lebte stets in der Hoffnung, dass er nichts versäumte.

Einmal hatte eine junge Frau ihn in Leeds im Schwimmbad angesprochen.

»Wie alt ist sie?«, hatte sie gefragt und Eliza beobachtet, wie sie in ihrem violetten und gelben Badeanzug mit ernster Miene hin und her schwamm. »Fünf?«

»Sie ist sieben!« Edward war ein wenig gekränkt gewesen.

»Ist sie nicht klein für ihr Alter?«, hatte die Frau ausgerufen, als sei Kleinsein das Beste der Welt. Sie hatte mit den Wimpern geklimpert und kleine Chlortröpfchen erzittern lassen. »Dann ist ihre Mutter sicher sehr zierlich.« Er hatte zugeben müssen, dass es eine gute Methode war um festzustellen, ob er zu haben war, aber er war nicht in der Stimmung für einen Flirt gewesen und hinter Eliza hergeschwommen.

An dem Nachmittag war er mit ihr zum Kleiderkaufen in ein Kaufhaus gegangen. Er wollte wissen, was die Verkäuferinnen über Eliza sagen – vernünftige, mütterliche Typen, keine wilden jungen Dinger in Rihanna-mäßigen Bikinis. Ein öffentliches Schwimmbad war schließlich nicht St. Tropez! Außerdem hatte er sich gefragt, ob er ihre Garderobe auf den neusten Stand bringen musste. Das größte Problem für ihn als Elizas Vater war, dass sie ein Mädchen war und er nicht. Wenn sie ein Wildfang war, weil sie es so wollte, dann war das okay. Aber nicht, wenn sie es nur deshalb tat, weil er versagte. Was war mit Sachen wie Schmuck und Make-up? Sollten sie ein Thema sein, oder war sie noch zu jung dafür?

Er hatte sie zu einem Ständer mit hübschen Kleidern geführt, aber Eliza wollte nichts davon wissen. Sie wollte blaue Leggings und Spider-Man-T-Shirts und eine gelbe Bomberjacke mit Bart Simpson darauf. Alle Sachen, die Eliza passten, waren für Fünf- bis Sechsjährige gewesen, und er hatte ein wachsendes Entsetzen unterdrücken müssen, dass die Kleine nach dem Auszug ihrer Mutter aufgehört hatte zu wachsen. Lag es am Trauma? War es seine Schuld, weil er so ein schlechter Koch war? War sie unterernährt? Doch die Verkäuferin hatte ihm gesagt, dass die Größen ohnehin immer sehr ungenau seien.

»Sie dienen nur als Anhaltspunkt«, hatte sie gesagt. »Für mich sieht sie völlig normal aus. Schöne Haut und glänzende Augen. Ich denke, es ist alles in Ordnung mit ihr.« Edward hätte die Frau am liebsten geküsst.

Der Auslöser für ihren Umzug aus Leeds war die Tatsache gewesen, dass Eliza in der Schule immer unglücklicher wurde. Früher war sie ein geselliges und beliebtes Kind gewesen, doch nach dem Weggang ihrer Mutter hatte sich alles für sie geändert. Ihre Freunde hatten sich als falsche Freunde erwiesen.

Edwards Büro in Leeds war durch einen glücklichen Zufall nur zwei Minuten von Elizas Schule entfernt. Er holte sie nach dem Unterricht ab und nahm sie für die letzten zwei Arbeitsstunden mit ins Büro. Sie machte ihre Hausaufgaben oder las oder tat so, als sei sie eine knallharte Werbefachfrau. Seine Kollegen kamen dann immer zu einer »Beratung« vorbei, und sie verteilte Ratschläge wie: »Sie müssen das Ding rocken, Jackson – für uns hängt viel davon ab«, oder: »Versuchen Sie mal, gegen den Strich zu denken. Was wollen die Kunden – was wollen sie *wirklich?*« Sie hörte bei Edwards Telefonaten offenbar gut zu. Wenn Eliza im Büro war, erfreute Edward sich großer Beliebtheit.

Obwohl er nicht einmal vergessen hatte, sie von der Schule abzuholen, und nie zu spät gekommen war, hatte sie irgendwann angefangen, jeden Tag blitzschnell zu Edwards Büro zu rennen und genau in dem Moment anzukommen, wenn er das Gebäude verließ. Einmal war sie unbemerkt an ihm vorbeigelaufen. Er würde nie die Angst vergessen, die ihn gepackt hatte, als er die Schule erreichte und sie nicht mehr da war. Es war, als könne sie gar nicht schnell genug bei ihm sein, als befürchte sie, dass er plötzlich ebenfalls verschwinden würde.

Den endgültigen Ausschlag gab die Tatsache, dass Eliza plötzlich aufgehört hatte, bei den Schulaufführungen mitzumachen. Sie hatte die Leidenschaft und das Talent ihrer Mutter geerbt, sich in Rollen hineinzuversetzen, und liebte es, ein Publikum zu haben und ihr eigenes persönliches Reich zu erfinden. Doch das war etwas, was Eliza und ihre Mutter immer gemeinsam getan hatten, und nach Cressidas Auszug wollte Eliza nichts mehr mit der Schauspielerei zu tun haben. Die Lehrer zeigten wenig Verständnis; wenn überhaupt, waren sie verärgert darüber, dass sie ihre Hauptdarstellerin verloren hatten.

Edward machte es nichts aus, dass Eliza nicht mehr auf der Bühne stehen wollte. Wenn sie groß war, konnte sie Astronautin oder Bauarbeiterin werden, zur Müllabfuhr gehen oder sonst etwas machen, was sie wollte – ihm war alles recht. Doch dieses introvertierte, anhängliche Kind war einfach nicht sie, und sie war nicht glücklich. Zu viele Monate verstrichen, in denen Eliza nachts weinte und ihr davor graute, zur Schule zu gehen.

Edward hatte immer davon geträumt, ein leicht baufälliges Haus herzurichten. Leeds mit seinen schmuddeligen Straßen und seiner aufregenden Energie hatte seinen Reiz verloren, seit Cressida es nicht mehr erhellte, und es schien ihm nicht der richtige Ort zu sein, an dem zwei arme verlorene Seelen das Glück wiederfinden konnten. Eliza hatte sich schon immer gewünscht, auf dem Land zu leben. Ihre Lieblingsbücher handelten alle von Kindern, die in Flüssen schwammen, auf Bäume kletterten und an Reiterspielen teilnahmen.

Gemeinsam bauten sie Luftschlösser über ein neues Leben, und nach und nach wurde aus dem Traum ein Plan. Als Edward von einer Werbefirma im Südosten Londons ein toller Job angeboten wurde, waren sie in dieses große alte Haus bei der Kleinstadt Hopley gezogen, mitten in Kent. Sie hatten das Haus sehr schnell gefunden – es war für beide Liebe auf den ersten Blick gewesen.

Er hatte Eliza in einer neuen Schule mit einem guten Ruf

und einer angenehmen Atmosphäre angemeldet. Der Direktor versicherte ihm, dass man großen Wert auf Vertraulichkeit lege und dass man sofort einschreiten werde, wenn jemand anfing, unfreundlich zu Eliza zu sein. Es spielte überhaupt keine Rolle, dass der Schulwechsel mitten im Halbjahr erfolgte. Sie hatten einen beachtlichen Ruf, was Theateraufführungen betraf; falls Eliza ihre Liebe für die Bühne wiederentdeckte, waren die Möglichkeiten da, aber es würde nicht der geringste Druck ausgeübt werden. Es war perfekt. Wenn Edward in der übernächsten Woche die neue Stelle antrat, würde sich zwar seine Fahrtzeit um weitere fünfundvierzig Minuten verlängern, um Eliza zur Schule zu bringen und rechtzeitig zur Arbeit zu kommen, aber er nahm es gern auf sich, wenn sie nur glücklich war.

Es war ein fröhlicher September gewesen. Als Eliza erfahren hatte, dass sie, anstatt sich auf ein neues Halbjahr an der Eddington-Grundschule vorzubereiten, nie wieder dorthin zu gehen brauchte, hatte sie gestrahlt wie ein Weihnachtsbaum. Die Aussicht darauf, Leeds zu verlassen und einen Neuanfang zu machen, hatte sie in Aufregung versetzt. Sie hatten die letzten Wochen in einem Rausch der Vorbereitungen verbracht und beschlossen, nur wenig mitzunehmen. Ihre Sachen aus Leeds würden nicht zu dem neuen Haus passen; der Stil war völlig verkehrt. Außerdem wollten sie alles hinter sich lassen.

Das war alles gut und schön gewesen, als sie sich in dem Prozess einer emotionalen Reinigung befanden. Doch jetzt, da sie hier waren, bedeutete es, dass es viel zu tun und nichts zum Sitzen gab.

Jedes Mal, wenn Edward daran dachte, verspürte er eine Enge in der Brust. Ein weiterer theoretischer Vorteil ihres neuen Wohnorts war der Umstand, dass er in perfekter Entfernung von seinen Eltern lag; nicht so nah, dass sie täglich uneingeladen vorbeikommen konnten, aber doch nah genug, dass Eliza ihre Großeltern häufiger sehen konnte. Edward hätte gern auf die Unterstützung seiner Eltern gezählt, darauf, dass sie sich über seine Entscheidung freuten und bereitwillig ab und zu ein wenig aushalfen. Mit seiner Mutter war es jedoch schwierig. Sie war einer dieser unheimlich kompetenten Menschen, und sie wusste es. Er hatte sie zweimal gefragt, ob es ihr etwas ausmachen würde, Möbellieferungen anzunehmen, während er sich um etwas anderes kümmerte. Sie war durchaus bereit gewesen, hatte es aber als Beweis dafür gewertet, dass er sich zu viel vorgenommen hatte. Sie hatte ihm mit großer Bestimmtheit gesagt, dass er besser beraten gewesen wäre, in eine kleine Doppelhaushälfte in ihrer Straße zu ziehen. Also hatte er aufgehört, sie zu fragen, und jetzt bezahlte er Unsummen, damit das Nötigste geliefert wurde, bevor er wieder arbeiten ging.

Er wusste, dass es die ganzen Feiertage so sein würde, wenn sie über Weihnachten hinfuhren. Natürlich fragte er sich, ob er nicht einen Riesenfehler gemacht hatte – sogar mehrmals am Tag –, aber er wollte nicht, dass seine Mutter ihn alle naselang daran erinnerte. Er wollte dem Leben, das er und Eliza sich gemeinsam erträumt hatten, eine Chance geben. Im Moment hatte er zwar den Eindruck, dass es außer Kontrolle geraten war, aber sie wohnten erst seit wenigen Wochen hier. Sobald Möbel im Haus waren, sobald Eliza sich in der Schule eingelebt hatte, sobald er eine Haushälterin-Schrägstrich-Nanny gefunden hatte, die die Lücken füllte, würde sicher alles besser werden.

Und wenn nicht? War es ein Traumhaus auf dem Land – oder war es abgelegen, unpraktisch und ein Quell unzähliger unnötiger Probleme? Würde aus dem Haus ein echtes Zuhause entstehen, für das man die Kinderkrankheiten in Kauf nahm – oder würden die hohen Kosten sie in den Ruin treiben? Im Endeffekt lief es auf die Frage hinaus: Was war das Beste für Eliza?

Edward sah sich um, schob seine eigenen Gefühle beiseite

und versuchte, objektiv zu sein. Es sah hier nicht bewohnbar aus, geschweige denn weihnachtlich. Vielleicht brauchte Eliza ja wirklich ein schönes Weihnachtsfest im Kreis der Familie. Sie würde auf jeden Fall besser essen als hier.

Nun, ich werde sie fragen, beschloss er. *Nur weil sie erst acht ist, heißt das nicht, dass sie nicht weiß, was sie will. Ich werde ihr von dem Brief erzählen, und dann kann sie entscheiden. Damit kann ich leben.*

KAPITEL 5

HOLLY

Holly war tief in Gedanken versunken, als sie am Freitag nach der Arbeit nach Hause kam. Der simple Akt des Umdrehens des Schlüssels im Schloss entfesselte in ihr eine Flut von komplizierten Gefühlen: Trauer (es war selbst jetzt kein zu starkes Wort) um alles, was sie verloren hatte; Ungläubigkeit und Freude darüber, dass dieses bezaubernde kleine Häuschen ihr gehörte; Stolz, dass sie es ganz allein gekauft hatte; und Melancholie – dass ihr Zuhause jetzt ein leeres Haus war. Sie trat sich im Flur die Stiefel von den Füßen, schaltete das Licht ein und hängte ihren Mantel auf. Die Heizung war bereits angesprungen. Selbst nach acht Monaten war es immer noch etwas seltsam, nur ihre Jacken an den Haken und nur ihre Schuhe im Regal zu sehen, aber langsam gewöhnte sie sich daran.

Ihr Haus war das erste in einer kleinen Reihe von fünf umgebauten Hopfendarren. Die runden Gebäude hatten spitze schwarze Kegeldächer, rotbraune Ziegelmauern mit Holzverschalung im Obergeschoss und kreisrunde Wohnzimmer. Holly liebte diesen Raum – er gab ihr das Gefühl, in einer Hobbithöhle zu leben. Sie war im März hier eingezogen und hatte noch nicht den ganzen Kreis der Jahreszeiten in ihrem Viertel und ihrem Garten erlebt.

Sie warf sich auf das halbrunde safranfarbene Sofa. Sie hatte es eigens anfertigen lassen, um das Beste aus dem kleinen Wohnraum herauszuholen. Es war irrsinnig teuer gewesen, aber ihre einzige Extravaganz. Es war genau das Richtige für den Raum. Holly war grundsätzlich der Meinung, dass man alles richtig machen sollte. Nur dumm, dass sie in allen wichtigen Dingen so vollkommen falsch gelegen hatte.

In diesem Jahr befand sich Holly in der ungewöhnlichen Situation, dass ihr auf der Arbeit weihnachtlicher zumute war als daheim. In der Schule würde sie mit dem Stück für die Weihnachtsfeier alle Hände voll zu tun haben, und die Kinder würden das Ganze zu etwas Magischem machen. Zu Hause jedoch trafen sie die jüngsten Veränderungen in ihrem Leben mit voller Wucht. Wie würde nur das Weihnachtsfest in diesem Jahr sein? Vor Alex hatte sie jedes Weihnachtsfest mit ihren Eltern verbracht. Egal, wo sie gerade war, zu Weihnachten kehrten sie immer für mindestens eine Woche nach Cornwall zurück. Als sie und Alex ein Paar waren, hatten sie Weihnachten immer zusammen verbracht und abwechselnd bei seinen und ihren Eltern und in ihrer Wohnung in Maidstone gefeiert. Doch jetzt gab es keinen Alex mehr, und ihre Eltern flogen für einen Monat nach Indien. Es war die lang ersehnte, eisern erspart Reise ihres Lebens. Als ihre Eltern sie um diese Zeit im vergangenen Jahr gebucht hatten, war Holly natürlich noch mit Alex zusammen gewesen. Holly hatte sich sehr für sie gefreut. Niemand verdiente etwas so Besonderes mehr als ihre Eltern, die mit Krankheiten und finanziellen Problemen zu kämpfen gehabt hatten. Sie freute sich immer noch darüber. Es bedeutete jedoch, dass sie vollkommen allein war.

Als sich alles verändert hatte, hatten ihre Eltern angeboten, die Reise zu verschieben, aber davon wollte sie nichts wissen. Sie hatte ihren Vater sogar am Laptop erwischt, als sein Finger über dem Absage-Button geschwebt hatte, und hatte ihn wegziehen müssen. Dann hatten sie sie gebeten, sie zu begleiten, doch das ging nicht, weil Holly arbeiten musste. Sie hatte über Weihnachten zwei Wochen frei. Schuljahrestermine waren nicht verhandelbar. Wenn Holly in der Zeit nach Indien fliegen und rechtzeitig wieder in England sein wollte, würde sie bei Schulbeginn im Januar wie einer der Zombies aussehen, von denen Jason Tillwell so besessen war.

»Hört zu«, hatte sie argumentiert, »bis Weihnachten sind es noch einige Monate. Bis dahin geht es mir wieder gut. Es wird alles geregelt sein, und ich werde wieder festen Boden unter den Füßen haben. Ihr werdet schon sehen.«

»Du brauchst trotzdem deine Eltern«, hatte ihre Mum besorgt erklärt.

»Natürlich, aber nicht in jeder einzelnen Minute. Ich bin fünfunddreißig Jahre alt. Ein Weihnachtsfest allein kriege ich schon hin. So ist das eben als Erwachsener.«

»Aber dieses Weihnachten solltest du nicht allein sein.«

»Dann gehe ich vielleicht mit Carla Skifahren oder ich miete mir mit Izzy ein Cottage auf dem Land. Es wird mir nicht schaden, mal etwas ganz anderes zu tun. Es könnte für unsere ganze Familie ein Jahr der Abenteuer werden.«

Carla verbrachte Weihnachten jedoch in Paris bei einer neu entdeckten Verwandten. Die Freuden von ancestry.co.uk! Die Einladung galt nicht für eine beste Freundin, die neben sich stand. Und Izzy hatte zum ersten Mal seit Menschengedenken eine ernste Beziehung. Jetzt war sie bis über beide Ohren in Alyson verliebt, was wahrscheinlich erklärte, warum sie mit keinem ihrer männlichen Freunde glücklich geworden war. Wenn Izzy gewusst hätte, wie sehr es Holly in diesem Jahr vor den Feiertagen graute, hätte sie sie auf der Stelle eingeladen, sie mit ihnen zu verbringen, aber das konnte Holly Iz nicht antun. Sie war nicht so dumm, in Izzys erstes Weihnachtsfest in einer wirklich echten Beziehung mit Liebe und allem Drum und Dran hineinzuplatzen. Andere Leute erholten sich ständig von Trennungen, und sie würde keine Trübsal blasen. Es steckte zwar etwas mehr dahinter, aber trotzdem. Nein, sie musste sich einfach der Tatsache stellen, dass es dieses Jahr ein stilles Fest sein würde – ein sehr stilles – und es einfach durchziehen.

Sie sah sich im Raum um. Er war wunderschön. Hübsch. Voller kleiner Luxusgegenstände und alter Schätze aus verschiedenen Phasen ihres Lebens. Es gab jedoch nicht viele aus den letzten zehn Jahren. Es war nicht so, dass sie versucht hätte, Alex aus dem Gedächtnis zu tilgen. Das könnte sie nicht tun, aber sie wollte auch nicht jeden Tag an ihn erinnert werden. Dies war ein Neuanfang. Ein leeres Blatt.

Ihre Freundin Penny wollte später zu einem Mädelsabend kommen: Bolognese und Wein. Holly stemmte sich vom Sofa hoch, knipste ein paar Lampen an und suchte Musik aus. Dann begab sie sich in die hübsche Küche mit den Einbauschränken aus Eiche und der bunten Pinnwand und machte sich daran, Pilze zu halbieren, während sie in Gedanken noch einmal den Tag durchging. Sie war begeistert, dass den Kindern ihre Idee für die Weihnachtsfeier gefallen hatte. Während der letzten Stunden hatten sie keinen richtigen Unterricht mehr gemacht, sondern Einfälle gesammelt, Dinge ausprobiert und so viel Spaß gehabt, dass am Ende alle erschöpft waren. Waren Freitagnachmittage nicht genau dafür da? Die einzige Enttäuschung war, dass Eliza Sutton zu Tode verängstigt gewirkt hatte, als Holly von ihrem Plan erzählt hatte, und ihr spitzes kleines Gesicht, das im besten Fall blass zu nennen war, war den ganzen Nachmittag weißer als Papier gewesen.

Holly hatte sie nicht bedrängt; Eliza war schließlich erste eine Woche an der Schule. Es musste ziemlich beängstigend sein, niemanden zu kennen und dann mitzuerleben, wie alle anderen wegen etwas völlig aus dem Häuschen gerieten, das man nicht kannte und nicht umgehen konnte. Holly war stolz darauf, dass in ihrer Klasse eine freundliche Atmosphäre herrschte. Sie beobachtete die Schüler mit Argusaugen, doch alle hatten sich Eliza gegenüber lieb und entspannt verhalten. Die Kinder waren im Großen und Ganzen ein guter Haufen. Manchmal energiegeladen (Hollys Lieblingsbeschönigung für völlig außer Rand und Band), in zwei Fällen mit einer allzu blutrünstigen Fantasie ausgestattet, und Jason Tillwell würde sicher irgendwann im Gefängnis landen – aber es waren keine unfreundlichen Kinder. Dennoch hatte Eliza den Eindruck vermittelt, als würde sie unter einem ganz persönlichen Schrecken leiden.

Holly wusste, dass manche Kinder schüchtern waren. Doch im Laufe der Jahre hatte sie festgestellt, dass in der richtigen Umgebung und mit sanfter Ermutigung der natürliche Wunsch nach Aufmerksamkeit siegte. Sie war sich nicht sicher, ob das bei Eliza auch der Fall sein würde. Dieses eigenartige und aufgeweckte Kind hatte etwas Tragisches an sich. Es weckte Hollys Beschützerinstinkt, ja sogar ihren Mutterinstinkt. Sie fragte sich, wo Elizas eigene Mutter war.

Als Penny kam, köchelte die Bolognese vor sich hin, die Spaghetti kochten, und zwei Gläser Rotwein warteten auf der Küchentheke. Holly riss die Tür auf und sah ihre Freundin davor stehen, das nussbraune Haar zu zwei langen Zöpfen geflochten und eine violette Bommelmütze auf dem Kopf.

»Hi, Pippi«, sagte Holly.

»Oh, die Zöpfe? Mein Haar wird so lang, dass es mich in den Wahnsinn treibt. Wie geht es dir, meine Freundin? Wie sind die Kurzen zu dir?« Penny schüttelte sich theatralisch. Sie war kein Kindermensch. Sie und Holly hatten nur sehr wenig gemeinsam, doch sie verstanden sich prächtig.

»Die Kleinen sind klasse. Wie ist das Leben in der Kommune?«

»Es ist keine Kommune, es ist eine Gemeinschaft. Das Leben ist gut, danke. Ich habe den Tag damit verbracht, beim

Bau einer Komposttoilette zu helfen. Wir brauchen wirklich noch eine.«

»Und das machst du lieber, als dir mit einer Horde Kinder eine Fantasiewelt auszudenken?«, staunte Holly. »Wein?«

Penny war Hollys neuste Freundin. Es war gut, eine Freundin in der Nähe zu haben, denn ihre alten Freundinnen waren kreuz und quer über ganz England verstreut. Es war einfach schön, wenn Penny zum Abendessen kam oder Holly zu einem Meditationskurs oder einem Waldspaziergang zu der Gemeinschaft fuhr. Heute Abend wirkte Penny jedoch etwas still, fand Holly nach einer Weile, nicht ganz so lebhaft und unverfroren wie sonst.

»Geht es dir gut?«, fragte sie. »Du wirkst etwas ... besorgt.«

Penny runzelte die Stirn. Sie war nicht der Typ, der um den heißen Brei herumredete. »Ich habe heute an der Website der Gemeinschaft gearbeitet. Du weißt, dass ich Computer hasse, aber verglichen mit den anderen bin ich ein Technikfreak, daher ... Egal. Bist du noch auf Facebook?«

»Was? Ja.« Der Themenwechsel brachte Holly durcheinander. »Ich weiß, ich weiß, ich wollte mich eigentlich abmelden, aber ich bin noch nicht dazu gekommen. Es ist schön, ab und zu nachzuschauen, was die Leute so treiben.«

»Das hatte ich befürchtet. Deshalb muss ich dir etwas sagen. Also, ich habe überprüft, ob die Links zu Facebook und Instagram funktionieren, und dabei habe ich etwas gesehen. Es geht um Alex.«

Holly stellte ihr Weinglas ab. »Ach?«

»Seine neue Freundin bekommt ein Baby.«

Um Holly drehte sich alles. Ihr wurde so übel, dass sie in die Küche zur Spüle rannte, das nächste geeignete Gefäß. Sie beugte sich schwer atmend darüber, während ihr kalter Schweiß ausbrach. Das Fenster war vom Kochen beschlagen und ein behaglicher Essensgeruch hing in der Luft.

Sie hörte Pennys Mokassins leise in die Küche tappen. »Tut mir echt leid, Mann.«

Holly nickte und stellte zu ihrer Erleichterung fest, dass die Übelkeit sich legte. »Urgh!«, stöhnte sie. »Ich kann nicht glauben, dass ich so reagiert habe. Ja, es war eine große Enttäuschung, und ja, meine Zukunftsträume sind geplatzt, aber das ist Monate her! Wann geht es mir endlich wieder gut? Wann werde ich es wirklich akzeptieren, anstatt einfach nur das Richtige zu sagen?«

Penny legte ihr eine Hand auf die Schulter. »Es dauert so lange, wie es dauert. Und es ist eine heftige Neuigkeit – die Schlimmste seit Langem.«

Holly nickte. Sie kehrte zum Sofa zurück, ließ sich in die weichen Kissen fallen und schlug die Beine unter. Sie würde sich zum Glück nicht übergeben, aber ihr war nach weinen zumute.

»Eigentlich wollte ich es dir nicht sagen«, sagte Penny. »Aber ich habe in einem Monat ungefähr fünf Minuten auf Facebook verbracht, das heißt also, wenn ich über Alex' Posts stolpern und die Neuigkeiten lesen kann, dann siehst du es sofort, wenn du auf Facebook gehst. Also dachte ich, es wäre besser, dass du nicht allein bist, wenn du es erfährst.«

Penny war lieb, und Holly war ihrer Freundin dankbar, dass sie so rücksichtsvoll und aufmerksam war. Obwohl ... war es besser, jetzt zu heulen oder später?

»Willst du darüber reden?«, fragte Penny. »Oder ist ein radikaler Themenwechsel gefragt?«

Holly seufzte. Was gab es da zu sagen, was helfen könnte? »Radikaler Themenwechsel.«

KAPITEL 6

EDWARD

Das Frühstück am Samstagmorgen war ein voller Erfolg. Edward war am Tag davor zum großen Supermarkt außerhalb von Hopley gefahren und hatte nicht nur Milch und vier Sorten Frühstücksflocken im Haus, sondern auch Speck, Eier und fertige Pfannkuchen, die man nur im Ofen aufzuwärmen brauchte. Solange er sie nicht vergaß und anbrennen ließ, konnte nicht einmal er sie ruinieren. Eliza, begeistert über die Auswahl nach dem kargen Frühstück von gestern, nahm einmal alles, und obwohl der Speck etwas trocken war und die Spiegeleier zerlaufen und eine Spur zu fettig, war es ein fürstliches Frühstück.

Sie nahmen sich Zeit, obwohl unheimlich viel erledigt, gekauft, repariert und organisiert werden musste. Sie hatten einen wichtigen Nachmittag vor sich – Vorstellungsgespräche mit drei Kandidatinnen für Elizas Betreuung unter der Woche. Sie mussten ihre Kräfte schonen. Und sie mussten ein ernsthaftes Gespräch führen.

Draußen nieselte es, aber irgendwie wirkte die Küche in dem trüben Licht noch einladender, vielleicht, weil es darin warm war und nach Frühstück roch. Die beschlagenen Fenster, die sich draußen im Wind wiegenden Bäume und das Hintergrundprasseln von leichtem Regen an den Fenstern erinnerte sie daran, dass sie es im Haus gemütlich und trocken hatten. Ihre Küche war alles andere als schön. Die Schränke waren klapprig und hatten hässliche Griffe, der Boden war mit schäbigem Linoleum ausgelegt, und durch das einfach verglaste Fenster zog es wie Hechtsuppe. Die Wände hatten seit 1968 keine frische Farbe mehr gesehen. Doch wenn sie beide gemeinsam in der Küche saßen, strahlte sie Frieden aus.

»Eliza«, sagte Edward. Seine Tochter setzte sich aufrecht hin. Er nannte sie selten bei ihrem richtigen Namen, daher wusste sie sofort, dass es um etwas Wichtiges ging. »Ich muss mit dir reden, von Mann zu Spider-Man.«

Eliza nickte mit dem ganzen Ernst ihrer acht Jahre. »Ich höre.«

»Also, es geht um Weihnachten, und ich möchte, dass du vollkommen ehrlich zu mir bist, in Ordnung? Versprichst du mir das?«

»Okay.«

»Gut. Nun, wie du sehen kannst, Lizzie-Loops, ist dieses Haus noch nicht sehr wohnlich.«

»Ich wohne sehr gern hier«, warf sie ein.

Edward sah ihr forschend ins Gesicht. Meinte sie es wirklich so, oder wollte sie ihn nur aufmuntern? So war sie, seine Eliza, immer voller Rücksicht auf seine Gefühle, immer bemüht, sich um ihn zu kümmern.

»Es sieht nicht besonders wohnlich aus«, fuhr er fort und deutete auf die nackte Glühbirne, die grässlichen alten Küchenschränke und das generelle Fehlen jeglicher Dekoration. Wie konnte das für ein kleines Mädchen wohnlich wirken?

»Aber ich wohne wirklich gern hier«, antwortete sie achselzuckend, »und das ist wichtiger, oder?«

»Das finde ich auch«, sagte er vorsichtig. O Gott, hatte er sie irgendwie einer Gehirnwäsche unterzogen? »Aber ich möchte, dass dir klar ist, Lizzles, dass es wahrscheinlich noch eine ganze Weile so aussehen wird. Ich fürchte, dass ich bei all der Freude über den Umzug irgendwie unterschätzt habe, wie viel hier noch zu tun ist. Wenn ich in einer Woche mit der Arbeit anfange, werde ich überhaupt keine Zeit mehr haben. Realistisch gesehen heißt das, dass alles, was bis dahin nicht erledigt ist, ewig liegen bleiben wird. Verstehst du?«

»Ja.«

»Gut. Also, die Frage ist folgende: Wo möchtest du Weihnachten verbringen? Deine Großeltern haben uns zu sich eingeladen. Deine Granny wäre überglücklich, dich bei sich zu haben. Ich glaube, sie kann es gar nicht erwarten, dich zu verwöhnen. Sie hat darauf hingewiesen – womit sie recht hat –, dass ich nicht kochen kann, dass wir in einem kahlen, ungemütlichen Haus leben und dass ich nur sehr wenig Zeit habe, um Geschenke und Weihnachtsschmuck zu besorgen. Wenn wir die Feiertage hier verbringen, wird es ein ziemlich seltsames Weihnachtsfest werden. Wenn wir aber nach Bexley fahren, wirst du es warm und gemütlich haben und viele leckere selbstgekochte Mahlzeiten zu essen bekommen, dort gibt es außerdem Cousins und Cousinen, mit denen du spielen kannst, und jede Menge Süßigkeiten. Also, sag mir bitte die Wahrheit, was wäre dir lieber?«

Eliza wurde blass und kaute auf ihrer Unterlippe. »Ehrlich?«, fragte sie. »Ich meine, *ehrlich* ehrlich?«

»Ich brauche absolute, kompromisslose Ehrlichkeit.«

»Dann will ich nicht hinfahren, Daddy!«, platzte sie heraus. »Entschuldige, ich will nicht undankbar sein oder dich verletzen. Ich weiß, dass Granny deine Mum ist, und ich habe sie wirklich lieb. Aber Weihnachten in Bexley wäre für mich nur halb so schön wie hier mit dir in unserem Haus zu sein. Ich muss die ganze Zeit brav sein, und alle schlafen ständig vor dem Fernseher ein, und ich mag die Cousinen und Cousins nicht, und sie schummeln beim Spielen. Außerdem kommen ständig

Nachbarn vorbei und reden über Gemeindesteuern und billige Flüge in den Winterurlaub, und ich werde mich langweilen! Und ich will den Fuchs sehen, und vielleicht kommt er ja am ersten Weihnachtstag«, endete sie leise.

Edward konnte sich ein Lachen nicht verkneifen. Sie hatte gerade seine eigenen Gefühle in einem Atemzug zusammengefasst. Kindermund tut Wahrheit kund. »Das ist in Ordnung, Lizzie-Loops. Ich erfülle dir gern jeden Wunsch. Das Einzige, was ich mir zu Weihnachten wünsche, ist, dass du ein schönes Fest hast. Ich möchte, dass du das weißt.«

Eliza nickte. »Ich weiß es, Daddy. Bist du dir sicher, dass du nicht lieber wo hinfahren willst, wo es richtigen Truthahn und Zentralheizung gibt? Du wirst nämlich nicht jünger.«

Edward schnaubte. »Dessen bin ich mir schmerzlich bewusst, mein Liebling. Keine Angst, ein karges Weihnachtsfest werde ich schon überleben. Aber was ist mit dem Festessen und Weihnachtsschmuck?«

»Ich mag Essen«, sagte Eliza nachdenklich. »Und Weihnachtsschmuck. Aber wegen mir muss es nicht sein. Ich kann Weihnachten hier spüren, du nicht auch, Daddy? Das ist alles, was ich wirklich brauche, und bei dir zu sein und herumzualbern. Alles andere ist nur das Sahnehäubchen oben drauf. Vielleicht kann unsere neue Helferin es ein wenig weihnachtlich machen. Aber wenn nicht, ist es auch nicht schlimm. Warum siehst du mich so an, Daddy?«

Edward betrachtete sie staunend. Was für ein wunderbares Kind. Lebhaft, witzig, selbstsicher und mit einem inneren Kompass, um den die meisten Erwachsenen sie beneiden würden. Cressida hatte einen großen Fehler gemacht, als sie auf das Sorgerecht verzichtet hatte. Aber ihr Verlust war sein Gewinn. »Weil du ein ganz besonderer Mensch bist, Eliza Sutton. Ich habe großes Glück, dich als Tochter zu haben.« Ein warmes Gefühl breitete sich in ihm aus, weil er und Eliza sich so ähnlich waren und es für sie beide so wichtig war, zusammen zu sein, wichtiger als Geschenke und Knallbonbons. Trotz seiner chaotischen Planlosigkeit, trotz seiner Fehler und Unzulänglichkeiten hatte er offenbar irgendetwas richtig gemacht.

»Wolltest du denn nach Bexley fahren, Daddy?«

»Ungefähr so gern, wie ich Weihnachten in einem Kriegsgebiet verbringen würde, mein Liebling.«

Während Eliza nach draußen ging, um nach Füchsen oder Fuchsspuren Ausschau zu halten, rief Edward seine Mutter an. Das Gespräch lief nicht gut.

»Schatz, ich bin fest davon überzeugt, dass ihr beide völlig verrückt seid!«, rief seine Mutter, als er es ihr sagte. »Das kann unmöglich Elizas Wunsch sein. Du beeinflusst sie, Edward, du bist selbstsüchtig.«

In Edward begann es zu kochen, aber er zwang sich zu einer ruhigen Antwort. »Mum, es ist nicht nett, so etwas zu sagen. Ich versichere dir, dass ich Eliza in Ruhe die ganze Situation erklärt habe – wie es hier sein wird und wie es bei euch wäre. Ich war brutal ehrlich und habe ihr gesagt, dass ich mit jeder Entscheidung einverstanden bin, die sie trifft. Und so hat sie sich entschieden.«

»Aber Schatz, genau das war dein Fehler. Sie ist acht. Es war deine Aufgabe und Pflicht als Vater, eine gute Entscheidung in ihrem besten Interesse zu treffen.«

»Mum, manchmal denke ich, dass du Eliza überhaupt nicht kennst. Sie hat schon immer gewusst, was sie will. Ich versichere dir, sie will nicht ...« Er brach ab und verkniff sich den Rest des Satzes, weil er seine Mutter nicht verletzen wollte. »Sie möchte ihr erstes Weihnachtsfest hier nicht verpassen. Wir werden euch besuchen, versprochen. Vor den Feiertagen bringen wir Geschenke vorbei, und irgendwann danach kommen wir für einen Tag zu euch. Aber das ist unsere Entscheidung. Wir sind übrigens beide sehr dankbar für die Einladung.«

»O ja, davon bin ich überzeugt«, schnaubte sie. »Ich kann

eure Dankbarkeit und eure Begeisterung förmlich durch die Telefonleitung spüren. Sie wärmt einem wirklich das Herz.«

»Mum!«

»Edward, ich muss ehrlich sein. Ich mache mir Sorgen um Eliza. Sei jetzt bitte nicht böse, aber ein Mädchen braucht eine Mutter oder zumindest einen Mutterersatz. Ich weiß, dass du dir Mühe gibst, aber du bist ein Mann, und du hast einen Vollzeitjob ...«

Edward ging jetzt im Flur auf und ab, vorbei am Garderobenständer und der Treppe, vorbei an den restlichen Räumen bis ans andere Ende des Hauses, dann wieder zurück zur Küche und zur Haustür. »Du weißt, dass ich nicht Vollzeit, sondern nur vier Tage die Woche arbeiten werde, Mum.«

»Das ändert überhaupt nichts. Es ist immer noch die meiste Zeit. Und was passiert an diesen vier Tagen? Ich weiß, dass du jemanden einstellen willst, aber was ist, wenn du niemanden findest? Außerdem, was ist das für eine Betreuung, sie einer wildfremden Person zu überlassen? Du verstehst überhaupt nichts von Erziehung. Eliza wird völlig verwahrlosen, und in der Schule hat sie immer noch nicht Fuß gefasst. Dein Vater und ich haben uns ausführlich darüber unterhalten und – flipp jetzt bitte nicht aus –, aber ich möchte, dass du über etwas nachdenkst.«

»Was?«, fragte Edward misstrauisch.

»Ich finde, wir sollten Eliza nehmen.«

»Sie nehmen? Wohin?«

»Zu uns! Sie bei uns aufnehmen, in unsere Obhut nehmen, wenn du so willst. Es wäre für alle viel besser.«

Edward spürte, wie ihm das Blut in den Adern gefror. »Du willst das Sorgerecht für meine Tochter?«, fragte er nach und konnte sich einen gewissen drohenden Tonfall nicht verkneifen.

»Aber, aber, Edward.«

»Komm mir nicht mit ›aber, aber‹! Ich bin kerngesund, habe

ein ausgezeichnetes Einkommen und, das ist vielleicht das Wichtigste, ich liebe Eliza! Ich liebe es, mich um sie zu kümmern und bei ihr zu sein. Ich bin ein engagierter Vater, Herrgott noch mal!«

»Edward, ich sagte, flipp bitte nicht aus. Ich möchte dich wirklich nicht verärgern. Ich will nur helfen.«

»Das ist lieb von dir, Mum, aber es ist ganz normal, dass berufstätige alleinerziehende Eltern Kinder erziehen, und manchmal handelt es sich dabei um Väter! Es ist auch durchaus üblich, in ein Haus zu ziehen, an dem man noch etwas machen muss. Es ist nur renovierungsbedürftig, keine Ruine! Eliza bekommt genug zu essen ...«

»Wohl kaum.«

»... Kleidung, ein Haus und Liebe. Sie ist glücklich. Ihre Mutter hat sie verlassen und wir sind hierher gezogen. Das ist wirklich genug Veränderung für ein kleines Mädchen. Sie lebt bei mir, und ich will kein Wort mehr hören. Es ist beleidigend, unangemessen, und ... und ...« Edward, von Empörung überwältigt, fehlten ausnahmsweise die Worte. Seine Eltern waren immer konservativ und ein bisschen spießig gewesen, aber das! Die Andeutung, er sei nicht das Beste für Eliza, war unfassbar verletzend. »Ich mache jetzt Schluss. Ich habe heute Nachmittag Vorstellungsgespräche für unsere Haushaltshilfe.«

Seine Mutter seufzte. »Na gut, Schatz. Viel Glück dabei.«

Mit zitternden Händen beendete Edward schnell den Anruf. Seine Eltern hatten besprochen, ob Eliza bei ihnen leben sollte. Was um alles in der Welt war in sie gefahren? Waren seine Lebensentscheidungen wirklich so schlimm?

Das größte Problem war die Überzeugung seiner Eltern, dass Eliza kein Recht hatte, mitzuentscheiden, weil sie ein Kind war. Er wusste, dass sie nur Elizas Glück wollten. Aber wenn es nach ihnen ginge, wäre sie nicht glücklich. Sie war ein zu großer Freigeist, um in einer derart reglementierten Umgebung zu gedeihen. Doch er bezweifelte, dass er seine Eltern jetzt noch umstimmen konnte. Als er und sein Bruder klein waren, war es genauso gewesen. Sie waren erst mit achtzehn alt genug gewesen, um zu wissen, was das Beste für sie war. Selbst dann hatten ihre Eltern noch darauf bestanden, die Universitäten und Seminare für sie auszusuchen. Sein Bruder Adam hatte sich gefügt, und Edward musste zugeben, dass sich alles zu seinem Besten entwickelt hatte.

Edward hatte durchgehalten und getan, was er wollte, hatte Reisen gemacht und dann Tiermedizin studiert, aber seine Eltern waren nicht glücklich gewesen. Als er acht Monate vor dem Abschluss das Studium geschmissen hatte, um Geld zu verdienen, weil er Cressida kennengelernt hatte, hatte es Krach gegeben. Jung und dumm traf es nicht einmal ansatzweise, doch zumindest waren es seine eigenen Entscheidungen gewesen – die guten, die weniger guten und die leicht hirnverbrannten.

Er erinnerte sich an eine Kindheit, in der das Wichtigste im Überfluss vorhanden war – Geld, ein großes Haus und gute Schulen. Auch Liebe, ausgedrückt auf die altmodische Art. Doch in dem Leben hatte er sich gefangen gefühlt. Er wollte ausbrechen. Kein Wunder, dass er sich in die lebhaft, wilde und fantasievolle Cressida verliebt hatte. Sie hatten sich ein wunderbares, farbenfrohes Leben aufgebaut, und für einige Zeit war er wirklich glücklich gewesen.

Seit er das alleinige Sorgerecht für Eliza erhalten hatte, zweifelte er an sich auf Schritt und Tritt. Er vermied es bewusst, ihr seine Art zu leben aufzudrängen, oder war gerade das die Aufgabe von Eltern? Bei den grundlegenden Dingen wie der Schule ließ er ihr keine Wahl. Doch ob sie in Leeds bleiben oder wegziehen sollten, ob in die Stadt oder aufs Land, ob Weihnachten in Hopley oder in Bexley ... das waren Entscheidungen, mit denen sie sich wohlfühlen musste. Oder machte er sich etwas vor? Akzeptierte er zu bereitwillig, was sie ihm sagte, weil es das war, was er hören wollte? Nur seine Mutter konnte solche Selbstzweifel in ihm auslösen.

Nun, dachte er mit Blick auf die Uhr. Die erste Kandidatin würde in Kürze eintreffen. *Mal sehen, wie wir heute vorankommen. Vielleicht finden wir ja jemanden, der absolut perfekt ist, und alles wird sich fügen und beweisen, dass dieses Leben gelingen kann – dass es so sein soll.*

Schnell spülte er das Geschirr, trocknete sogar ab und räumte es weg. Normalerweise ließen sie es auf dem Abtropfbrett stehen, aber die Bewerberinnen sollten denken, dass er alles zumindest halbwegs im Griff hatte. Die Vorstellungsgespräche mussten in der Küche stattfinden, weil es der einzige Raum mit genug Stühlen war. Einer davon ein Gartenstuhl.

»Wir haben wirklich eine interessante Entscheidung getroffen, als wir beschlossen haben, alles zurückzulassen«, sagte Edward und sah sich um.

Um sechs Uhr abends war er deprimiert, und selbst Eliza wirkte niedergeschlagen. Elizabeth Reynolds, ihre erste Kandidatin, hatte sich mit geblähten Nasenflügeln umgesehen, als beleidige ein widerlicher Geruch ihre Nase. Es gab keinen Geruch. Welche Mängel Christmas House auch haben mochte, es stank nicht. Es war vielleicht etwas feucht wegen der eigenwilligen Zentralheizung und der fallenden Temperaturen, aber es war sauber und hygienisch. Dennoch hatte Ms Reynolds sie beide angesehen, als seien sie Hausbesetzer, die sich jeden Abend mit Bier volllaufen ließen. Es war klar, dass sie nicht für sie arbeiten wollte, und das Gefühl beruhte auf Gegenseitigkeit. Sie blieb nur zehn Minuten.

»Wir hätten das Geschirr ruhig stehen lassen können«, bemerkte Eliza.

Der zweite Kandidat war Robbie Brass, ein junger Mann mit schulterlangen Locken und einem süßen Lächeln. Eliza mochte ihn sofort und strahlte über ihr ganzes spitzes Gesicht. Edward mochte ihn auch, aber Robbie stank nach Gras. Der Geruch ging von seinem Haar, seiner Haut und seiner Latzhose aus. Edward hatte im Grunde nichts gegen Kiffer. Ein zugedröhntes Blumenkind war eine angenehmere Gesellschaft als ein aufgeputschter, zorniger Säufer. Aber nicht als Betreuer seiner Tochter. In Elizas Nähe wollte er niemanden haben, der unter dem Einfluss von etwas Stärkerem stand als frischer Luft. Ausgeschlossen.

Als sie Robbie zur Tür begleiteten, warf Eliza Edward einen hoffnungsvollen, aufgeregten Blick zu. »Danke, dass Sie gekommen sind, Robbie«, sagte er. »Ich werde mich melden.« Sobald die Tür geschlossen war, drehte er sich zu Eliza um und schüttelte den Kopf. »Nein, Süße. Tut mir leid.«

»Aber ich fand ihn so nett«, sagte Eliza traurig.

»Das war er auch. Aber ich konnte ihm seine Lieblingsbeschäftigung anmerken, und deshalb ist er für die Betreuung von kleinen Kindern nicht der Richtige.«

»Was für eine Beschäftigung, Daddy? Und woran hast du es gemerkt?« Also musste er seinem unschuldigen Engel erklären, was es mit Drogen auf sich hatte. Er hielt es kurz und beschränkte sich auf das Nötigste.

»Warum?«, fragte Eliza stirnrunzelnd. »Warum sollte irgendjemand das tun wollen?«

Die dritte Kandidatin brach ihnen das Herz. Sie wirkte von Anfang an perfekt und gefiel ihnen beiden. Ihr Lebenslauf war der beste der drei, sie verfügte über große Erfahrung und Qualifikationen in der Kinderbetreuung. Vom Aussehen her war sie die reinste Doppelgängerin der Sängerin Jamelia, mit langen schwingenden Zöpfen, einem breiten Lächeln und einem gewissen Schalk in den mandelförmigen Augen. Sie brachte Eliza zum Lachen und warf Edward einige Male Blicke zu, als wolle sie sagen: »Mein Gott, wie süß«. Ein todsicherer Weg ins Edwards Herz. Sie unterhielten sich anderthalb Stunden lang, tranken mehrere Tassen Tee und hatten das Gefühl, wie füreinander geschaffen zu sein. Bis ein kleines Detail zur Sprache kam, das vorher irgendwie untergegangen war: Dass Edward jemanden für vier Tage die Woche suchte.

Edward hatte sich mit dem Plan, Eliza in der Obhut von Fremden zu lassen, nur deshalb angefreundet, weil er nicht jeden Tag arbeiten würde. Mittwochs konnte er sie von der Schule abholen, sich am Schultor mit den anderen Eltern treffen und mit Elizas Lehrerin sprechen, der berühmten Miss Hanwell. Er verdiente bei seinem neuen Job genug, um einen Tag in der Woche zu Hause bleiben zu können – das Zünglein an der Waage zugunsten vernünftiger Erziehung.

»Es tut mir so leid«, sagte Chrissy. »Das habe ich gar nicht mitbekommen – wie dumm von mir. Ich brauche unbedingt einen Vollzeitjob, weil ich für die Schauspielschule spare. Ich hätte so gern hier gearbeitet – tut mir leid, nicht dass ich Ihre Entscheidung vorwegnehmen wollte –, aber ich kann auch gleich sagen, dass ich es nicht machen kann. Mir war nicht klar, dass Sie jemanden für achtzig Prozent suchen.«

»Und wenn ich Ihnen mehr zahle?«, versuchte Edward es verzweifelt.

»Ich brauche Lohn für fünf Tage. Den werden Sie doch sicher nicht für vier Tage zahlen?«

Edward sackte in sich zusammen. »Ich würde es tun, aber ich kann nicht.« Er war zwar nicht pleite, aber der Umzug war teuer gewesen und die Renovierung des neuen Hauses kostete ein Vermögen. Es war unsinnig, jemanden dermaßen überzubezahlen; er musste schließlich eine Tochter ernähren.

Voller Bedauern verabschiedeten sie sich und wünschten einander viel Glück. »Tschüss, Chrissy«, rief Eliza und winkte ihr traurig nach.

Edward stöhnte. So nah dran! Er war kurz davor, hinter ihr herzulaufen und ihr alles Geld anzubieten, das sie wollte, aber er musste vorausdenken, musste für Eventualitäten gewappnet sein.

»Keine Sorge, Daddy, morgen kommt noch jemand«, sagte Eliza und ließ ihre Hand in seine gleiten.

KAPITEL 7

ELIZA

Am Sonntag schoben sie das missratene Abendessen auf den Tellern hin und her. Sie hatten als Übung für Weihnachten versucht, ein Huhn zu braten, aber es war nicht gut gelaufen. Das Fleisch war an manchen Stellen trocken und an anderen glitschig, und Daddy sagte mehr als einmal, dass er keine Ahnung habe, wie das überhaupt möglich sei. Das Gemüse war grau und geschmacklos, und die Soße war dünn und langweilig, ganz anders als die leckere sämige Soße, die Granny machte. Nach einigen lustlosen Bissen räumte ihr Vater die Teller ab und ging damit nach draußen. Ein Schwall kalter Luft wehte durch die Hintertür in die Küche herein, und Eliza hörte, wie der Deckel des Mülleimers hochgehoben und ihr Essen hineingekippt wurde.

Eliza seufzte. Vielleicht sollte sie kochen lernen. Aber Daddy sagte, er weigere sich, Geschlechtsstereotype aufrechtzuerhalten. Er sei intelligent und einigermaßen praktisch begabt, also gebe es keinen Grund, warum seine achtjährige Tochter gezwungen sein solle, ihre Mahlzeiten zu kochen. Doch Eliza glaubte nicht, dass ihm das Kochen schwerfiel, weil er ein Mann war – viele der besten Fernsehköche waren

Männer –, und dachte, es liege einfach daran, dass er von Natur aus schlecht darin war. Man konnte nicht in allem gut sein.

An diesem Abend waren sie besonders niedergeschlagen, weil die vierte Kandidatin, die sich vorgestellt hatte, sich als die Schlimmste von allen entpuppt hatte. Agnes Pertwee hatte eisblaue Augen in einem grauweißen Gesicht, einen Stiernacken und eine kalte Ausstrahlung. Sie hatte kein Wort zu Eliza gesagt, und Eliza hatte von dem Augenblick an, als sie hereingekommen war, eine Gänsehaut gehabt. Ihr Vater hatte offenbar genauso empfunden, denn er hatte die Dame bereits nach acht Minuten zur Haustür begleitet und anschließend gesagt, sie habe ihn an eine Serienmörderin erinnert. Als sie fort war, hatte Daddy sich sein Handy geschnappt und Chrissy angerufen. »Ich werde ihr doch den Lohn für fünf Tage anbieten«, hatte er gemurmelt, während das Telefon klingelte. »Sechs Tage, wenn es sein muss.« Aber Chrissy hatte bereits einen anderen Job angenommen.

Eliza sah zu, wie er zwei Dosen Tomatensuppe aufwärmte und Toast anbrennen ließ. Er warf ihn weg und füllte den Toastständer mit neuen Scheiben. Die Haltung seiner Schultern verriet ihr, dass er sich wirklich mies fühlte. Als alles fertig war, stellte er es mit unglücklicher Miene vor sie hin.

»Tut mir leid, Lizzie-Loops. Es ist nicht gerade ein Festmahl.«

»Es ist lecker!« Eliza zuckte die Achseln und schnitt Käse in ihre Suppe. Sie liebte es, wenn er schmolz und Fäden zog.

»Für das Weihnachtsessen verheißt es nichts Gutes.«

»Das macht nichts, Daddy. Wir haben darüber gesprochen.«

»Aber Lizzicles, was sollen wir nur tun? Ich habe niemanden, der auf dich aufpasst, während ich arbeite, und ich kann dir nicht mal etwas zu essen machen.«

»Das hier ist doch Essen.«

Sie beendeten schweigend die Mahlzeit, und Eliza

wünschte vergeblich, sie hätte ein Zauberwort für ihn gehabt. Sie war erst acht. Irgendwie wusste sie jedoch, dass alles gut werden würde. Sie wünschte, sie hätte ihm das verständlich machen können, aber Erwachsene brauchten für alles Erklärungen, wenn sie es glauben sollten. Es schien nicht oft vorzukommen, dass sie etwas einfach wussten.

Daddys Laune besserte sich erst, als sie heiße Schokolade machten. Das passierte bei heißer Schokolade jedes Mal. Sie begannen über Agnes zu lachen – das war das Schöne an Daddy: er konnte immer die lustige Seite sehen –, als ein lauter Krach draußen beide zusammenfahren ließ. Eliza umklammerte die Tischkante. »Sind das Räuber?«

Ihr Vater wirkte erst besorgt, dann entspannte er sich. »Vierbeinige Räuber«, sagte er. »Füchse, wette ich. Freche Biester.«

Eliza sauste durch den Raum und riss die Tür auf. Und tatsächlich, der Mülleimer war umgekippt, der Deckel lag ein Stück entfernt und wackelte noch, und ihr enttäuschendes Hühnchen war im Gras verteilt. Doch von den Füchsen keine Spur. Eliza meinte, zwei schattenhafte Gestalten im Dunkel des Gartens verschwinden zu sehen, war sich aber nicht sicher. Ihre Augen mussten sich nach dem hellen Licht in der Küche erst an die Dunkelheit gewöhnen.

»Sie waren hier, aber jetzt sind sie weg«, rief sie bitter enttäuscht über die Schulter. »Allerdings haben sie eine ziemliche Schweinerei angestellt, Daddy.«

Edward trat neben sie in die Tür und seufzte. »Wir können ihnen wahrscheinlich keinen Vorwurf machen, da ich gerade fast ein ganzes Huhn weggeworfen habe. Schließlich haben wir Winter. Geh und mach dich fertig fürs Bett, Lizzie-Boots. Du hast morgen Schule.«

Eliza seufzte. Sie mochte zwar die neue Schule, aber das Wochenende sollte noch nicht vorbei sein. Sie wollte lange aufbleiben und sich mit ihrem Dad Filme anschauen, und sie wollte Ausschau halten, ob die Füchse zurückkamen. Das durfte sie vor der Schule jedoch nie, daher hatte es keinen Sinn, zu betteln.

Sie ging nach oben und putzte sich die Zähne. Vom Badezimmerfenster aus sah sie, wie ihr Vater im Licht aus der Küche das Huhn aufsammelte, in mehrere Tüten übereinander packte und wieder in die Mülltonne warf. Dann legte er einen schweren Stein auf den Deckel. Jetzt würden die Füchse bestimmt nicht mehr kommen.

KAPITEL 8

HOLLY

Holly hatte nur ein Ziel für das Wochenende: Nicht über die Neuigkeiten nachzudenken, die sie von Penny erfahren hatte. Das Problem war, sie hatte nicht viel, womit sie sich sonst beschäftigen konnte. Zuerst blieb sie im Bett und las, aber es gelang ihr nicht, in die Fantasiewelt des Buches einzutauchen. Sie war sich die ganze Zeit über bewusst, dass sie allein im Bett saß, dass es zu still im Haus war und dass Alex nicht bei ihr war und Zeitung las und mit ihr plauderte. Das Schlafzimmer, ganz in Rosa- und Pfirsichtönen gehalten, war hübsch. Holly hatte ein Händchen für Inneneinrichtung, und ein Vorteil der Partnerlosigkeit war die Möglichkeit, in femininen Farben zu schwelgen. Aber ... ihre Zukunft war so meilenweit entfernt von dem, was sie sich immer gewünscht hatte, dass es sie vollkommen fertig machte.

Also stand sie auf, kochte sich einen Kaffee, stellte sich ans Fenster und schaute in ihren kleinen Garten. Es war ein quadratischer Cottage-Garten, dessen Pracht ausschließlich früheren Besitzern zu verdanken war. So sehr Holly die Natur liebte, hatte sie doch keine Ahnung, wie sie ihr eigenes Fleckchen davon pflegen musste. Ihre Daumen waren fast das

Gegenteil von grün, praktisch rotbraun. Trotz ihrer Vernachlässigung war immer irgendwo im Garten Farbe gewesen, seit sie im März eingezogen war. Selbst jetzt, da die Beete und Sträucher in nostalgische Sepia- und Umbra-Töne und, im Falle des fedrigen Pampasgrases, in Cremefarben getaucht waren, leuchtete immer noch ein rubinroter Ahornbaum. Doch auch er verlor bereits Blätter, die verstreut auf dem Rasen lagen. Holly hatte sich angewöhnt, die Blätter zu zählen, die noch an den schlanken Zweigen übrig waren. Im Moment waren es siebenunddreißig. Der Garten könnte ein Projekt werden und ihre Wochenenden ausfüllen. Sie könnte sich ein Buch kaufen und anfangen, sich die Gartensendungen von Monty Don anzuschauen. Aber der Winter war nicht ganz der richtige Zeitpunkt für so etwas, oder?

Rumstehen brachte nichts. Sie ging unter die Dusche, zog Jeans und ihren roten Lieblingspullover an und föhnte sich das gewellte blonde Haar. Selbstfürsorge und Zufriedenheit mit dem eigenen Aussehen waren wichtig, oder? Nur weil sie allein war, hieß das nicht, dass sie den ganzen Tag im Jogginganzug mit ungekämmten Haaren herumzusitzen hatte. Sie musste sich für das Gute bereit fühlen, dann würde schon etwas Gutes passieren. Holly war stolz darauf, tapfer und positiv gestimmt zu sein und zu allem eine gute Miene zu machen.

Doch nach dem Frühstück und einer oberflächlichen Aufräumaktion war es immer noch erst halb elf. Sie kam sich vor wie bestellt und nicht abgeholt. Also beschloss sie, Wäsche zu waschen, aber als sie in den Korb schaute, war fast nichts darin. Sie war während der Woche zu gut organisiert, es gab kein Chaos, dem man am Wochenende zu Leibe rücken musste. Sie war schon immer so gewesen.

Apropos Organisiertheit ... Sie verbrachte zwei Stunden damit, Unterrichtspläne und Listen für die Bühnendekorationen zu erstellen, die die Kinder im Unterricht basteln konnten. Es war für sie immer ein Ansporn, mitzuerleben, wie die

Kulisse im Laufe der Wochen entstand, und sie waren sehr stolz, wenn die Eltern schließlich das fertige Bühnenbild lobten, weil sie dazu beigetragen hatten. Wenn Holly arbeitete, verging die Zeit schneller, aber im Hinterkopf wusste sie, dass es keine ideale Lösung war. Der Sinn von Wochenenden bestand darin, nicht zu arbeiten, Zeit fürs Privatleben zu haben. Zu arbeiten, wenn man etwas wirklich erledigen musste, war das Eine. Zu arbeiten, weil man buchstäblich sonst nichts zu tun hatte, war etwas ganz anderes.

Sie aß etwas zu Mittag und beschloss dann, Weihnachtseinkäufe zu erledigen. Es war nicht zu früh, da ihre Eltern am 1. Dezember England verlassen würden. Und wenn sie schon mal dabei war, konnte sie nach Inspiration für ihr eigenes Weihnachtsfest Ausschau halten – Weihnachten für eine Person. Sie musste sich den Feiertagen stellen – wenn möglich, sich darauf freuen.

Am Ende erwies es sich als schlechte Idee. Es war nett, zu Fuß nach Hopley zu gehen: Es hatte aufgehört zu regnen, und sie mochte die stillen Straßen, die sanften Novemberfarben und den lilagrauen Himmel. Doch sobald sie dort war, rief es ihr nur ihre Einsamkeit ins Bewusstsein. Hopley war kein malerischer Ort. Der Stadtrand war hübsch und die umliegende Landschaft sehr schön, aber im Zentrum schlossen immer mehr kleine Geschäfte und Billigläden machten auf. Die jungen Leute zogen fort und mit ihnen verschwanden die Hoffnung und Lebendigkeit. Die Cafés waren billiger und die Pubs trendiger geworden. Holly hatte in letzter Zeit kleine Anzeichen gesehen, dass die Stadt wieder zum Leben erwachte, aber im Großen und Ganzen war ein Einkaufsbummel in Hopley nicht gerade ein erhebendes Erlebnis.

In der Stadt traf sie normalerweise mindestens zwei oder drei ihrer Schüler. Die Eltern lauerten ihr immer auf, dankbar für die Gelegenheit, Holly für ein paar Minuten für sich zu haben und über ihre Lieblinge zu reden. Hollys Eltern und viele ihrer Freunde lebten zwar weit entfernt, aber ihre Arbeit gab ihr stets das Gefühl, Teil einer Gemeinschaft zu sein. Heute jedoch meinte es das Schicksal böse mit ihr und sie sah niemanden, den sie kannte, nur eifrige Passanten, die Weihnachtseinkäufe erledigten: Familien, Gruppen von Freunden und, am schlimmsten, Mütter und Töchter. Bei deren Anblick vermisste sie ihre eigene Mum noch mehr und dachte erst recht an das, was sie verloren hatte.

Mitten auf der Hauptstraße verlor sie die Fassung. Eine betäubende Panik übermannte sie. Orientierungslos stolperte sie in eine ruhigere Seitenstraße, wo weniger Menschen sie sehen würden. Zu ihren vielen Problemen musste nicht auch noch eine peinliche Situation hinzukommen. Sie lehnte sich an eine Mauer, zwang sich, tief durchzuatmen, und allmählich legte sich die Furcht. Langsam kam sie zur Besinnung und konnte wieder die Füße auf dem Boden spüren.

»O Gott!«, sagte sie laut und schaute sich verwirrt um, als sei sie von einem Sturm davongetragen und woanders wieder abgesetzt worden. Sie sah auf ihr Handy. Sollte sie jemanden anrufen? Nein, sie war wieder okay. Etwas wackelig auf den Beinen, aber okay.

Ein Stück die Straße herunter entdeckte sie einen schönen kleinen Antiquitätenladen mit einem hellblauen Schild. Darauf stand in schwarzen Buchstaben: *Varden's Antiques*. Das Geschäft war neu. Eines Tages würde sie es sich ansehen, aber nicht heute. Sie war doch nicht in der Stimmung für Einkäufe.

Sie wappnete sich, um auf die belebte Hauptstraße zurückzukehren. Am Vernünftigsten wäre es, irgendwo eine heiße Schokolade zu trinken und sich für eine Weile auszuruhen, bis der Anfall wirklich vorüber war. Holly war früher für ihr Leben gern in Cafés gegangen – zusammen mit Alex, mit ihrer Mum oder einer Freundin. In ihrer gegenwärtigen Gemütsverfassung befürchtete sie jedoch, dass es ihr den Rest geben würde, allein in einem Café zu sitzen. Sie wollte nur noch nach Hause.

Also machte sie sich auf den Rückweg. Sie ließ sich Zeit und atmete tief durch, als die Erinnerung zurückkehrte. Wie hatte ihr das passieren können? Sie war immer beliebt gewesen, hatte immer Freunde und einen Mann in ihrem Leben gehabt. An den Wochenenden hatte sie zu viele Angebote, um sie alle anzunehmen. Es war purer Zufall, dass die anderen geheiratet hatten oder umgezogen waren, als ihr eigenes Leben implodiert war. Sie würde es überstehen, ermahnte sie sich streng. Andere fingen ständig neu an. Es war zu schaffen. Sie hatte einen Job, ein Haus ... Es war ein starker Anfang.

Als sie zu Hause ankam, stutzte sie. An der dunkelblauen Haustür hing ein Kranz. Holly hatte ihn nicht aufgehängt. Der Kranz war mit einem breiten roten Band an dem Türklopfer befestigt worden, ein traditionelles Gebinde aus Stechpalmen und Tannenzweigen, geschmückt mit Kiefernzapfen, kleinen goldenen Glöckchen und leuchtend roten Beeren. Absolut wunderschön. Aber wer hatte ihn dort hingehängt?

Sie schaute die Straße auf und ab, doch das lieferte keine Anhaltspunkte. Hatte sie einen heimlichen Bewunderer? War es ein Weihnachtself? Irgendein Nachbarschaftsding? Vielleicht war es Penny gewesen, um sie aufzuheitern. Doch bei Penny wäre er nicht so üppig und strahlend ausgefallen. Sie hätte einen unordentlichen Kranz aus Efeu aus dem Wald geflochten. Einen verrückten Moment lang dachte Holly, dass Alex vielleicht seine Meinung geändert und beschlossen hatte, zu ihr zurückzukommen, dass dies seine Versöhnungsgeste war. Doch Alex bekam mit einer anderen ein Baby.

Holly ging ins Haus – kein Brief mit einer Erklärung auf der Fußmatte – und warf sich aufs Sofa, wo sie hemmungslos weinte. Sie hatte sich seit Monaten nicht mehr so gehen lassen. Sie hatte gedacht, es würde ihr langsam besser gehen, sie sei darüber hinweg. Nun wurde ihr klar, dass sie viel tiefer verletzt war, als sie sich eingestanden hatte. Was sollte sie nur dagegen tun? Holly hielt nichts davon, sich im eigenen Elend zu suhlen.

Sie wollte nicht das Gefühl haben, ihr Leben sei zu Ende. Sie wollte sich zusammenreißen und endlich wieder fröhlich sein, aber das war gar nicht so leicht. Was, wenn es niemals leicht wurde?

Sie richtete sich auf, schob sich das tränenfeuchte Haar aus dem Gesicht und wischte sich mit den Handballen die Augen ab. Dann holte sie tief Luft, machte sich in der Küche eine heiße Schokolade und setzte sich danach wieder in die Ecke des Sofas. Wozu hatte man ein großes gemütliches Sofa, wenn es niemanden gab, mit dem man darauf kuscheln konnte?

Bevor sie wusste, wie ihr geschah, weinte sie schon wieder. Furchtbar. Inzwischen war es irgendwie fünf Uhr nachmittags geworden. Das Tageslicht war verschwunden und der Raum wurde dunkel und kalt. Sie zog die Vorhänge zu und schaltete das Licht ein, um die Finsternis zu verdrängen. Was für ein schrecklicher, unglücklicher Tag.

KAPITEL 9

EDWARD

Es war ein Schrank, der Weihnachten rettete. Ein ganz normaler, unscheinbarer Schrank im Flur mit einer hässlichen Tür aus Sperrholz. Innen roch es muffig, und Spinnweben schmückten die beiden Regalböden aus Spanplatten. Die Tür war lieblos mit einem Scharnier versehen worden, sodass man den Schrank mit einem Vorhängeschloss verschließen konnte. Edward erinnerte sich, dass der Vorbesitzer gesagt hatte, dort habe er den Unkrautvernichter aufbewahrt, damit der Hund oder die Enkelkinder nicht daran kamen. Jetzt hing kein Vorhängeschloss davor, aber das ließe sich leicht besorgen. Sobald er einen abschließbaren Stauraum hatte, konnte er anfangen, Weihnachtsgeschenke zu horten. Er könnte in dieser Woche schon welche kaufen, während Eliza in der Schule war, und würde nicht völlig unvorbereitet sein, wenn es soweit war. Er würde heute damit anfangen.

Edward graute davor, ins Einkaufszentrum zu fahren. Es war ihm zu laut und zu hektisch, und die Müdigkeit steckte ihm in den Knochen. Die beiden letzten Monate hatten große Veränderungen, harte Arbeit und viele Sorgen mit sich gebracht. Die Enttäuschung des Wochenendes war der Tropfen gewesen, der das Fass zum Überlaufen gebracht hatte. Eine weitere Woche zu beginnen und nicht zu wissen, wie er und Eliza ab nächsten Montag zurechtkommen sollten, nahm ihm die Kraft.

Es war ein schöner Tag, und er musste sich schonen. Er reinigte den Schrank mit einem Desinfektionsmittel mit Zitronenduft und ließ die Tür offen, damit er trocknen konnte – Elizas Sachen sollten nicht feucht werden. Dann zog er die Jacke an, steckte sein Portemonnaie ein und verließ das Haus. Er würde zu Fuß nach Hopley gehen. Außer Putzen, Hämmern und Anstreichen hatte er in letzter Zeit nicht viel Bewegung bekommen, Staubsaugen hatte den Kraftsport ersetzt. Er brauchte frische Luft. Hopley war nicht gerade ein Einkaufsparadies, aber es gab ein paar Läden und er konnte zumindest das Vorhängeschloss und Geschenkpapier kaufen.

Doch an dem Tag kam er nicht bis nach Hopley. Bei ihren kurzen Abstechern in die Stadt hatten Eliza und er gar nicht bemerkt, wie hübsch es hier war. Hopley war nicht der beste Ort auf der Welt, hatten sie befunden. Es fehlte an Charakter, und es gab mehr Billigläden als nötig. Sie waren jedoch immer mit dem Auto hingefahren, weil zwei Meilen für Elizas kurze Beine ein langer Spaziergang waren. Das bedeutete, dass sie immer auf der anderen Seite der Stadt geparkt hatten, wo es viel Beton gab. Als Edward nun zu Fuß ging, bekam er Hopleys charmantere Seite zu sehen.

Landstraßen, von hohen, winterkahlen Hecken flankiert, schlängelten sich durch kahle Stoppelfelder. Größere, hübschere Häuser mit fantasievollen Gärten und einladenden Fassaden. Ein netter kleiner Pub namens The Swan am Rande eines Baches, der zu Edwards Füßen dahinplätscherte. Die Straße stieg leicht an, führte über den Bach und senkte sich dann wieder, wie ein alter Mann, der sich in seinen Sessel sinken ließ. Ein Blässhuhn paddelte wie verrückt durch das kalte grüne Wasser.

Dann entdeckte Edward zu seiner Linken eine schöne alte Kirche. Normannisch? Mittelalterlich? Er kannte sich mit Architektur nicht so aus. Sie wirkte jedenfalls sehr einladend, obwohl sie gerade rundherum eingerüstet war – sie bekam offenbar ein neues Dach. Die Kirche war aus hellgrauem Stein erbaut und hatte einen viereckigen Turm und drei spektakuläre Buntglasfenster. Neben ihr stand eine große alte Eibe, deren Äste über den Weg wehten wie ein Türsteher, der Gäste hineinwinkte. Edward zögerte. Er war kein Kirchgänger, aber aus irgendeinem Grund sprach diese Kirche ihn an. Er war müde. Er war niedergeschlagen. Er musste ein Vorhängeschloss kaufen, aber vor allem wollte er sich einfach nur hinsetzen und etwas Ruhe haben. Wenn das keine guten Gründe waren, um eine Kirche zu besuchen, dann wusste er es nicht.

Er ging auf das überdachte Friedhofstor zu, hob den Riegel und trat hindurch. Er hatte Friedhöfe schon immer gemocht. Er las gern die Namen, Daten und Inschriften und fragte sich, wie die Menschen, die dort begraben lagen, wohl gewesen waren und was für ein Leben sie geführt hatten. War einer der Männer auch so ein unfähiger Vater gewesen wie er? überlegte er, während er zwischen den Grabsteinen umherwanderte. Ehrlich, er hätte sich gleich als Erstes um eine Betreuung für Eliza kümmern müssen, statt die Wände zu verputzen und zu streichen, aber er hatte das Haus unbedingt bewohnbar machen wollen. Davon, dass Eliza nach der Schule in guten Händen war, hing alles ab. Dumm. Er schlug sich gegen die Stirn, während er zwischen moosbewachsenen kleinen Hügeln hindurchging und die Kälte auf eine ganz neue Art spürte. Hatte Eliza heute Morgen ihre Handschuhe angezogen? Er wusste es nicht mehr.

Nach einer Runde über den Friedhof prüfte er die Kirchentür. Sie war offen. Das gefiel ihm. Er ging leise hinein und sah sich um. Das Gewölbe war wegen der Bauarbeiten mit Planen verhängt, aber das tat der Schönheit der Kirche keinen

Abbruch. Sie hatte ein breites Mittelschiff, alte, gut polierte Bänke, und die Fenster warfen bunte Farbflecke auf den Boden. Beeindruckende Kaskaden weißer Blumen ergossen sich aus Vasen links und rechts der Kanzel. Weihnachten war in St. Domneva noch nicht angekommen.

Auf einem hohen Regal zu seiner Linken lag ein Besucherbuch, aufgeschlagen auf der aktuellen Seite, und daneben ein Kugelschreiber. Edward ging weiter in die Kirche hinein, blieb vor den Bildfenstern stehen und betrachtete die kunstvollen Darstellungen – wahrscheinlich das Leben der heiligen Domneva. Dann setzte er sich und schloss die Augen.

Er betete normalerweise nicht – abgesehen von den Stoßgebeten eines ängstlichen Vaters, einem unausgesprochenen *bitte, bitte, bitte* – wenn Eliza hinfiel, einen Albtraum hatte oder in Tränen ausbrach, was wirklich nicht oft vorkam. Doch die beiden vergangenen Tage hatten seine gewohnten Kraftreserven erschöpft. Der vergebliche Versuch, eine Haushaltshilfe zu finden, Elizas Angst wegen der Weihnachtsfeier und vor allem das Telefonat mit seiner Mutter am Samstag. Am Sonntagabend hatte sie ihm eine Textnachricht geschickt.

Wie bist du vorangekommen? Ich hoffe, du hast die perfekte Betreuung für unser geliebtes Mädchen gefunden.

Ein Stich ins Herz, denn er hatte es nicht. Eine schmerzhafte Erinnerung daran, wie schwer es sein würde, die richtige Tagesmutter für Eliza zu finden.

Er hatte seiner Mutter noch nicht geantwortet, obwohl er am Morgen drauf und dran gewesen war, ihr zu schreiben, sie habe in allem recht gehabt und er brauche ihre Hilfe. Doch dann hatte der Schrank ihn abgelenkt, und jetzt war er hier. Er atmete tief ein. *Bitte, bitte, bitte, lass mich tun, was das Beste für Eliza ist. Bitte, gib ihr alles, was sie verdient. Bitte, lass mein kleines Mädchen glücklich sein, und bitte, lass sie bei mir bleiben. Ich will nicht egoistisch sein, aber ich habe keine Ahnung, was ich ohne sie machen würde.*

Er wusste nicht, wie lange er schon dort saß, als er durch leise Schritte aus seinem Tagtraum gerissen wurde. Er öffnete die Augen und erblickte den Pfarrer, einen Mann in den Vierzigern mit freundlichem Gesicht und rotblondem Haar. »Lassen Sie sich nicht von mir stören«, flüsterte er hörbar.

Edward sammelte sich. »Sie stören überhaupt nicht«, antwortete er, und seine Stimme klang seltsam laut in der leeren Kirche. Was für eine Akustik! »Hallo, ich bin Edward Sutton – neu in der Gegend.«

Der Pfarrer kam zu seiner Bank. »Darf ich?« Er setzte sich und schüttelte Edward die Hand. »David Fairfield. Der Pfarrer, wie Sie sehen können. Ich dachte mir doch, dass wir uns noch nicht begegnet sind. Seit wann wohnen Sie hier?«

»Erst seit ein paar Wochen. Meine Tochter und ich haben Christmas House gekauft. Ich muss gestehen, dass es ein größeres Projekt ist, als ich gedacht hatte.«

Reverend Fairfield runzelte die Stirn. »Christmas House. Ist das das alte Haus mit den Torpfosten und dem Kies, zwei Meilen außerhalb der Stadt?«

»Ja, ganz genau.«

»Die Besitzer waren keine Kirchgänger, daher habe ich sie nicht gekannt, aber wie ich höre, haben sie dort sehr lange gelebt.«

»Ja. Sie haben zwar nicht viel an dem Haus gemacht, aber es ist in einem guten Zustand – das Dach ist nicht undicht oder etwas in der Art ... «

Der Pfarrer deutete nach oben. »Dafür muss man wirklich dankbar sein!«

Edward lächelte. »Stimmt. Ich weiß. Wir sind mit großen Hoffnungen auf ein neues Leben hergekommen, aber jetzt habe ich das Gefühl, als ob mir alles über den Kopf wächst. Eliza ist erst acht. Ich fange nächste Woche eine neue Arbeit an. Weihnachten steht vor der Tür ...«

Plötzlich wurde ihm bewusst, dass er dem Pfarrer alles erzählte. Cressidas Auszug, das Mobbing in Leeds, der Traum von einem neuen Leben auf dem Land, der Druck seiner Mutter, ein perfekter Vater zu sein, obwohl er schon am Toaster scheiterte – ihre beharrliche Behauptung, dass er allein nicht genüge, um für Eliza zu sorgen.

»Es fällt mir schwer, aber ich muss zugeben, dass sie nicht ganz Unrecht hat«, kam er mit finsterer Miene zum Schluss. »Ich gebe es wirklich nur sehr ungern zu – aber ich schaffe es nicht. Wir brauchen eine neue Dusche! Grundlegende Dinge! Ich finde niemanden, der Eliza betreut, wenn ich arbeiten bin, und es kann ja nicht einfach irgendjemand sein, oder? Es muss ein ganz besonderer Mensch sein, der sich um sie kümmert. Ich kenne hier niemanden – ich weiß nicht, was ich mir dabei gedacht habe. Es war ein großer Traum, aber ich kriege es einfach nicht hin.«

Der Pfarrer hörte nickend zu, dann saßen sie eine Weile schweigend da. Edward wartete darauf, dass er ihm gottesmäßigen Trost anbot: Die Wege des Herrn sind unergründlich, Verzweiflung ist eine Gelegenheit für den Glauben, wir alle müssen die dunkle Nacht der Seele durchschreiten usw. Wirklich erstaunlich, wie viel Philosophie sich in seinem Gehirn verbarg.

Endlich antwortete Reverend Fairfield. »Ich denke, ich habe eine Lösung«, sagte er. »Können Sie heute Nachmittag zu Hause sein?«

Edward starrte ihn an. »Eine Lösung?« Keine Perspektive, kein tröstender Bibelvers oder eine Einladung zum Gottesdienst. Eine echte Lösung?

»Ja.« Der Pfarrer wirkte nachdenklich. »Ein Mitglied meiner Gemeinde sucht Arbeit und wäre wirklich perfekt für Sie. Pam Dixon. Eine reizende Frau in den Sechzigern. Sie und ihr Mann sind beide Rentner und treiben sich zu Hause gegenseitig in den Wahnsinn. Aber das kann sie Ihnen alles selbst erzählen, falls Sie Interesse haben, sie kennenzulernen. Sie hat vier Kinder großgezogen, daher hat sie viel Erfahrung. Sie wird Ihnen auch im Haushalt zur Hand gehen können. Soll ich den Kontakt herstellen?«

Edward sah ihn an, als sei er Jesus. »Ja, bitte!«, sagte er schwach. Der Traum, den er und Eliza hegten, hing am seidenen Faden – ließ er sich vielleicht doch noch retten? Und war es falsch, dass er es jetzt schon nicht erwarten konnte, seine Mutter darüber zu informieren? »Das ist sehr nett von Ihnen«, fügte er hinzu und gewann die Fassung wieder. »Tut mir leid, wenn ich etwas ... es ist nur so, ich hatte mich schon damit abgefunden, alles aufzugeben, aber wenn das klappt, dann wäre es wieder machbar.«

»Ich werde mich sofort darum kümmern.« Reverend Fairfield schlug die Hände auf die Oberschenkel und stand entschlossen auf. »Ich werde gleich zu ihr gehen und ihr sagen, dass sie bei Ihnen vorbeischauen soll. Wie viel Uhr? Halb drei?«

»Perfekt. Danke, Reverend Fairfield. Ich kann Ihnen gar nicht sagen, wie viel mir das bedeutet.«

»Es ist schwer, wenn man neu in der Gegend ist und niemanden kennt, nicht wahr?«, erwiderte er. »Für solche Fälle gibt es nichts Besseres als eine persönliche Empfehlung – das beruhigt doch sehr. Und Pam kennt wirklich jeden. Es wird besser werden – Sie werden schon sehen. Ich habe auch eine Tochter. Wenn Sie mich fragen, ich finde, dass Sie Ihre Sache großartig machen.«

Er verabschiedete sich, und Edward rieb sich mit beiden Händen das Gesicht. War das wirklich gerade passiert? Die ganze Zeit über hatte er sich ein lebhaftes junges Kindermädchen vorgestellt, wahrscheinlich aus Neuseeland, mit Montessori-Ausbildung und Zertifikaten, aber vielleicht brauchten sie jemand Älteres, eine mütterliche, gelassene Frau. Er hatte volles Vertrauen in Pam Dixon, ohne ihr je begegnet zu sein, weil er Reverend Fairfield vertraute. Weniger, weil er Pfarrer war, sondern weil er eindeutig ein guter Mensch war. Sachlich, mitfühlend und praktisch.

Edward schlenderte nach Hause und betrachtete die Welt mit neuen Augen. In den kahlen Hecken sah er den Frühling vor sich; auf der gewundenen Straße malte er sich glückliche Fahrten vor. Zu spät fiel ihm ein, dass er dem Pfarrer seine Telefonnummer hätte geben sollen, für den Fall, dass Mrs Dixon sich mit ihm in Verbindung setzen musste. Was, wenn sie um halb drei beschäftigt war und früher kommen würde oder später oder morgen? Jetzt wollte er nur nach Hause, damit er sie nicht verpasste. Vielleicht machte man das auf dem Dorf ja so.

Als er zu Hause ankam, sah er sich um und fragte sich, was Mrs Dixon wohl von ihnen halten würde. Erst da merkte er, dass er vergessen hatte, ein Vorhängeschloss zu kaufen. Doch dafür würde später noch Gelegenheit sein, und als er an der Schranktür vorbeikam, klopfte er dankbar darauf.

KAPITEL 10

HOLLY

Holly war erleichtert, dass sie am Montag wieder zur Arbeit gehen konnte. Es ging ihr immer besser, wenn sie etwas zu tun hatte, und die Arbeit war inzwischen der einzige Bereich ihres Lebens, in dem sie wirklich glücklich war und Erfüllung fand, als sei sie am richtigen Platz und würde das Richtige tun.

Mittags hatte sie die ersten Aufgaben für die Weihnachtsfeier verteilt, und die Vorbereitungen waren in vollem Gange. Sie ließ die Kinder Patchwork-Engel basteln, die bei der Aufführung auf der Bühne erscheinen sollten. Das sollte ausdrücken, dass die einzelnen Beiträge sich am Ende zu etwas Spektakulärem und Wunderbarem zusammenfügen würden. Außerdem sollten damit gängige Vorstellungen, wie Engel aussahen, in Frage gestellt werden. Lily Orton hatte am Freitag darauf bestanden, der Hauptengel zu sein (es gab keinen, nur fünf vollkommen gleiche Engel), »weil ich langes blondes Haar und blaue Augen habe.«

Lily hatte es nicht böse gemeint, aber Holly hatte bemerkt, dass Fatima mit ihrer braunen Haut, den dunklen Augen und dem glänzenden blauschwarzen Haar in sich zusammengesunken war, als sie es hörte. Also wollte Fatima auch ein Engel sein – gut zu wissen. Holly machte Lily keinen Vorwurf. Ihre Mutter legte Hollys Meinung nach viel zu großen Wert auf die Schönheit ihrer Tochter – als denke sie, diese Schönheit sei Lilys Schlüssel für das Leben, dass sie sich wünschte, als hätte Lily sonst nichts zu bieten. Keine gute Botschaft für ein kleines Mädchen. Es ging Holly nicht um politische Korrektheit – festgefahrene Ansichten in Frage zu stellen und den Kindern neue Perspektiven aufzuzeigen, war ihr eine Herzensangelegenheit. Sie wollte nicht, dass sich eins ihrer Kinder unzulänglich oder missverstanden fühlte oder daran gehindert wurde, etwas zu tun, was es wirklich wollte. Daher würden die Engel nicht aus weißem Stoff und Alufolie bestehen, sondern aus Patchwork – jeder anders, jeder bunt. Lily würde bei dem Weihnachtsspiel auf jeden Fall ein Engel sein – sie wünschte es sich sehr, und Holly würde ihr diesen Wunsch nicht abschlagen –, aber vier andere Kinder auch, und zwar ebenfalls die, die es am meisten wollten.

»Engel sind magische Wesen«, erklärte Holly. »Sie können euch beschützen, sie können Wunder wirken, und sie können Gebete erhören und euch das Gefühl geben, geliebt zu werden. Wer fällt euch ein, der euch dieses Gefühl schenkt?«

Die Antworten kamen eindeutig und schnell. »Mein Großvater.«

»Meine Katze!«

»Mrs Brown aus der Bäckerei.«

»Und wie sehen sie aus?«, fragte Holly lachend.

»Bärtig!«

»Sie hat rotes Fell.«

»Dick.«

»Na also. Ihr werdet einen Engel erkennen, wenn ihr einem begegnet, ganz egal, wie er aussieht.«

Die Kinder plapperten aufgeregt miteinander und strömten zum Mittagessen hinaus, alle bis auf Eliza, die zurückblieb. »Könnte ich bitte mit Ihnen reden, Miss Hanwell?«, fragte sie.

Sie wirkte nervös. Ihre grauen Augen waren riesig in ihrem schmalen kleinen Gesicht.

Es versetzte Holly einen Stich ins Herz. Sie hätte Eliza am liebsten in den Arm genommen und mit Liebe überschüttet. Sie war jedoch nur ihre Lehrerin. »Natürlich kannst du das. Worum geht es denn, Liebes?«

Eliza biss sich auf die Unterlippe, lehnte sich an Hollys Pult, dann trat sie einen Schritt zurück und richtete sich gerade auf. »Es tut mir sehr leid, Miss Hanwell, aber ich kann bei dem Weihnachtsstück nicht mitmachen«, sprudelte es nur so aus ihr hervor. Sie wirkte angespannt und verstört.

Holly wusste, dass sie behutsam vorgehen musste, und nicht nur, weil Mr Buckthorn sie darum gebeten hatte. »Gut, Eliza, danke, dass du es mir gesagt hast«, antwortete sie so ruhig sie konnte und versuchte, sich ihre große Enttäuschung nicht anmerken zu lassen. Sie hatte das Gefühl, Eliza gegenüber versagt zu haben, aber hier ging es nicht um sie. »Erinnerst du dich, dass ich letzte Woche erklärt habe, niemand würde gezwungen, eine Rolle zu übernehmen? Niemand muss etwas tun, was er nicht möchte.«

Eliza nickte ernst. »Aber ich fühle mich schlecht deswegen«, platzte sie heraus. »Sie führen ein so schönes Stück auf, Miss Hanwell. Es wird großartig werden – ich kann es mir schon richtig vorstellen. Ich finde, Sie machen das toll. Und es kommt mir undankbar vor, Nein zu sagen, aber ich bin nicht undankbar, ehrlich.«

»Ich weiß. Du brauchst dich nicht schlecht zu fühlen. Es wäre schön, wenn du mitmachen würdest, aber wenn es nicht das Richtige für dich ist, ist es in Ordnung. Möchtest du mir den Grund dafür sagen? Du musst nicht, aber wenn du darüber reden willst, höre ich gern zu.«

»Ich habe zu große Angst«, sagte Eliza. »Ich kriege ganz schlimmes Lampenfieber. Einmal habe ich mich vor allen Leuten übergeben. Früher war ich in solchen Sachen richtig gut, aber dann hat sich das geändert, und die letzten Stücke an meiner alten Schule waren wirklich schlimm. Ich konnte nicht mehr darin mitspielen, und jetzt kann ich es auch nicht.«

»Weißt du, was sich verändert hat?«

Eliza nickte und schaute dabei überall hin, nur nicht zu Holly. »Daddy und ich haben vereinbart, es niemandem zu sagen«, sagte sie leise. Holly beschlich ein ungutes Gefühl. Wenn Eltern ihre Kinder baten, ein Geheimnis für sich zu behalten, läuteten bei ihr immer die Alarmglocken. Eliza hatte jedoch nicht gesagt, dass er ihr verboten hatte, es zu verraten. Es klang nach einer gemeinsamen Entscheidung. Was steckte dahinter?

»Liebes, du musst es mir nicht sagen, aber wenn du denkst, dass es hilfreich ist, kannst du es mir ruhig erzählen. Verstehst du?«

Wieder nickte Eliza. »Danke, Miss Hanwell. Ich sollte es Ihnen jetzt besser noch nicht erzählen, aber eines Tages werde ich es vielleicht tun.«

»In Ordnung. Und mach dir wegen der Aufführung keine Gedanken. Aber du wirst doch einen Patchwork-Engel für mich basteln, oder?«

»O ja! Darauf freue ich mich schon. Das ist eine tolle Idee. Ich will meinen Guinevere nennen.«

»Das ist ein guter Name. Dann wird also doch ein kleines Stück von dir zusammen mit den anderen auf der Bühne sein. Und du hilfst hinter den Kulissen mit?«

»Ja, bitte.«

»Wunderbar. Ich werde alle Hände voll damit zu tun haben, diesen Haufen zu bändigen, da ist es gut, eine Stellvertreterin zu haben. Auf die Weise wirst du trotzdem beteiligt sein, verstehst du?«

»Danke. Ich freue mich sehr. Ich wollte nicht, dass Sie denken, das Stück gefällt mir nicht.«

»Das denke ich nicht, Eliza. Und wenn du deine Meinung

änderst, und sei es in der Woche vor der Aufführung, kann ich immer noch Platz für einen weiteren Engel auf der Bühne finden. Und wenn nicht, ist es vollkommen in Ordnung, okay?« Plötzlich konnte Holly Eliza so deutlich als Engel vor sich sehen, als würde sie Flügel und ein langes Gewand tragen.

»Okay.«

»Gut. Dann geh jetzt mit deinen Freundinnen Mittag essen. Und denk daran, ich bin immer da, falls du mich brauchst.«

Holly beobachtete durchs Fenster, wie Eliza den großen betonierten Schulhof betrat. Kinder liefen schreiend mit wehenden Anoraks umher. Zwei kahle Kastanienbäume hinter der Mauer zeichneten dunkle Linien an den grauen Himmel. Holly spürte, dass das Mädchen immer noch nicht glücklich war. Sie war erleichtert, dass ihr etwas erspart blieb, wovor sie Angst hatte, aber das war nicht das Gleiche. Holly war gewarnt worden, dass es ein Problem gab, aber sie hatte gehofft, Eliza zu inspirieren und ihr genug Sicherheit zu vermitteln, dass sie die Vorfälle an ihrer alten Schule – welche auch immer das gewesen sein mochten – hinter sich lassen konnte. Das war ihr noch nicht gelungen, aber sie hatte Zeit. Es spielte überhaupt keine Rolle, ob Eliza auf der Bühne stand oder nicht. Hauptsache, sie war glücklich. Glücklicher als jetzt.

KAPITEL 11

EDWARD

Um Punkt halb drei nachmittags bog ein roter Mini in die
Auffahrt von Christmas House ein. Edward sah, wie er ordentlich neben seinem eigenen Wagen parkte. Dann wurde die Tür
geöffnet und heraus stieg eine stämmige Frau mit graubraunen
Locken und einer dunkelblauen Steppjacke.

Er eilte zur Tür. »Pam Dixon? Ich bin Edward Sutton.
Haben Sie vielen Dank, dass Sie gekommen sind. Es freut mich
sehr, Sie kennenzulernen. Kommen Sie doch herein.«

Sie blieb auf der Türschwelle stehen und lächelte. »Was für
ein schönes Haus. So geräumig und nah am Wald.«

Eine Welle der Erleichterung schlug über ihm zusammen.
Den ersten Test hatte sie bestanden: Sie mochte das Haus. »Ich
muss Sie warnen, wir stecken noch mitten in der Renovierung.
Wir hatten seit unserer Ankunft sehr viel zu tun und Eliza
musste sich in der Schule einleben. Aber wir lieben das Haus,
vielen Dank.«

»Natürlich«, sagte sie liebenswürdig und ging mit steifen
Hüften an ihm vorbei, während sie mit beiden Händen die
große Handtasche vor sich hielt. »Und nun, wohin,
Mr Sutton?«

Er musste sich bei der Formulierung ein Lächeln verkneifen und deutete auf die Küche. »Ich dachte, wir setzen uns in die Küche, trinken eine Tasse Tee und unterhalten uns – es ist der Raum, den wir im Moment am häufigsten benutzen, obwohl er nicht sehr einladend ist. Danach könnte ich Ihnen den Rest des Hauses zeigen, damit Sie sich ein Bild machen.«

Sie nickte und ließ sich auf einem knarrenden Küchenstuhl nieder. »Für mich weder Milch noch Zucker, Mr Sutton. Nur ein Teebeutel und Wasser, sage ich immer. Ich bin ein genügsamer Gast, nicht, dass Mr Dixon mir da zustimmen würde. Er nörgelt ständig an mir herum, wenn ich neue Sachen für den Garten kaufe. Aber ich sage ihm dann, dass manche Frauen ein Vermögen in Schönheitssalons lassen. Ich habe in meinem ganzen Leben nur zwei Maniküren gehabt, und das waren beide Male Geschenke. Ich finde, ein schöner Garten trägt mehr zur Welt bei als glänzende Fingernägel, meinen Sie nicht auch?«

»Nun, ja – ja, das tue ich!«, pflichtete Edward ihr bei und füllte den Wasserkocher. Dann drehte er sich grinsend zu ihr um. »Obwohl ich weder das eine noch das andere habe.«

Sie erwiderte sein Lächeln, ein harmonischer Moment der Einigkeit. »Sie haben vermutlich keinen Earl Grey da, Mr Sutton?«

»Ich fürchte nein. Auf Gäste sind wir bedauerlich schlecht vorbereitet.«

»Ist schon gut. Normaler Tee geht auch. Wenn Sie mich nehmen, bringe ich mir welchen mit.«

»Sie werden nichts dergleichen tun«, sagte Edward, der bereits beschlossen hatte, dass er sie einstellen würde. »Ich werde Ihnen welchen besorgen, und alles andere, was Sie haben möchten. Kann ich Sie mit einem Hobnob in Versuchung führen?«

Die Zeit verging wie im Flug. Zuerst erzählte Mrs Dixon ihm ihre Geschichte – als Rentnerin zu Tode gelangweilt, vermisste sie die Kinder und lief Gefahr, Mr Dixon mit seiner neuen Leidenschaft für Amateurfunk zu ermorden. (»Ich hatte auf Angeln gehofft«, vertraute sie ihm wehmütig an, »so ein nettes, friedliches Hobby, und weit weg vom Haus.«) Es wäre das Beste für alle, wenn sie eine angenehme Beschäftigung finden könnte. Dann erzählte Edward Elizas und seine Geschichte, und zum zweiten Mal an dem Tag ertappte er sich dabei, einem wildfremden Menschen zu viel anzuvertrauen.

»Ich weiß, woran Sie leiden«, stellte Mrs Dixon fest, als er schließlich mehrere Hobnobs später fertig war. »Es ist dieser Millennial-Burnout, jawohl.«

»Millennial ...?«

»Ich habe darüber in der Zeitschrift gelesen. Man nennt es Millennial-Burnout. Gut, Sie sind vermutlich etwas älter als diese sogenannten Millennials, aber ich sehe nicht ein, warum wir es nicht alle haben können. Das Internet ist schließlich voll mit Lösungen, die wir gefälligst auch nutzen sollen. Wenn man dick ist, kann man sich über gesunde Ernährung informieren, wenn man zu viel Zeit im Sitzen verbringt, kann man Yoga machen, und wenn man gestresst ist, kann man meditieren. Life-Hacks nennt man das. Und dann diese Podcast-Dinger und so. Es gibt keine Ausrede mehr, einfach nur normal zu sein, sich durch ein ganz gewöhnliches Leben zu wurschteln, wie wir es immer getan haben. Man hat das Gefühl, dass man der beste Vater und der Brötchenverdiener und ein guter Koch und ein Innenarchitekt und ein Projektmanager sein soll, und das ist einfach zu viel, Edward – niemand kann das schaffen. Sie sind kein Versager. Es ist einfach zu viel.«

»Es kommt mir wirklich etwas viel vor«, gab er zu.

»Natürlich. Ich habe Kinder großgezogen, ich war berufstätig, ich habe ein Haus renoviert und ich kann einen erstklassigen Sonntagsbraten zubereiten. Aber nicht alles gleichzeitig. Halten Sie sich an die beiden Aufgaben, die nur Sie erledigen können und die Ihnen niemand abnehmen kann: Elizas Dad zu sein und diesen tollen Job in der Werbung zu machen, der das Geld reinbringt. Alles andere überlassen Sie mir. Und alles, was ich nicht kann, wie Ihnen eine neue Dusche einbauen, werde ich für Sie regeln. Ich kenne einen guten Installateur. Verlässlich und nicht so schusselig wie die anderen.«

»Wirklich? Ehrlich?« Edward gewann zunehmend den Eindruck, als wäre er in einem Traum. »Ich hatte nicht erwartet ... Ich meine, Elizas Betreuung ist die Hauptsache. Das Allerwichtigste. Und ich hatte gehofft ... ein wenig Hausarbeit, Lieferungen entgegenzunehmen, vielleicht einmal die Woche etwas kochen ... Ich möchte nicht zu viel von Ihnen verlangen.«

»Machen Sie mir eine Liste, Edward. Setzen Sie alles darauf. Ich arbeite mich dann langsam durch. Keine Angst, ich werde mich schon nicht überanstrengen. Ich habe die Nase voll davon, mich für andere abzurackern. Aber ich werde tun, was ich kann, wenn ich es kann, und Sie werden bald einen Unterschied sehen. Also, ich sollte doch heute Eliza kennenlernen, nicht wahr? Damit sie mit dieser Vereinbarung einverstanden ist, bevor wir alles offiziell machen.«

Edward schaute auf seine Armbanduhr und stöhnte. »Ich habe schon wieder die Zeit vergessen!« Schuld daran war die Unterhaltung mit Pam Dixon. Es war so eine Erleichterung, endlich jemanden zum Reden zu haben – jemanden, der nicht seine Mutter war, die auf Schritt und Tritt seine Pläne in Frage stellte, die nur sein Bestes wollte und fest davon überzeugt war, dass ihre Methode die einzig wahre war. »Ja, Sie haben recht, und ich muss jetzt auch los. Möchten Sie mitkommen oder wollen Sie lieber hierbleiben und das Haus erkunden?«

»Ich bleibe hier und schaue mich schnell einmal um. Sie können Eliza auf dem Heimweg von mir erzählen.«

Edward raste zur Schule, wobei er vor Begeisterung beinahe überschäumte. Er war nicht allzu spät dran, aber er hatte Angst, Mrs Dixon würde verschwinden wie ein Geist aus der Flasche, während er nicht zu Hause war. Er hatte nicht die geringsten

Bedenken, sie dort allein zu lassen. Zum einen hatten sie nichts, was sich zu stehlen lohnte, und selbst wenn, würde eher die Hölle zufrieren, als dass Mrs Dixon etwas mitgehen lassen würde.

Und da kam Eliza auch schon, heute ganz in Rot gekleidet wie ein kleiner Weihnachtskobold. Elfe. Was auch immer. Sie schwang ihre Schultasche hin und her, während sie über den Hof ging, und redete mit einem kleinen Mädchen. Es war nicht Fatima, denn es hatte zwei blonde Zöpfe. Dann stürmte Fatima durch die Tür, rannte zu ihnen, legte ihnen die Arme um die Schultern und erzählte ihnen etwas, was sie zum Lachen brachte. Sofort wurde Edward es leichter ums Herz, und er stieg aus dem Wagen.

»Guten Tag!« Als er sich umdrehte, stand Fatimas Mum neben ihm. Ihr langes dunkles Haar fiel ihr in glänzenden Wellen über den Rücken. Sie hatte ein freundliches, müdes Lächeln. »Ich bin Firoja. Wie schön, Sie endlich richtig kennenzulernen. Tut mir leid, dass wir letzte Woche so schnell wegmussten. Fatima hatte Tennisunterricht, und ihr Trainer ist furchtbar streng!«

Er lachte. »Kein Problem. Ich bin Edward. Ich fürchte, heute muss ich schnell weg. Bei uns zu Hause wartet jemand darauf, Eliza kennenzulernen – ich hoffe, dass wir endlich das Betreuungsproblem gelöst haben, bevor ich nächste Woche mit der Arbeit anfange.«

»Das ist unheimlich wichtig – viel Glück! Wie wäre es morgen? Dienstag ist der einzige Tag, an dem Fats nach der Schule kein Programm hat. Unglaublich, nicht? Wenn Sie Zeit haben, könnten wir mit den beiden eine heiße Schokolade trinken gehen. Ich weiß noch, wie es war, die neue Familie zu sein und niemanden zu kennen. Es ist schrecklich.«

»Das wäre schön. Also dann, bis morgen. Danke, Firoja.«

»Vielleicht kann Liam, mein Mann, auch mitkommen. Er

arbeitet zu den unmöglichsten Zeiten, daher weiß ich nie, wann er da ist und wann nicht.«

Eliza winkte den anderen zum Abschied zu und schlang die Arme um ihn. »Ich hatte einen schönen Tag, Daddy!«

»Das freut mich, Lizzie-Loops, und ich wette, mein Tag war sogar noch besser. Ich habe zwei gute Neuigkeiten für dich.«

»Ja? Was für welche?«

»Morgen nach der Schule sind wir mit Fatima und ihrer Mum auf eine heiße Schokolade verabredet. Ihr Dad kommt vielleicht auch mit. Würde dir das gefallen?«

»Ja! Klingt gut! Was noch?«

»Ich denke, ich habe Unterstützung für uns gefunden. Sie wartet zu Hause darauf, dich kennenzulernen. Es hängt natürlich ganz davon ab, was du von ihr hältst, aber ich habe so ein Gefühl, dass du sie mögen wirst.«

»Das ist super, Daddy! Wie hast du sie gefunden?«

Während der Heimfahrt erzählte Edward Eliza alles über seinen Besuch in der Kirche, Reverend Fairfield und Mrs Dixon. Als sie auf ihren Vorplatz mit dem knirschenden Kies fuhren, sah er zu seiner Erleichterung, dass der rote Mini noch da war. Eliza rannte zur Haustür und er folgte ihr. Dahinter wurden sie von zwei fremden Sinneseindrücken empfangen. Erstens, es roch nach gekochtem Essen. Zweitens, das Haus war warm.

»Was hat sie gemacht?«, flüsterte Edward.

»Es ist wie Zauberei!«, stieß Eliza mit großen Augen hervor.

Mrs Dixon, jetzt ganz rot im Gesicht, kam an die Küchentür. »Du musst Eliza sein! Was bist du doch für ein aufgewecktes kleines Ding! Ich bin Pamela Dixon und freue mich sehr, dich kennenzulernen.« Sie streckte die Hand aus, und Eliza schüttelte sie begeistert.

»Ich freue mich auch, Sie kennenzulernen, Mrs Dixon. Kochen Sie gerade?«

In der Küche warteten ein Glas Milch und ein Keks auf

Eliza, und ein weiterer Becher Tee stand für Edward bereit. »Ich war so frei, im Kühlschrank zu stöbern, und habe Gemüse gefunden, das wegmusste, und Hühnchen, also habe ich einen Eintopf gemacht. Wenn ich weg bin, lassen Sie ihn neunzig Minuten auf kleiner Flamme köcheln, dann ist er fertig.«

»Wow!«, flüsterte Eliza. »Eintopf.«

»Das ist sehr nett von Ihnen«, bedankte Edward sich. »Ich werde Sie selbstverständlich für heute bezahlen.«

Mrs Dixon schnaubte. »Unfug. Das lassen Sie schön bleiben.«

»Haben Sie ... haben Sie etwas mit der Heizung gemacht?«

»Ja, das Problem lag an Ihrem kaputten alten Thermostat. So einen hatten wir auch mal, daher weiß ich das, sonst hätte ich keinen Schimmer gehabt. Ich habe es jetzt eingeschaltet. Sie brauchen es nur auszuschalten, wenn es Ihnen zu warm wird, und wenn Sie frieren, schalten Sie es wieder ein. Das erschien mir am einfachsten. Aber ich an Ihrer Stelle würde mir ein neues besorgen. Setzen Sie es auf die Liste.«

Edward sah Eliza mit hochgezogenen Brauen an und sie nickte glücklich, ein Milchschnurrbärtchen über dem breiten Lächeln. »Mrs Dixon, wenn Sie bei uns arbeiten, gehen Sie dann auch manchmal nach der Schule mit mir im Wald spazieren?«

»Nun, ich mag schöne Waldspaziergänge. Ich bin wegen meiner kaputten Hüfte nicht allzu schnell auf den Beinen, aber wenn du einverstanden bist, es langsam angehen zu lassen, kann ich es dir wohl versprechen.«

»Ich finde, langsam ist manchmal besser. Man sieht viel mehr, wie Pilze und interessante Pflanzen. Ich könnte Fotos davon machen und sie für die Biologiestunde mit in die Schule nehmen. Und können Sie gut Geschichten erzählen?«

»Wenn ich ehrlich bin, nein. Ich habe überhaupt keine Fantasie.«

»Oh, das glaube ich nicht!«, entgegnete Eliza. »Jeder hat Fantasie!«

»Nun, wie dem auch sei, ich habe mich nie für besonders kreativ gehalten. Aber ich kann dir Geschichten vorlesen, wenn du schöne Bücher hast.«

»Das wäre toll. Und hätten Sie etwas dagegen, wenn ich Ihnen Geschichten erzähle? Oder würde ich Sie mit meinem Geplapper nerven?«

»Grundgütiger, ich liebe Geschichten. Dein Geplapper wird wahrscheinlich das Schönste an der Arbeit sein!«

Und mit dieser Abfolge von Verhandlungen und Kompromissen wurde der Deal besiegelt.

KAPITEL 12

HOLLY

Ihr Arbeitstag war zu Ende. Der hellblaue Himmel war mit Wolken übersät, die meisten davon dunkel wie Amethyste, nur eine strahlte hell in Rosa und Weiß wie ein Diamant in der Mitte einer Krone. Erst halb fünf – so viele Stunden des Tages lagen noch vor ihr –, doch Holly wollte nichts als nach Hause und schlafen. Das schwindende Licht und das Zischen und Gurgeln der alten Heizung der Schule hatten etwas Beruhigendes an sich. Seit ihrem Zusammenbruch am Wochenende hatte sie sich eingestanden, dass die Ereignisse des Jahres sie schwer mitgenommen hatten, und jetzt wollte sie nichts als schlafen. Schlaf war heilsam. Vielleicht war das der Grund.

Ihr Wagen musste jedoch heute in die Werkstatt. Sie war daher in der Schule geblieben und hatte Englisch-Tests benotet, bis es Zeit gewesen war aufzubrechen. Auf dem Schulparkplatz war es kalt. Es gab zwar noch keinen Frost, aber die umliegenden Felder sahen zum ersten Mal in diesem Winter kalt aus. Das Krächzen der Krähen klang eindringlicher als sonst, während sie hin und her flogen wie ein Geschwader auf Vorbereitungsmission, und aus den Schornsteinen der benachbarten

Vorstadtstraßen stieg Rauch aus. Holly sprang zitternd in ihr Auto.

Sie wartete in der Werkstatt, während sich jemand um ihren Wagen kümmerte. Der Wartebereich in der Ecke des Verkaufsraumes war hell erleuchtet, und aus den Lautsprechern drangen bereits Weihnachtssongs.

O nein, bloß nicht, dachte Holly, als Mud von einem einsamen und kalten Weihnachten sangen. Es gab eine Tee- und Kaffeemaschine – sie nahm sich einen Kaffee –, und einen Teller mit Mince Pies. Davon nahm sie zwei (warum nicht das Nützliche mit dem Angenehmen verbinden?). Sie griff sich ein paar Zeitschriften und blätterte sie durch. Solche Zeitschriften las sie immer nur an zwei Orten – beim Friseur und in der Autowerkstatt. Den Rest der Zeit interessierten sie sie nicht besonders, aber beim Friseur und in der Werkstatt tat sie nichts lieber, als sich darüber zu informieren, wer in der verrückten Promiwelt gerade mit wem zusammen war und welche berühmten Schauspieler einen Film drehten, der ihrer Karriere eine neue Richtung gab.

Sie übersprang einen Artikel über Jake Weston, den Actionstar. Sie hatte nie viel übrig gehabt für den blonden, blauäugigen, muskelbepackten Typ. Für eine Weile las sie etwas über Gerald Smithson, einen älteren Schauspieler, der oft in anspruchsvollen Literaturverfilmungen zu sehen war. Ihre Mutter hatte immer für den alten Gerald geschwärmt, und auch Holly mochte seinen schrägen, ultraenglischen Stil. Dann stieß sie auf einen Artikel über Cressida Carr. Die Fotos waren atemberaubend, man konnte gar nicht mehr wegsehen – Cressida Carr wurde oft als schönste Frau der Welt bezeichnet –, aber Holly war nie ein großer Fan von ihr gewesen. Sie hatte zweifellos Talent und sah fabelhaft aus, aber Holly fand immer, dass sie etwas Kaltes und Distanziertes an sich hatte, und ihre Mutter sah das genauso. Sie mochten Julia Roberts, Reese

Witherspoon, Jennifer Hudson ... Frauen mit Charakter, von denen man sich vorstellen könnte, eine Pizza mit ihnen zu teilen.

Holly wollte gerade weiterblättern, aber der Überschrift zufolge sah es so aus, als würde Cressida einen neuen Historienfilm drehen, und Holly mochte nichts lieber als einen guten Historienfilm. Sie las den Artikel. Er begann mit einer Zusammenfassung von Cressidas bisheriger Karriere: einige Auftritte auf britischen Bühnen, eine hochgelobte Aufführung im West End und dann eine kleine, aber lebensverändernde Rolle in einem britischen Film 2014. Cressida war so entschlossen gewesen, jede Chance zu nutzen, las Holly, dass sie die Rolle trotz ihrer Schwangerschaft angenommen und den Regisseur überredet hatte, den Drehplan so zu ändern, dass ihre Szenen gefilmt werden konnten, bevor man ihr die Schwangerschaft ansah. Wow, und sie hatte damals noch nicht einmal so viel Einfluss wie heute. Sie musste eine sehr entschlossene Frau sein, dachte Holly bewundernd. Wie musste Cressidas Kind wohl sein, nachdem es im Mutterleib auf einem Filmset geschwebt war?, fragte sie sich. War es mit der Schauspielerei aufgewachsen und selbst ein angehender kleiner Darsteller? Oder war es ganz anders – geerdet und eher praktisch veranlagt als kreativ? Wo war dieses Kind jetzt? Wahrscheinlich bei Cressida in Hollywood. Wie musste das wohl sein?

Holly las weiter und erfuhr, dass Cressida eines Tages völlig unerwartet einen Anruf aus Hollywood erhalten hatte und in ein Flugzeug gesprungen war, um an dem Vorsprechen teilzunehmen. Jetzt war sie mit Reuben Mason zusammen – meine Güte, sah der gut aus – und der neue Film würde ihr vierter in nur drei Jahren sein. Ihre Arbeitsmoral musste erstaunlich sein. Sie war eine der meistfotografierten Frauen der Welt, las Holly, und von der Zeitschrift *Maxim* drei Jahre in Folge in die Top Ten der Sexiest Women gewählt worden. Holly verdrehte die Augen. Gut zu wissen, dass Frauen immer noch als Objekt betrachtet wurden. Oh, und ihr neuer Film wurde im Dezember in Großbritannien gedreht, in London. Sie sei »gleichermaßen nervös und aufgeregt« bei dem Gedanken, auf heimischen Boden zurückzukehren.

Es würde eine herausfordernde Rolle werden, sagte Cressida. Sie spiele eine Ehefrau, die vor einem gewalttätigen Mann geflohen sei. »Sie ist nicht schön, aber voll innerer Stärke.«

Holly schnaubte innerlich. Es war eine Herausforderung, eine Frau zu spielen, die nicht schön war? Es ist ja so schwer, wie ein normaler Mensch auszusehen, Darling! Sie grinste und kehrte zu ihrer ursprünglichen Meinung über Cressida zurück, dass sie wahrscheinlich eine unsympathische Kuh war. Sie warf einen Blick auf das Datum der Zeitschrift – Juni. Die Dreharbeiten würden bald anfangen. Nun, sie wünschte ihr viel Glück. Holly nahm sich die nächste Zeitschrift vor, die einen mehrseitigen Bericht über Susan Sarandon enthielt. Die liebte Holly.

Als sie zu Hause ankam, hatte sie den Kopf immer noch voll mit Hollywood-Dramen, eine angenehme Abwechslung zu ihren Gedanken in letzter Zeit. Sie parkte den Wagen, holte ihre Aktentasche aus dem Kofferraum und ging zur Tür. Davor stand ein kleiner Weihnachtsbaum in einem Ständer aus Metall. Es war ein echter Baum, der einen betörenden Duft verströmte und von Magie und Träumen wisperte. Holly sah sich um. War der Baum für sie? Oder hatte irgendjemand seinen eigenen Baum nur kurz hier abgestellt, um sich auszuruhen? Doch es war niemand da. Ihre kleine Wohnstraße war wie ausgestorben. Es war ein hübscher Baum, dicht und symmetrisch gewachsen. Sollte sie ihn ins Haus bringen? Was, wenn ein Spinner ihn hingestellt hatte und es als Ermutigung auffasste? Zumindest konnte der Kranz draußen bleiben. Apropos Kranz, er sah hübsch aus an der Tür. Die goldenen Glöckchen glänzten im Licht der Straßenlaterne.

Holly wartete stirnrunzelnd einige Augenblicke, dann ging

sie die Straße auf und ab, falls sie jemanden sah, den sie fragen konnte, aber alle Häuser waren dunkel. Schließlich zuckte sie die Achseln, schloss ihre Haustür auf und hob den Weihnachtsbaum hinein.

KAPITEL 13

EDWARD

Der Winter stand vor der Tür, aber das war Edward egal. Mrs Dixon war gerade rechtzeitig in ihr Leben getreten, wie ein Weihnachtsengel, der gekommen war, um sie zu retten. Wenn man einen Beweis dafür brauchte, dass es Engel in allen Formen und Größen gab, dachte Edward am Freitagabend auf der Heimfahrt von der Arbeit, dann war es Pam Dixon. Seit sie bei ihnen war, war es von Tag zu Tag besser geworden. Am Montag war der Installateur gekommen, um die Dusche einzubauen. Am Dienstag hatte Pam den Geschirrspüler entgegengenommen und Eliza gezeigt, wie man ihn bediente. Eliza würde es ihm am Wochenende erklären. Im Laufe der Woche waren außerdem ein Sofa, zwei Sessel, ein Teppich, ein Couchtisch und ein Bücherregal geliefert worden, sodass das Wohnzimmer jetzt ein mehr oder weniger komplett eingerichteter Raum war. Und am Donnerstag hatte ein Mann den Holzofen gewartet und gereinigt. Nun konnten sie an kalten Abenden Feuer machen. Was konnte weihnachtlicher sein? Sie hatten in dieser Woche vier selbstgekochte Mahlzeiten bekommen und nicht einmal gehört, dass Füchse die Deckel von den Mülleimern stießen. Alles in allem hatten sie so großen Fortschritt gemacht, dass er sich entspannen und das Wochenende mit Eliza genießen konnte.

Während der Woche hatte er sie schrecklich vermisst, aber der Mittwoch zu Hause hatte es wieder ausgeglichen, und er musste zugeben, dass es guttat, wieder zu arbeiten. Im Haushalt hatte er ständig das Gefühl zu improvisieren, immer kurz vor der Katastrophe. Im Büro wusste er, was er tat. Er war gut in seinem Job, und das hatte etwas sehr Beruhigendes. Das Arbeitstempo war schnell, hauptsächlich, weil er nur vier Tage im Büro war, aber bisher war es ihm an jedem Tag gelungen, rechtzeitig wegzukommen und um sieben zu Hause bei Eliza zu sein.

In dieser Woche war es vor allem darum gegangen, sich mit allem vertraut zu machen und die Mitarbeiter und Kunden kennenzulernen – endlose Meetings –, um sich einzuarbeiten. Er hatte das Gefühl, dass er nächste Woche wieder richtig drin sein würde. Dann mal los! Er fand es schön, wieder kreativ zu denken, aufregende Sichtweisen auf langweilige Produkte zu finden und Menschen für etwas begeistern zu können, das sie bis dahin nicht interessiert hatte. Er fühlte sich wie ein Erwachsener, klug und hellwach, und es war ein gutes Gefühl.

Sein Telefon klingelte auf dem Beifahrersitz, und als er auf das Display schaute, sah er die Nummer seiner Eltern. Er fuhr in die nächste Haltebucht und nahm den Anruf entgegen. Nach dem letzten Telefonat wollte er nicht in Elizas Gegenwart mit ihnen reden. Und er wollte damit angeben, wie gut sich alles fügte.

»Hallo, Schatz, wie war deine erste Arbeitswoche?«, fragte seine Mutter.

Edward setzte sie ins Bild und erkundigte sich, wie es ihnen ging. Dann kam seine Mutter zur Sache. »Ich weiß, dass du mich gebeten hast, das Thema nicht mehr anzusprechen, aber ich habe mich gerade gefragt, ob du noch mal darüber nachgedacht hast? Du weißt schon, dass Eliza bei uns wohnt?«

Edward seufzte und widerstand dem Drang, mit dem Kopf auf das Lenkrad zu schlagen. »Nein, Mum, aus dem einfachen Grund, dass ich es nicht brauche. Eliza zieht nicht zu euch. Hör bitte auf, darüber zu reden.«

»Aber Schatz, ich mache mir Sorgen um unser liebes kleines Mädchen. Wir könnten ihr so viel geben. Ich weiß, dass du jetzt unter der Woche diese Mrs Dixon hast, und ich bin mir sicher, dass sie eine ausgezeichnete Frau ist, aber wirklich, Edward, ich bin ihre Großmutter. Niemand könnte sich besser um sie kümmern als ich.«

»Es geht nicht darum, wer von euch beiden es am besten kann; es geht darum, dass Eliza bei mir lebt, ihrem Dad, und das ist möglich, weil wir Mrs Dixon haben. Eliza hat sie sehr gern und sie sind jetzt schon dicke Freunde. Dank Mrs Dixon geht es im Haus in Windeseile voran, und Eliza freut sich wie eine Schneekönigin.«

»Ach, dann hat sie also doch beschlossen, bei dem Weihnachtsstück mitzumachen?« Trotz ihrer deutlichen Bemühungen, versöhnlich zu klingen, schwang in ihrer Stimme jener unüberhörbare Tonfall eines Menschen mit, der eine Trumpfkarte ausspielte.

»Nein, aber sie ist auch noch nicht lange an der Schule. Sie ist gern da, aber immer noch empfindlich, was Aufführungen angeht. Und dazu hat sie verständlicherweise auch allen Grund.«

»Man sollte diese Frau teeren, federn und vierteilen, dass sie ihre Tochter so im Stich gelassen hat.«

In dem Punkt waren sie sich einig, aber er wusste aus Erfahrung, dass es nichts brachte, alles verbittert auf Cressida zu schieben, so verführerisch es auch war, denn das hatte er zur Genüge getan. Eliza wäre damit nicht geholfen. »Ich weiß, wie du dazu stehst. Aber das ist jetzt lange her.«

»Und Eliza leidet immer noch darunter.«

Autos rasten an der Haltebucht vorbei, und Edward schickte ein Stoßgebet um Geduld in den dunklen Himmel. »Aber es wird allmählich besser. Wir kommen langsam beide darüber hinweg, Mum. Mehr kann man sich nach so etwas nicht erhoffen.«

Edward hörte seine Mutter seufzen. »Habt ihr schon eine Dusche?«

»Jepp.«

»Und Möbel?«

»Das Wohnzimmer ist komplett eingerichtet und weitere Möbel sind bestellt. Mum, das geht dich überhaupt nichts an.«

Es folgte ein verletztes Schweigen, und Edward gab sich innerlich einen Tritt. Er hatte ihr nicht wehtun wollen. Eigentlich war er kein besonders verschlossener Mensch. Er hätte ihr wahrscheinlich bereitwillig alles erzählt, wenn es nicht jedes Mal so ein Verhör gewesen wäre und er nicht ständig das Gefühl hätte, jede einzelne Lebensentscheidung, die er traf, rechtfertigen zu müssen. Niemand wusste etwas besser als Sarah Sutton - dachte Sarah Sutton.

»Nun, wie ich sehe, bist du fest entschlossen«, sagte sie gekränkt.

»Du meinst, dass ich in meinem eigenen Haus selbst für meine Tochter sorgen will? Ja, seltsamerweise ist es so. Also, ich bin zehn Minuten von zu Hause entfernt und möchte zurück zu Eliza, daher werde ich jetzt weiterfahren, und wir reden nächste Woche wieder.«

Er beendete kopfschüttelnd das Telefonat. Seine verdammte Mutter. Sie war schon immer fordernd und herrisch gewesen, aber der Vorschlag, ihr Eliza einfach so zu überlassen, war ungeheuerlich und machte ihn wütend. Als sie ihn zum ersten Mal ausgesprochen hatte, hatte er die ganze Nacht kein Auge zugetan. Er hatte im Dunkeln wach gelegen, seine Defizite als Koch bereut und sich Vorwürfe gemacht, impulsive

Entscheidungen getroffen zu haben, ohne sie bis ins kleinste Detail zu durchdenken. Seine Mutter hatte in ihm die Befürchtung geweckt, ein schlechter Vater zu sein. Schlechte Väter machten ihre Töchter jedoch nicht glücklich. Es war unfassbar, dass seine Mutter immer noch darüber nachdachte. Sie war die Beharrlichkeit in Person. Er stieß ein heftiges Knurren aus, dann ließ er den Motor an und fuhr weiter.

Die Bemerkungen seiner Mutter ließen ihn an Cressida denken – was er in letzter Zeit nur noch selten tat –, wo sie war und was sie gerade trieb. In groben Zügen wusste er es natürlich, aber er kannte keine Einzelheiten. Wie sah ihr Leben aus? Es fiel ihm schwer, es mit der jungen Frau, die er geliebt hatte, in Einklang zu bringen. Er geriet in eine Erinnerungsspirale an eine Zeit, als sie voller Träume gewesen war und barfuß mit zerzaustem Haar im Haus herumgelaufen war. Sie hatte immer einen Text in der Hand, lernte einen Monolog nach dem anderen auswendig, um sich auf Vorsprechen für sehnsüchtig erhoffte Rollen vorzubereiten. Immer mit einem Scheinwerfer-Lächeln für ihn.

Sie war vierundzwanzig, als sie schwanger wurde. Zu jung, fand jedenfalls Cressida. Es war eine Überraschung gewesen. Edward benutzte immer das Wort Überraschung, wenn er von Eliza sprach, anstatt Unfall. »Ich bin noch nicht bereit«, hatte Cressida sofort gesagt. »Ich kann das nicht.«

Edward war erstaunt gewesen – nicht über ihre Reaktion, die er vollkommen verständlich fand, sondern über seine eigene. Plötzlich wünschte er sich nichts sehnlicher als dieses Baby. Das kam völlig unerwartet für ihn. Er wollte Cressida jedoch zu nichts zwingen; es war ein zu großer Schritt. Als sie ihn fragte, ob er das Baby haben wolle, war er ehrlich und sagte Ja. Als sie ihn fragte, ob er ihr je verzeihen würde, wenn sie die Schwangerschaft beendete, war er wieder ehrlich – ja; es musste ihre Entscheidung sein. Sie hatte zwei Wochen lang gründlich über alles nachgedacht und anschließend verkündet, dass sie das Baby behalten werde. Er hatte gefragt und noch mal gefragt, ob sie es nicht nur für ihn tue, ob sie wirklich das Gefühl habe, glücklich sein zu können, und sie hatte ihm lachend und weinend versichert: »Wir bekommen ein Baby, Edward!« Er war überglücklich gewesen.

KAPITEL 14

HOLLY

Ein weiteres Wochenende stand bevor, und Holly erwachte am Samstagmorgen mit einem beklommenen Gefühl. War sie stark genug, einen neuen Anlauf in Sachen Weihnachtseinkäufe zu wagen? Im Grunde blieb ihr nichts anderes übrig. Sie hatte nur noch dieses Wochenende, um alles für ihre Eltern zu besorgen, wenn sie es einpacken und abschicken wollte, bevor sie nach Indien aufbrachen.

Sie ging auch diesmal zu Fuß. Es war einer jener unbeständigen Wintertage, an denen Sonne und Wolken sich abwechselten und den Himmel grauviolett färbten. Die Hecken leuchteten in Kupfer- und Auberginetönen. In Hopley herrschte wieder viel Betrieb, doch diesmal kam es Holly etwas normaler vor. Sie begegnete Dean Corwell und seinem Dad, Lily Orton mit ihrer Mum und ihrer Schwester und David Kanumba mit seinen Eltern und einem Schmollen im Gesicht. Wie sie erfuhr, hatte es einen Zwischenfall mit einem Eisbecher gegeben. David gehörte zu den Jungen, die bei jedem Wetter Eis essen konnten, je mehr, desto besser. Die große Portion hatte nicht seinen Erwartungen entsprochen, und seine Eltern hatten ihm nicht erlaubt, noch eine zu bestellen, da sie

97

nicht wollten, dass ihr Sohn für den Rest des Monats ins Zuckerkoma fiel. Sie blieben stehen, um sich mit ihr zu unterhalten, und Holly fühlte sich gleich ein bisschen mehr zugehörig und gebraucht, was die neue Ziellosigkeit in ihrem Leben ausglich.

Sie besuchte den kleinen Antiquitätenladen, der ihr bei ihrem letzten Ausflug aufgefallen war – ein reizendes Geschäft in einer ruhigen Nebenstraße, mit dem einzigen Erker in Hopley. Sie fand dort eine wunderbare Figur eines mit bunten Steinen besetzten Vogels mit ausladendem Schwanz. Er besaß keine Ähnlichkeit mit einer ihr bekannten Art. Der Vogel war offenbar russisch, frühes zwanzigstes Jahrhundert, kitschig und schön zugleich. Ihr Vater würde davon begeistert sein. Er war zwar ruinös teuer, aber das war er ihr wert.

Für ihre Mutter wählte sie einen viktorianischen Opal-Anhänger und konnte nicht aufhören zu strahlen, während der gepflegte Ladeninhaber die Geschenke behutsam in blaue Schachteln packte. Hopley war zwar nicht die Regent Street, aber im Grunde reichten ein paar interessante, verschiedene Läden vollkommen aus.

»Weihnachtsgeschenke?«, fragte der Mann mit sanfter und ruhiger Stimme, als sie ihre Kreditkarte in den Apparat schob.

Sie nickte lächelnd. »Für meine Eltern. Das Geschäft ist neu, nicht wahr? Es ist schön, dass Sie hier sind – Sie haben echte Schätze.«

»Danke. Es freut mich, dass sie Ihnen gefallen. Ja, ich habe im Oktober eröffnet – ich war vorher in London. James Varden.« Sie gaben sich die Hand.

»Holly Hanwell. Nun, ich sollte besser gehen. Ich muss noch Geschenke für meine Freunde kaufen. Am liebsten würde ich sie alle mit Stücken aus diesem Laden überraschen, aber danach wäre ich pleite. Ich muss mir wohl etwas anderes suchen.«

»Kennen Sie Namaste? Meine Freundin Mahira führt den

Laden. Es ist ein kleines Esoterik-Geschäft mit Kristallen, Büchern, Schmuck und solchen Dingen. Wenn Sie nach etwas Ausgefallenem suchen, wäre das vielleicht etwas für Sie.«

»Vielen Dank, das klingt toll!«

James beschrieb ihr den Weg, und Holly verabschiedete sich. Als sie wieder auf der Hauptstraße mit der alljährlichen Weihnachtsbeleuchtung in Form beschwipster Nikoläuse und korpulenter Pinguine war, erblickte sie Eliza Sutton und ihren Dad auf der anderen Straßenseite.

»Hallo!«, rief sie. Sie freute sich, Eliza zu sehen, und war zugegebenermaßen neugierig auf den Vater. Mr Sutton hörte aufmerksam zu, was Eliza ihm gerade erzählte. Er war groß und braunhaarig, doch im Gegensatz zu Eliza, deren Haar glatt und dunkel glänzte wie ein Krähenflügel, hatte er ungebärdige Locken. Er lächelte, wirkte jedoch gestresst wie die meisten Eltern zu dieser Jahreszeit. Mehr konnte sie auf die Schnelle nicht wahrnehmen, bevor die beiden vor einem Eisenwarenladen stehen blieben. »Eliza, hallo!«, rief sie noch einmal, aber sie hörten sie nicht und verschwanden in dem Geschäft.

Holly brauchte nichts aus dem Laden. Sie zögerte kurz und ging dann weiter. Es war nicht ihre Gewohnheit, ihre Schüler oder deren attraktive Väter zu verfolgen. Als sie davonging, rief sie sich Elizas Bild vor Augen, wie sie glücksstrahlend ihren Vater angesehen hatte, wie sie sich an seine Hand geklammert und wie ein Wasserfall geplappert hatte. Es konnte nicht der Vater sein, der die Seele dieses Kindes gebrochen hatte, davon war sie überzeugt.

Nach den jüngsten Ereignissen rechnete sie bei ihrer Rückkehr nach Hause halb damit, eine weitere rätselhafte Weihnachtsüberraschung vorzufinden – Lichterketten am Dach vielleicht oder ein Nikolaus draußen auf dem Rasen. Doch da war nichts. Sie würde wirklich herausfinden müssen, wer den Baum und den Kranz gebracht hatte, dachte sie und schloss die Tür auf. Als sie sie aufdrückte, spürte sie Widerstand und hörte etwas über den Boden schleifen. Auf der Fußmatte lag ein langer schmaler Karton ohne Adresse, nur ihr Vorname stand darauf. Sie hob ihn auf und öffnete ihn. Er enthielt fünf Lamettastränge und flachen, bunten Christbaumschmuck aus Papier: Vögel, Feen, Glocken und Sterne. Es war wunderschön, aber wer machte das alles? Es war zu bizarr. Geistesabwesend drückte sie die Tür hinter sich zu und ging langsam ins Wohnzimmer, wo der kleine Baum immer noch nackt am Fenster stand. Jetzt konnte sie ihn schmücken, aber sollte sie das wirklich tun? Was, wenn sie einen Stalker hatte? War es üblich, dass Stalker einem Weihnachtsschmuck schenkten?

Sie überlegte gerade, ob sie die Nachbarn fragen sollte, ob sie etwas darüber wussten, als es an der Tür klopfte. Als Holly öffnete, stand ihre Nachbarin Phyllis mit einem Pappkarton davor. Sie wohnte drei Häuser weiter. Sie hatten sich seit Hollys Einzug nur ein halbes Dutzend Mal unterhalten, aber die ältere Frau mit schneeweißem Haar und lebhaften braunen Augen war recht schwatzhaft gewesen.

»Phyllis! Wie schön, Sie zu sehen. Was gibt es?«

»Nun, meine Liebe, ich habe Sie schon eine Weile nicht mehr gesehen, und Sie sind neu hier – ziemlich neu jedenfalls. Ich wollte nur nachschauen, ob es Ihnen gut geht.«

»Das ist wirklich nett von Ihnen. Möchten Sie hereinkommen?«

»Nur, wenn ich nicht ungelegen komme. Ich möchte Sie nicht stören.«

»Ich habe im Moment nichts vor. Kommen Sie herein. Darf ich Ihnen einen Tee anbieten? Kaffee? Heiße Schokolade? Baileys?«

»Für mich bitte eine Tasse Tee, meine Liebe. Wenn es keine Umstände macht.«

»Überhaupt nicht. Setzen Sie sich. Es ist schön, Besuch zu haben«, sagte Holly, und das war es wirklich. Es war schließlich Teil von dem, was ein Zuhause ausmachte, dass man beiein-

ander vorbeischaute, die Rituale des Teekochens, der Begrüßung und des fröhlichen Abschieds. Das hatte Holly vermisst.

»Was für ein hübscher Baum. Schön gewachsen. Wo haben
Sie ihn her?«

»Ich wollte deswegen schon die Nachbarn fragen. Der
Baum stand vor ein paar Tagen einfach vor meiner Tür. Und
einige Tage davor der Kranz. Heute hat mir jemand einen
Karton mit Baumschmuck durch den Briefschlitz geschoben.
Kein Zettel, keine Erklärung, nichts. Die Sachen sind sehr
schön, aber es ist alles etwas seltsam, finden Sie nicht?«

»Sehr seltsam! Vielleicht haben Sie einen heimlichen
Verehrer«, antwortete Phyllis hoffnungsvoll.

»Äußerst unwahrscheinlich. Ich hoffe, es ist kein Stalker.«

»Sorgen Stalker für Weihnachtsstimmung?«

»Genau das dachte ich auch. Sie haben also nichts gesehen?
Es ist kein Nachbarschaftsbrauch oder so etwas?«

»Davon habe ich noch nie gehört. Tut mir leid, dass ich
nicht helfen kann. Oh, ich habe Ihnen einen Kuchen mitgebracht«, fügte Phyllis hinzu und reichte ihr die weiße Schachtel, die sie bei sich trug. »Auf eine gute Nachbarschaft.«

Holly öffnete den Deckel und atmete den Duft ein. »Ich
liebe Zitronenkuchen. Wir werden gleich ein Stück essen.«
Während sie den Tee für Phyllis – und eine heiße Schokolade
für sich selbst – zubereitete, warf sie hin und wieder einen
Blick ins Wohnzimmer. Sie sah, dass ihre Nachbarin ihre
Bücherregale inspizierte. Dem Drang, sich anderer Leute
Bücher anzusehen, konnte man einfach nicht widerstehen.
Holly brachte die Getränke ins Wohnzimmer und holte dann
den Kuchen.

»Sie haben eine schöne Auswahl von Büchern«, bemerkte
Phyllis und setzte sich zu ihr aufs Sofa. »Ein paar gute alte Klassiker und auch einige großartige neue.«

»Mögen Sie Bücher?«

»Ich war Englischlehrerin.«

»Sagen Sie bloß! Ich bin auch Lehrerin. Grundschullehrerin.«

Phyllis strahlte. »Wie schön. Also, wie geht es Ihnen, meine Liebe? In unserer kleinen Straße wohnen ja hauptsächlich ältere Leute. Ich hoffe, es ist Ihnen nicht zu einsam hier.«

»Kein bisschen. Das heißt, ein bisschen vielleicht schon. Ich bin Single ... Meine Freunde sind übers ganze Land verteilt, und meine Eltern wohnen in Cornwall, daher kommt mir das Leben manchmal ein wenig ... ruhig vor. Aber ich liebe meinen Job – in der Hinsicht habe ich Glück. Die Kinder sind toll und die Arbeit macht Spaß. Jetzt muss ich nur noch mein Privatleben auf die Reihe kriegen.«

»Ich hatte so ein Gefühl, dass da etwas im Argen liegt.« Phyllis zögerte, dann beichtete sie: »Vor etwa einer Woche bin ich gekommen, um Hallo zu sagen, aber dann habe ich Sie durchs Fenster gesehen, wie Sie sich die Augen ausgeweint haben. Ich wollte nicht neugierig sein – Ihre Vorhänge waren offen, und Sie wissen ja, dass man automatisch in fremde Fenster schaut. Wie dem auch sei, mir war klar, dass es nicht der richtige Zeitpunkt für einen Besuch war und bin wieder gegangen. Deshalb habe ich den Kuchen mitgebracht.« Sie nahm Holly behutsam einen der cremefarbenen Porzellanteller ab und spießte ein großes Stück Zitronenkuchen auf die Gabel.

Holly sah sie gerührt und verlegen an. »Gott, ich kann nicht glauben, dass Sie mich beim Heulen gesehen haben. Normalerweise lasse ich mir nichts anmerken. Wie peinlich. Aber es war ... ein schlimmer Tag gewesen.«

»Papperlapapp«, sagte Phyllis, und Holly grinste. Wie konnte man einen Menschen, der Papperlapapp sagte, nicht lieben? »Es gibt nichts, was Ihnen peinlich sein müsste. Wir alle haben solche Tage – oder ganze Wochen oder Monate –, in denen einem alles zu viel wird. Das gilt für jeden, ohne Ausnahme. Es geht mich zwar nichts an, aber wenn Sie jemanden zum Reden brauchen, ich bin eine ziemlich gute Zuhörerin.«

Holly zog die Vorhänge zu, dann setzte sie sich wieder hin. Sie hatte sich vollkommen einsam und allein gefühlt. Es war verwirrend, von so unerwarteter Seite die Hand der Freundschaft gereicht zu bekommen. Es war, als würde sie von einer Sonnenfinsternis zu einem Lichtschimmer geführt werden.

»Ich bin nicht neugierig, versprochen. Sie sollen nur wissen, dass ich da bin, falls Sie jemanden brauchen«, fügte Phyllis hinzu.

»Sie wirken überhaupt nicht neugierig«, sagte Holly, »nur reizend. Vielen Dank, Phyllis, vielleicht werde ich es Ihnen erzählen. Aber ich möchte Sie nicht belasten.« Sie war es auch nicht gewohnt, ihre Geschichte jemandem zu erzählen, der nichts über ihre Beziehung mit Alex wusste. Sie hatte es Penny erzählt und gedacht, das sei Entlastung genug gewesen, dass keine Notwendigkeit mehr bestünde, darüber zu reden. Es hatte eindeutig nicht so gut funktioniert, wie sie gehofft hatte.

Holly und Phyllis nippten schweigend an ihren Getränken, und Holly ließ den Blick über ihre Bücherregale schweifen. Ihr Anblick erfüllte sie mit bittersüßen Gefühlen, denn dort standen ihre alten Kinderbücher. Sie hatte sie behalten, weil sie daran hing und weil sie immer davon geträumt hatte, sie eines Tages mit ihren eigenen Kindern zu teilen. Sie stieß einen tiefen Seufzer aus und dachte, es sei zwar traurig, dass Alex sie verlassen habe, doch der Grund dafür sei noch viel schlimmer.

»Im Januar hat mein Partner Alex mit mir Schluss gemacht. Wir waren zehn Jahre zusammen und haben vier Jahre versucht, ein Baby zu bekommen.«

»Oh, meine Liebe, das tut mir leid. Eine Trennung tut weh.«

»Ja, aber das ist nur die Spitze des Eisbergs. Wir waren zwar nicht offiziell verlobt, aber wir haben immer gesagt, dass wir ganz klein standesamtlich heiraten, wenn ich schwanger bin.

Wir haben immer davon geträumt, eine Familie mit dem üblichen Drum und Dran zu gründen: ein großes Haus, die Fahrt zur Schule, ein Kinderzimmer, das wir selbst einrichten würden ... Das war unser Traum. Wir wollten beide das Gleiche, und ich dachte, wir hätten eine felsenfeste Beziehung. Zuerst haben wir der Natur einfach ihren Lauf gelassen und dachten, dass es irgendwann passiert, aber als die Zeit verging, haben wir uns Gedanken gemacht. Ende letzten Jahres haben wir Tests gemacht, um zu schauen, ob etwas nicht stimmte, und falls ja, was.« Sie sah Phyllis an, die nickte.

»Wir haben Weihnachten bei meinen Eltern in Cornwall verbracht, und als wir im neuen Jahr nach Kent zurückgekehrt sind, kam der Anruf mit den Ergebnissen. Es stimmte tatsächlich etwas nicht, und es lag an mir. Bei Alex war alles in Ordnung.« Holly schaute auf ihre Hände. Sie konnte immer noch nicht ganz glauben, was sie an jenem Tag erfahren hatte.

»Ich habe einen Uterus septus, eine angeborene Fehlbildung der Gebärmutter. Sie kommt sehr selten vor. Ich wusste nichts davon. Ich hatte nie Probleme mit der Periode oder etwas in der Art. Manchmal leichte Schmerzen beim Sex, aber nicht so oft, dass ich gedacht hätte, es gebe einen besonderen Grund dafür. Entschuldigung – sind das zu viele Informationen? Bei dieser Fehlbildung ist es trotzdem möglich, schwanger zu werden. Man hat nur ein höheres Risiko für eine Fehlgeburt und wiederholte Fehlgeburten. Und da ich in der ganzen Zeit nicht schwanger geworden bin, sahen unsere Chancen nicht vielversprechend aus.

Die Ärzte haben uns unterstützt und gesagt, dass wir die Hoffnung nicht verlieren sollen und dass künstliche Befruchtung helfen könne. Aber ich war trotzdem am Boden zerstört. Während der nächsten ein oder zwei Wochen habe ich versucht, mich damit abzufinden, dass ein harter Weg ohne Erfolgsgarantie vor uns lag. Tja, und Alex hat in eine ganz andere Richtung gedacht. Er hat mich verlassen. Sinngemäß meinte er, dass ihm das Risiko zu groß sei. Er wollte unbedingt Kinder haben – nun, das wusste ich bereits –, und er fand, dass seine Chancen mit mir zu schlecht standen. Wir kannten die Statistiken. Selbst ohne verformte Gebärmutter ist die Wahrscheinlichkeit einer natürlichen Schwangerschaft gering, wenn es über drei Jahre nicht geklappt hat. Er ... er wollte mich ›gehen lassen‹ – das waren seine Worte – und sich eine andere Frau suchen, die ihm bessere Aussichten bieten konnte.«

»Gütiger Himmel«, sagte Phyllis leise.

»Ja. Ich wollte ihn natürlich nicht zurückhalten. Der Gedanke war mir unerträglich, dass sein großer Wunsch wegen mir wahrscheinlich nie in Erfüllung gehen würde. Er verdiente die Chance, Vater zu werden. Aber trotzdem fühlte ich mich ... zurückgewiesen. Als ob ich beschädigt sei, verstehen Sie? Und als er es herausgefunden hatte, wollte er mich gegen ein besseres Modell eintauschen. Er hat es nicht so gemeint, aber ...«

»Es wäre sicher schwer gewesen, anders zu empfinden.«

»Sehr schwer. Wenn ich ehrlich bin, fühle ich immer noch so.« Holly seufzte und merkte, dass sie den Tränen nah war. Sie holte tief und entschlossen Luft, während Phyllis ihr mitfühlend die Schulter tätschelte. »Und ... ich wäre bei Alex geblieben, wenn es an ihm gelegen hätte.«

»Weil Sie ihn mehr geliebt haben als die Vorstellung, Kinder zu bekommen?«

Holly dachte nach. »Um ganz ehrlich zu sein, nein. Ich habe ihn geliebt, aber er war mir nicht wichtiger als ein Kind – es war alles miteinander verbunden. Wir waren nicht verheiratet, hatten es aber vor, daher glich unsere Beziehung für mich praktisch schon einer Ehe. Sie wissen schon, in guten wie in schlechten Zeiten. Während er einfach gegangen ist! Zehn gemeinsame Jahre, in denen wir uns so gut kennengelernt hatten ... Er war bereit, das alles für eine bessere Möglichkeit aufzugeben. Er hat mir das Gefühl vermittelt, als menschliches Wesen unwichtig zu sein.« Plötzlich musste sie an seine Weihnachtsfeier mit der Kanzlei im vergangenen Jahr denken. Da hatte jemand zu ihr über Alex gesagt: »Er geht gern dorthin, wo die Möglichkeiten sind.« War das nicht die Wahrheit?

»Oje. Und Adoption kam für ihn nicht infrage?«

Holly schüttelte den Kopf.

»Dann sind Sie meiner Meinung nach ohne ihn wesentlich besser dran. Wenn Sie ihm nicht mehr bedeutet haben … aber das werden Ihnen auch andere gesagt haben, und es ist nur ein schwacher Trost.«

»Sie haben sicher recht, aber es ist nicht nur der Verlust von Alex. Wenn es nur das wäre, würde es mir inzwischen besser gehen. Es ist der Verlust des Selbstbildes, meines alten Ichs, dass ich einfach schwanger werden und Mutter sein würde. Als Sie mich neulich Abend haben weinen sehen, hatte ich gerade erfahren, dass seine neue Freundin schwanger ist. Wir haben uns erst im Januar getrennt! Er macht einfach weiter und lebt unseren Traum mit einer anderen Frau, und ich fühle mich … wie ein Boot, das am Ufer gestrandet ist. Ich hatte mitten in Hopley eine Panikattacke! Dann bin ich nach Hause gekommen und habe eine Heulattacke bekommen. Das war, als Sie mich gesehen haben.

Ich weiß nicht, was ich von meinem jetzigen Leben halten soll. Alle sagen, andere Mütter haben auch schöne Söhne, aber die Aussicht auf eine neue Liebe reizt mich im Moment nicht. Jedem Mann, den ich kennenlerne, werde ich sagen müssen, dass ich wahrscheinlich keine Kinder bekommen kann und dass es auf jeden Fall schwierig werden wird. Die einzigen Männer, die die Bekanntschaft trotzdem vertiefen möchten, wären Männer, die keine Kinder wollen. Und das wären nicht die richtigen Männer für mich. Ich bin Grundschullehrerin. Ich liebe Kinder. Und ich weiß nicht, ob ich jemals wieder eine unbelastete Beziehung führen kann.« Dann kamen ihr wieder die Tränen, und sie begrub schluchzend das Gesicht in den Händen.

Anstatt sie zu beruhigen oder zu umarmen, was unangemessen gewesen wäre, saß Phyllis einfach nur da und sagte immer wieder leise: »Ach du lieber Gott. Ach du lieber Gott.«

Schließlich wischte Holly sich über die Augen, putzte sich die Nase und sah Phyllis dann mit einem schiefen Lächeln an. »So war das«, sagte sie. »Die tragische Geschichte meines Lebens.«

»Das kann man wohl sagen«, antwortete Phyllis. »Es ist sehr traurig, meine Liebe, und es tut mir leid, es zu hören.«

»Ich bin dankbar für das, was ich habe«, beeilte Holly sich zu beteuern. Phyllis' Generation war stoisch, und Holly wollte nicht, dass sie sie für eine wehleidige Verliererin hielt. »Schließlich arbeite ich mit Kindern, und das ist einfach eine Freude. Ich habe wunderbare Eltern und Freunde. Ich habe dieses schöne Haus, ich bin gesund ... «

Erschreckend gesund. Holly war mit einer schlanken, aber fraulichen Figur und einem schnellen Stoffwechsel gesegnet und hatte vor dem vergangenen Wochenende in ihrem ganzen Leben noch nie Herzstolpern gehabt. Einmal, bei einem Abstrich, hatte die Krankenschwester ihr gesagt, dass ihr Gebärmutterhals die perfekte Form für die Geburt habe. Wie ironisch! Sie war hübsch, »strahlend« war das Wort, mit dem sie am häufigsten beschrieben wurde. Ironisch war auch, dass es sich um ein Wort handelte, das oft für Schwangere benutzt wurde, während Hollys Strahlen sich wahrscheinlich nie auf ihr eigenes kleines Baby richten würde. Sie war der Inbegriff der Gesundheit und fühlte sich auch so; sie konnte rennen, tanzen und die Zehen berühren – aber das, was sie immer für selbstverständlich genommen, nach dem sie sich immer gesehnt hatte, konnte sie nicht.

»Ich bin nicht zufällig in meinem Job gelandet, weil mir nichts anderes eingefallen ist. Ich habe ihn gewählt. Ich liebe

Kinder und kann gut ihre Bedürfnisse erkennen, sie zum Lachen bringen und ihnen beim Lernen helfen. Man hat mir immer gesagt, dass ich eine besondere Begabung dazu habe. Ich versuche mir einzureden, dass das genug sei, aber ich habe mir immer eigene Kinder gewünscht. Es klingt altmodisch, wenn man das heute sagt. Meine Freunde meinen, dass Kinder toll sind, ja, aber sie seien nicht das Wichtigste im Leben. Für mich sind sie es. Ich habe die Bücher aufgehoben« – sie deutete auf ihre Kinderbücher im Regal – »um sie mit meinen eigenen Kindern zu lesen. Ich hatte so viele Pläne ...«

Phyllis nickte. »Es ist natürlich gut, die positive Seite zu sehen, aber wissen Sie, Holly, das geht erst, wenn man der Dunkelheit ins Gesicht gesehen hat – und das ist nicht leicht. Das war es vermutlich, was die Panikattacke Ihnen sagen wollte. Es ist schwer, so etwas zu verkraften. Nicht jede Frau wünscht sich ein Kind, aber für diejenigen, die es tun, ist es ein sehr starker Instinkt. Ihn nicht ausleben zu können ... das kann ich mir gar nicht vorstellen.«

»Es ist, als hätte man immer Hunger und könnte nicht essen.«

»Entsetzlich. Ich denke, Sie hatten die Panikattacke, weil das die einzige Möglichkeit für Sie ist, darüber hinwegzukommen: indem Sie sich selbst eingestehen, dass es wirklich so schlimm ist. Sobald Sie das tun, werden Sie wieder ein normales Leben führen können. Das ist immer so. Es wird nicht genau das Leben sein, von dem Sie als junge Frau immer geträumt haben, aber es wird eine andere Form annehmen, und Sie werden auf eine ganz neue Weise glücklich sein, weil Sie stärker sind.«

Holly überlief ein Schauer, als würde etwas tief in ihrem Innern die Wahrheit von Phyllis' Worten erkennen. »Seit dem Wochenende bin ich alles viel langsamer angegangen und habe viel nachgedacht. Ich war traurig und sehr müde, aber irgendwie ging es mir auch besser. Alle waren wirklich nett zu mir, aber zu hören, ich könnte ein Kind adoptieren, ich würde meine Figur behalten oder ich hätte in der Schule genug Kinder, ist mir keine Hilfe.«

»Das kann ich mir vorstellen. Wissen Sie, wenn Sie erst einmal richtig um das getrauert haben, was Sie verloren haben, und anfangen, sich einem neuen Glück zu öffnen, werden Sie erkennen, dass es Möglichkeiten gibt. Sie könnten wirklich ein Kind adoptieren. Allein oder mit einem Partner. Sie könnten jemanden kennenlernen, der bereit ist, es mit Ihnen mit einer künstlichen Befruchtung zu versuchen. Oder jemanden, der bereits Kinder hat, und Sie könnten Stiefmutter werden. Aber man kann nicht einfach so einen Traum gegen einen anderen austauschen. Man braucht Zeit, um den alten loszulassen, und dann wird es eine Phase der Veränderung geben, bevor man bereit ist, über so etwas nachzudenken. In der Zwischenzeit müssen Sie sich klar machen, dass Sie in einer starken Position sind. Sie haben einen Beruf, den Sie lieben, ein gutes Einkommen und ein eigenes Zuhause. Die Frauen meiner Generation hatten das nur selten, und es ist von unschätzbarem Wert, meine Liebe. Gut gemacht.«

Holly schaltete eine Lampe ein und dachte dabei, dass Phyllis' Worte wie die Lampe Licht auf ihre Situation geworfen hatten. Sie hatte es zu eilig gehabt, begriff sie, tapfer und fröhlich zu sein. So leicht würde es nicht werden, aber das hieß nicht, dass sie es nicht schaffen konnte.

KAPITEL 15

ELIZA

Die Zeit verging wie im Flug. In der Schule wurde an den Szenen für *Ein Weihnachtswunsch* gearbeitet, und Eliza sah ängstlich und neidisch zu, wie ihre Klassenkameraden probten, ihren Text vergaßen und sich vor Lachen krümmten. Zu Hause nahmen die Räume unter Tante Pams beeindruckendem Projektmanagement allmählich Gestalt an. Elizas Zimmer sah jetzt wie ein richtiges Schlafzimmer aus, mit hübschen Bettbezügen und Decken, einem Teppich, einem Lampenschirm und einem Spiegel. Dampfende Duschen waren kein halbvergessener Luxus mehr, und sie konnten die Zentralheizung einschalten, wann immer sie wollten.

Ihre Hausaufgabe – die Herstellung eines Patchwork-Engels – bestand bisher nur aus einer Reihe von gezeichneten Ideen und einem Stapel alter Kleider, die ihr Vater aus einem Umzugskarton geholt hatte. Sie wollte jedoch heute anfangen, und wenn es zu schwer war, würde Tante Pam ihr nächste Woche helfen.

Am Sonntagmorgen erwachte Eliza in kalter, klarer Dunkelheit und mit einem Gefühl der Aufregung. Der Dezember war jetzt nicht mehr weit! Sie stieg aus dem Bett, zog den Bademantel an und kletterte auf den Fenstersitz in ihrem Zimmer, wo sie vom Anblick des ersten Reifs begrüßt wurde, der auf dem Rasen glitzerte. Sie stieß einen kleinen Freudenschrei aus. Da draußen sah alles so geheimnisvoll aus, still und dunkel und funkelnd.

Eliza liebte das neue Haus mit den knarrenden Balken, die nachts zu ihr sprachen, und den breiten Fensterbänken, auf denen sie im Sitzen oder Liegen alles Mögliche erledigen konnte, als würde sie vor den Fensterscheiben auf einer Wolke schweben. Sie sprach ihr tägliches Gebet um eine weiße Weihnacht. Ihr Atem hinterließ einen Vorhang auf dem Glas, und sie zeichnete gedankenverloren Formen hinein. Es ging nichts über eine Fensterbank, wenn man seinen Träumen nachhängen wollte.

Sie versuchte, zu einer Entscheidung zu gelangen. Es würde eine ziemlich erwachsene Entscheidung sein, dachte sie, obwohl sie erst acht dreiviertel Jahre alt war und sie bei dem Gedanken daran ganz aufgeregt, aber auch ängstlich wurde. Sie hatte es Daddy sicherheitshalber noch nicht gesagt. Sie überlegte, Miss Hanwell zu sagen, dass sie doch bei dem Stück mitmachen wolle. Aber bei dem bloßen Gedanken daran drehte sich ihr der Magen um wie ein Pfannkuchen.

Als Eliza klein war, hatte sie bei jedem Schulkonzert mitgemacht. Sie war damit groß geworden, dass Mummy mit ihr So-tun-als-ob spielte, sie hatte sie zum Singen, Tanzen und Schauspielen ermuntert, und Eliza hatte es geliebt. Es hatte ihr keine Angst gemacht, es machte sie einfach nur glücklich. Als sie drei gewesen war, hatte sie bei einer Pantomime-Aufführung als jüngstes Ensemblemitglied ein Bonbon gespielt. Mit vier war sie in zwei Schulaufführungen aufgetreten. Mit fünf war sie der Kopf der Raupe in *Autumn Almanach* gewesen. Doch seit ihre Mutter fort war, war die Bühne für sie ein furchteinflößender Ort – diese großen, hallenden Bretter und das Meer fremder Gesichter, das einen anschaute, abschätzte. Die Leute wussten, dass ihre Mutter sie verlassen hatte und weit fortgezogen war. Es war nicht schwer, sich vorzustellen, dass die Zuschauer sagten: »Sie ist nicht wie ihre Mutter. Sie war so begabt und so schön. Kein Wunder, dass sie gegangen ist.« Während Elizas letztem Versuch in Leeds hatte sie solche Angst gehabt, dass sie sich mitten in der Vorstellung auf der Bühne übergeben hatte. Sie war nie über die Scham hinweggekommen – und hatte sich vorgenommen, nie wieder aufzutreten.

In der Schule wurde über nichts anderes geredet als über das Weihnachtsspiel. Sie hatten natürlich normalen Unterricht, doch einen Teil des Tages verbrachten sie immer damit, etwas für die Aufführung zu basteln, Teile davon zu proben oder Lieder daraus zu lernen. Es war unmöglich, sich nicht davon anstecken zu lassen, und Miss Hanwell hatte ganz wunderbare Ideen.

Das Stück, das sie geschrieben hatte, handelte von zwei Kindern, einem Bruder und einer Schwester, die ein Rentier gerettet und in ihrer Garage versteckt haben. Sie lebten bei einem unfreundlichen Onkel, der sehr böse werden würde, daher mussten sie es geheim halten. Hilfe bekamen sie von verschiedenen Engeln, und es gab viel Zauberei. Miss Hanwell hatte einen Freund, der die Tiere für die lebenden Krippen beim Weihnachtsbaumverkauf oder an der Kirche beisteuerte, und er würde ihr ein echtes Rentier leihen! Allein deshalb wollte Eliza mitmachen. Ein echtes Rentier!

In der ersten Szene ging es um einen Weihnachtsbaum, der zum Leben erwachte. Der Bühnenboden würde mit Tannenzweigen bedeckt sein, und an der Decke sollten auch Tannenzweige hängen. Die Kulissen würden grün sein und die ganze Bühne in einen großen Weihnachtsbaum verwandeln. Die Patchwork-Engel, die großen Papierkugeln, die Trompeten und die Trommeln, die Eliza und die anderen Schüler bastelten, sollten den Christbaumschmuck darstellen und an den Kulissen aufgehängt werden. Es würde kleine, unterschiedlich hohe Plattformen geben, die grün gestrichen waren, damit man sie nicht sah. Darauf sollten die als Engel und Schneemann verkleideten Kinder stehen und ebenfalls wie Baumschmuck aussehen. Sie würden sehr, sehr still dastehen müssen, als seien sie echte Figuren. Und wenn dann die Musik einsetzte, mussten sie langsam und steif herunterklettern, als würden sie gerade erst zum Leben erwachen.

Eliza fand Miss Hanwell unheimlich einfallsreich. Das Stück würde spektakulärer werden als alles, was sie in Leeds gemacht hatte. Sie konnte sich das aufgeregte Rascheln der stolzen Eltern in der Aula vorstellen, wenn der Vorhang vor der Bühne aufgezogen wurde. Und erst die ungläubigen Ausrufe, wenn das Rentier - das im Stück Skydancer genannt wurde, mit richtigem Namen jedoch Bob hieß - auf die Bühne kam, geführt von Sophie Lewis, die das kleine Mädchen spielte! Am Ende ging Elizas Fantasie mit ihr durch. Sie dachte, dass sie in Miss Hanwells Weihnachtsstück vielleicht keine Angst haben werde und dass sie unbedingt eine Rolle übernehmen müsse. Und dann dachte sie, wie sehr ihr Vater sich darüber freuen würde – vor allem, wenn sie wirklich eine Rolle übernahm.

Es gab noch einen anderen Grund, warum sie bei der Aufführung dabei sein wollte: Sie wollte etwas Wunderbares für ihn tun. Seitdem Tante Pam bei ihnen war, wirkte er glücklicher, aber sie wusste, dass Granny und Gramps immer noch versuchten, ihn wegen Weihnachten zu überreden, und Eliza wollte wirklich nicht zu ihnen fahren. Einmal war sie spätabends aufgestanden, um etwas zu trinken, und hatte gehört, wie er am Telefon mit ihnen stritt. Eliza wusste, dass es falsch war zu lauschen, aber es kam so selten vor, dass Daddy wütend wurde, dass ihr Bauch sich ganz schrecklich zusammengekrampft hatte, und sie konnte nicht anders als zuzuhören.

Ihr Vater hatte gesagt, er könne sehr wohl arbeiten gehen und ein richtiger Dad sein. Natürlich konnte er das! Mindestens vier Kinder in ihrer Klasse lebten mit nur einem Elternteil, und eins davon war ein Dad. Und drei – Jinnys Mum, Kyles Mum und Grants Dad – hatten Vollzeitjobs. Wie konnte Granny es wagen, Daddy solche Sorgen einzureden! Gut, als Grant vom Dach der Schultoilette gefallen war und man seinen Dad nicht erreichen konnte, kam seine Mum und brachte ihn ins Krankenhaus. Das ging bei Eliza nicht, weil ihre Mum so weit weg war und fast nie mit ihnen redete. Aber sie hatten Tante Pam und Granny und Gramps. Außerdem würde Eliza nicht vom Dach fallen – so dumm war sie nicht. Also regten sie Daddy vollkommen grundlos auf.

Sie war sich ziemlich sicher, dass sie ihn davon überzeugt hatte, dass sie Weihnachten am besten zu Hause verbrachten. Trotzdem würde es nicht schaden, ihm ein für alle Mal zu zeigen, dass sie glücklich war und dass dieses neue Leben ihr guttat. Sie wollte es auch Granny und Gramps beweisen. Wenn sie bei dem Weihnachtsstück mitspielte, würden sie es endgültig wissen.

Als Eliza in den Garten schaute, wurde es langsam hell. Sie zog die Augen zusammen, wischte mit dem Ärmel das beschlagene Fenster frei, und tatsächlich, da war etwas, was sie bisher nicht gesehen hatte. Vom Wald bis zum Haus verlief eine zarte schwarze Linie über das von Reif überzogene Gras, wie die Perlen der schönen Gagat-Kette von ihrer Mutter, die sie zurückgelassen hatte. Eliza vergaß das Weihnachtsspiel und beschloss nachzusehen – sie sauste die Treppe hinunter und durch die Küche und warf ihrem Dad unterwegs Luftküsse zu.

Ihr Vater hatte ein großes Wochenendfrühstück auf den Tisch gestellt. Eliza war so aufgeregt, dass sie ihm am liebsten gleich erzählt hätte, dass sie bei dem Stück mitmachen würde, aber sie wollte nicht, dass er enttäuscht war. Sie wollte noch ein paar Tage darüber nachdenken. Sie schlüpfte in ihre Gummistiefel und eilte nur in Nachthemd und Bademantel hinaus in den eiskalten Garten.

»Äh, Eliza!«, rief ihr Dad ihr nach. »Wo willst du hin?«

»Bin gleich wieder da«, rief sie zurück, beugte sich vor und stemmte die Hände auf die Knie wie ein kleiner Sherlock Holmes. Und tatsächlich, die schwarzen Spuren im Rasen waren Pfotenabdrücke im Raureif. Zwei Paare. Füchse!

Eliza richtete sich auf und spähte in die Ecken des Gartens, aber sie waren längst weg, verschwunden im Wald. Sie waren so scheu und schlau. Warum zeigten sie sich ihr nicht?

KAPITEL 16

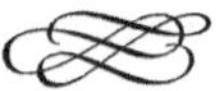

HOLLY

Am Sonntagmorgen waren noch zweiundzwanzig Blätter am Ahornbaum übrig. Das Wetter war mild und beständig gewesen. Es hatte leicht genieselt, doch es gab keinen peitschenden Regen oder entlaubende Sturmböen. Offenbar stand kälteres Wetter bevor. Holly konnte das Entkleiden des kleinen Baums nur an den Wochenenden überprüfen, denn es war dunkel, wenn sie zur Schule ging und nach Hause kam, und am vergangenen Tag hatte sie vergessen nachzusehen. Sie stand mit der Kaffeetasse am Fenster und betrachtete den Baum. Unwillkürlich kam ihr in den Sinn, dass er ihren eigenen Verlust widerspiegelte – den Verlust von Hoffnungen und Träumen und der Gewissheit über sich selbst.

Doch zum ersten Mal kam er ihr nicht wie ein trauriges Spiegelbild vor. Nach dem Gespräch mit Phyllis und angesichts ihrer bitteren Enttäuschung war Holly klar geworden, dass ihre bisherige Bewältigungsstrategie – gute Miene zum bösen Spiel zu machen, sich die Laune nicht verderben zu lassen und sich auf die guten Seiten zu konzentrieren – nicht das war, was die Situation verlangte. Sie hatte im Heilungsprozess ein oder zwei Schritte übersprungen, und das konnte nicht funktionieren. In dieser Woche war sie jeden Abend früh ins Bett gegangen und hatte wie ein Stein von neun bis sechs geschlafen. So viel hatte sie noch nie geschlafen. Ihr Alltag war auf Arbeit, Essen und Schlafen zusammengeschrumpft, und in der Einfachheit und Erwartungslosigkeit dieses Lebens lag Trost. Sie hatte auch viel geweint.

Jetzt betrachtete sie den Baum und dachte: *Wenn die letzten Blätter fallen, wird er kahl und nackt sein, nichts als eine Kritzelei vor dem Winterhimmel. Genauso werde ich mich fühlen, wenn ich mich endlich von meinen alten Träumen verabschiedet habe. Doch dieser Baum wird wieder zum Leben erwachen. Er wird wieder ausschlagen, und die jungen Blätter werden den Garten wieder mit rubinroten Flammen zum Leuchten bringen, brandneue Blätter, die genauso prachtvoll sein werden wie die alten, die sich jetzt festklammern, als gelte es ihr Leben.*

Holly wollte auch in flammendem Rubinrot leuchten. Jetzt kam es ihr zwar unmöglich vor, aber wenn das Glück davon abhing, alles zu bekommen, was man wollte, dann würde niemand jemals glücklich sein, oder? Holly war entschlossen, einen neuen Weg zum Glück zu finden, wenn der richtige Zeitpunkt gekommen war.

Sie wandte sich vom Fenster ab. Der Boden in ihrem Gästezimmer war ein Schlachtfeld aus Klebeband, Schleifen, Papierrollen und Geschenken. Sie war bei Namaste fündig geworden. Wer hätte gedacht, dass es in Hopley so schöne Geschäfte gab? Sie hatte ein glänzend weißes Stück Quarz für Penny gekauft, das aussah wie Kandiszucker. Holly wusste nichts über Kristalle, aber sie hatte Penny leidenschaftlich über deren verschiedene Eigenschaften und »Energiematrix« reden hören. Dieser Kristall war so schön, dass sie damit nichts falsch machen konnte. Für Carla hatte sie ein Buch über Natur besorgt, denn sie liebte es, draußen zu sein, und Izzy und Michelle würden hübsche Kristallarmbänder bekommen. Für Phyllis hatte sie noch nichts gefunden, aber es würde etwas Besonderes sein müssen. Hier war Inspiration gefragt. Sie hatte vergessen, Pralinen für ihre Kolleginnen in der Schule zu kaufen; vielleicht würde sie das am Mittwoch nach der Arbeit erledigen, wenn die Geschäfte in Hopley länger geöffnet hatten.

Ihre Eltern würden bald nach Indien reisen, daher hatte sie ihre Weihnachtssachen hervorgeholt, die Geschenke für sie eingepackt und zur Post gebracht. Zum Einpacken der anderen Geschenke war sie nicht in der richtigen Weihnachtsstimmung gewesen. Normalerweise tat sie es gern, doch in den vergangenen Jahren hatte sie dabei Tagträumen nachgehangen, wie sie Babykleidung und dann Spielzeug und allerlei Kleinigkeiten für ihre Kinder einpacken würde. Also verschob sie es, bis sie sich dem gewachsen fühlte. Sie bahnte sich einen Weg zwischen Geschenkboxen, Schleifen und Tüten mit Geschenken und schloss die Tür hinter dem Weihnachtschaos.

Am nächsten Morgen saß sie wie gewöhnlich vor dem Unterricht in ihrem stillen Klassenzimmer und war dabei, eine To-do-Liste zu erstellen, als Eliza hereinkam. Ihr bloßer Anblick brachte Holly zum Lächeln. Eliza hatte glattes schwarzes Haar und einen langen Pony, der ihr bis zu den großen grauen und ernsten Augen reichte. Schwarze Brauen und Wimpern verliehen der oberen Hälfte ihres Gesichtes etwas Kompromissloses. Mit ihrer Stupsnase und dem spitzen Kinn wirkte sie jedoch zierlich, fast wie eine Gestalt aus einem Märchen. Holly liebte jedes Kind in ihrer Klasse, aber Eliza hatte etwas an sich ... Jedes Mal, wenn sie sie sah, war es wie ein Wiedererkennen, als seien sie verwandte Seelen. Wenn Holly eine Tochter haben könnte, hätte sie sich eine wie Eliza gewünscht.

»Hallo, Eliza, du bist früh dran. Was hast du da?« Eliza war wie ein kleiner Packesel mit zwei großen Tüten und ihrem riesigen Schulranzen beladen.

»Das ist für meinen Patchwork-Engel«, sagte sie und leerte

die Tüten auf dem Boden aus. Hollys Augen wurden groß, als bunte Stoffe den Raum mit Farbe füllten. »Daddy und ich sind die Kartons durchgegangen, und Sie haben gesagt, das Patchwork soll voller besonderer Erinnerungen sein, und wir haben einige wunderbare Sachen gefunden. Soll ich sie Ihnen erklären?«

»Äh ... ja, bitte.«

»Also«, begann Eliza in einem lehrerhaften Ton, »das hier war eins von Mummys Kleidern, aber sie hat es dagelassen und in den letzten drei Jahren nicht abgeholt, daher braucht sie es wahrscheinlich nicht mehr. Der Stoff ist so hübsch, dass ich dabei sofort an Engel gedacht habe.« Es war ein fließendes Abendkleid aus apfelgrünem Chiffon und sah aus, als hätte es mehr gekostet, als Holly in einem Monat verdiente. Gütiger Himmel. Dann lebte ihre Mutter also noch.

»Bist du dir sicher, dass dein Vater nichts dagegen hat, wenn du es zerschneidest?«, fragte sie etwas schwach. »Es ist so schön.«

»O nein, Daddy will es nicht«, antwortete Eliza. »Er hat mir auch das hier gegeben.« Ihr Ton ließ ahnen, dass »das hier« viel wichtiger war als jedes dumme Kleid. Sie zog ein seidenes Herrenhemd aus dem Haufen. Es hatte ein türkis-rotes Spiralmuster, silberne Knöpfe so groß wie Untertassen, einen Dackelohrkragen und Manschetten. »Das war Daddys Ausgehhemd, als er sechzehn war«, erklärte Eliza. »Er stand auf die Sechziger, obwohl es die Neunziger waren. Er kann es nicht mehr tragen, weil er zu dick geworden ist, aber als er jung war, hat er es immer angezogen, wenn er ein Mädchen beeindrucken wollte. Daddy hatte früher viele Freundinnen.«

»Na, das ist aber schön.« Holly gab sich Mühe, nicht zu lachen. Wenn die Eltern wüssten, was ihre kleinen Lieblinge in der Schule in aller Unschuld über sie erzählten, würde es ihnen die Schamesröte ins Gesicht treiben. Holly zwang sich an

Elternabenden, diese Informationen aus dem Gedächtnis zu
bannen, um keine Miene zu verziehen.

Eliza hatte auch glänzende rosa Bänder von einem Paar
Ballettschuhe mitgebracht, die ihr zu klein waren, einen
weichen weißen Spitzenschal, aus dem sie die Flügel machen
wollte, und ein Puppenkleid aus rotem Samt. »Es hat Suki
gehört, aber ich habe sie verloren. Ich weiß, dass es nicht
glänzt«, gestand sie, »aber wenn es fertig ist, kann ich Glitzer
draufkleben, oder? Darf man Glitzer auf Patchwork kleben?«

»Du darfst tun, was du möchtest«, versicherte Holly ihr.
»Du meine Güte, was für ein Schatz. Ich glaube, dein Engel
wird wunderbar werden, Eliza.«

Unwillkürlich wurde ihr das Herz bei dem Gedanken
schwer, dass irgendjemand irgendwo Eliza verlassen hatte. Was
würde sie nicht für eine solche Tochter gegeben: lieb und witzig
und aufmerksam. Aber dieser Traum war zerplatzt. Sie bückte
sich und half Eliza, alles wieder in die Tüten zu packen. Würde
sie sich je wieder normal fühlen? Es hingen immer noch Blätter
an dem Baum, rief sie sich ins Gedächtnis. Der Prozess des
Loslassens war noch nicht zu Ende.

KAPITEL 17

EDWARD

Seit Edward wieder arbeitete, flogen die Tage schneller dahin als Raketen. Der November hatte mit endlos langen Tagen voller Fragen begonnen – wo sollten sie Weihnachten verbringen? Würden sie rechtzeitig eine Haushaltshilfe finden? Tat er das Richtige? Doch jetzt verging die Zeit wie im Flug, und der Dezember stand vor der Tür.

Die Arbeit war aufregend. Am Montagmorgen hatte er erfahren, dass sein Team die Chance bekam, kurz vor Weihnachten einem potentiellen neuen Kunden – einem großen Kunden – eine Präsentation vorzustellen. Eine edle Kosmetikmarke brachte einen neuen Duft heraus. Es würde eine viel kreativere Kampagne werden als für Badreiniger und Mobilfunktarife. Für ihn war es die größte Chance, etwas wirklich Bahnbrechendes zu tun, seit er vor neun Jahren in der Werbebranche angefangen hatte. Er hatte bereits zwei Mal bis spätabends im Büro gesessen, und er wusste, dass es nicht ideal war. Seine Mutter hatte ihm von Anfang an gesagt, dass ihm die Arbeit eines Tages über den Kopf wachsen würde.

Eliza schien es jedoch nichts auszumachen. Sie und Mrs D waren ein Herz und eine Seele. Eliza war mit Projekten für die

Schule beschäftigt, daher saßen sie abends gemeinsam vor dem knisternden Feuer im Wohnzimmer, Edward mit dem Laptop, Eliza auf dem Fußboden mit Papier und Buntstiften. Und Glitzer. Dieses Kind liebte Glitzer – er fand ihn überall. Am Morgen hatte es in seinem Schuh geknirscht, und als er ihn ausgezogen hatte, um nachzusehen, hatte sich ein Strom von Glitzer über seine Hose ergossen. Es hatte eine Ewigkeit gedauert, das Zeug abzubürsten, und durch die Herrentoilette im Büro zog sich jetzt eine silbrige Spur. Er fand Glitzerpartikel in den Haarbürsten, auf dem Sofa und in der Toilette. Sie war ein Glitzerteufel.

In dieser Woche musste er an seinem freien Mittwoch arbeiten. Die Überstunden wurden jedoch bezahlt, und das war auch gut so: Je gemütlicher das Haus wurde, umso leerer wurde sein Bankkonto. Im Büro gab es viel zu tun. Er hatte jeden Mittag Arbeitsessen, um die bestehenden Kunden bei Laune zu halten, falls aus dem fabelhaften großen neuen Deal nichts wurde. Das war zwar unwahrscheinlich – Edward hatte sich mit Feuereifer in das Projekt gestürzt –, aber er wollte trotzdem mehrere Eisen im Feuer behalten. Er würde den großen Durchbruch nicht auf Kosten langfristiger treuer Kunden schaffen.

Außerdem hatte er Anita, der Finanzchefin, bei der Auswahl eines Motorrads für ihren Sohn geholfen. Er würde in diesem Jahr Weihnachten maßlos verwöhnt werden als Wiedergutmachung dafür, dass sein Vater sie im April verlassen hatte. Edward hatte sich auch mit Dilip, dem juristischen Berater der Firma, über die absurden Vorschläge seiner Mutter unterhalten – nur für den Fall. Er wusste zwar, dass seine Eltern ihn nicht vor Gericht bringen würden, aber seine Mutter ließ immer noch hier und da spitze Bemerkungen fallen, und er suchte Rat, wo nur konnte. Dilip war Anwalt für Familienrecht gewesen, bevor er zu Wirtschaftsrecht gewechselt war.

»Wenn man allen Eltern, die nicht kochen können, die

Kinder wegnehmen würde, Edward, würde ich meine drei nie wiedersehen. Deine Mutter ist eine Nervensäge, mehr nicht.«

Edward hatte sich danach viel besser gefühlt.

Das Ergebnis dieser hektischen Aktivitäten war, dass Edward immer noch keine Geschenke für Eliza gekauft hatte. Lindy, seine Assistentin, und Anna, die Aushilfe, hatten beide angeboten, für ihn einzukaufen, doch er würde den Teufel tun, als Vater Frauen aus dem Büro Geschenke für seine Tochter besorgen zu lassen. Bevor es dazu kam, würde er sie lieber online kaufen. Er hatte sogar bereits zwei Sachen bestellt, die sie sich wirklich wünschte: einen Basketball und eine Eismaschine. Als ob ein anderer auch nur ahnen könnte, was für schrullige, Eliza-mäßige Dinge seine Tochter haben wollte. Also eilte er spät nach der Arbeit zu einem Einkaufsbummel nach Hopley.

Es war ein frischer, weihnachtlicher Abend. Kam ihm plötzlich alles festlicher vor, weil es schon beinahe Dezember und kälter geworden war, oder war er bisher einfach zu beschäftigt gewesen, um es zu bemerken? Seine Schritte hallten auf dem überfrorenen Pflaster wider, und die Sterne glitzerten über dem orangefarbenen Schimmer der Straßenlaternen. Außerdem war es schneidend kalt. Im Laufe der letzten Tage waren die Temperaturen gefallen, und die Verkaufszahlen von Mützen, Handschuhen und Schals waren überall gestiegen. Edward hatte in seiner täglichen Hektik natürlich nichts davon eingesteckt, daher hatte Lindy ihm für den Abend ihren Wollschal geliehen, ein langes Exemplar in Knallpink. Er wickelte ihn sich um Hals und Ohren und versenkte die Hände tief in den Taschen, während er vom Parkplatz ins Stadtzentrum joggte.

Der ständige Balanceakt zwischen Arbeit und Vaterrolle ließ ihn wieder an Cressida denken. Das tat er häufiger, seit seine Mutter sie neulich erwähnt hatte. Schon komisch, wie gut es damals gelaufen war. Kaum hatte Cressida beschlossen, die

Schwangerschaft nicht abzubrechen, hatte man ihr eine kleine Rolle in einem britischen Film angeboten – einer romantischen Komödie, die in den sechziger Jahren spielte. Sie hatte noch nie zuvor in einem Film mitgewirkt, es war eine unglaubliche Chance gewesen. Erstaunlicherweise hatte der Drehplan funktioniert: Man hatte sich einverstanden erklärt, ihre Szenen zu drehen, bevor man ihr die Schwangerschaft ansah; Cressida war sehr überzeugend. Sie war überglücklich gewesen. »Heutzutage kann man wirklich alles haben«, hatte sie gesagt, und Edward hatte sie stolz umarmt.

Nach Elizas Geburt war es dann natürlich doch nicht so einfach gewesen. Edward hatte gesehen, wie niedergeschlagen Cressida war, nachdem sie einen Vorgeschmack auf ihren großen Lebenswunsch bekommen hatte. Es gab kein Filmset mehr, nur den Alltag daheim mit einem Baby. Er hatte Mitgefühl mit ihr gehabt. Er hatte seinen eigenen Traum, wieder zur Uni zu gehen und sein Studium der Tiermedizin zu beenden, auf unbestimmte Zeit auf Eis gelegt. Der einzige Unterschied zwischen Edward und Cressida hatte darin bestanden, dass sich für Edward durch Eliza alles gelohnt hatte.

Jetzt, in Hopley, bildete sein Atem kleine Wölkchen, und die Kälte biss ihm in der Nase. Die Band der Heilsarmee spielte Weihnachtslieder in der Hauptstraße. Tuba und Trompete schmetterten fröhlich die vertrauten Refrains und verbreiteten die Botschaft der Hoffnung. In einem superschnellen und inspirierten Einkaufsrausch besorgte Edward mehrere Kleinigkeiten, mit denen er am Weihnachtsmorgen den Strumpf am Kamin füllen würde: Schreibpapier mit dem Logo von *Star Trek: The Next Generation*, einen Kristallengel für Elizas Nachttisch, einen Tierkalender und ein paar lustige Schokoladenfiguren. Er ging in ein Geschäft mit Kinderkleidung, kam dort aber nicht weiter und ging stattdessen in die Buch- und Schreibwarenhandlung. Dort vergrub er sich in wunderschön illustrierten Märchensammlungen, der *Chro-*

niken von Narnia-Gesamtausgabe im Schuber und Ponybüchern.

»Denken Sie, dass sie es schafft?«, erklang eine belustigte
Stimme hinter ihm. Als er sich umdrehte, stand da eine
hübsche Frau mit blonden Locken. Er brauchte einen Augenblick, um zu erkennen, dass es Miss Hanwell war, Elizas Lehrerin. »In dem Ponybuch«, fuhr sie lachend fort. »Glauben Sie,
dass Chloe es rechtzeitig zu den Reiterspielen schafft?«

»Ach so!« Er grinste. »Ich weiß nur, dass sie es der hochnä-
sigen Victoria beim Eierlauf mal so richtig zeigen sollte, sonst
kaufe ich diese Bücher nicht mehr.«

Sie lachte. »Beeindruckend. Wie viele Väter kennen sich
mit den Ponybüchern ihrer Töchter aus?«

»Glauben Sie mir, ich weiß alles darüber«, sagte Edward
und legte das Buch in den Einkaufskorb. »Eliza erzählt mir die
Geschichten in allen Einzelheiten. Edward Sutton.« Er hielt ihr
die Hand hin. »Freut mich, Sie endlich richtig kennenzulernen,
statt nur schnell auf dem Schulhof Hallo zu sagen.«

»Ganz meinerseits«, antwortete sie und schüttelte ihm die
Hand. »Meine Güte, haben Sie kalte Hände.«

»Spontaner Shoppingtrip – nicht richtig angezogen dafür.
Aber ich hinke in diesem Jahr mit allem hinterher.«

»Nach einem Umzug herrscht ewig Chaos. Ich bin im März
hergezogen und habe jetzt erst das Gefühl, wieder so etwas wie
Struktur zu haben.«

»Genau. Außerdem habe ich mit einem neuen Job angefangen. ›Chaos‹ trifft es nicht einmal ansatzweise.«

Sie plauderten, während Edward an der Kasse anstand,
dann bahnten sie sich durch die Menge der Weihnachtsein-
käufer einen Weg zur Tür. Draußen drang die Kälte durch die
Kleiderlagen, und Edward schlang sich, ohne nachzudenken,
wieder Lindys Schal um den Hals. Elizas Lehrerin brach in
Gelächter aus. »Quietschpink ist eindeutig Ihre Farbe, Mr Sutton«, erklärt sie ihm. »Und in dieser Saison sehr angesagt.«

»Ich war schlecht vorbereitet«, antwortete er verlegen. »Meine Assistentin hat mir den Schal geliehen, damit ich nicht erfriere. Hören Sie, Sie sind wahrscheinlich beschäftigt, aber falls Sie Zeit haben, hätten Sie Lust, mir bei einem Kaffee zu erzählen, wie Eliza sich in der Schule macht? Falls es gute Nachrichten gibt. Wenn nicht, würden Sie dann bitte lügen?«

Miss Hanwell lächelte. »Ich habe Zeit. Machen Sie eine heiße Schokolade draus, dann bin ich dabei.«

»Prima. Dann los.«

Als sie von dem Laden um die Ecke zu Veronica's Café eilten, hoffte Edward, der sich des lächerlichen pinkfarbenen Schals um seinen Hals nur zu bewusst war, dass er nicht missverständlich rübergekommen war. Es war doch ganz natürlich, sie besser kennenlernen zu wollen, da sie zurzeit einer der wichtigsten Menschen im Leben seiner Tochter war, oder? Er musste mit ihr über Eliza sprechen, und die Schule war durch den ständigen Trubel nicht der richtige Ort dafür. War es eigentlich in Ordnung zu bemerken, dass Elizas Lehrerin richtig hübsch war?

KAPITEL 18

HOLLY

Veronica's Café war stickig und überfüllt. Es war warm und roch nach Zimt, und Holly überkam ein flüchtiges Verlangen nach Glühwein, aber sie beschloss, sich lieber an heiße Schokolade zu halten. Der erste Eindruck, den sie auf den Vater der süßen Eliza machte, sollte nicht der einer Frau sein, die nach kurzer Bekanntschaft zum Alkohol griff. Slade sangen »So here it is merry Christmas«, und Holly überkam die übliche Mischung aus widersprüchlichen Gefühlen, was die Feiertage in diesem Jahr anging.

Sie setzten sich an einen Tisch, zogen die Mäntel aus, stießen mit den Stühlen gegen die der Nachbartische und Edward Sutton wischte sich mit dem Schal seiner Sekretärin die beschlagenen Brillengläser ab. Holly fühlte sich seltsam wohl, war jedoch einen Augenblick lang besorgt. War es in Ordnung, mit einem Vater eine heiße Schokolade zu trinken? Einem alleinerziehenden Vater, noch dazu einem, der wirklich attraktiv war? War es in Ordnung, zu bemerken, dass er wirklich attraktiv war? Es war ihr vollkommen richtig und natürlich vorgekommen, seine Einladung anzunehmen. Er machte sich Sorgen um Eliza – und sie starb vor Neugier, was das kleine

Mädchen betraf –, sodass ihr ein Gespräch nur folgerichtig erschienen war. Konnte ihr Verhalten in irgendeiner Weise als unprofessionell gewertet werden? Sie hoffte nicht. Sie würde gleich zur Sache kommen und dabei bleiben.

»Also, Eliza macht sich wirklich gut in der Schule«, berichtete sie, als die Kellnerin ihnen große Tassen brachte, die auf Untertellern voller rosa und weißen Marshmallows wackelten und mit Hauben aus Schlagsahne bekrönt waren. »Wow. So muss heiße Schokolade sein. Eliza ist blitzgescheit, was Sie natürlich schon wissen, und es gibt nicht die geringsten Probleme bei ihren Tests oder im Unterricht.«

»Das sind tolle Nachrichten. Danke. Und wie sieht es mit Kontakten aus? Sie scheint in den ersten Wochen an der Dean-Court-Grundschule mehr Freunde gefunden zu haben als im ganzen letzten Jahr in Leeds. Haben Sie den Eindruck, dass sie sich gut eingelebt hat? Keine Probleme, die sie vor mir verbirgt?«

»Nicht die geringsten. Sie versteht sich wirklich gut mit Fatima Jefferies. Wie ich höre, haben Sie ihre Eltern kennengelernt.«

»Ja, Sie haben davon erfahren?« Er nahm zwei weiße Marshmallows und tunkte sie in die Schlagsahne auf seinem Kakao.

Holly tat das Gleiche mit zwei rosafarbenen. »Ich habe alles darüber gehört. Die Mädchen waren sehr aufgeregt. Die beiden sind ein redseliges Paar, wenn sie erst einmal in Fahrt sind. Ich bin froh darüber, denn anfangs war Eliza sehr in sich gekehrt. Verständlich, da sie die Neue war. Fatima ist ein reizendes Mädchen, eins der nettesten in der Klasse, würde ich sagen. Eliza ist immer weiter aus ihrem Schneckenhaus herausgekommen. Sie hat sich auch mit Jinny Miller und Indira Khan angefreundet.« Holly schlürfte einen Schluck zuckrige Sahne und überlegte, wie sie die Fragen anschneiden sollte, die sie stellen wollte. »Sie interessiert sich sehr für das

Weihnachtsspiel und ist eine große Hilfe dabei. Sie hat eine künstlerische Ader. Aber sie möchte keine Rolle übernehmen – Sie wissen wahrscheinlich davon? Mr Buckthorn hat mich gewarnt, dass es da ein Problem gebe – ohne Einzelheiten zu nennen –, daher habe ich sie nicht bedrängt. Ich habe nie verstanden, wie das Kindern helfen soll. Ich hoffe, Sie finden das richtig?«

»Vollkommen richtig«, nickte er und hob mit dem Löffel die Spitze der Sahnepyramide ab. »Ich will nur, dass Eliza glücklich ist. Sie hält große Stücke auf Sie – ich glaube, es hat ihr sehr geholfen, dass Sie so mitfühlend und herzlich sind. Ich kann Ihnen gar nicht genug danken. Sie hat die Schule in Leeds gehasst – sie war sehr unglücklich dort –, aber nach ein paar wenigen Wochen mit Ihnen ... ist sie wie ausgewechselt.«

Holly lächelte. »Das freut mich. Aber Sie brauchen sich dafür nicht bei mir zu bedanken. Ich liebe meine Arbeit, und Eliza ist ein Schatz.« Sie tauchte den Löffel in die Glastasse, um an die heiße Schokolade unter dem sahnigen Baldachin zu gelangen. »Ähm, warum war sie in der Schule so unglücklich, wenn ich fragen darf? Sie ist ein so liebes, umgängliches Kind – ich kann mir nicht vorstellen, warum sie ein Problem gehabt haben könnte.«

Edward schaute auf seine Hände. »Ähm ...« Er wirkte so unbehaglich, so anders als noch vor einem Augenblick, dass ihre Antennen kribbelten.

»Sie brauchen es mir nicht zu sagen, wenn Sie nicht möchten. Jetzt geht es Eliza gut, und darauf kommt es an. Sie hat jedoch erwähnt, dass Sie beide vereinbart hätten, etwas niemandem zu erzählen, und ich habe mich nur gefragt, ob es gut für sie ist, ein Geheimnis zu hüten.«

»Das habe ich mich in letzter Zeit auch gefragt. Mr Buckthorn weiß Bescheid, aber wir haben ihn gebeten, nicht darüber zu sprechen. In Leeds wussten es die Leute, und das war ein Problem.«

»Ich verstehe«, antwortete Holly, die überhaupt nichts verstand.

»Aber schon nach einer halben Tasse heißer Schokolade mit Ihnen merke ich, dass es hier anders ist. Auch die Kinder scheinen anders zu sein als die aus Elizas alter Clique. Ich werde es Ihnen erzählen, ja?«

»Wenn Sie möchten«, antwortete Holly vorsichtig, aber ermutigend.

»Elizas Probleme in der Schule ... hatten etwas mit ihrer Mutter zu tun.«

Wusste ich's doch, dachte Holly. Was war mit ihr? War sie Alkoholikerin? Gewalttätig? Sicher nicht – sie konnte die Vorstellung nicht ertragen, dass jemand Eliza verletzte.

»Sie hat uns vor drei Jahren verlassen und seitdem leidet Eliza an Bühnenangst. Vorher ist sie gern aufgetreten.«

»Eine schlimme Trennung?«, hakte Holly behutsam nach. War die Mutter untreu gewesen? Oder Edward? War Eliza durch Geschrei und Verbitterung traumatisiert? Holly konnte sich Edward Sutton nicht in einem fiesen Streit vorstellen, aber man wusste ja nie.

Er runzelte die Stirn. »Eigentlich nicht. Es war eher eine seltsame Trennung. Es ging sehr schnell, war aber endgültig. Sehr plötzlich. Wir haben Mr Buckthorn gebeten, nichts zu sagen, weil wir wollten, dass Eliza anonym bleibt. An ihrer alten Schule haben alle zu viel gewusst.«

O Gott, waren sie etwa im Zeugenschutz?

»Es geht darum, wer ihre Mutter ist, verstehen Sie?«

»Ich verstehe. Das heißt, tue ich nicht. Wer ist ihre Mutter?«

»Cressida Carr.«

Holly brach in schallendes Gelächter aus und wartete auf die richtige Antwort. Doch Edwards graue Augen blickten ernst. »Moment mal, was? Ernsthaft?«

»Ja.«

Holly brauchte einen Moment, um das zu verdauen. Sie hatte erst vor zwei Wochen Hochglanzfotos des Hollywood-Megastars in der Zeitschrift *Hey Up* gesehen. Und jetzt saß sie hier mit dem Mann, der mit ihr verheiratet war? Das hieß also, dass ihre neue Schülerin, die wunderbare Eliza mit den großen silbrigen Augen und dem rabenschwarzen Haar ihre Tochter war? Nun, das erklärte, warum es ihr nichts ausgemacht hatte, das wunderschöne teure grüne Kleid zurückzulassen! »Ernsthaft?«, wiederholte sie. Zu mehr war sie nicht fähig.

Er lächelte traurig. »Ja. In Leeds ist es zu einem Problem geworden. Die ganze Schule hat über Eliza getratscht, und nicht nur das, es gab auch unfreundliche Bemerkungen. Der Umzug hierher war für uns das Beste, ein Neuanfang. Aber Cressida ist trotz allem ihre Mutter. Eliza sollte keine Angst davor haben, dass die Leute das wissen.«

»Natürlich. Arme Eliza. Gott, wie können Menschen nur so grässlich sein? Also, wie ...? Wie ...? Entschuldigung. Ich bin immer noch zu platt, um etwas Vernünftiges zu sagen. Das kam sehr unerwartet. Eliza ist so bescheiden und so lieb ... und ihre Mutter ist Cressida Carr.«

KAPITEL 19

EDWARD

»Natürlich war sie noch nicht Cressida Carr, als wir geheiratet haben«, versuchte Edward, die Geschichte zu erklären. »Sie war einfach nur ... meine Frau. Allerdings war sie da bereits Schauspielerin, und Eliza hat ihre Liebe zur Bühne geerbt. Sie sind beide jedes Mal aufgeblüht, wenn sie einem Publikum etwas vorspielen konnten ...«

Wham! sangen »Last Christmas«, einen Song, der ihn in dem Jahr gequält hatte, als Cressida ihn verlassen hatte. Holly beobachtete ihn aufmerksam. Er redete wirres Zeug und musste von vorne anfangen. Er hatte noch nie mit einer Frau darüber gesprochen. Das heißt, doch: seine Mutter, seine Schwägerin und Mrs D waren natürlich alle Frauen. Aber er hatte es noch nie einer Frau erzählt, die er – unter anderen Umständen – für sehr attraktiv gehalten hätte. Sogar für schön, intelligent und geistreich. Einer Frau, die er abends vielleicht zum Essen ausführen würde. Doch darum ging es hier nicht. Edward riss sich zusammen und erzählte Holly die ganze Geschichte.

Er beschrieb, wie jung und verliebt er und Cressida damals gewesen waren, sie eine normale, aber sehr begabte junge Frau, die davon träumte, ein Star zu werden, und er einfach nur glücklich darüber, Teil ihres Lebens zu sein. Die unerwartete Schwangerschaft, seine Freude darüber, Vater zu werden. Die Rolle in dem britischen Film – Holly kannte ihn natürlich.

»Nach Elizas Geburt sah es anders aus«, fuhr er fort. »Cressidas Rolle war nicht gut bezahlt worden, und sie bekam keine weiteren Angebote. Wir waren uns beide einig, dass ich die Brötchen verdienen sollte, weil ich eine feste Stelle in der Werbung hatte, während Cressida jahrelang nur hier und da kleine Rollen erhalten und kaum genug verdient hatte, um die Rechnungen zu bezahlen.

Doch dadurch rutschte Cressida in die Rolle der Vollzeitmutter, und damit hatte sie Probleme. Ich habe es von Anfang an gesehen; es war, als sei das Licht in ihr erloschen. Es gefiel mir gar nicht, dass es so gekommen war – es geht Frauen oft so, nicht wahr? Aber sie war nicht zu Hause, weil sie eine Frau war, sondern weil die Filmbrache so unberechenbar ist. Wir haben oft darüber geredet. Wenn sie eine Chance auf einen gut bezahlten Job gehabt hätte, wäre ich, ohne zu zögern, bei Eliza zu Hause geblieben. Ich hätte es natürlich für Cressida getan, aber auch für mich. Ich bin nie glücklicher gewesen als in der Zeit, die ich mit Eliza verbracht habe. Schon komisch, wie es manchmal läuft, nicht?

Ich habe meinen Jahresurlaub genutzt, mich um Eliza zu kümmern, damit Cressida zum Vorsprechen gehen konnte – einen halben Tag hier und da. Einmal habe ich mir eine ganze Woche freigenommen, als sie eine Rolle in einem Werbespot bekommen hat. Ich habe gebetet, dass sie eine zufriedenstellende Arbeit finden würde, aber es hat sich nicht viel ergeben, und die Mutterschaft wurde zum beherrschenden Thema in ihrem Leben.« Er seufzte. »Es war die einzige Rolle, die sie nicht besonders interessierte. Sie hat Eliza zwar geliebt und sich auch gut um sie gekümmert, aber sie war nicht glücklich, und sie war nicht sie selbst. Ich habe weiter das Geld verdient, weil es niemandem geholfen hätte, wenn ich zu dem Zeitpunkt gekündigt hätte.«

Er riskierte einen Blick zu Holly. Sie hörte aufmerksam zu. Noch heute machte es ihm zu schaffen, dass Cressida mit ihrem langgehegten Traum an Heim und Herd gefesselt gewesen war, während er, der am liebsten zu Hause bei Eliza geblieben wäre, eine einträgliche und sichere Arbeit hatte. Deshalb bekam er auch jedes Mal Schuldgefühle, wenn er, wie seine Mutter, bei dem Gedanken an sie Verbitterung empfand. Er hatte Cressida geliebt, und er hatte mitansehen müssen, wie sie die Lebenslust verlor, je weiter ihr Traum in die Ferne rückte. Er hätte sich dafür gehasst, wenn Elizas Lehrerin ihn für einen tyrannischen Patriarchen hielt, aber ihre braunen Augen waren verständnisvoll.

»Natürlich«, murmelte sie. »Dann wären Sie ja beide arbeitslos gewesen.«

Er nickte erleichtert und sprach weiter.

»Wir lebten vor uns hin und hofften immer noch, dass sich für Cressida etwas ergeben würde. Wir dachten an etwas Kleines, aber Befriedigendes in England. Fünf Jahre später hat sich völlig unerwartet ein Talentscout aus den USA bei ihr gemeldet und sie zu einem Vorsprechen für einen Hollywood-Blockbuster eingeladen. Es war keine Frage, dass sie hinfliegen würde. Die Reise wurde arrangiert, und zusammen mit beiden Großelternpaaren haben wir Elizas Betreuung organisiert. Eliza war außer sich vor Aufregung über das große Abenteuer ihrer Mutter – als ihre Mum zurückkam, wollte sie alles ganz genau beschrieben haben und Fotos sehen.«

Holly lächelte. »Das kann ich mir vorstellen.«

»Aus einer Woche wurden zwei und dann vier. Cressida bekam die Rolle und wurde für mindestens sechs Monate gebraucht. Wir haben es irgendwie hingekriegt. In ihren Anrufen ging es nur um Meetings und Partys und Fotoshootings, und es klang wirklich so, als würden sich für sie auf

Schritt und Tritt neue Möglichkeiten auftun. Ich habe mich für sie gefreut, aber ich habe mich auch gefragt, wohin das alles führen würde. War es der Durchbruch, von dem Cressida immer geträumt hatte? Falls ja, würden wir alle nach Los Angeles ziehen? War es ein guter Ort für Eliza, um dort aufzuwachsen? Ich war offen für alles, aber man musste natürlich darüber sprechen. Ich nahm an, dass Cressida irgendwann nach Hause kommen und mir sagen würde, dass wir dort hinziehen sollten. Aber ich wusste, wie unsicher die Arbeitsbedingungen in der Branche sind. Ich wollte sie nicht damit nerven, während sie sich auf ihre Rolle konzentrieren musste.«

»Verständlich«, murmelte Holly. Sie bestellten zwei weitere heiße Schokoladen. Die Kellnerin spendierte ihnen einen Unterteller voller Weihnachtsbaumkekse aufs Haus.

»Nach sieben Monate kam Cressida zurück. Sie überschüttete Eliza mit Geschenken und Küssen, und Lizzie war vor Aufregung ganz aus dem Häuschen. Für sie war das alles ein Märchen. Als sie dann endlich eingeschlafen war, setzte Cressida sich mit einem Glas Wein mit mir zusammen und sagte mir unverblümt, sie wolle die Scheidung. Sie hatte eine neue Rolle in einem anderen Film, die Dreharbeiten würden sofort beginnen. Die Presse war verrückt nach ihrer britischen Eleganz und nannte sie die neue, noch fabelhaftere Elizabeth Hurley. Sie hatte jemanden kennengelernt. Er wollte keine Kinder.«

»Wow«, murmelte Holly. »Gott. Wow.«

»O ja. Sie hat mir alles erklärt. Cressida war schon immer eine Getriebene, war immer dynamisch gewesen – das war eins der Dinge, die ich an ihr geliebt habe, nur dass ich in ihren Plänen diesmal nicht vorkam. Sie hat sich überschwänglich entschuldigt, sagte aber, dass ihr ganzes perfektes Leben dort stattfinde und dass jedes einzelne Detail wie für sie gemacht sei, als hätte es die ganze Zeit nur auf sie gewartet.«

Edward verstummte und kehrte für einen Moment in die Vergangenheit zurück. Er konnte sich noch immer an seinen

Schock erinnern, an den intensiven Ausdruck auf Cressidas Gesicht. »Dieses Leben hier … passt nicht zu mir«, hatte sie gesagt. »Als ich nach L.A. gegangen bin, hätte ich nie gedacht, dass das passieren würde. Ich bin davon ausgegangen, dass ich die Rolle nicht bekommen würde oder dass es eine einmalige Sache sei. Ich habe nicht mit dem Erfolg gerechnet, aber ich kann unmöglich Nein dazu sagen.«

»Was ist mit Eliza?«, hatte Edward benommen gefragt.

»Sie bleibt hier bei dir. Alleiniges Sorgerecht. Du kannst das ohnehin besser als ich, und das Leben dort ist nichts für ein Kind.«

Ihm war schwindlig vor Erleichterung gewesen. Aber gleichzeitig … »Wirst du sie manchmal noch sehen?«

Sie hatte zum ersten Mal verwirrt gewirkt und ganz leicht die Stirn gerunzelt. »Natürlich würde ich sie sehen wollen, aber wie sollten wir das anstellen? Die Entfernung ist so groß. Ich kann sie nicht jedes zweite Wochenende holen kommen und rechtzeitig zurückbringen, damit sie montags zur Schule kann. Ich will sie dir nicht wochenlang wegnehmen, und sie ist zu klein, um allein zu reisen.«

»Du könntest herkommen.«

»Wir haben einen strikten Drehplan … und ich will mehr Arbeit, Edward, wenn ich sie kriegen kann. Wenn Eliza älter ist, können wir uns vielleicht zum Lunch treffen. Das wäre schön.«

In Veronica's Café, gegenüber von Holly Hanwell, tunkte Edward einen Weihnachtsbaumkeks in seine heiße Schokolade und berichtete Holly weiter seine Erinnerungen. »Ich wusste, dass sie einen klaren Schnitt wollte«, sagte er und dachte an die vielschichtigen Gefühle, die es in ihm ausgelöst hatte. »Einen Neuanfang ohne Reue. Nichts würde sie daran hindern, ihren Traum zu leben.«

»Dann hören Sie jetzt gar nichts mehr von ihr?«

»Sie ruft manchmal an. Sie ist ständig unterwegs zu irgendeiner *fabelhaften Party, Darling*.« Er wackelte mit den Fingern und zeichnete Anführungszeichen in die Luft. »Mir macht das nichts aus. Ich versuche nicht, den Tapferen zu spielen und so zu tun, als hätte ich sie nie wirklich geliebt, denn das habe ich, sehr sogar. Aber wir sind jetzt zwei vollkommen verschiedene Menschen. Es ist Eliza, die mir dabei leidtut ... verstehen Sie?«

»Arme Eliza«, seufzte Holly. »Kein Wunder, dass sie nicht mehr auf der Bühne stehen will.«

»Ich muss mich entschuldigen«, bekannte Edward, »dass ich das alles bei Ihnen abgeladen habe. Manchmal fällt es mir schwer, mich damit abzufinden und damit umzugehen, vor allem wegen Eliza.«

»Das kann ich mir vorstellen. Was meint sie dazu? Wie denkt sie darüber?«

»Schwer zu sagen. Ich habe versucht, ihr zu erklären, dass jeder Mensch ein anderes Schicksal hat, damit sie nicht denkt, es sei ihre Schuld, dass Cressida uns verlassen hat. Und damit sie ihre Mutter nicht hasst, denn das bringt nichts. Aber sie war erst fünf, als Cressida gegangen ist, und das sind große Wörter für einen so kleinen Menschen. Manchmal kann ich Tränen in Cressidas Stimme hören, wenn sie anruft. Ich stelle mir dann vor, dass sie auf einer schicken Party ist, atemberaubend schön, und der Champagner in ihr die Sehnsucht nach ihrem alten Leben weckt ... dann wird sie von einer Stimme im Hintergrund fortgerufen. Nach solchen Telefonaten ist Eliza immer sehr still. Die beiden haben im Grunde gar keine Beziehung – erst war Cressida rund um die Uhr für sie da, dann ist sie über Nacht verschwunden.«

»Ich kann es mir nicht einmal ansatzweise vorstellen. Hat Eliza ihre Filme gesehen?«

Er nickte. »Alle. Ich halte ihr an den kritischen Stellen die Augen zu. Es ist alles, was sie von ihrer Mutter hat.«

»Sie meinten, dass es in der Schule wegen ihrer Mutter schwierig für sie geworden ist.«

»Cressida war damals gerade erst berühmt geworden. Mädchen aus Leeds schafft den Sprung nach Hollywood – große Schlagzeile. Die Geschichte hat sich in der Schule herumgesprochen, und alle haben sie ständig danach gefragt. Als ob eine Fünfjährige etwas dazu sagen könnte. Dann ging es mit dem Lampenfieber los, und sie konnte nicht mehr auftreten und wurde dafür verspottet. *Eliza Sutton hat 'nen Platten* war noch das Freundlichste, was man ihr nachgerufen hat.«

»Kleine Biester«, sagte Holly hitzig. »Tut mir leid, und das von einer Frau, die für Kinder lebt.«

»Ein Schüler hat eines Tages zu ihr gesagt: *Deine Mutter ist eine Hetäre!* Wer hätte gedacht, dass Kinder heutzutage noch Wörter wie *Hetäre* benutzen? Wie sich herausstellte, war sein Vater Literaturprofessor. Eliza hat gesagt, sie ist keine, sie wusste nicht mal, was das war, die Ärmste. Es ist in eine Rauferei ausgeartet ... Wie krank ist das, wenn ein Kind die Ehre seiner Mutter verteidigen muss? Sie von dort wegzubringen war das Beste, was ich je gemacht habe.«

»Kein Wunder, dass sie älter und klüger wirkt, als sie ist.«

Holly wirkte so besorgt, dass Edward beschloss, dem Gespräch eine heitere Wendung zu geben. Es war nicht zu übersehen, dass sie Eliza wirklich gern hatte. Er war gerührt, wollte sie aber nicht noch mehr runterziehen. »Na jedenfalls, ich habe jetzt lange genug davon erzählt. Die Hauptsache ist, wir sind jetzt hier. So glücklich habe ich sie noch nie erlebt, seit ihre Mutter fortgegangen ist. Das mit dem Weihnachtsspiel hat sie etwas mitgenommen, aber ich weiß, dass Sie dabei sehr nett zur ihr waren, und sie kommt jeden Tag mit einem Lächeln nach Hause. Sie erzählt von ihrem Tag, dem Unterricht, ihren Freundinnen ... Das alles führt mich zu der Vermutung, dass Sie, Miss Hanwell, Wunder wirken können. Sie haben wirklich ein Händchen für Kinder.«

»Danke. Und nennen Sie mich doch bitte Holly.«

»Haben Sie selbst welche?« Er gab sich innerlich einen

Tritt, als ein schwer zu deutender Ausdruck, der kein glücklicher war, über ihre Züge glitt. Nur weil er ihr sein Herz ausgeschüttet hatte, hieß das nicht, dass sie es auch wollte.

»Nein«, antwortete sie. »Cressida Carr ...« Sie wechselte geschickt das Thema. »Wer hätte das gedacht? Sie ist gerade in England, nicht?«

»Wirklich? Das wusste ich nicht.« Ihm wurde flau im Magen. Cressida? Nach all der Zeit?

»Tut mir leid, ich hätte nichts sagen sollen. Ich habe es vor Kurzem in einem Artikel gelesen. Aber man darf nicht alles glauben, was man in den Zeitschriften liest.«

»Wie wahr. Damit musste Eliza auch erst mal fertig werden - Promi-Klatschmagazine, die über Cressida und ihre angeblichen Affären in Hollywood berichten. Wenn das alles stimmen würde, hätte sie nicht viel Zeit, um Filme zu drehen, das kann ich Ihnen sagen. Ich habe Eliza einen langen Vortrag über die Medien gehalten, über verzerrte Darstellungen, Halbwahrheiten und glatte Lügen ... Was haben Sie denn gelesen? Ich versichere Ihnen, dass ich nicht die blasseste Ahnung habe.«

»Ich habe nur gelesen, dass sie im Dezember in London dreht. Ein Historiendrama. Aber vielleicht hat sich der Zeitplan geändert – das passiert wahrscheinlich oft. Sie hätte Ihnen sicher Bescheid gesagt, wenn sie in der Nähe ist.«

Edward zuckte die Achseln. »Ich würde es hoffen. Aber ehrlich gesagt würde mich nichts mehr überraschen.«

KAPITEL 20

HOLLY

Als Holly nach Hause kam, fiel ihr ein, dass sie schon wieder vergessen hatte, die verdammten Pralinen zu kaufen! Die Begegnung mit Edward und die Geschichte der Suttons hatten alles andere aus ihrem Kopf verdrängt. Sie kochte sich Nudeln zum Abendessen, aus dem einfachen Grund, weil man dabei nicht denken musste, dann ließ sie sich aufs Sofa fallen, kaute ihr Essen und starrte ins Leere. Meine Güte.

Sie bekam Edwards Geschichte nicht aus dem Kopf, sein schmerzverzerrtes Gesicht, als er erzählt hatte, was Eliza durchgemacht hatte. Holly fühlte mir ihr. Sie hegte allen Schülern gegenüber einen ausgeprägten Beschützerinstinkt, und Eliza war etwas ganz Besonderes. Da Holly ihr eigenes schreckliches Jahr noch in den Knochen steckte, war es für sie undenkbar, eine Tochter wie Eliza zu verlassen. Wie war es möglich, jeden Morgen aufzuwachen und sich nicht zu fragen, wie es Eliza ging? Wie konnte Cressida es ertragen, den Tag zu beenden, ohne ihr gute Nacht zu sagen? Vielleicht tat sie es ja insgeheim. So schwer es Holly fiel, zu verstehen, dass Cressida ihre kleine Tochter im Stich gelassen hatte, so waren doch alle Menschen verschieden, und es war wirklich nicht leicht, sich Cressida als etwas anderes als Schauspielerin vorzustellen. Sie war schließlich Cressida Carr! Was sie erreicht hatte, war fast unmöglich. Doch um welchen Preis? Endlich verstand Holly, warum Eliza hinter ihrer Lebensfreude und Energie so verletzt war.

Edward war großartig. Ein unheimlich fürsorglicher Vater. Und er fand, dass sie ein Händchen für Kinder hatte. Wenn sie jedes Mal ein Pfund bekommen hätte, wenn sie das hörte ...

Seine Frage, ob sie eigene Kinder habe, hatte ihrem Herzen einen Stich versetzt. Wenn Holly sich jemals wieder in einen Mann verlieben sollte – was zu diesem Zeitpunkt natürlich vollkommen hypothetisch war –, wäre Edward genau der Typ Mann, den sie sich wünschen würde. Der Augenblick war wie ein Probelauf für ein vielversprechendes künftiges Date gewesen. Was würde er denken, wenn er es wüsste? Sie hatte es nicht über sich gebracht, ihm ihre Situation zu schildern, das war zu beängstigend gewesen. Außerdem, wenn sie sich an dem Abend gegenseitig das Herz ausgeschüttet hätten, hätte das eine Intensität erzeugt, die keine noch so große Menge an Marshmallows hätte auflösen können.

Außerdem war sie schließlich in der Gleichung der Profi. Wenn sie Eliza geholfen und dieser kleinen Familie das Leben erleichtert hatte, dann machte sie das glücklich. Es war jedoch ein schmerzhafter Gedanke, dass sie kein eigenes Kind haben würde, um das sie sich kümmern konnte, dass sie zwar im Klassenzimmer stets für die Kinder da sein würde, aber nicht zu Hause ...

Die vertraute Trauer stieg in ihr auf, doch sie war nicht mehr so überwältigend wie in letzter Zeit. Vielleicht war es der Gedanke an Cressida, die eine Tochter wie Eliza hatte und trotzdem nicht glücklich war ... nun, das zeigte nur mal wieder, dass das Leben ... seltsam war. Voller Überraschungen. Kompliziert.

Sie hatte immer gedacht, dass sie Eliza vielleicht irgendwie helfen könnte, wenn sie wusste, wo das Problem lag. Jetzt, da sie die Geschichte kannte, konnte sie sich nicht vorstellen, was sie tun könnte. Am Ende brauchte sie gar nichts zu tun.

Als die Schule am folgenden Tag zu Ende war und die Kinder nach draußen stürmten, blieb Eliza zurück, trat von einem Fuß auf den anderen und wartete, bis das Klassenzimmer leer war.

»Eliza? Stimmt etwas nicht?«

»Ich wollte Sie etwas fragen«, sagte Eliza, in den Augen eine fieberhafte Mischung aus Aufregung und Angst.

»Schieß los.«

»Ich habe meine Meinung über das Weihnachtsspiel geändert!«, platzte sie heraus.

Holly wusste sofort, wovon sie sprach. Was hatte den Sinneswandel ausgelöst? Hatte Edward ihr gesagt, dass Holly über ihre Mutter Bescheid wusste? Reichte das aus, damit sie ihre Ängste überwand? »Wirklich? Du möchtest nun doch mitspielen? Das ist ja wunderbar!«

Eliza nickte. »Ja, bitte. Falls das in Ordnung ist – wenn es noch nicht zu spät ist. Es ist einfach zu gut, um es zu verpassen. Ich möchte mitmachen. Nur ... ich habe immer noch Angst.«

»Das macht nichts. Es ist normal, Angst zu haben. Und natürlich kannst du immer noch mitspielen. Ich freue mich sehr, Eliza. Also, was für eine Rolle möchtest du haben? Eine kleine? Eine große? Eine mittelgroße?«

Eliza biss sich aufgeregt auf die Lippen.

»Wie wäre es mit einer mittelgroßen?«, schlug Holly vor. »Wie wäre es, wenn du einer der Engel sein würdest, die den Kindern helfen?« Es war die Rolle, die sie von Anfang an für Eliza im Auge gehabt hatte.

»Aber es sind fünf. Wir haben schon fünf Engel.«

»Dann haben wir eben sechs. Ich kann es umschreiben, kein Problem.«

»Das wäre schön. Aber was ist, wenn ich Sie enttäusche? Sie wissen schon, wegen dem, was ich Ihnen erzählt habe ...«

»Du meinst das Lampenfieber? Mach dir keine Sorgen, Liebes. Ich denke, wenn es so weit ist, wird alles gut – ehrlich. Ich bin fest davon überzeugt, dass es hier anders sein wird. Aber falls du dann doch zu große Angst hast und dir übel wird, kehren wir wieder zu fünf Engeln zurück. Es besteht überhaupt kein Druck, Eliza. Du kannst wirklich alles tun, was du möchtest.«

Eliza lächelte, ein großes, glückliches Strahlen, bei dem Holly warm ums Herz wurde. »Das klingt ... toll. Danke.«

»Weshalb hast du es dir anders überlegt, Liebes?«

»Weil ich das Stück so mag. Und ich will mit dem Rentier auf der Bühne sein. Aber auch, um Daddy glücklich zu machen.«

»Denkst du denn, dass er nicht glücklich ist?«

»Er macht sich Sorgen um mich. Und Granny sagt dauernd, dass sie mich ihm wegnimmt, weil er als Vater nicht gut genug ist. Aber das ist er, Miss Hanwell. Er ist der beste Vater, den es gibt. Sie kann mich ihm doch nicht wegnehmen, oder, Miss Hanwell? Ich habe Granny lieb, aber nicht so wie Daddy, und jetzt bin ich böse auf sie, weil sie ihn unglücklich macht.«

O Mann. Holly hatte gedacht, dass es für einen alleinerziehenden Vater, der ohnehin schon Kind, neuen Job und neues Haus unter einen Hut bringen musste, eine ziemliche Belastung sein musste, eine Ex-Frau zu haben, die ein weltberühmter Filmstar war. Jetzt stellte sich heraus, dass Edwards Probleme noch wesentlich größer waren. Holly hatte das Gefühl, dass er wahrscheinlich gar nicht ahnte, dass Eliza davon wusste. Wenn sie ihn noch einmal sah, sollte sie es vielleicht erwähnen.

»Nein, Liebes, sie kann dich ihm nicht wegnehmen. Du weißt ja, wie Erwachsene sind. Manchmal ist es ihnen so wichtig, recht zu haben, dass sie etwas Dummes sagen. Deine Granny hat dich bestimmt sehr lieb und möchte das gern zeigen, und dabei geht sie einfach ein wenig zu weit. Überlass es deinem Dad, mit ihr zu reden. Das ist seine Aufgabe. Okay?«

Eliza nickte. »Und du möchtest immer noch eine Rolle in dem Stück übernehmen?«

Wieder nickte Eliza und lächelte. Allein für dieses Lächeln beschloss Holly, eine kleine Szene mit dem Rentier für sie zu schreiben.

KAPITEL 21

EDWARD

Im Wald westlich von Hopley war der Winter eingekehrt. Jeden Morgen focht die Sonne einen halbherzigen Kampf mit dünnen Wolkenschichten aus, die sich wie glatt gebügelte Baumwolle am Himmel ausgebreitet hatten. Selbst wenn sie sie für einige Minuten durchbrach, blieb es kalt. Frost und Nebel ließen einen bis auf die Knochen frieren. Doch es war wunderschön – die kahlen Bäume, die weiten gefrorenen Felder, der gelegentliche blasse Lichtstrahl. Edward, nach dem Gespräch mit Dilip beruhigt und von Holly verstanden, fühlte sich beim Aufwachen zum ersten Mal seit Langem wieder rundum wohl.

Am Sonntagmorgen ging die Sonne an einem frostklaren Himmel auf und richtete ihre Strahlen auf das steife, knackende Unterholz. Alles war gefroren. Edward und Eliza hatten jedoch eine wichtige Aufgabe, die sie nicht noch eine Woche aufschieben wollten. Sie sammelten festliches Grün für das Haus. Es gab da eine Senke, an der sie auf ihren Spaziergängen ein- oder zweimal vorbeigekommen waren, in der Stechpalmen und Efeu wuchsen. Dort wollten sie hin.

Nach dem Frühstück zogen sie Pullover, dicke Mäntel und Gummistiefel an und gingen los. Zweige, Blätter und Farne knirschten und funkelten unter ihren Stiefeln, als sie das Königreich des Waldes betraten. Eliza hielt wachsam die Augen nach Füchsen offen. Es war so kalt wie in Narnia und sehr still.

»Das ist die Stelle«, verkündete Edward, als sie die Senke erreichten, und zog sein Messer. »So viel Stechpalme, wie man sich nur wünschen kann.« Es stimmte. Ringsum glänzten dunkelgrüne piksende Blätter, und im Laub der Bäume funkelten hübsche rote Beeren wie Juwelen. Man konnte sich fast vorstellen, dass der Weihnachtsmann jeden Moment zwischen den Zweigen hervortreten würde, vielleicht mit einem zahmen Reh, das ihm aus der Hand fraß. Stattdessen ...

»Oh, sieh dir das an«, sagte er voller Abscheu. »Jemand hat an dieser schönen Stelle einen Haufen alten Müll abgeladen. Einen Rasenmäher, ein altes Klettergerüst. Ich werde die Arroganz von Menschen nie verstehen, die die Natur als ihre persönliche Müllkippe betrachten. Und außerdem ist es gefährlich.«

Eliza ging mit ernstem Gesicht zu dem Müll, um ihn sich genauer anzusehen.

»Vorsicht, Lizzie-Socks.«

»Daddy, da ist ein Fuchs. Er steckt fest.«

Edward runzelte die Stirn. Sie musste sich irren. Doch als er neben Eliza trat, sah er zu seinem Bedauern, dass sie recht hatte.

Das Klettergerüst war eingestürzt und nur noch ein Haufen altes Metall. Der Fuchs, vielleicht ein Jungtier, wurde von einer Stange am Boden festgehalten, die auf ihn gefallen war. Eine Metallspitze hatte sich in sein Bein gebohrt, wahrscheinlich von dem Rasenmäher. Eliza beugte sich über den Fuchs, die Hände auf die Knie gestützt, während ihr Atem weiße Wölkchen bildete. Als sie sich zu Edward umdrehte, glänzten ihre grauen Augen silbern vor Tränen. »Daddy, er ist verletzt. Es sieht schrecklich aus.«

Edward wurde schwer ums Herz. Es war ihm unerträglich, Tiere leiden zu sehen, und wer immer seinen Müll hier abgeladen hatte, gehörte erschossen. Doch musste das arme Tier genau in dem Moment feststecken, wenn er und Eliza vorbeikamen? Seit Eliza wusste, dass es hier Füchse gab, war sie von ihnen besessen. Er wusste jetzt schon, wie es ausgehen würde, und das war wirklich das Letzte, was er gebrauchen konnte.

»Daddy? Wir müssen ihm helfen!«

Das mussten sie wirklich. Er würde verhungern oder verbluten, wenn sie ihn dort ließen. Das war keine Lektion, die man seiner Tochter beibringen wollte.

»Vielleicht sollten wir den Tierschutz verständigen und hier warten, bis jemand kommt.«

»Nein, Daddy! *Wir* müssen ihm helfen.«

»Aber Eliza, es ist meistens keine gute Idee, wenn normale Menschen wilde Tiere aufnehmen. Man muss sehr vorsichtig mit ihnen umgehen und sie brauchen fachmännische Pflege. Leute, die ihnen helfen wollen, richten am Ende großen Schäden an.«

»Ich weiß. Aber wir sind keine normalen Menschen. Du warst mal Tierarzt.«

»Ich war fast Tierarzt.«

»Dann weißt du trotzdem, was man tun muss. *Bitte*, Daddy!« Die Anspannung in ihrer Stimme verriet ihm, wie viel es ihr bedeutete, als hätte er das nicht ohnehin schon gewusst. »Es muss doch etwas geben, was du tun kannst.«

»Lass mich mal sehen, Liebling.«

Er machte sich ein sorgfältiges Bild der Lage. Der Fuchs zitterte, zweifellos vor Angst und Schmerz, und bleckte die kleinen weißen Zähne. Edward würde das Bein erst beurteilen können, wenn er das Tier befreit hatte, und das würde er nicht tun, solange es mit den Zähnen nach ihm schnappte. »Es wird nicht ganz einfach werden, Eliza. Er weiß nicht, dass wir ihm helfen wollen, verstehst du? Er wird versuchen, uns zu beißen, nur um sich zu verteidigen. Halte bitte genug Abstand. Versprichst du mir das?«

Eliza nickte mit großen Augen.

Edward wickelte sich den grünschwarz karierten Schal, den Cressida ihm vor Jahren geschenkt hatte, vom Hals und näherte sich langsam dem Fuchs. Der knurrte nur noch lauter und versuchte zurückzuweichen, wodurch die Metallspitze sein Bein noch weiter aufriss und das Tier vor Schmerz schrie. Wenn Edward es langsam anging, würde alles nur noch schlimmer werden. »Eliza, ich brauche deine Hilfe. Je näher wir an ihn herankommen, umso mehr wird er sich wehren. Also muss ich schnell sein. Ich will nicht, dass du in die Nähe seiner Zähne kommst. Kannst du bitte die Hand um das Metallstück in seinem Bein legen, wenn ich es dir sage?«

Wieder nickte sie.

»Und es dann auf mein Kommando rausziehen? Nicht zur Seite und nicht nach oben, sondern etwa in diesem Winkel.« Er zeigte ihr, wie er es meinte. »Kannst du es mal nachmachen?«

Eliza tat so, als würde sie das Metallstück im gleichen Winkel herausziehen, in dem es im Bein des Fuchses steckte.

»Gut. Außerdem möchte ich, dass du gut aufpasst und nicht über den Müll stolperst oder dir weh tust. Okay?«

»Okay, Daddy.«

»Also, ich sage *eins, zwei, drei, ziehen*, und dann ziehst du ihn raus, okay?«

Sie nickte wieder. Edward trat vor und wickelte dem Fuchs geschickt den Schal um die Schnauze, damit er nicht nach ihm schnappen konnte. Gleichzeitig zählte er: »Eins, zwei, drei, ziehen!«, und gerade als der Fuchs sich erschrocken zu winden begann, zog Eliza ihm den Dorn aus dem Bein. Sofort hob Edward den Jungfuchs hoch und drückte ihn an sich und beschmierte sich dabei den ganzen Mantel mit Blut.

»Braves Mädchen, Lizzie, gut gemacht! Jetzt geh weg von

dem Müll. Wir werden den kleinen Burschen hier nach Hause bringen. Er ist überhaupt nicht glücklich.«

Eliza kam näher heran, und ihm war klar, dass sie ihn streicheln wollte. »Fass ihn nicht an, Liebes. Er könnte Flöhe haben, und es würde ihm gar nicht gefallen, von uns beiden berührt zu werden. Es ist zu deinem Besten, Kleiner«, fügte er an das Jungtier gewandt hinzu, das mit dem Schal, der ihm die Schnauze zuband, fast komisch aussah – nur der verzweifelte Ausdruck in den gelben Augen trübte das Bild. Edward fühlte sein Knurren an seiner Brust vibrieren.

Eliza lief voran. Während sie zum Haus zurückmarschierten, ging Edward in Gedanken die verschiedenen Möglichkeiten durch. Er konnte den Tierschutz oder den nächsten Tierarzt anrufen ... Er wollte nicht, dass Eliza wilde Tiere vermenschlichte oder dachte, dass ein Leben unter Menschen eine Lösung sei. Der Fuchs brauchte jedoch wirklich Hilfe, und Edward war dazu ausgebildet. Solche Organisationen waren oft überlastet ... Andererseits konnten sie jetzt, wo sie das Haus auf Vordermann gebracht hatten, wirklich keinen Flohbefall brauchen – das wäre ein gefundenes Fressen für seine Mutter. Sie hatten keinen Schuppen und auch keine Garage. Ehrlich, so viel Platz und kein einziges Nebengebäude! Es war zu kalt, um den Fuchs draußen zu lassen, außerdem war er schutzlos, solange er verletzt war. Nein, sie würden ihn mit ins Haus nehmen und die Flöhe in Kauf nehmen müssen. Und er würde versuchen müssen, Eliza von dem Tier fernzuhalten – wahrscheinlich ohne großen Erfolg. Er unterdrückte ein Stöhnen. Gerade als er angefangen hatte, sich zu entspannen ...

Als sie wieder zu Hause waren, holten sie einen großen Pappkarton – nach der Lieferung aller möglichen Haushaltsgeräte hatten sie jede Menge davon –, und alte Laken, die Edward beim Anstreichen zum Abdecken verwendet hatte. In dem Karton, der die Spülmaschine enthalten hatte, bauten sie eine

Höhle für ihren unerwarteten Hausgast und stellten ihn ins Esszimmer, das sie noch nicht benutzt hatten.

»Nein, Liebes, nicht ins Wohnzimmer. Er ist kein Haustier, und wenn er Flöhe hat, sollte er besser nicht in unseren Wohnräumen sein.«

Eliza wollte alles richtig machen. Die Höhle musste in der Nähe der Heizung sein, damit der Fuchs nicht fror, aber nicht zu nah, damit er es nicht stickig fand. Sollten sie das Fenster einen Spalt breit offen lassen, damit er frische Luft riechen konnte? Hatte er Hunger? Was fraß er? Edward ließ sie seinen alten Praxiskoffer holen, weil er befürchtete, dass sie den Fuchs streicheln würde, wenn er sie mit ihm allein ließ. Das Gute an der Unordnung bei ihnen war, dass sie noch nichts verräumt hatten – der Dachboden war leer –, und Eliza war schnell mit dem Koffer zurück.

Während Edward die Wunde verband und ihren Besucher genauer untersuchte, sagte er Eliza, dass der Fuchs tatsächlich ein Rüde und noch ein Jungtier sei, wahrscheinlich in diesem Sommer geboren. Sie gaben ihm Schälchen mit Wasser und Milch und die Hühnerbrüste, die Edward eigentlich fürs Abendessen vorgesehen hatte.

»Wenigstens brauchst du für Blackberry nicht zu kochen«, bemerkte Eliza, »dann kannst du es auch nicht ruinieren. Und wir wissen, dass er Hühnchen mag.«

»Blackberry?«, fragte Edward mit hochgezogenen Brauen. Es war natürlich zu viel verlangt, dass sie ihm keinen Namen geben würde.

Als Blackberry gefressen und getrunken hatte, hörte er auf zu zittern. Er wimmerte, wenn er sich bewegte, weil sein Bein ihm Schmerzen bereitete, und die fremde neue Umgebung schien ihm Angst zu machen. Schließlich rollte er sich auf seinem neuen Bett zusammen, knurrte leise und betrachtete sie aus großen bernsteinfarbenen Augen. Eliza konnte den Blick nicht von ihm abwenden. Edward hatte nach Flohbissen

Ausschau gehalten, während er das Bein des Fuchses verbunden hatte, hatte aber keine gesehen, es waren auch keine Flöhe von dem kleinen Tier gesprungen, daher wagte er zu hoffen, dass sie in der Hinsicht Glück gehabt hatten. Er und Eliza saßen schweigend auf dem Boden und betrachteten ihren Besucher. Er hatte weiches rotbraunes Fell und den buschigen Schwanz mit der schwarzweißen Spitze um sich gelegt.

»Er ist ein hübscher Bursche«, bemerkte Edward.

»Er ist der hübscheste Fuchs aller Zeiten«, seufzte Eliza. »Willkommen im Christmas House, Blackberry. Ich hoffe, du wirst hier sehr glücklich sein.«

»Bis es ihm besser geht und er in die Wildnis zurückkehren kann«, rief Edward ihr streng ins Gedächtnis.

»Ja, Daddy. Natürlich. Aber jetzt noch nicht.«

KAPITEL 22

ELIZA

Am Montag ging Eliza mit gemischten Gefühlen in die Schule. Sie wollte ihren Fuchs nicht allein lassen. Sie konnte nicht anders, als ihn als ihren Fuchs zu betrachten, obwohl ihr Vater sie ermahnt hatte, es nicht zu tun, und obwohl Blackberry es eindeutig anders sah. Gestern Abend hatte sie sich nach der Schlafenszeit noch einmal nach unten geschlichen, in der Hoffnung, ihn streicheln zu können – wie konnte man diesem Fell widerstehen? Er hatte jedoch geknurrt und nach ihr geschnappt, ein wildes Tier, genau wie ihr Vater gesagt hatte. Aber er war so schön mit seinem spitzen kleinen Gesicht und dem glänzenden braunen Fell.

Andererseits wollte sie unbedingt mit ihrem Patchwork-Engel weitermachen – er war eindeutig eine Guinevere, fand sie – und hatte vor, das Haar aus langen roten Bändern zu basteln. Außerdem freute sie sich zu ihrer eigenen Überraschung auf die nächste Probe des Stückes. Diesmal würde sie mitmachen! Miss Hanwell war richtig glücklich gewesen, als Eliza es ihr gesagt hatte. Ein breites Lächeln hatte ihr Gesicht erhellt, sie war wirklich sehr hübsch. Eliza machte gern andere

Menschen glücklich. Sie würde einer der Engel sein, zwar nicht die größte Rolle, aber auch keine kleine. Sie schluckte bei dem Gedanken daran, und ihr Magen schlug Purzelbäume, aber sie wusste nicht, ob vor Nervosität oder Begeisterung.

Sie hatte ihrem Vater nicht erzählt, dass sie bei dem Stück mitmachen wollte, denn was war, wenn sie im letzten Moment den Mut verlor? Sie würde nie vergessen, wie sie auf der Bühne in Leeds erstarrt war. Jedes Mal, wenn sie kurz davor war, es ihm zu sagen, stieg ein Bild vor ihr auf: Sie auf der Bühne, wie sie den Mund öffnete und kein Laut herauskam. Erinnerungen an Gelächter und Finger, die auf sie zeigten, und irgendwie würde ihre Mutter in Hollywood davon erfahren, und sie würde sich vor Verlegenheit winden und sagen, das sei nicht ihre Tochter. Nein, sie wollte Daddy nicht erst Hoffnungen machen und sie dann wieder zerstören. Das wäre schlimmer, als gar nicht in dem Stück aufzutreten.

Eliza schüttelte den Kopf über den Schlamassel, in den sie sich selbst hineinmanövriert hatte, und ging zu Blackberry, um sich von ihm zu verabschieden. An diesem Morgen waren zwei Spurenpaare auf dem Rasen gewesen, aber sie hatte die anderen Füchse immer noch nicht gesehen. Sie kamen wie Schatten in der Nacht und verschwanden wie Träume. Eliza hatte versucht, wach zu bleiben, um nach ihnen Ausschau zu halten, aber sie war eingeschlafen, lange bevor sie ihre Streifzüge in Elizas kleine Welt unternahmen. Ihr Vater hatte ihr erzählt, dass erwachsene Füchse manchmal in Gruppen zusammenlebten. Eliza fragte sich, ob sie irgendwoher wussten, dass Blackberry hier war, und ob sie nach ihm sehen kommen würden.

Am Ende des Tages stürmte Eliza aus der Schule. Die Probe war großartig gelaufen. Alle waren sehr aufgeregt gewesen, hatten gekichert und waren immer wieder von den Podesten gefallen, oder sie hatten den Text der Lieder umgedichtet, und Eliza fühlte sich bisher wohl. Fats und Jinny freuten sich riesig, dass Eliza eine Rolle übernahm. Fatima war ebenfalls ein Engel, daher hatten sie ein paar gemeinsame Szenen, und Jinny war die neugierige Nachbarin Nummer zwei. Es war ein guter Tag gewesen, aber nun wollte sie unbedingt Blackberry sehen.

Tante Pam wartete wie immer auf sie, und Eliza schlang die Arme um sie. Tante Pam hatte genau die schöne rundliche Figur, die man einfach umarmen musste.

»Tante Pam, hast du schon Blackberry kennengelernt? Wie geht es ihm? Ich kann es gar nicht erwarten, ihn zu sehen.«

»Von wem sprichst du?«

»Von meinem Fuchs!«

»Deinem was, Liebes?«

»Von meinem Fuchs. Hat Daddy es dir nicht erzählt?«

»Er hat nichts von einem Fuchs gesagt. Wovon redest du nur, Eliza?«

»Warst du heute noch nicht im Esszimmer?«

»Nein. Dazu bestand kein Grund.«

Eliza konnte nicht glauben, dass ihr Vater vergessen hatte, Tante Pam zu sagen, dass ein verletzter Fuchs im Haus war. Er war manchmal so zerstreut. Zumindest hatte Eliza Blackberry vor der Schule gefüttert, daher würde er keinen Hunger haben. Also erzählte Eliza Tante Pam alles über das gestrige Abenteuer, aber sie wirkte erschrocken. Sie schien nicht so begeistert von Füchsen zu sein wie Eliza. Sie würde ihre Meinung sicher ändern, wenn sie Blackberry erst einmal kennenlernte. Wer konnte ihm schon widerstehen?

Dem Fuchs ging es gut. Vielleicht vermisste er Eliza nach dem langen Tag, denn er knurrte nicht so laut, als er sie sah, obwohl er in die hinterste Ecke des Spülmaschinenkartons wieselte, als sie näherkam.

Tante Pam folgte ihr und stieß ein Kreischen aus. »Ach du liebe Güte! Es ist wirklich ein Fuchs. Ach herrje, ein echter lebendiger Fuchs. Komm da weg, Eliza, damit du dir keine Flöhe einfängst.«

»Er hat keine. Daddy hat nachgesehen.«

»Aber es ist doch gefährlich, einem Ungeziefer so nah zu kommen.«

»Blackberry ist kein Ungeziefer! Blackberry ist der schönste Fuchs der Welt, und er ist wirklich lieb. Komm und sieh ihn dir an, Tante Pam.«

»Auf gar keinen Fall!« Sie wich rückwärts zur Tür zurück.

»Tante Pam. Er ist nur ein kleines Tier. Er ist kein ... kein *Dementor*.«

»Ich kann es nicht fassen, dass er den ganzen Tag hier drin war und ich keine Ahnung hatte! Brrr. Ich bekomme Gänsehaut davon. Und der Geruch ...!« Sie trat vorsichtig einen Schritt vor, reckte den Hals und rümpfte beim Anblick des Kartons die Nase. »Eins kann ich dir jetzt schon sagen, diese Schweinerei mache ich nicht sauber.«

Eliza seufzte. Jetzt, da Tante Pam es erwähnt hatte, musste sie zugeben, dass es wirklich streng roch. Aber das war nicht Blackberrys Schuld. Er konnte ja sonst nirgendwo hin. »Daddy sagt, dass ich ihn nicht sauber machen darf, damit ich nicht gebissen werde. Er sagt, dass er es jeden Abend nach der Arbeit wegmacht. Aber ich würde nicht gebissen werden ...« Ihre Stimme verlor sich, denn ihr wurde klar, dass Blackberry sie doch beißen könnte.

»Vollkommen richtig. Nun, jetzt, da du einen Fuchs hast, wirst du wahrscheinlich keinen Nachmittagssnack mehr wollen ... «

»O doch, Tante Pam. Ich komme! Tschüss, Blackberry, bis später.«

Den Mund vollgestopft mit selbstgemachtem Flapjack, sah

Eliza, dass ein Brief für sie auf dem Küchentisch lag, und riss ihn auf. Er enthielt eine schöne Weihnachtskarte, eine von den teuren, wie man sie bei John Lewis bekam. Darauf stand *FÜR EINE LIEBE TOCHTER.* Das Bild zeigte ein kleines Mädchen, das vor einem lodernden Feuer kniete. Am Kaminsims hingen Strümpfe. Die Karte war sehr hübsch. Sie war von ihrer Mutter.

Fröhliche Weihnachten, Eliza! Ich hoffe, du hast viel Spaß. Alles Liebe, Mummy.

Darunter hatte sie geschrieben:

In welchem Stück du in diesem Jahr wohl spielst? Ob du die Hauptrolle hast? Hals- und Beinbruch, Liebling.

Sie hatte offenbar vergessen, dass Eliza nicht mehr auftrat, obwohl Eliza wusste, dass ihr Vater es ihr gesagt hatte. Eliza runzelte die Stirn. Es war so seltsam gewesen, als ihre Mutter sie verlassen hatte. Zum einen war sie sehr lange weg gewesen, obwohl sie immer gedacht hatten, es sei nur vorübergehend. Dann hatte Daddy ihr gesagt, dass es nicht mehr vorübergehend sei, aber eigentlich änderte das nichts. Nur dass Eliza jedes Mal das schlimme Gefühl beschlich, sie hätte etwas versäumt, was sie hätte tun sollen, und dann fühlte sie sich schrecklich schuldig. Jetzt kam es ihr wie eine Ewigkeit her vor, dass ihre Mutter sie von der Schule abgeholt, ihre aufgeschürften Knie verarztet und ihr das Haar gewaschen hatte. Es war wirklich lange her. Drei Jahre.

Eliza wusste, wie ihre Mutter aussah. Es gab viele Fotos von ihr im Internet und in Zeitschriften und manchmal war sie auch im Fernsehen. Aber so hatte sie nicht ausgesehen, als sie wirklich Elizas Mum gewesen war. Damals hatte sie zwar ähnlich ausgesehen, aber auch ganz anders. Hübscher, nicht so stark geschminkt, mehr zum in den Arm nehmen.

Eliza stellte die Karte auf den Kaminsims im Wohnzimmer zu den anderen zwei oder drei. Sie waren gestern gar nicht dazu gekommen, Stechpalmenzweige und Efeu zu sammeln.

KAPITEL 23

EDWARD

Als Cressidas Karte kam, war Edward der Einzige, dem auffiel, dass sie eine britische Briefmarke und einen Londoner Poststempel trug. Eliza hatte es zum Glück nicht bemerkt und Mrs D bestimmt nicht die Handschrift der Absenderin erkannt. Dann hatte Holly also recht. Cressida war in Großbritannien – und war nicht auf die Idee gekommen, es ihrem Ex-Mann und ihrer Tochter zu sagen. Edward kratzte sich nachdenklich an der Nase. Er wusste nicht, was er tun sollte. Vielleicht würde sie sich ja noch melden. Vielleicht war sie gerade erst angekommen und wartete, bis sich alles beruhigt hatte. Es konnte aber auch sein, dass sie keine hundert Meilen entfernt wochenlang filmte, ohne sich die Mühe zu machen, ihr einziges Kind zu sehen.

Wollte er überhaupt, dass Cressida Eliza sah? Und wichtiger noch, würde Eliza sie sehen wollen? Er hatte keine Ahnung. Er wollte mit jemandem reden, aber ihm fiel niemand ein. Seine Mutter kam nicht in Frage. Holly, schoss es ihm durch den Kopf, aber das wäre unangemessen. Sie war Elizas Lehrerin, nicht Edwards Therapeutin. Er hatte sie in der vergangenen Woche lange genug vollgequatscht. Natürlich hatte er Freunde, aber die wohnten oben im Norden, und der Kontakt war nicht mehr so eng wie früher. Seit er alleinerziehender Vater war, war Schluss mit Fußballspielen am Wochenende und anschließendem Biergelage. Die Kollegen im Büro waren zwar nett, aber er kannte keinen gut genug, um über dieses Thema zu sprechen.

Nachdem er mehrfach bis spätabends und an einem weiteren Mittwoch gearbeitet hatte, machte er an diesem Donnerstag früher Feierabend. Als er sich seinem Haus näherte, war es erst vier Uhr. Wie immer konnte es gar nicht erwarten, Eliza zu sehen, doch dann kam ihm ein Gedanke. Er fuhr langsamer, bog nach links ab und entfernte sich wieder vom Haus. Reverend Fairfield, der Pfarrer, war jemand, mit dem er reden konnte. Er kannte Eliza zwar nicht, aber er hatte auch eine Tochter – hatte er das nicht gesagt? Eliza und Mrs D erwarteten ihn erst später, daher würde sich niemand Sorgen machen. Vielleicht war der Pfarrer um diese Uhrzeit nicht mehr da, aber einen Versuch war es wert.

Edward wusste nicht, wie man von der anderen Seite zur Kirche kam und ob es dort Parkplätze gab, daher stellte er den Wagen in einer Haltebucht am Friedhofstor ab. Die Kirche war genauso, wie er sie in Erinnerung hatte, massig und stoisch, umgeben von einem Gerüst, das dunkel in der hereinbrechenden Dämmerung aufragte, die Andeutung von etwas Uraltem in einer Stadt, die in der modernen Welt mit einer Identitätskrise zu kämpfen hatte. Diesmal waren Gärtner zwischen den Grabsteinen mit Rasentrimmern zugange und mähten zum letzten Mal im Jahr. Der Duft von geschnittenem Gras lag in der Luft, aber es roch anders als im Sommer: nicht so frisch und kräftig, sondern zarter und nachdenklicher.

Edward betrat die Kirche. Wieder empfand er die Ruhe und Verlässlichkeit, die in seinem Leben leider schon seit geraumer Zeit fehlten. Die weißen Blumen von seinem letzten Besuch waren verschwunden, und jemand schien dabei zu sein, die Bänke mit Weihnachtsgirlanden aus immergrünen Zweigen zu schmücken, die mit roten Bändern festgebunden waren. In den Gängen standen in regelmäßigen Abständen Ständer mit roten Weihnachtssternen, und in einer Nebenkapelle war in einem Stall aus Holz und Stroh eine traditionelle Krippe aufgebaut worden, der man ihr Alter ansah. *Glücklicher Josef*, dachte Edward und betrachtete dessen heiter gelassenes Gesicht. *Seine Frau ist nicht nach Hollywood gegangen. Obwohl er durchaus andere Probleme hatte.*

Der Pfarrer war nirgendwo zu sehen, und Edward war bitter enttäuscht. Er zündete eine Kerze an, nur um zu sagen, dass er Hilfe brauchte, und setzte sich für eine Weile auf eine der glänzenden Bänke vorn in der Kirche.

Die Zeit verging, aber kein lächelnder Pfarrer erschien. Er hörte jedoch, wie sich knarrend die Tür öffnete, und als er sich umdrehte, sah er zwei alte Frauen mit Pappkartons hereinkommen. Dem Grünzeug nach zu urteilen, das aus den Kartons heraushing, musste es der Rest des Weihnachtsschmucks sein. Sie lächelten ihn an, stellten die Kartons ab und gingen wieder hinaus. Vielleicht würde er am Sonntag mit Eliza in die Kirche gehen. Dann konnte er den Pfarrer abpassen, sie könnten Leute kennenlernen und Eliza konnte sich die Krippe ansehen. Das würde bestimmt schön werden. Wenn es ihnen gefiel, könnten sie vielleicht regelmäßig hingehen. Nicht sklavisch, aber regelmäßig. Es könnte ihnen die Beständigkeit geben, nach der er sich sehnte.

Auf dem Weg nach draußen stieß er in der Tür fast mit den beiden Frauen zusammen, die weitere Kartonstapel trugen. »Haben Sie noch mehr? Soll ich Ihnen helfen?«, fragte er.

Es waren noch drei Kartons im Auto, das vor seinem parkte, daher brachte er sie hinein und wurde mit Dank überhäuft. »Sind Sie neu hier?«, fragte die kleine Frau mit dem schneeweißen Haar.

»Sehen wir Sie am Sonntag?«, fragte die noch kleinere Frau mit dem stahlgrauen Haar.

»Ja, ich bin neu, und ich überlege, am Sonntag mit meiner kleinen Tochter zu kommen. Sie erwarten heute Nachmittag nicht zufällig Reverend Fairfield, die Damen? Ich hatte gehofft, ihn sprechen zu können.«

»Nein, um die Zeit ist er meistens schon weg. Aber Sie können jederzeit im Pfarrhaus vorbeischauen. Er ist immer für Gemeindemitglieder da.«

»Nun, eigentlich bin ich gar kein ... Wo ist das Pfarrhaus? Nur aus Interesse.«

»Nehmen Sie diesen Weg«, sagte Klein und Schneeweiß und zeigte darauf. »Wenn Sie den Kirchhof verlassen haben, biegen Sie links ab und nach zwei Minuten sind Sie da. Sie können es nicht verfehlen.«

Sie eilten an ihm vorbei in die Kirche, und Edward zögerte. Er konnte sich nicht recht dazu überwinden, einen fast völlig Fremden zu Hause aufzusuchen, nur weil ihm nach einer Unterhaltung war. Andererseits würde es leichter sein, über Cressida zu sprechen, wenn Eliza nicht dabei war ...

Während er noch unentschlossen dastand und das einschläfernde Dröhnen der Rasentrimmer seinen Denkprozess verlangsamte, hörte er das Klicken und Knarren des Friedhofstores. Eine Frau trat hindurch und ging nach links über den Friedhof. Als Edward ihr mit zusammengekniffenen Augen nachsah, wuchs in ihm die Überzeugung, dass diese kleine Kirche wirklich eine seltsame Magie besaß, denn er war sich ziemlich sicher, dass es niemand anders war als Holly Hanwell, der er sich ursprünglich anvertrauen wollte.

KAPITEL 24

HOLLY

Holly hatte schon lange vorgehabt, der kleinen normannischen Kirche an der Straße zwischen ihrem Haus und Hopley einen Besuch abzustatten. Die Idee kam ihr oft zu vollkommen unpassenden Zeiten, wie zum Beispiel mitten an einem Arbeitstag, aber in ihrer Freizeit dachte sie nie daran. Heute war es ihr wieder eingefallen, als Eliza ihr die Geschichte erzählt hatte, wie sie »Tante Pam« gefunden hatten, die Frau, die auf sie aufpasste, bis ihr Dad nach Hause kam: Der Pfarrer hatte sie empfohlen. Holly beschloss, sich die Kirche heute anzusehen, solange es noch frisch in ihrem Gedächtnis war und bevor es vollkommen dunkel wurde. Sie und Alex waren nie in die Kirche gegangen, aber als sie noch in Cornwall gelebt hatte, begleitete sie ab und zu ihre Eltern. Wenn sie ein gutes Gefühl dabei hatte, würde sie vielleicht anfangen, hier in den Gottesdienst zu gehen, dann hätte sie sonntags etwas zu tun.

Als sie dort ankam, senkte sich bereits eine schwere Dämmerung auf Kirche und Friedhof herab und drang in jeden Winkel. Die Atmosphäre war still und gelassen, trotz des Summens der Rasentrimmer, die sich beeilten, dem Einbruch der Nacht zuvorzukommen. Es war spät im Jahr zum

Mähen, sicher war es der letzte Schnitt für 2017. Holly wollte eine schnelle Runde über den Friedhof drehen, solange es noch hell genug war, um etwas zu sehen, und dann kurz in die Kirche gehen. Hopley war eine kuriose Mischung aus Billigläden und kitschigen Pubs, und dazwischen wahre Fundgruben von Geschäften, eine große Bibliothek und diese schöne Kirche.

Als sie hinten um die Kirche ging, kam sie an einem küssenden Pärchen vorbei. Sie lächelte und eilte weiter. Er war groß und schlaksig mit ungebärdigem schwarzem Haar und sie rundlich mit langem kastanienbraunem Haar und beschlagenen Brillengläsern. Dem Kuss nach zu urteilen eine ziemlich junge Beziehung, vermutete Holly. Und plötzlich geschah das Unmögliche: Holly wünschte, sie könne auch wieder so empfinden. Wie erstaunlich! Seit ihrer Trennung von Alex hatte Holly sich kein einziges Mal versucht gefühlt, mit einem Mann auszugehen oder Tagträumen nachzuhängen. Bei ihrer komplizierten Situation hatte sie sich gefragt, ob sie es jemals wieder tun würde. Es war lange her, seit sie den ersten Rausch der Liebe erlebt hatte. Die Stabilität und Zuverlässigkeit in ihrer Beziehung mit Alex hatten ihr zwar gutgetan, aber da er sie nun mal fallen gelassen hatte, konnte sie sich durchaus auf die Rückkehr der Leidenschaft freuen. Irgendetwas Gutes musste ihre Situation doch haben.

Unerwartet kam ihr Edward Sutton in den Sinn. Das lag sicher nur daran, dass sie zuvor mit Eliza über ihn gesprochen hatte. Der arme Mann. Er war eindeutig mit seinem Latein am Ende gewesen, als er ihr in der vergangenen Woche sein Herz ausgeschüttet hatte. Er musste einsam sein – schließlich war er neu hier. Nicht nur einsam, sondern auch von allem erschlagen: Sie hatte von Eliza gehört, dass er diese Woche auch noch einen Fuchs gerettet hatte!

Am Montag hatten Elizas Augen noch mehr gestrahlt als sonst.

»Das Wochenende war toll! Wir haben einen Fuchs gefunden!«

»Ihr habt was gefunden?«

»Einen Fuchs. Er war im Wald und verletzt. Wir haben ihn mit nach Hause genommen und ihn versorgt, denn Daddy war früher fast Tierarzt. Er sagt, dass ich ihn nicht als Haustier ansehen darf, weil er ein Wildtier ist und in den Wald gehört, aber ich habe ihm einen Namen gegeben, denn ich kann ihn ja nicht einfach Fuchs nennen, oder, während er bei uns wohnt? Ich habe ihn Blackberry genannt, weil er so ein schönes violettes Schwarz an der Nase und am Schwanz hat.«

Zusätzlich zu einer neuen Arbeitsstelle, einer fordernden Mutter, Weihnachten und einem neuen Haus pflegte Edward Sutton jetzt also auch noch einen verletzten Fuchs gesund. Ganz zu schweigen davon, dass er seinen Dreck wegmachen musste. Der Mann hatte wirklich alle Hände voll zu tun.

»Hallo«, erklang eine Stimme hinter ihr. Sie drehte sich um, und wer kam da übers Gras auf sie zugeeilt? Edward Sutton, diesmal dem Wetter angemessen gekleidet, in einem schicken Wintermantel und einem vernünftigen dunkelblauen Schal.

»Na so was«, sagte sie. »Ich habe gerade an Sie gedacht.« O Gott, das konnte man missverstehen. »Ich meine«, fügte sie hinzu, als sie sich von dem Schreck erholt hatte, »ich habe mich vorhin mit Eliza unterhalten. Sie hat mir von dem Fuchs erzählt. Ich habe gerade daran gedacht, dass Sie im Moment wirklich viel um die Ohren haben.«

»Das können Sie laut sagen«, antwortete er seufzend. »Und wie geht es Ihnen?«

»Gut«, entgegnete Holly, und ausnahmsweise einmal hatte sie nicht das Gefühl, eine tapfere Miene zu machen. »Die Arbeit ist toll wie immer, und der Rest wird auch langsam besser.« Sein fragender Gesichtsausdruck erinnerte sie daran, dass er nicht das Geringste über sie wusste. »Ich habe versucht, mich an den Gedanken zu gewöhnen, Weihnachten allein zu verbringen«, erklärte sie, obwohl das nur die Spitze des Eisbergs war. »In diesem Dezember sind alle weg. Aber ich bin wirklich zu alt, um deswegen zu jammern.« Sie stieß mit dem Schuh gegen den Sockel eines flechtenbewachsenen Grabsteins und sah Edward mit einem schiefen Lächeln an.

»Niemand ist Weihnachten gern allein«, sagte er, »es sei denn natürlich, man hasst jeden, den man kennt, und dann hat man größere Probleme als Weihnachten. Aber ich bin froh, dass es Ihnen nichts ausmacht.«

»Ja. Oh, ich hoffe, es ist in Ordnung, wenn ich es Ihnen sage – eigentlich geht es mich ja nichts an –, aber Eliza hat mir neulich etwas erzählt, und ich dachte, dass ich es Ihnen gegenüber erwähnen sollte, wenn ich Sie das nächste Mal sehe.«

»O Gott. Was hat sie denn gesagt?«

Ein Schwarm Dohlen flog schnurgerade über sie hinweg, auf dem Weg zu ihrem Schlafplatz, während es dunkel und kälter wurde. »Nichts Schlimmes. Es ging darum, dass Ihre Mutter Eliza zu sich nehmen will.«

»Woher weiß sie das denn?«

»Keine Ahnung. Aber Sie wissen ja, wie Kinder sind. Sie scheinen alles mitzukriegen, was sie nicht hören sollen. Osmose wahrscheinlich.«

Edward seufzte. »Sie muss etwas mitangehört haben. Es hat einige ziemlich hitzige Telefonate in letzter Zeit gegeben. Meine Eltern denken offenbar, dass Eliza bei ihnen besser aufgehoben sei, weil ich Single bin und mir mit dem Haus zu viel vorgenommen habe. Das ist natürlich Unsinn, meine Mutter übertreibt. Sie meint es zwar gut, aber es bringt mich trotzdem auf die Palme. Es ist schwer, sich nicht gekränkt zu fühlen.«

»Das verstehe ich. Es ist Stress, den man nicht braucht. Die Verwandtschaft sollte einen unterstützen, wenn man schwere Zeiten durchmacht, anstatt einen im Regen stehen zu lassen. Natürlich ist das nicht immer so«, schloss sie.

Die Motorsensen wurden lauter, als die Gärtner sich zu ihnen vorarbeiteten, und die Abendluft war von umherfliegenden Grasfetzen erfüllt.

»Hören Sie, halte ich Sie auf?«, fragte Edward. »Ich habe Sie letzte Woche schon in Beschlag genommen und möchte es nicht schon wieder tun. Sie sehen aus, als wollten Sie ein Grab besuchen.«

»O nein, nichts in der Art. Ich bin nur endlich dazu gekommen, mir die Kirche und den Friedhof anzusehen, nachdem ich seit neun Monaten in Hopley lebe. Die Stimmung hier ist wunderbar, nicht? Wenn Sie reden möchten, ich habe reichlich Zeit.«

»Ich habe heute früh Feierabend gemacht, sodass mich niemand erwartet. Sie haben vermutlich keine Lust auf eine heiße-Schokolade-Revanche? Ich denke, beim letzten Mal habe ich ganz klar gewonnen.«

Holly zog die Brauen hoch. »Mir war gar nicht klar, dass es ein Wettbewerb war. Aber zu heißer Schokolade sage ich nie Nein.«

Sie fuhren hintereinander die Meile in die Stadt und trafen sich wieder bei Veronica's. Girlanden aus Plastikstechpalmenzweigen schmückten jetzt die Decke. Das Café hatte nur noch eine halbe Stunde geöffnet, aber trotzdem dachte Holly, wie schön es war, abends etwas vorzuhaben. Wenn sie nach Hause kam, würde sie etwas Amüsantes unternommen und sich unterhalten haben, anstatt nur in ihrem leeren Klassenzimmer gearbeitet zu haben. Sie würde Phyllis abends mal zu sich zum Essen einladen, beschloss sie, um Danke zu sagen.

Ein junger Mann mit Nikolausmütze kam an den Tisch, um die Bestellung aufzunehmen. Holly schlug alle Vorsicht in den Wind und bestellte sich einen Glühwein.

»Gute Wahl«, sagte Edward, als der Wein in einem großen Porzellanbecher kam.

»Das ist mein Lieblingsgetränk«, gestand sie, schloss die

Hände um den Becher und atmete tief den würzig-süßen Dampf ein. »Weihnachten in einem Becher.«

»Also, wie kommt es, dass dieses Jahr über Weihnachten niemand da ist?«, fragte Edward. »Letzte Woche haben Sie mir stundenlang zugehört, daher sind heute Sie an der Reihe.«

Holly erzählte ihm schnell von dem Urlaub ihrer Eltern, Carlas Reise nach Paris und Izzys neuer Liebe. »Und im Januar hat mein Lebensgefährte nach zehn Jahren mit mir Schluss gemacht«, fügte sie in bemüht sachlichem Ton hinzu. »Das fällt also auch weg.«

»Das tut mir leid«, sagte er. »Es ist hart und ein blödes Timing, dass die anderen nicht da sind. Aber Nachdenken soll ja gut für die Seele sein ... wenn es einen nicht vollkommen in den Wahnsinn treibt.«

Holly lachte. »Seltsamerweise stelle ich fest, dass es tatsächlich gut für die Seele ist. Durch die Trennung von Alex habe ich über vieles nachgedacht.« Dann wechselte sie das Thema, denn sie wollte nicht mit dem Vater einer Schülerin über ihren Uterus sprechen. »Wie läuft der neue Job?«

Er berichtete ihr über das Angebot, das er gerade einem Kunden unterbreitete. Ein großer Durchbruch für ihn, wenn es klappte. Vielleicht jetzt schon eine Beförderung. Die Chance, an einer wirklich glamourösen Kampagne zu arbeiten. Er verdiente es, nach allem, was vorgefallen war.

»Ich hoffe, Sie bekommen den Auftrag«, sagte sie. »Sie werden ihn sicher kriegen. Sie arbeiten so hart. Es tut mir wirklich leid, dass die Schule Ihnen mit den Kostümen für die Aufführung noch eine Aufgabe aufgebürdet hat. Wir spannen die Eltern nicht gern ein, aber wir haben einfach nicht die Mittel, um über sechzig Kostüme zu machen und uns gleichzeitig um alles andere zu kümmern. Wenn ich Ihnen irgendwie helfen kann, tue ich es gern.«

»Was für eine Aufführung?«, fragte Edward.

»Das Stück für die Weihnachtsfeier. *Ein Weihnachts-*

wunsch«, half sie ihm auf die Sprünge und wartete darauf, dass er sich vor die Stirn schlug und sagte: *Na klar, wie dumm vor mir*, oder etwas Ähnliches.

Stattdessen blieb sein Gesicht verständnislos. »Eliza macht bei der Aufführung nicht mit.«

»Äh, doch.«

Er sah sie fragend an. »Nein. Sie hat zu große Angst, erinnern Sie sich? Wir haben letztes Mal darüber gesprochen.«

»Stimmt, aber sie hat es sich anders überlegt. Ich dachte, Sie wüssten davon. Am Tag nach unserer Unterhaltung letzte Woche kam sie zu mir und sagte, dass sie eine Rolle übernehmen möchte. Ich dachte, Sie hätten ihr von unserem Gespräch erzählt und dass sie deshalb ihre Meinung geändert hat.«

»Nein! Ich meine, ich habe ihr tatsächlich von unserer Begegnung erzählt und sie war froh, dass Sie jetzt über ihre Mum Bescheid wissen. Aber sie hat kein Wort davon gesagt, dass sie bei der Aufführung mitmacht.«

»Sie ist ein Engel. In dem Stück, meine ich.«

»Ehrlich? Aber warum hat sie mir nichts davon gesagt?«

Holly zuckte die Achseln. »Vielleicht soll es eine Überraschung sein. Sie meinte, dass sie Ihnen beweisen möchte, dass es ihr jetzt besser geht. Bei der Gelegenheit hat mir auch gesagt, dass ihre Großeltern sie zu sich nehmen wollen.«

»O Gott, was sie nicht alles auf ihren kleinen Schultern trägt. Typisch Eliza, dass sie alles richtig machen will.« Er lächelte. »Dann muss es ihr wirklich besser gehen. Das ist Ihr Verdienst. Sie sind toll.« Dann umwölkte seine Miene sich wieder. »Ich hoffe, Sie haben recht damit, dass sie mich überraschen will. Was ist, wenn es daran liegt, dass sie Angst hat, sie könne den Mut verlieren und einen Rückzieher machen?«

»Bestimmt nicht.«

Holly wurde schwer ums Herz. Für sie selbst würde es keine Unannehmlichkeit bedeuten – da sie mit großen

Gruppen von kleinen Kindern arbeitete, war sie daran gewöhnt, dass regelmäßig in letzter Minute etwas schiefging. Lampenfieber, plötzliches Erbrechen, Tränen und Wutanfälle ... Sie war ein Genie, wenn es darum ging, Ausfälle auszugleichen. Es wäre nur schade drum, weil Eliza so gut war und so glücklich zu sein schien, mitzumachen.

»Sie blüht auf, wenn wir proben. Sie scheint all ihre Ängste vergessen zu haben. Sie sollten sie sehen, Edward – sie strahlt richtig ... Was? Was ist los?«

Edward war bleich geworden. Genau in dem Moment fiel eine Plastikgirlande von der Decke und landete auf ihrem Tisch. Er zuckte nicht einmal zusammen. »Warten Sie«, sagte er. »Haben Sie etwas von einem Kostüm gesagt?«

KAPITEL 25

EDWARD

»Ich kann Ihnen helfen«, sagte Holly und wühlte in ihrer Tasche. Sie wirkte nervös, während Edward stumm und leicht benommen dasaß. »Ich fühle mich schrecklich. Sie haben ohnehin schon viel zu tun, und jetzt auch noch das und so kurzfristig. Ah, da ist ja der Brief. Sie hätten ihn schon letzte Woche erhalten sollen.« Sie hielt ihm ein Blatt Papier hin.

»Nein, nein«, sagte Edward und nahm es entgegen. Er hatte das Gefühl, durch dicke Suppe zu waten. »Ein bisschen Näharbeit schreckt mich nicht. Ich möchte Lizzies Kostüm selber nähen. So schwer kann das doch nicht sein, oder?«

Holly sah ihn zweifelnd an. »Viele Mums geraten in Panik, wenn sie Kostüme schneidern sollen. Ich helfe Ihnen gern.«

Er schüttelte abwesend den Kopf, während er den Brief überflog. *Ein Weihnachtswunsch ... Eliza Sutton ... Engel des Sternenlichts ... langes weißes Kleid ...*

Dann sah er das Datum der Aufführung. »Oh, verflucht.« Für einen Moment vergaß er, dass er nicht allein war und schlug den Kopf zwischen den Tassen auf den Tisch. Mehrere Köpfe drehten sich in seine Richtung – er sah sie am Rande seines Gesichtsfelds. Dann erinnerte er sich an Holly, richtete sich wieder auf und sah ihr erschrockenes Gesicht. Das Ende seines Schals lag in einer Kakaopfütze. Dennoch war er froh, dass er heute nicht den pinkfarbenen Schal von Lindy trug, sondern einen männlichen dunkelblauen.

»Mr Sutton? Edward?«, sagte Holly leise, während sie den Schal aus der Pfütze hob und in seinen leeren Becher auswrang. »Ist alles in Ordnung mit Ihnen? Was ist los?«

»Die Aufführung ist am zwanzigsten.«

»Ja.«

»Die Präsentation im Büro ist auch am zwanzigsten. Normalerweise hätte ich frei, weil es ein Mittwoch ist, aber das war der einzige Tag, an dem die Kunden Zeit hatten.«

»Oh«, sagte Holly. »Mist.«

Mehr schien es dazu nicht zu sagen zu geben. Edward schwirrte der Kopf. Einerseits war da die Präsentation – seine große Gelegenheit, der entscheidende Augenblick in seinem neuen Job –, die er natürlich brauchte, um die Hypothek, die Rechnungen und alles andere zu bezahlen, das ihm und Eliza ein schönes Leben ermöglichte. Andererseits war da seine emotional angeschlagene Tochter, die drei Jahre nach dem Auszug ihrer Mutter endlich beschlossen hatte, es noch einmal mit der Schauspielerei zu versuchen, ein bahnbrechender Moment in ihrem jungen Leben.

»Okay, bleib ruhig«, murmelte Edward. »Um wie viel Uhr ist die Aufführung?«

»Um sechs.«

»Die Präsentation ist um vier. Das kann ich unmöglich rechtzeitig schaffen. Okay. Denk nach ... Denk nach ... Ich werde den Termin verschieben. Ich werde die Kunden bitten, ein anderes Datum zu wählen.«

»Können Sie das tun?«

Edward sah sie verzweifelt an. Er war der Neue. Er musste sich mit allen Mitteln beweisen anstatt für Unmut zu sorgen. Eine Änderung des Präsentationsdatums würde nicht nur sein ganzes Team, sondern auch das ganze Team des Kunden betreffen. Konnten so viele Leute nur für ihn ihren Terminplan umschmeißen? Aber es war nicht für ihn, es war für Eliza. Und es war seine Aufgabe, für sie Himmel und Erde in Bewegung zu setzen. »Ich werde es müssen.«

Er schaute auf seine Armbanduhr. »Ich sollte besser gehen, Holly. Ich muss nach Hause und mir überlegen, was ich sagen kann, wie ich den anderen einen neuen Termin schmackhaft machen kann. Ich werde mich gleich morgen früh darum kümmern.«

»Klar. Viel Glück. Hören Sie, was das Kostüm betrifft ...«

»Nein. Vielen Dank, Ihr Angebot ist sehr lieb, aber ich möchte es selbst machen. Ihre Mutter hat früher alle Kostüme selber genäht ... Ich muss es versuchen.«

»Na gut. Halten Sie mich auf dem Laufenden, wie Sie damit vorankommen, das interessiert mich. Werden Sie Eliza sagen, dass Sie Bescheid wissen?«

Er dachte darüber nach und schüttelte dann den Kopf. »Nein. Ich möchte sie nicht unter Druck setzen. Wenn sie es mir aus irgendeinem Grund nicht erzählen will, dann sollte ich sie tun lassen, was sie für richtig hält ...«

Holly nickte. »Ja. Ich werde nichts sagen. Dann noch einmal viel Glück.«

»Danke. Ich werde es brauchen. Und noch einmal danke für die Gesellschaft.«

»Ganz meinerseits. Oh, nein, diesmal bin ich dran.« Sie bedeutete ihm, das Portemonnaie wieder einzustecken, und legte Geld auf den Tisch. Sie wirkte sehr entschlossen, daher bedankte er sich bei ihr, und dann eilten sie hinaus, jeder zu seinem Auto und zu seinem Abend.

Auf dem Nachhauseweg klingelte Edwards Handy. Die Nummer seiner Eltern. Er stöhnte. Er wollte erst nicht drangehen, aber vor ihm kam gerade eine Haltebucht, daher schwenkte er hinein und griff nach dem Telefon.

»Hallo, Mum.« Er konnte die Erschöpfung in seiner Stimme hören.

»Edward? Hier ist dein Vater.«

»Dad? Was gibt's? Alles in Ordnung?« Sein Vater telefonierte nicht gern. In ihrem Duo war seine Mutter immer die Frontfrau.

»Nein, Edward. Deine Mutter liegt im Krankenhaus. Du brauchst dir keine Sorgen zu machen, aber sie hatte einen kleinen Sturz ...«

Zum zweiten Mal am Tag überschlugen sich Edwards Gedanken. Er packte mit der freien Hand das Lenkrad und lehnte sich an die Kopfstütze, um sich zu erden.

»Ein Sturz, Dad? Wo? Wie schlimm?«

»Sie ist zu Hause die Treppe hinuntergefallen, Sohn. Es war ein böser Sturz. Hat mir einen Mordsschrecken eingejagt, wenn ich ehrlich bin. Aber du kennst ja deine Mutter – hart im Nehmen. Zum Glück ist sie nicht ernsthaft verletzt, aber ihr Bein ist gebrochen oder verstaucht, das ist noch nicht sicher. Sie wird für eine Weile körperlich eingeschränkt sein – du kannst dir vorstellen, wie sie das aufgenommen hat. Ich bin jetzt im Krankenhaus. Ich melde mich wieder, wenn ich mehr weiß.«

»In welchem Krankenhaus, Dad? Ich komme sofort.«

Edward war schlecht vor Sorge. Er fuhr auf die Straße, wendete den Wagen und verließ Hopley auf dem gleichen Weg, den er gekommen war. Die traurige Angst in der Stimme seines Vaters war schwer zu ertragen gewesen. Es spielte keine Rolle, wie alt oder hart man war; wenn man um einen geliebten Menschen bangte, fühlte man sich wieder wie ein kleines Kind. Wenn man als Sohn, selbst als Erwachsener mit einem eigenen Kind, seinen Vater so hörte, erschütterte es einen in seinen Grundfesten. Seine Mutter war im Krankenhaus. Und was kam als Nächstes? Seine Mutter war normalerweise eine unerträgliche Nervensäge, aber sie war und blieb seine Mutter – so beständig und unabdingbar wie die Sonne.

Während der Fahrt kam ihm in den Sinn, dass er nicht daran gedacht hatte, nach der Ursache für den Sturz zu fragen. War sie einfach nur gestolpert? Oder hatte sie einen Schwindelanfall erlitten, was viel besorgniserregender wäre? Er holte tief Luft und stieß sie in einem langen Zug wieder aus, um sich zu beruhigen. Seine Eltern waren zu jung, um alt zu werden. So sehr sie ihn in den Wahnsinn trieben, er konnte sich ein Leben ohne sie im Hintergrund nicht vorstellen, auch wenn sie neugieriger waren, als ihnen guttat, und sie – erfolglos – versuchten, die Fäden in der Hand zu halten.

Im Krankenhaus wanderte er durch kilometerlange Flure, bis er die Station fand, die sein Vater ihm genannt hatte. Es war eine große offene Station. Die Lamettagirlanden an der Decke taten der grellen Krankenhausbeleuchtung und dem Plärren des Fernsehers keinen Abbruch. Und dann dieser Krankenhausgeruch ... Eine Mischung aus Fleischgerichten, Antiseptika und Angst. Er wappnete sich, eilte hinein und sah sofort seinen Vater, der seinen hellblauen Golfpullover mit gelben Rauten trug. Er saß an einem Bett. In dem Bett lag eine kleine Gestalt. War das etwa seine Mutter?

»Edward?«, sagte sie und schien gleichermaßen erstaunt über sein Erscheinen zu sein. »Du bist gekommen!«

»Wie geht es dir, Mum?« Edward küsste sie auf die Wange, dann schlug er seinem Dad auf die Schulter. »Alles okay, Dad?«

»Ja, Junge, es geht mir gut.«

»Mir auch, Liebling, mir auch«, sagte seine Mutter. »Außer, dass ich mir den dummen Knöchel gebrochen habe und jetzt wochenlang einen Gips tragen muss. Ich werde Krücken bekommen, Herrgott noch mal. Und kein Kontaktsport, wie man mir ausdrücklich gesagt hat.« Sie lachte geringschätzig, und Edward war erleichtert, dass sie ihre spitze Zunge über die Dummheit der anderen nicht verloren hatte.

»Dann wird wohl nichts aus dem Basketballturnier«, sagte

er mit einem Lächeln. »Gott sei Dank ist es nichts Schlimmeres. Du hast großes Glück gehabt, Mum.«

»O ja, das Beste, das mir in diesem Jahr passiert ist.«

Edward verdrehte die Augen. »Ich meine, du hast keine Gehirnerschütterung. Das stimmt doch, oder? Keine gebrochenen Rippen? Keine Verletzung an der Wirbelsäule?«

»Nein, nichts dergleichen. Ein paar scheußliche Prellungen, sonst nichts. Du hast natürlich recht – es hätte schlimmer sein können. Aber ist trotzdem furchtbar lästig. Ausgerechnet vor Weihnachten! Und ich darf noch nicht mal nach Hause. Die Ärzte sagen, ein solcher Sturz sei ein Trauma, und sie wollen mich zur Beobachtung für zwei Tage hierbehalten.«

»Na, das will ich auch hoffen! Natürlich ist es ein Trauma. Bist du die ganze Treppe hinuntergefallen, von oben bis nach unten?«

Seine Mutter nickte mit einem stolzen Gesichtsausdruck. Sein Vater sah aus, als sei ihm leicht übel.

»Aber wie ist das passiert?«, hakte Edward nach.

Im Blick seiner Mutter lag etwas Ausweichendes.

»Sie hat auf der verdammten Leiter gestanden, nicht wahr?«, platzte es aus seinem Vater heraus.

Edward runzelte die Stirn. »Auf einer Leiter? Oben an der Treppe? Warum?«

»Wenn du es unbedingt wissen musst, ich habe die Schabracken abgestaubt.«

Edward starrte sie an. »Du hast die Schabracken abgestaubt.«

»Ja! Weihnachten steht vor der Tür, und ich werde das Haus voller Gäste haben. Dich natürlich nicht. Es war Staub hinter den Schabracken. Dicker Staub.«

»Du bist fast siebzig und bist oben an einer Treppe auf eine Leiter gestiegen, um Staub zu entfernen, den kein Mensch je zu Gesicht bekommen wird?«

»Kein Grund, so gehässig zu sein, Edward. Ich habe schließlich meine Ansprüche.«

»Ja, und einen gebrochenen Knöchel.«

Seine Mutter schnalzte missbilligend mit der Zunge.

»Er hat nicht ganz unrecht, Sarah«, warf Edwards Vater ein.

»Oh, nicht du auch noch, Derek. Geh und hol mir eine Tasse Tee, ja?«

Sein Vater stand auf und streckte sich. »Möchtest du auch etwas, Sohn?«

»Abgesehen von einer vernünftigen Mutter? Nein danke, Dad.«

Im Weggehen murmelte sein Vater etwas vor sich hin, das klang wie: »Da kann ich dir nicht helfen.«

»Fang gar nicht erst an«, warnte ihn seine Mutter, als sie allein waren. »Ich werde es nicht wieder tun, in Ordnung? Ich muss zugeben, es war ... ein ziemlicher Sturz. Ein böser Schock.«

»Okay«, antwortete Edward. Es war ein großes Eingeständnis für Sarah Sutton. Sie ließ sich in die Kissen sinken, und er konnte es kaum glauben, dass sie sich seit ihrer letzten Begegnung so verändert hatte. Sie war nicht geschrumpft oder hatte abgenommen – zum Glück war sie nicht krank –, und doch sah sie irgendwie verletzlich aus, etwas vollkommen Neues bei ihr. Es waren das papierdünne Krankenhausnachthemd und der ängstliche Blick in ihren Augen – die gleiche Angst, die er am Telefon in der Stimme seines Vaters gehört hatte.

»Dad scheint es besser zu gehen, als er sich am Telefon angehört hat. Er klang wirklich verängstigt.«

»Er hatte auch Angst. Ich habe ihn noch nie so erlebt. Ich habe ein ganz schlechtes Gewissen.«

»Das kann ich mir vorstellen. Aber es wird alles wieder gut, Mum. Du bleibst ein paar Tage hier, dann kommst du wieder nach Hause, und dort wirst du es erst mal ruhig angehen lassen müssen. Das ist gar nicht verkehrt.«

»Gar nicht verkehrt ...? Edward, ich kann Weihnachten nicht flachliegen! Wer soll denn kochen? Adam und Julie wollen für vier Tage mit den Kindern zu Besuch kommen. An Heiligabend und am zweiten Weihnachtstag habe ich alle Nachbarn zu Drinks eingeladen. Und die Flurlampen habe ich immer noch nicht abgestaubt.«

»Stimmt, die werden sie ganz genau inspizieren. Und dann schreiben sie einen Bericht für den Stadtrat.«

»Sarkasmus steht niemandem, Edward.«

Er hob die Brauen, erwiderte aber nichts. »Mum, du weißt, dass so etwas total unwichtig ist. Vor allem nicht im Vergleich mit deiner Gesundheit. Adam kann das Abendessen kochen – du weißt, wie gut er einen Braten hinkriegt. Und die Nachbarn können zur Abwechslung einmal dich verwöhnen. Oder du sagst alles ab und kommst stattdessen mit Dad zu Eliza und mir. Mrs Dixon kümmert sich um unser Abendessen – ihr würdet nicht verhungern.«

Sie schenkte ihm ein mattes Lächeln und schüttelte den Kopf. »Nein danke, Liebling. Jedenfalls nicht in diesem Jahr. Ich denke, zu Hause in meiner vertrauten Umgebung bin ich besser dran. Weißt du ... Wenn Eliza bei uns leben würde ...«

»Oh, Mum! Nicht das schon wieder.«

»Nein, hör mich an. Ich wollte sagen, wenn du auf mich gehört hättest und sie bei uns leben würde, könnte ich mich nicht so um sie kümmern, wie ich es versprochen habe, nicht wahr? Wir hätten ein Problem. Dein Vater hat die häuslichen Fähigkeiten eines Nashorns. Ich meine, der Mann kann nicht mal ein Ei kochen. Was wäre dann aus Eliza geworden? Es heißt, Hochmut kommt vor dem Fall – nun, ich habe einen ziemlich üblen Fall hingelegt. Ich bin also doch nicht unbesiegbar.«

Edward ergriff ihre Hand. »Das ist niemand, Mum. Aber

danke, dass du es ausgesprochen hast. Falls du irgendetwas brauchst, wenn du nach Hause kommst, sag mir Bescheid. Und ob auf Krücken oder in einem Ganzkörpergips, du musst bis zum zwanzigsten gut erholt sein und umherhumpeln können.«

»Das ist das Datum deiner Präsentation, nicht wahr? Brauchst du mich als Babysitterin?«

»Nein, ich möchte, dass du zu der Schulaufführung kommst. Sie findet am selben Tag statt, und dreimal darfst du raten! Eliza übernimmt eine Rolle. Sie wird der Engel des Sternenlichts sein. Und wir möchten gern, dass ihr dabei seid.«

KAPITEL 26

HOLLY

Am Freitag gab es einen weiteren Mathetest, und Evie Greavey schummelte wieder. Es war eins der vielen Dinge, über die Holly sich an diesem Wochenende Gedanken machte. Sie hatte eine Diskussionsrunde eingeführt, in der die Kinder montagmorgens alles besprechen oder verarbeiten konnten, was sie beschäftigte, ganz gleich, ob es schwierig oder einfach nur interessant war. Die Themen reichten von aktuellen Fragen über Neuigkeiten aus der Schule und Familienangelegenheiten bis hin zu den großen Themen des Lebens (Gleichheit, Selbstbewusstsein, Kaugummi). Die Kinder machten es sich bequem und rollten sich wie Katzen auf ihrem Stuhl zusammen. Sie stützten das Kinn in die Hand oder streckten die Arme auf den großen weißen Tischen aus, an denen sie saßen, und einige von ihnen saßen sogar ordentlich auf dem Stuhl. Holly fand, dass das Klassenzimmer mit den knarrenden Rohren, der hohen viktorianischen Decke und dem Staub, der in der Sonne tanzte, den Kindern einen sicheren Raum bot, um über Gott und die Welt zu reden.

Am Montag bat Holly die Kinder, die ersten drei Wörter zu sagen, die ihnen einfielen, wenn sie an Schule und Lernen dachten. (Jason Tillwell: *Langweilig. Folter. Aber Miss Hanwell ist der Hammer.*) Holly lachte und ließ die zusätzlichen Wörter gelten, weil sie so offenkundig wahr waren.

Dann bat sie darum, dass jeder das Wort sagte, das er am ehesten mit den drei Hauptfächern in Verbindung brachte – Mathe, Englisch und Kreatives Arbeiten (Kunst, Musik und Theater). Sie machte einen spielerischen und vergnüglichen Unterricht daraus und ging währenddessen durch die Klasse. Als es um Mathe ging, sagten viele »langweilig« und »schwer«. Indiras Wort lautete »schön« und Elizas »lohnend«. Matt Simmons beschrieb Mathe als »Augenschmerz«.

»Wenn du das nächste Mal eine Geschichte schreibst, vergiss nicht, dein Talent für Wörter zu nutzen!«, sagte Holly sofort.

Die arme Evie, die ganz vergaß, dass bei Mathe nur ein Wort erlaubt war, sagte: »Erfolg. Klug. Schlüssel.«

Natürlich. Evies Vater war ein Londoner Bankier und ihre Mutter die kaufmännische Leitung eines Pflegeheims. Evies großer Bruder hatte zehn Einsen in der Abschlussprüfung gehabt. Ihre Schwester bewarb sich gerade für Oxford. Sie stammte aus einer sehr ehrgeizigen und reichen Familie. Holly vermutete, dass sich in diesem Haushalt alles ums Geld drehte, und wenn Evie in der Schule nicht mitkam, konnte das ein Problem sein. Doch sie durfte nicht einfach nur Vermutungen anstellen ...

In der Mittagspause bat sie Evie, noch dazubleiben, und sprach sie direkt auf das Abschreiben an. Evie wirkte beschämt und verängstigt und wollte es abstreiten, aber Holly hatte sie zweimal mit eigenen Augen dabei beobachtet und sagte ihr das. »Ich bin nicht böse, Evie. Ich muss nur wissen, warum du es getan hast.«

Evie hatte tatsächlich das Gefühl, die Dumme in einer klugen Familie zu sein. Sie verstand Mathe nicht und mochte das Fach nicht, aber weil ihre Eltern und Geschwister Zahlen liebten, tat sie so, als ginge es ihr genauso. Sie hatte Angst, dass ihre Eltern böse und enttäuscht sein würden, wenn sie in der Schule nicht so gut abschnitt wie ihre Geschwister.

»Haben sie dir ausdrücklich gesagt, dass du in die Fußstapfen der anderen treten musst?«, fragte Holly.

Evie schüttelte den Kopf. »Aber nur, weil ich ihnen nicht gesagt habe, dass ich es nicht will. Sie reden über nichts anderes – welches Gehalt die Kollegen kriegen, welche Jobs Jeff und Callie mit ihren Noten bekommen könnten und wie viel Geld sie verdienen werden ... Aber ich glaube nicht, dass ich das kann.« Ihr kleines Gesicht sah todunglücklich aus.

Grässliche Menschen, dachte Holly. »Ich verstehe, dass du dir deswegen Sorgen machst«, antwortete sie. »Aber du musst damit aufhören, Evie. Zum einen bist du viel jünger als deine Geschwister und brauchst dir noch lange keine Gedanken um Zensuren und Universitäten und Jobs zu machen. Das hat noch Jahre Zeit. Zum anderen ist die weiterführende Schule ganz anders als die Grundschule. Wer weiß, vielleicht bist du in manchen Fächern besser, als du dachtest, und in anderen schlechter. Das kannst du jetzt noch gar nicht wissen. Selbst wenn Mathe wirklich nicht dein bestes Fach ist, gibt es noch viele andere Möglichkeiten, erfolgreich und glücklich zu sein. Aber daran brauchst du noch gar nicht zu denken – du bist erst acht! Du solltest in der Schule so viel Spaß wie möglich haben, und wenn du etwas nicht verstehst, dann fragst du mich, und ich helfe dir, okay?«

Holly wusste bereits, was das Diskussionsthema am nächsten Montag sein würde: Erfolg. Sie würde die Kinder auffordern, über verschiedene erfolgreiche Leute zu reden, die sie kannten oder bewunderten, und welche verschiedenen Arten von Erfolg es gab ... Auf diese Weise würde Evie trotz ihrer fordernden Eltern wissen, dass andere Menschen außerhalb ihrer Familie anders dachten. Vielleicht würde es ein wenig helfen.

»Und was tust du gern, Evie? Was glaubst du, worin bist du wirklich gut?«, erkundigte Holly sich. Es war eine Frage, die sie bei etwa neunzig Prozent ihrer Schüler hätte beantworten können, aber Evie war eins der stillen, farblosen und zurückhaltenden Kinder, die man leicht übersehen konnte.

Evie errötete. »Oh, nichts, es ist dumm.«

»Bitte, sag es mir. Nichts ist dumm, wenn es dich glücklich macht.«

»Aber Dad sagt, dass man davon nicht leben kann.«

»Das mag sein, aber es darf dir trotzdem Spaß machen. Deshalb hat man Hobbys. Ich bin zum Beispiel Lehrerin, aber meine Hobbys sind Stücke schreiben, Spaziergänge und Kochen. Ich werde damit zwar nie Geld verdienen, aber ich tue das alles gern, und ich denke, dass ich dadurch meine Arbeit besser mache.«

Evie runzelte grübelnd die Stirn. Holly liebte die Momente, in denen sie einem der Kinder half, das Leben ein klein wenig anders zu sehen. »Mögen Sie Musik?«, fragte Evie nach einer langen Pause.

»Musik? Ich liebe Musik! Wenn ich koche, läuft ständig Musik. Hörst du auch gern Musik?«

Evie nickte. Ihr gewelltes hellbraunes Haar fiel ihr ins Gesicht, das sich langsam rötete. »Sie wollen wissen, was ich gut kann? Singen. Aber davon kann man nicht leben.«

Holly lachte. »Na, da wäre Beyoncé aber anderer Meinung. Ich finde das wunderbar, Evie. Ich kann nicht glauben, dass ich das nicht über dich gewusst habe. Was singst du denn gern?«

Evies kleines Gesicht leuchtete jetzt so rot wie ein Ahornblatt. »Popmusik«, antwortete sie schüchtern.

»Oh, toll. Welchen Song singst du am liebsten?«

»Ich mag Camila Cabello und Taylor Swift. Und Luis Fonsi.«

»›Despacito‹?«

Evie nickte eifrig. Holly hatte dieses Kind noch nie so

lebhaft gesehen. Sie begann – ziemlich schlecht – den Refrain von »Despacito« zu singen, und als Evie einfiel, hörte sie auf. »Oh, bitte, sing weiter«, bat sie, als Evie das Ende des Refrains erreichte. »Kannst du auch den Rest?«

Evie sah sie mit einem Ausdruck an, der zu sagen schien: »Was für eine Frage!« Sie trat einen Schritt zurück, holte tief Luft und sang mit kraftvoller, glockenheller Stimme den ganzen Song – und ihre spanische Aussprache war *perfecto*.

»O mein Gott«, rief Holly, als sie zum Ende kam, und klatschte begeistert. »Evie, du bist großartig! Deine Stimme ist wunderschön. Du hast recht, darin bist du wirklich gut.« Das arme Kind strahlte – es sah aus wie ein anderer Mensch. Jetzt konnte man sie nicht mehr übersehen. »Wie stehst du dazu, vor anderen Leuten zu singen?«, fragte Holly weiter. »Würde es dir Spaß machen, oder denkst du, dass du Angst hast?«

»Es würde mir Spaß machen«, antwortete Evie ohne zu zögern. »Ich meine, ich habe es noch nie gemacht, daher weiß ich es nicht, aber ich glaube, es würde mir gefallen.«

»Möchtest du in dem Weihnachtspiel ein Solo singen?«

»Wirklich? Das würden Sie mir erlauben?«

»Machst du Witze? Die Leute würden ausflippen. Aber ich möchte dir keinen Druck machen.«

»Nein, ich möchte singen, das wäre toll. Aber wie wollen Sie noch einen Song in unserer Geschichte unterbringen? Ist sie nicht schon voll?«

»Oh, nichts leichter als das.« In Hollys Kopf arbeitete es bereits fieberhaft. Ihr größtes Talent, wenn sie das so sagen dufte, bestand darin, ihre Stücke im Lauf der Wochen so zu ändern, dass sie den einzelnen Kindern auf den Leib geschrieben waren. Als Griff Heaton zum Beispiel vorgespielt hatte, warum in dem Stück ein Weltraummonster vorkommen sollte, war seine Darbietung dermaßen komisch gewesen, dass sie noch am selben Abend für ihn einen Kurzauftritt geschrieben hatte. Möglicherweise die beste Szene im ganzen

Stück. Einen Song für Evie unterzubringen wäre ein Kinderspiel. Vielleicht konnte sie auch ein Zwischenakt zwischen den einzelnen Akten sein, dann brauchten sie sich nicht auf Weihnachtslieder zu beschränken. Mr Buckthorn wäre sicher damit einverstanden. »Überlass das mir, Evie. Wärst du bereit, heute Nachmittag bei der Probe zu singen, um zu üben, vor anderen Leuten aufzutreten?«

Evies Augen glänzten. »Auf jeden Fall!«

Also, da haben wir es, dachte Holly. Evie Greavey ist ein Star. Sie hat nur ewig auf die Gelegenheit gewartet, ihr Können zu zeigen. Wenn sie so in dem Weihnachtsstück singt und ihre Eltern es sehen, dann sollte es ihnen ein Hinweis sein, dass sie vielleicht aus anderem Holz geschnitzt ist als der Rest der Familie.

Die Klasse hatte am Nachtmittag die erste Durchlaufprobe. Sechs Kinder vergaßen ihren Text und hatten einen völligen Filmriss, und mehrere andere brachten alles durcheinander und sagten es in der falschen Reihenfolge. Die Simmons-Jungs bestanden darauf, die Lieder mit umgedichtetem Text zu singen, und obwohl die anderen sich größte Mühe gaben, sie zu übertönen, waren sie gut zu hören. In Ermangelung eines Rentiers sprang Vicky ein, als Fatima Bob-Schrägstrich-Skydancer auf die Bühne führen sollte, und band sich Fatimas Schal als Leine um den Hals. Vickys Auftritt als Skydancer ging unter reichlich theatralischem Muhen vonstatten, und Holly hoffte ernsthaft, dass Bob darauf verzichten würde. Als Vicky anschließend den Schal abnehmen wollte, um wieder in ihre eigentliche Rolle als neugierige Nachbarin Nummer eins zu schlüpfen, bekam sie den Knoten nicht auf. Es bekam ihn auch sonst niemand auf, und für eine Weile sah es so aus, als würde Vicky den Rest ihres Lebens an einer Leine verbringen müssen, oder dass Fatimas schöner Schal mit einer Schere zerschnitten werden musste. Doch schließlich gelang es Holly, den Knoten zu lösen, und die Krise war abgewendet.

Trotz allem sah sie, wie das Stück Gestalt annahm. Es war noch in der Rohphase – sie würde sich mit den anderen Lehrern absprechen und einen Zeitplan für die Bühnenproben in der Aula erstellen müssen –, aber es war fröhlich, und man merkte, dass die Kinder es liebten. Die Geschichte hatte genau die richtige Länge und das richtige Maß an niedlichen und lustigen Elementen. Und jetzt, da Eliza mitmachte und Evie singen würde, hatte es auch echten Starzauber. Evies Talent war unglaublich, dachte Holly, als sie sie zum zweiten Mal singen hörte und ihre Klassenkameraden ungläubig die Münder aufrissen und staunten. Eliza konnte man ansehen, dass ihr die Schauspielerei im Blut lag. Man merkte es an der Art, wie sie sich hielt, wie sie sich bewegte. Es sprach aus ihrem ausdrucksvollen Gesicht, das ihre Gedanken und Gefühle als Engel des Sternenlichts widerspiegelte. Die Kinder waren alle fantastisch, aber Eliza brachte einen dazu, das Ganze zu glauben.

Wieder empfand Holly für Eliza mehr als die Zuneigung einer Lehrerin zu einer Schülerin, begleitet von dem zufälligen sehnsüchtigen Gedanken an Elizas netten, gestressten, gut aussehenden Vater. Wieder erinnerte Holly sich mit einem Stich, dass Elizas Mum Cressida Carr war, und fragte sich, wie sie es hatte ertragen können, Eliza zu verlassen und all das zu versäumen. Holly hatte selbst die Schauspielschule besucht. Es war unvermeidlich gewesen, weil es damals das einzige Fach war, für das sie sich interessiert hatte. Sie hatte das Theater aufregend gefunden und war an der Schule erstaunlich erfolgreich gewesen, da es keinen Kurs gab, der sie nicht faszinierte. Während manche Studenten in bestimmten Rollen glänzten – Comedy, Musiktheater, Shakespeare –, schnitt Holly in allen Fächern gut ab, selbst in Bühnenmanagement und Szenischem Schreiben. Sie hatte bei Studentenaufführungen großartige Kritiken erhalten und anschließend mehrere Rollen bekommen. Alle dachten, sie würde Schauspielerin werden.

Als eine Kommilitonin eine Lehrerausbildung begonnen

hatte, war Holly von ihren Anekdoten fasziniert gewesen. Da die Schauspielerei so unberechenbar war, hatte sie als zweites Standbein die gleiche Ausbildung gemacht. Dabei hatte sie schnell festgestellt, dass sie die Arbeit mit Kindern noch mehr liebte als die Welt des Theaters. Die Möglichkeit, beide Welten, ihre beiden großen Lieben miteinander zu vereinen, war perfekt. Grundschulkinder zu unterrichten mochte zwar nicht so glamourös sein wie eine Karriere in Hollywood, aber für Holly war es das Höchste.

Jedes Kind war eine vollständige kleine Person. Es hatte bereits eine Vergangenheit und hoffentlich eine Zukunft und ein Potenzial so groß wie der Weltraum. Mehr Funken als ein Feuerrad. Holly würde keine eigenen Kinder bekommen. Selbst inmitten der Heiterkeit und Aufregung traf sie dieser Gedanke wie ein Tritt in die Magengrube. Unwillkürlich legte sie sich die Hand auf den Bauch. Selbst wenn sie adoptierte, würde sie nicht spüren, wie ihr Körper sich veränderte und anschwoll, würde mit ihrem Baby nicht ihr eigenes Ich teilen und mit ihm oder ihr auf diese unglaubliche Reise gehen.

An ihrem Ahornbaum waren noch vierzehn Blätter übrig. Sie hatte sie am Samstagmorgen gezählt, die Hände um eine Kaffeetasse gelegt, während das Haus langsam warm wurde. Sie klammerte sich immer noch an den Traum, ein Kind unter dem Herzen zu tragen. Doch wenn dieser Traum nicht wahr werden konnte, konnte sie trotzdem jedes Jahr fünfundzwanzig Kindern so viel Glück schenken. Und das war doch gar kein so schlechtes Leben, oder?

KAPITEL 27

EDWARD

Edward hatte in letzter Zeit viel an Cressida gedacht. Er hatte nichts von ihr gehört und war zu dem Schluss gekommen, dass es wahrscheinlich das Beste so war. Eliza hatte gerade erst ihr Gleichgewicht wiedergefunden und würde nicht verunsichert werden. Es würde kein weiteres Problem geben, um das er sich kümmern musste, und er würde nicht wegen Mordes ins Gefängnis müssen. Normalerweise verdrängte er den Zorn auf seine Ex, aber jetzt wurde ihm bewusst, dass er noch da war – und wie. Ihr Verhalten hatte – wenn auch indirekt – dazu geführt, dass Eliza in Leeds gelitten hatte, und so sehr er sich auch bemühte, Cressidas Entscheidungen zu respektieren, war das nichts im Vergleich zu seinem Beschützerinstinkt als Vater.

In letzter Zeit war ihm auch klar geworden, dass er so viel Zeit damit verbrachte, sie als Elizas Mutter zu sehen, dass er manchmal vergaß, dass sie früher auch seine Frau gewesen war - und fühlte sich deshalb ziemlich ungerecht behandelt. Er hatte alles in seiner Macht Stehende getan, um sie zu unterstützen und dafür zu sorgen, dass sie jede Gelegenheit nutzen konnte, die sich für sie ergab. Er hatte ohne zu murren sieben lange Monate ein ziemlich unkonventionelles Lebensmodell ertragen. Er war offen gegenüber einem Umzug nach Amerika gewesen, wenn sie das gewollt hätte. Und was war der Dank gewesen? Ein schnelles: »Hör mal, ich habe jemand anderen kennengelernt und will dich nicht mehr!« Das war der Anfang vom Ende gewesen.

Die Scheidung war ausschließlich über Papierkram und Anwälte abgewickelt worden – es hatte kein einziges Gespräch zwischen ihnen stattgefunden. Er hatte zwar nicht gedacht, dass sie bleiben und seine Hand halten würde, wenn sie ihn nicht mehr liebte – auf keinen Fall –, aber er hatte praktisch über Nacht ohne Frau dagestanden. Nicht nur das, er war zu einer Zeit, als er besonders verletzlich gewesen war, auf Schritt und Tritt von Bildern von ihr bombardiert worden, auf denen sie unwiderstehlich aussah. Ganz zu schweigen von den Filmen mit ihr und einer Reihe gut aussehender Superstars. Das Schlimmste von allem war, dass sie ihn bei der Erziehung ihres Kindes vollkommen allein gelassen hatte.

Er kannte geschiedene Paare, die eine frostige Distanz wahrten. Er kannte geschiedene Paare, die sich hassten und regelmäßig miteinander stritten. Er kannte sogar geschiedene Paare, die Freunde geblieben waren und zusammen in den Urlaub fuhren – seltsam –, aber wenn es hart auf hart kam, fanden sie alle Zeit, um über ihre Kinder zu sprechen und eventuelle Probleme zu lösen. Sie alle wussten, dass die Interessen der Kinder Vorrang hatten, egal, was vorher gewesen war, und nahmen eine neutrale Haltung ein, um darüber zu sprechen.

Als Eliza in der Schule schikaniert worden war und es Edward todunglücklich gemacht hatte, dass er ihr nicht helfen konnte, hatte sich Cressida nicht im Mindesten um ihre Tochter gekümmert. Sie hatte die Probleme zwar verursacht, aber zugleich ihre Rolle als Mutter aufgegeben. Julie, Edwards Schwägerin, war immer eine gute Zuhörerin gewesen, und dann war da natürlich noch seine Mutter, aber nur Cressida war Elizas Mutter. Sie war diejenige, die Eliza so gut gekannt hatte wie er. Dann war sie fort gewesen, so endgültig, als wäre sie tot.

Es war gut, dass Cressida sich nicht gemeldet hatte, dachte er, als er in Greenwich das U-Bahn-Drehkreuz passierte und zum Büro ging, denn weder Eliza noch er konnten im Moment Ärger gebrauchen.

Lindy begrüßte ihn mit einem breiten Lächeln. »Gute Neuigkeiten, Edward! Wir haben den Termin der Präsentation geändert – heute Morgen kam die Bestätigung.«

Er sackte kurz gegen den Mantelständer und riss sich zusammen, als dieser ins Wanken geriet und beinahe umgefallen wäre. »Ehrlich? Sie haben sich darauf eingelassen? Keine Schwierigkeiten?«

»Überhaupt keine. Sie findet jetzt um zehn Uhr vormittags statt. Ich habe die E-Mail an Sie weitergeleitet. Es ist in Ordnung.«

»Dank sei Gott. Eine Sorge weniger.«

Er ging ins Büro und schaute in seine E-Mails. Nachdem er fast einen Herzinfarkt erlitten hatte, als Holly ihm gesagt hatte, dass Eliza bei dem Stück mitspielte – für ihn – und ihm klar geworden war, dass die Präsentation am selben Tag stattfand, hatte er sofort eine E-Mail an seinen Kollegen bei WRM geschickt. Er wollte nicht mit dem Problem zu seinem Chef gehen, sondern eine Lösung anbieten. Also hatte er sich einen professionell klingenden Grund für die Terminverschiebung ausgedacht, die beiden Assistentinnen hatten sich bemüht, einen anderen Zeitpunkt zu finden, der allen passte, und dann hatten sie es geschafft. Edward wusste nicht, wie sie dieses Kunststück vollbracht hatten, aber er war ihnen dafür zutiefst dankbar.

Er arbeitete den ganzen Tag und widmete sich zwei Stunden lang dem Budget – immer der heikle Teil einer Kampagne –, dann gönnte er sich eine schöne lange Brainstorming-Session und arbeitete an Moodboards. Als er sechs oder sieben hatte, die ihm wirklich gefielen, berief er ein spontanes Team-Meeting ein, um den Input der anderen zu hören, und danach ging er mit den neusten Ideen zu Bill, seinem Chef. Zum Schluss bestellte er noch ein Geschenk für Eliza im Internet. Ein Beschriftungsgerät. Anscheinend war das jetzt für ihr Leben, wie sie es kannte, unverzichtbar.

Es war ein guter Tag gewesen, dachte er, als er die Treppe in die Lobby hinunterlief. Es war eine große Halle mit einem Marmorboden, der wie eine Eisbahn glänzte, und einer breiten Empfangstheke aus Granit. Die engen Arbeitsplätze im Großraumbüro wurden dem ersten Eindruck des Gebäudes nicht gerecht. Der neue Termin für die Präsentation stand fest, sie hatten große Fortschritte erzielt, und Bill war zufrieden mit der Richtung, die Edward einschlagen wollte. Seine Mutter war wieder zu Hause und anscheinend auf dem Weg der Besserung, und er hatte den Eindruck, dass sie sich entspannte. Eliza war glücklich, und sie scherzten darüber, dass Mrs Ds offizielle Berufsbezeichnung »Hauself« sein sollte, weil sich zu Hause alles so schnell auf wundersame Weise veränderte. Selbst der Fuchs wurde langsam gesund. Es kam ihm tatsächlich so vor, als würde endlich alles in geordneten Bahnen laufen. Jetzt könnte er wirklich eine Pause gebrauchen.

In der Lobby herrschte eine seltsame Atmosphäre, eine erwartungsvolle Stille. Edward schaute zu dem vier Meter hohen Weihnachtsbaum neben den gläsernen Drehtüren, ob sich dort vielleicht Sternsinger aufstellten oder der Weihnachtsmann gekommen war. Doch abgesehen von den brennenden Lichterketten im Baum und dem großen weißen Stern herrschte keinerlei Weihnachtszauber. Trotzdem standen Menschen, die auf dem Weg nach draußen gewesen waren, in Zweier- oder Dreier-Grüppchen zusammen, blickten verstohlen in den Wartebereich mit den dunklen Ledersesseln und tuschelten aufgeregt miteinander. Er hatte den Eindruck, eine unverhältnismäßig große Anzahl von ihnen würde die

Handys hochhalten. Edward folgt ihrem Blick und sah eine Frau allein dasitzen.

Sie war in einen langen grauen Mantel mit aufgestelltem Kragen gehüllt, unter dem das Haar steckte, und trug eine übergroße cremefarbene Wollmütze, die sie sich weit über die Ohren gezogen hatte. Sie trug eine große verspiegelte Sonnenbrille, obwohl es Dezember war und sie sich in einem Gebäude befand, und ihr Kinn war von einem mehrfach um den Hals gewundenen Kaschmirschal verdeckt. Selbst das Jesuskind war nicht gründlicher gewickelt worden. Es war so wenig von ihr zu sehen, dass Edward sich wunderte, dass es überhaupt Grund zur Aufregung gab. Sie konnte eine Allerweltsfrau sein. Doch irgendwie erkannten die Leute sie – oder vermuteten, wer sie war. Er wusste es sofort, aber er war ja auch mit ihr verheiratet gewesen. Es war Cressida.

KAPITEL 28

HOLLY

Als Holly am Abend nach Hause kam, fand sie vor der Tür ein Päckchen von der Größe eines Schuhkartons. Es war in mattrotes Papier eingepackt und mit einer weißen Seidenschleife verziert. Holly schaute sich auch diesmal um und sah nur eine stille Straße, dann hob sie das Päckchen hoch. Es wog fast nichts. Natürlich hatte es keinen Anhänger. Eine weitere anonyme Weihnachtsspende. Sie war inzwischen über die Phase des Zögerns hinaus. Anscheinend wollte ihr jemand Geschenke machen. Es fiel schwer, sich bedroht zu fühlen, wenn es dabei um Weihnachtsfreude ging. Also schloss sie die Tür auf und nahm den Karton mit ins Haus.

In der Diele hielt sie inne: War das klug? Es könnte eine Bombe sein. Andererseits war der Karton federleicht. Sollte man nicht meinen, dass eine Bombe etwas schwerer war? Sie schüttelte den Karton und hörte ein leises Rascheln wie von Seidenpapier.

Sie schloss die Tür hinter sich, setzte sich aufs Sofa und öffnete den Karton. Er enthielt, eingebettet in weißes Seidenpapier mit silbernen Sternen, den schönsten Weihnachtsengel, den sie je gesehen hatte. Er hatte ein Glitzerkleid, Flügel aus echten Federn und einen mit winzigen Kristallen besetzten Heiligenschein. Holly seufzte. Es war so ungewöhnlich. Doch was konnte sie tun? Es erschien ihr unhöflich, die ganzen Sachen in den Müll zu werfen. Außerdem war der Engel wahrscheinlich das bisher schönste Geschenk von allen.

Sie saß lange auf dem Sofa, hielt den Engel in der Hand und blickte ins Leere. Sie hatte noch nicht einmal den Baum geschmückt. *Ach, was soll's*, dachte sie schließlich. *Ich kann genauso gut akzeptieren, was ich nicht ändern kann, selbst wenn ich es nicht verstehe.*

Sie hängte die schönen Papierkugeln in den Baum, dann fügte sie das Lametta hinzu und setzte schließlich vorsichtig den Engel auf die Spitze. Der Schmuck war hübsch und ungewöhnlich und genau die richtige Menge für die Größe des Baums. Er wirkte weder überladen noch spärlich. Ihr Stalker hatte einen tadellosen Geschmack. Jetzt brauchte der Baum nur noch eine Lichterkette. *Ich würde ja eine kaufen*, dachte Holly, *nur dass sie bestimmt auch irgendwann vor der Tür liegen wird.*

Ihr knurrte der Magen, doch bevor sie mit dem Kochen anfing, nahm sie die Taschenlampe und ging in den Garten. Sie wollte nicht noch eine Woche warten, um einen Blick auf ihren kleinen Ahornbaum zu werfen. Also ging sie im Licht aus dem Küchenfenster über den Rasen – der Baum stand gleich neben dem gelben Lichtrechteck –, schaltete die Taschenlampe ein und leuchtete sorgfältig die Äste ab. Zwei weitere Blätter waren abgefallen. Des größten Teils seines feurigen Laubkleides beraubt, sah der Baum klein und nackt, aber wunderhübsch aus. Seine Linien waren von einer anmutigen, minimalistischen Schlichtheit. Der Ahorn war genauso Baum wie eh und je.

Doch es lag in der Natur der Bäume, Jahr für Jahr Blätter zu bilden und abzuwerfen, überlegte Holly. Lag es in der Natur der Menschen, ihre Träume zu verlieren? Natürlich, beantwortete sie ihre eigene Frage sofort. Man brauchte sich nur all die Menschen anzusehen, die in den Krieg gezogen waren, die in ihren Familien tragische Verluste erlitten hatten oder die aufgrund von Krankheiten oder Verletzungen den Beruf verloren hatten. Es stimmte, manche erholten sich nicht mehr und starben. Doch viele, viele wurden wiedergeboren, fanden ein neues Ziel, einen neuen Sinn, ein neues Leben, das zu ihnen passte. Es war möglich. Es bedeutete nicht, dass Hollys Leid nicht berechtigt war, aber es bedeutete, dass es Hoffnung gab. Ohne Mutterschaft, ohne Alex war sie immer noch genauso Holly wie eh und je. Und darauf konnte sie stolz sein.

Es war eiskalt. Holly hatte sich einen Mantel übergeworfen und Gummistiefel angezogen, aber die Kälte drang durch die Kleidung und ließ sie zittern. Sie trat näher an den kleinen Baum und legte ihm die Hand auf den schmalen Stamm. »Du bist wunderschön, egal, wo du dich auf deiner Reise befindest«, erklärte sie ihm. Dann riss sie sich zusammen und ging ins Haus. Sie hatte Phyllis zum Essen eingeladen, und es wurde Zeit, in die Küche zu gehen.

Sie bereitete die Zutaten für eine herzhafte Hühnersuppe vor – es war eindeutig die richtige Jahreszeit für Suppen und Eintöpfe. Dann ging sie sich umziehen; sie würde erst mit dem Kochen anfangen, wenn Phyllis eintraf – es würde nicht lange dauern. Als sie fertig war, füllte sie zwei Gläser mit Wein. Zufällig wusste sie, dass Phyllis zu einem schönen Tropfen Sauvignon Blanc nicht Nein sagen konnte. Nun, wer konnte das schon?

Sie nippte an ihrem Glas, dann setzte sie sich in das stille Wohnzimmer. Gleich würde sie Musik auflegen, aber zuerst wollte sie mit der Stille sitzen, wie Penny es ausdrückte. Seit ihren Gesprächen mit Phyllis hatte sie angefangen, dass Alleinleben zu genießen. Jetzt empfand sie die Stille nicht mehr als Leere, in der zuvor ein geliebter Mensch geredet und gelacht hatte, sondern so beruhigend und sinnlich wie ein weicher Paschminaschal. Was das Fehlen von Alex' Laufschuhen und Fahrradhelmen in der Diele betraf, die Stecker und Kabel, die überall herumlagen, nun, sie verbrachte jeden Arbeitstag im Chaos. Es war schön, nach Hause in eine aufgeräumte und schöne Umgebung zu kommen.

Es klopfte an der Tür. Sie schaltete die Musik ein – mit Ludovico Einaudi im Hintergrund wurde jedes Abendessen noch schöner – und ließ Phyllis herein. »Ein Neuzugang«, bemerkte sie sofort und schaute zu dem Engel auf dem Baum.

»Ja, er war heute einfach da. Er hat mich ermutigt, den Baum zu schmücken. Ich war mir nicht sicher, ob das eine gute Idee ist, aber die Sachen sind so schön.«

»Es kann bestimmt nicht schaden«, bestärkte Phyllis sie. »Obwohl ich zugebe, dass es sehr eigenartig ist.«

Sie verbrachten den Abend damit, über alles Mögliche zu reden. Diesmal erkundigte Holly sich nach Phyllis' Befinden und ihrer Familie, denn ihre früheren Gespräche waren von Hollys Kummer beherrscht gewesen; sie wollte nicht, dass ihre Freundschaft einseitig war.

Phyllis war vor sechs Jahren zur Witwe geworden – das war ihr Schicksalsschlag. Holly erfuhr alles über Stan, ihren verstorbenen Mann, und die beiden Söhne Matthew und Paul. Matthew war mit einer wunderbaren Frau verheiratet, der perfektesten Schwiegertochter, die man sich nur wünschen konnte. Sie kamen ständig mit ihren drei lauten, gutherzigen Kindern zu Besuch und waren regelmäßig zum Essen da, wobei viel gespielt und gelacht wurde. Matthew und Serena sorgten dafür, dass sie sich nie einsam fühlte.

Paul war mit der fiesen Samantha verheiratet. Das war Phyllis' Bezeichnung für sie, wie sie beschämt gestand. Samantha war eine Frau, die mit eiserner Hand über ihre einzige Tochter, ihr Heim und auch über Paul herrschte. Phyllis bekam ihn nicht mehr zu sehen.

»Es ist übel«, gestand Phyllis. »Er fehlt mir. Er war ein lieber Junge und wurde ein guter Mann, aber das Schlimmste ist, dass er nicht glücklich ist, sonst könnte ich es ertragen. Ich habe ihn in diesem Jahr nur einmal gesehen – das war im Juni –, und er ist dünn und blass. Er hat kein Wort mit mir über seine Ehe gesprochen – das ist typisch, er ist treu –, aber ich vermute, dass eine Scheidung für ihn undenkbar ist, weil sie dann womöglich Lilah mitnehmen und ihm nicht erlauben würde, sie zu sehen. Ich weiß nicht, ob sie das darf, aber sie ist der Typ, der es versuchen würde, und allein der Gedanke daran würde ihn davon abhalten, ein Machtwort zu sprechen. Aber wie läuft es bei Ihnen, meine Liebe? Was macht die Schule? Sind Sie ein wenig glücklicher? Wie viele Blätter sind noch am Baum?«

Holly lächelte. Sie hatte vergessen, dass sie Phyllis von dem Baum erzählt hatte. »Es sind zwölf. Bei mir ist es ähnlich. Ich klammere mich an einige wenige Dinge, aber es geht mir viel besser, Phyllis, ehrlich.« Sie erzählte ihr von ihren sich verändernden Gefühlen und auch von der Weihnachtsaufführung und den Fortschritten bei Evie und Eliza.

»Kann ich eine Eintrittskarte kaufen?«, fragte Phyllis. »Ich würde es mir zu gern ansehen.«

Holly versprach ihr eine Freikarte, und während sie die Suppe umrührte und sie anschließend servierte, erzählte sie ihr ein wenig von Eliza und Edward. Natürlich nichts über die berühmte Mutter, nur von ihrer Zuneigung zu dem neuen Mädchen und ihrer Bewunderung für dessen Vater.

»Er klingt nach einem guten Mann«, bemerkte Phyllis, während sie sich Butter auf eine zweite Scheibe Brot strich. »Sieht er gut aus?«

»Ob er ...? Was?«

»Sieht er gut aus, meine Liebe? Ist er ein Augenschmaus?«

Holly lachte. »Ja, doch. Groß, dunkle Locken, freundliche Augen. Ein bisschen zerzaust, aber mehr wie ein gehetzter, liebevoller Dad, nicht wie ein Schluffi. Das ist aber nicht wichtig, oder?«

»Zu meiner Zeit waren gut aussehende Männer immer

wichtig.« Phyllis presste die Lippen aufeinander, als gäbe es dazu nichts weiter zu sagen.

»Zu meiner Zeit auch. Aber wissen Sie, es ist noch früh für mich, nachdem ... «

»Nachdem der Loser Sie verlassen hat? Ich würde sagen, es war jetzt lange genug.«

»Und er ist der Vater einer meiner Schülerinnen, also ist es in beruflicher Hinsicht keine gute Idee ... «

»Mmmh–mmmh.«

»Außerdem hat er nie auch nur im Mindesten angedeutet, dass er ... Sie wissen schon. Ich bin nur die Lehrerin seiner Tochter, und er mag mich.«

»Ist das nicht ein guter Anfang?«, versetzte Phyllis.

Holly schüttelte lächelnd den Kopf. Es war noch viel zu früh, sich den Kopf darüber zu zerbrechen, ob ein Mann sie mochte oder nicht. Obwohl ... wenn sie so darüber nachdachte, empfand sie Alex nicht mehr als großen Verlust. Und sie mochte Edward wirklich. Außerdem bewunderte sie ihn, und es geschah nicht oft, dass man einem Mann begegnete, von dem man das sagen konnte ...

Holly wechselte das Thema zu Weihnachten.

KAPITEL 29

EDWARD

»Was«, fragte Edward mit einer Stimme, die selbst in seinen eigenen Ohren seltsam drohend klang, »machst du hier?«

»Hi«, sagte Cressida, während sie sich anmutig erhob und die Brille abnahm. Aus dem Augenwinkel bemerkte Edward, dass der Sicherheitsmann sie neugierig beobachtete. »Ich wollte dich sehen.« War da der Anflug eines amerikanischen Akzents?

»Na klar«, sagte Edward. »Nachdem ich dich über drei Jahre nicht gesehen und nichts von dir gehört habe. Das glaubst du ja wohl selbst nicht.«

»Du bist sauer«, stellte sie fest. »Sei nicht sauer.« Ihre Augen waren sehr blau und flehend.

»Was willst du?«, zischte er. »Ich bin auf dem Weg nach Hause.«

»Ich wollte reden.«

»Und deshalb tauchst du ohne Vorwarnung in meinem Büro auf? Du konntest nicht vorher anrufen und eine Zeit ausmachen, die mir auch passt?« Er bemerkte, dass er lauter wurde und dass der Wachmann sie immer noch beobachtete, genau wie die kleine Menschentraube an der Tür. Er brach ab und atmete tief durch.

»Es liegt am Drehplan, Edward. Es ist Wahnsinn, sehr anstrengend. Ich hatte den Nachmittag frei und sah, dass ich nicht allzu weit von dir entfernt war. Ich wollte die Chance nutzen ...« Cressidas cremefarbene Beaniemütze rutschte ihr in die Stirn und sie schob sie zurück. Eine dunkle seidige Haarsträhne fiel über ihr Gesicht. Sie war unbestreitbar so schön wie immer, aber Edward war zu verärgert, um es zu bemerken.

»Weißt du, was auch sehr anstrengend ist? Der Tagesplan eines Kindes. Wenn ich nicht nach Hause komme, sehe ich Eliza nicht mehr, bevor sie ins Bett geht. Du denkst sicher, was ist schon ein verpasster Tag, da du es problemlos drei Jahre lang aushältst, sie nicht zu sehen, aber ich bin altmodisch – ich möchte sie jeden Tag sehen. Sie hat wahrscheinlich auch etwas davon. Etwas wie Sicherheit, Geborgenheit, das Gefühl, geliebt zu werden ...«

»Ernsthaft, Edward? Du willst mich bestrafen und einfach nach Hause fahren, obwohl ich nach all der Zeit endlich hier bin?«

Zorn stieg in ihm auf und raubte ihm den Atem. »Ich bestrafe dich nicht, ich gehe meinem Alltag nach. Cressida, ich habe nichts dagegen, mit dir zu reden. Aber es kann nicht immer nur nach dir gehen. Wenn wir uns unterhalten wollen, dann müssen wir beide dafür Zeit haben. Ich bin zwar kein internationaler Filmstar, aber ich habe einen Vollzeitjob und eine kleine Tochter.«

Sie sah ihn mit ihren großen blauen Augen an. »Nur eine halbe Stunde, Edward, bitte. Ich würde mich ja gern in drei Tagen mit dir verabreden oder wie auch immer es bei dir passt, aber es ist so, dass ich nicht weiß, wann ich das nächste Mal frei haben werde. Es könnte morgen früh oder Mittwochabend oder weiß der Teufel wann sein. Ich möchte mit dir darüber sprechen, Eliza zu sehen.«

Ihm wurde schwer ums Herz. »O Gott.«

»Lass das. Ich bin nicht die böse Hexe. Ich habe nicht vor, sie zwischen zwei Lebkuchen zu fressen.«

»Da habe ich ja noch mal Glück gehabt. Wenn du sagst, du möchtest Eliza sehen, meinst du damit nur ein oder zwei Mal, während du hier bist, oder meinst du regelmäßig?«

»Das zweite.«

Edward war plötzlich körperlich übel. Bei all den verrückten Dingen, die ihm seit Cressidas Durchbruch widerfahren waren, bei all den Ungerechtigkeiten, die er und Eliza hatten ertragen müssen, war das Einzige, was ihn aufrecht hielt, sein einziger Trost, der Umstand, dass Eliza bei ihm war. Was das für ihn bedeuten konnte ... Was das für sie bedeuten konnte ... Plötzlich wollte er Cressida nicht mehr nur wegschicken, um ihr eine Lektion zu erteilen. Er wollte dieses Gespräch hinter sich bringen, wollte das Schlimmste wissen. »Eine halbe Stunde«, knurrte er. »Falls die Haushälterin für mich einspringen kann.«

Er zog das Handy aus der Tasche, wandte sich ab und rief Mrs Dixon an. Es sei ihm etwas dazwischengekommen. Er konnte sich nicht dazu überwinden, die Worte *Ex-Frau* oder *Cressida* zu benutzen. Sie könne noch eine Stunde bleiben, versprach Mrs Dixon ihm, oder länger, wenn nötig. Ihre Fernsehsendungen würden aufgezeichnet werden, und Mr Dixon könne sich ausnahmsweise einmal selbst etwas zu essen machen. Edward bedankte sich überschwänglich bei ihr und bat sie, mit Eliza sprechen zu dürfen. Dann erzählte er seiner Tochter, ihm sei bei der Arbeit etwas dazwischengekommen. »Aber ich bin da, bevor du schlafen gehst, Lizzicles.«

Sie klangen beide fröhlich, aber es gefiel ihm gar nicht, es schon wieder tun zu müssen. In letzter Zeit war er oft genug wegen der Arbeit spät nach Hause gekommen – die zumindest ein Teil ihres Lebens war. Er nahm es Cressida übel, dass er wegen ihr schon wieder spät heimkam und schon wieder nicht mit Eliza reden konnte, bevor sie ins Bett musste. Und wo zum

Teufel konnte er mit ihr hingehen? Er wollte auf keinen Fall, dass sie von schmachtenden Fans aufgehalten wurden. Oder dass ein Foto von ihnen veröffentlicht wurde und Eliza auf die falsche Art erfuhr, dass ihre Mutter in der Stadt war.

Am Ende verließen sie zügig das Bürogebäude, ohne nach rechts oder links zu schauen, und die Neugierigen an der Tür traten ehrfürchtig beiseite, als Cressida vorbeiging. Edward führte sie in eine schummrige Bar um die Ecke. Die Bar war klein, schwach besucht und hatte einen L-förmigen Grundriss. Cressida wartete an einem Tisch am hintersten Ende der kurzen Seite des Ls, während er die Getränke holen ging – stilles Wasser für beide. Ihre Wahl war der Situation angemessen kalt und ohne Weihnachtsfreude.

»Also, wie geht es dir, Edward?«, fragte sie und legte die schlanken Hände mit den schön manikürten Fingernägeln um ihr Glas. »Wie ist es dir ergangen?«

»Es war hart. Eliza wurde in Leeds gequält und schikaniert – deshalb sind wir umgezogen. Jetzt ist es besser. Es geht mir gut. Uns beiden geht es gut. Wir erholen uns, bauen uns in Kent ein neues Leben auf. Ein wirklich gutes Leben, Cressida. Mach es uns bitte nicht kaputt.«

»Das habe ich auch nicht vor. Ich ... denke an Eliza, weißt du. Und an dich. Ich habe einige schwere Entscheidungen getroffen, Edward.«

Plötzlich fühlte er sich unsagbar erschöpft. »Okay, es war wirklich hart für dich. Du Ärmste, das tut mir ja so leid. Was musst du gelitten haben. Ist es das, was du hören willst?«

Cressida wirkte verunsichert, und Edward spürte Wut und Ungeduld in sich aufsteigen. Sie schien verwirrt zu sein, als könne sie nicht verstehen, worauf er hinauswollte.

»Cressida, Herrgott noch mal. Ich bin mir sicher, dass deine Entscheidungen schwierig waren. Die meisten reifen Entscheidungen sind das. Aber du bist eine Erwachsene und kein kleines Kind, das die Folgen ohne die Unterstützung einer

Mutter tragen muss und das sich fragt, was zum Geier passiert ist, als seine Welt auf den Kopf gestellt wurde. Das ist Eliza. Du bist auch nicht der Mann, der sieben Monate lang den Haushalt geschmissen hat, nur um sich danach anhören zu müssen, dass er überflüssig ist und seine Frau nicht wiedersehen wird. Das bin ich. Also, egal, was du für Schwierigkeiten hattest – und es waren sicher viele –, du konntest dich zumindest damit trösten, dass es deine eigenen Entscheidungen waren. Diese Möglichkeit hatten Eliza und ich nicht. Ich will nicht sagen, dass wir Opfer sind, denn wir sind damit fertig geworden, und jetzt sind wir glücklich. Aber zieh es um Himmels willen nicht in die Länge oder erwarte Mitgefühl von mir. Komm zur Sache, sag mir, was du willst, und dann sehen wir weiter. Aber denk bitte an Eliza. Versuch dir vorzustellen, falls du auch nur ansatzweise dazu in der Lage bist, wie es für sie gewesen ist, und handele in ihrem Sinne.«

»Genau das will ich doch. Deshalb bin ich ja hierhergekommen und nicht zu euch nach Hause. Das war mein ursprünglicher Gedanke, sie zu Hause zu überraschen. Aber dann dachte ich, dass es so wahrscheinlich besser ist.«

Edward lachte. »Na Gott sei Dank! Sie überraschen? Du hättest ihr wahrscheinlich einen Herzinfarkt verpasst. Du bist jetzt eine Fremde für sie, Cressida, begreifst du das nicht?«

»Sag das nicht.«

»Es ist wahr. Ohne grausam sein zu wollen, aber weißt du eigentlich irgendetwas über Kinder? Kennst du in Los Angeles Kinder? Nein? Cress, als du uns verlassen hast, war sie fünf. Sie war traumatisiert. Jetzt ist sie acht. Sie wird größer, sie ist klug, sie hat eigene Ideen. Du hast kaum Kontakt zu ihr, und daran bist du selber schuld. Ich habe mir alle deine Filme mit ihr angesehen und ihr Zeitschriftenartikel gezeigt. Du hättest öfter anrufen können, hättest sie besuchen oder ihr schreiben können ... aber du hast ihr nur das gegeben, was jedes andere Kind auch von dir hat - Fotos und Träume. Cressida, ich bin besorgt wegen dem, was du willst. Ich habe Angst, dass du sie wieder verletzen und unser Leben durcheinanderbringen wirst. Du sagst zwar, dass du das nicht willst, aber du tauchst hier völlig unerwartet auf und sagst, dass du sie jetzt regelmäßig sehen willst. Inwiefern ist das nicht dasselbe?«

Edward war sich undeutlich bewusst, dass sich ein paar Tische weiter eine laute Gruppe junger Leute niedergelassen hatte - wahrscheinlich Büroangestellte, die die Freiheit des Feierabends genossen. Er war froh, denn ihr Lärm würde das Gespräch übertönen, das er endlich mit seiner Ex-Frau führte. Er war noch nie in dieser Bar gewesen. Es war eins der chromglänzenden Lokale mit gerahmten Postern von europäischen Biersorten an den Wänden.

Cressida schwieg lange, und Edward spürte sein Herz schlagen. Es tat gut, ihr die Meinung zu sagen, wie er es sich schon so oft gewünscht hatte, aber er wusste immer noch nicht, was sie dachte, und hatte das Gefühl, gleich zu explodieren. Am liebsten wäre er nach Hause gerannt, hätte Eliza gepackt und wäre weit, weit fortgelaufen, tief in einen Wald, um sie zu beschützen. Aber er wusste, dass das unvernünftig war. Er wusste auch, dass es ihr das Herz brechen würde, Christmas House, die Dean-Court-Grundschule, Fatima und Miss Hanwell zu verlassen ... Er durfte nicht nachgeben und musste um das Leben kämpfen, das sie sich gerade aufbauten.

Ihm wurde klar, dass es nicht nur Eliza war, die Cressida nicht mehr kannte. Er kannte sie auch nicht. Sie saß neben ihm – sie wandten beide der Bar den Rücken zu – und sah makellos aus. Nachdem sie endlich Mütze und Mantel abgelegt hatte, konnte er ihr Gesicht und ihre Figur sehen. Sie war auf eine glänzende, glamouröse Weise schön, wie echte Frauen es nicht waren. Und doch wirkte sie zerbrechlich und verwirrt. Wie lange war es her, dass sie ein echtes Gespräch über echte Ereignisse geführt hatte, die in der echten Welt geschahen?

»Als ich gegangen bin«, begann sie mit leiser Stimme,

»dachte ich nur, ich täte das Richtige. Ich meine, das Richtige für mich – ich habe die Chance damals verdient und dachte, ihr würdet mich zurückhalten. Nicht in dem Sinne, dass ihr für mich ein Klotz am Bein wart, sondern weil es zwei völlig verschiedene Leben waren – das alte Leben mit euch und das neue, das ich wollte. Wenn ich versucht hätte, beide Leben gleichzeitig zu leben, wäre ich kaputtgegangen. Ich musste mich für eins von beiden entscheiden. Aber das bedeutet nicht, dass ich nie an Eliza gedacht habe. Es ist viel Zeit vergangen. Ich habe mich etabliert. Ich kann anfangen, ihr einen Platz in meinem Leben zu schaffen. Und sie ist etwas älter, daher ist sie ... du weißt schon ... interessanter.«

Edward verschluckte sich fast an seinem Wasser. »Interessanter?«

»Nein, so meine ich das nicht. Sie ist mehr, weißt du?«

»Nein, weiß ich nicht. Wie meinst du das?«

»Nun, ich kann sie jetzt eher dabeihaben.«

»Wovon sprichst du? Sie ist noch zu jung, um auf Cocktailpartys zu gehen, Cressida.«

»Ich meine nur, dass sie nicht mehr rund um die Uhr betreut werden muss. Sie kann sich selbst beschäftigen. Sie hat mehr ... Möglichkeiten.«

»Ich kapiere es nicht. Du willst sie also öfter sehen, weil du denkst, dass sie nicht viel Aufmerksamkeit braucht? Dass sie bei dir ist und du einfach dein Leben weiterführst, während sie ein Buch liest oder so?«

»Nein. Nein, ich möchte Zeit mit ihr verbringen – ehrlich. Aber es wäre nicht so ... ermüdend.«

Er rieb sich stöhnend das Gesicht. »O mein Gott, Cressida, du machst mich fertig. Sie ist ein acht Jahre altes Kind. Ein sensibles, etwas geschädigtes, sehr liebevolles acht Jahre altes Kind. Und deshalb braucht sie rund um die Uhr Aufmerksamkeit und Fürsorge und Betreuung, und das ist immer noch ermüdend, so wie Erziehung eben ist. Wie hast du dir das vorgestellt? Gehst du nach Los Angeles zurück? Oder willst du umziehen?«

»Ich lebe immer noch in L.A. Ich bin bis Mitte Januar hier, denke ich, dann fliege ich zurück. Ich bin immer noch mit Reuben zusammen. Zwischen uns ist alles gut.« Edward hatte keine Ahnung, wer Reuben war. »Aber ich dachte, ich könnte sie sehen, bevor ich abreise. Wieder Kontakt aufbauen. Und dann könnte sie mich vielleicht besuchen.«

Es kam Edward immer unwirklicher vor. Er spürte, wie Ungläubigkeit sich auf seinem Gesicht ausbreitete und er dachte, vielleicht blieb es jetzt für immer so. »Wie denn? Allein? Soll sie etwa in ein Flugzeug springen? Soll sie sich die Flugnummern in ihrem iPad notieren, eine kleine Gucci-Tasche mit einem Paar High Heels packen und sich für ein oder zwei Wochen von der Schule abmelden oder vom Unterricht befreien?«

»Nein, natürlich soll sie nicht die Schule verpassen. Aber vielleicht in den Ferien ...«

»Ich soll mich also an jedem einzelnen Tag des Schuljahres um sie kümmern, aber du darfst ihre Schulferien genießen?«

»Nicht alle. Ich weiß es nicht, Edward. So genau habe ich nicht darüber nachgedacht.«

»Dann würde ich vorschlagen, dass du es tust, bevor du in ihrem Leben auftauchst. Sie würde sich vielleicht wünschen, dass ihre Mutter zumindest eine Ahnung hat.«

»Gott, Edward. Warum machst du das so schwer?«

»Das tue ich nicht, Cressida. Es ist einfach schwer. Und wir, ihre Eltern, müssen uns damit auseinandersetzen.«

»Okay. Danke, dass du akzeptierst, dass ich ... egal. Hör zu, ich weiß, dass du los willst. Wenn ich dir meine neue Nummer gebe, denkst du dann darüber nach und rufst mich an? Ich verspreche auch, dass ich nicht noch einmal ohne Vorwarnung auftauchen werde. Ich möchte Eliza nicht erschrecken. Ich will einfach ... ich weiß auch nicht. Irgendetwas.«

»Gut.« Edward fand, dass sie recht hatte. Er wollte los. Er wollte unbedingt weg von ihr. »Gib mir die Nummer.«

Sie zog eine Karte aus einem weißen Lederetui und reichte sie ihm. »Das ist die Nummer, die du brauchst.«

»Gut«, sagte er noch einmal, stand auf und stellte fest, dass seine Beine zitterten. Er ging hinaus, an dem Tisch mit der lauten Gruppe vorbei und machte einigen jungen Leuten Platz, die mit Weinflaschen in der Hand hereinkamen. Sie gingen um die Ecke zu dem kurzen Teil des Ls. Als er die Tür erreichte, hörte er ein Kreischen.

»O mein Gott! Das ist Cressida Carr!« Das Zucken eines Kamerablitzes erhellte den Raum hinter ihm, und er seufzte. Selbst in diesem abgelegenen Winkel wurde sie sofort erkannt. Wie um alles in der Welt würde Eliza damit fertig werden?

KAPITEL 30

ELIZA

Eliza steckte in einer Zwickmühle. (Sie mochte diesen Ausdruck. Sie hatte ihn einmal im Fernsehen gehört und ihren Dad gefragt, was er bedeutete.) Ihrem Dad von der Aufführung erzählen oder nicht erzählen, das war hier die Frage. Das war eine Art Zitat aus Shakespeares Stück *Hamlet*. Sie hatten in der Schule darüber gesprochen. Sie musste es ihm sagen. In ihrer Schultasche war ein Brief von Miss Hanwell. Sie schrieb, was Eliza für ihr Kostüm brauchte, und bedankte sich bei ihm dafür, dass er es besorgte. Alle Kinder hatten so einen Brief bekommen. Wenn sie ihn nicht bald ihrem Dad gab, würde er keine Zeit haben, sich darum zu kümmern, und sie würde auf der Bühne nichts zum Anziehen haben!

Sie hatte jedoch Angst davor, es ihm zu sagen, denn dann musste sie wirklich bei der Aufführung mitspielen. Im Moment wachte sie immer noch aus Albträumen deswegen auf und tröstete sich mit dem Gedanken, dass sie an dem Tag einfach wegrennen konnte, wenn es zu schlimm wurde. Trotzdem konnte sie nicht anders und stellte sich sein Gesicht vor, wenn er den großen Weihnachtsbaum und seine kleine Lizzie als

Engel verkleidet sah. Er würde sich riesig freuen, sie wieder auf der Bühne zu sehen. Aber dafür brauchte sie ein Kostüm!

Es war nur noch eine Woche bis zu der Weihnachtsfeier, und es würde nicht nur Daddy kommen, sondern auch Granny und Grandad ... und Tante Pam. Das waren eine Menge Leute, die sie gern auf der Bühne sehen würden. Die Proben waren toll. Letzte Woche hatten sie sogar eine Klassenfahrt zu dem Wildtiergehege gemacht, in dem Bob, das Rentier, lebte. (Ehrlich, wer hatte ihn Bob genannt? Eliza fand, dass Menschen mit so wenig Fantasie kein Recht hatten, Tieren Namen zu geben.) Alle Kinder, die in dem Stück mit Bob auftraten, waren die Stellen mit ihm durchgegangen, damit sie sich mit ihm wohlfühlten, und um auszuprobieren, ob es auch Bob dabei gut ging. Die anderen hatten zugeschaut, und anschließend hatten sie einen Rundgang durch den Wildpark gemacht und Schafe, Hühner, eine Schleiereule und zwei Shetlandponys gesehen.

Eliza kannte ihren Text, und die anderen Kinder stürzten sich in die Proben, oft mit mehr Begeisterung als Talent, und irgendwie fügte sich alles zu einem großen, glücklichen, magischen Weihnachtswunder zusammen. Ausgelassen war ein weiteres Wort, das Eliza gerade gelernt hatte, und sie fand, dass es ihr Miteinander genau beschrieb. Sie wollte wirklich nicht aussteigen und den ganzen Spaß verpassen. Sie war sich sicher, dass sie es diesmal schaffen würde, ohne Lampenfieber zu bekommen. Vielleicht sollte sie noch bis Ende der Woche warten, und wenn sie am Wochenende immer noch ein gutes Gefühl hatte, würde sie es ihm sagen.

KAPITEL 31

HOLLY

»Wie geht es mit deinem Kostüm voran, Eliza?«, fragte Holly am Mittwoch nach der Schule.

»Gut, danke!«, rief Eliza über die Schulter, als sie aus dem Klassenzimmer rannte. »Wiedersehen, Miss Hanwell.« Eliza, die sonst immer stehen blieb, um zu plaudern. Holly hegte den leisen Verdacht, dass Eliza ihrem Vater noch nichts von dem Stück gesagt hatte. Doch hatte Edward schon angefangen zu nähen?

Normalerweise blieb sie im Klassenzimmer, bis die meisten Schüler abgeholt worden waren und das Gedränge sich gelichtet hatte. Es wollten immer so viele Leute etwas von ihr, wenn sie auf dem Schulhof erschien, dass sie sich ein wenig wie Madonna backstage nach einem Konzert vorkam. Aber da es Mittwoch war, der Tag, an dem Edward Sutton Eliza abholte, und sie aus mehreren Gründen – von denen der Fortschritt von Elizas Kostüm nur einer war - nichts dagegen hatte, ihn zu sehen, wagte sie sich hinaus.

Als sie den betonierten Schulhof betrat, der von einer niedrigen roten Ziegelmauer umgeben war, entdeckte sie ihn sofort. Er stand an dem schmiedeeisernen Tor und unterhielt sich mit

Jinnys Mutter. Er war größer als die anderen Dads. Eliza in ihrem leuchtend roten Mantel schoss wie ein Komet auf ihn zu und brachte ihn mit ihrer stürmischen Umarmung fast aus dem Gleichgewicht. Lachend schaute er auf und sah Holly. Sie winkte, und er erwiderte ihr Lächeln und hob dann die Hand, wie um zu sagen: »Warten Sie kurz«, als wolle er mit ihr reden. Oder war das nur Wunschdenken? *Oh, nein,* stöhnte Holly in der Abgeschiedenheit ihres Kopfes. *Fang bloß nicht damit an.*

Sie ging auf ihn zu, aber Lily Ortons Mutter fing sie ab. Mrs Orton war halb fertig mit Lilys Kostüm. Ob Miss Hanwell wohl einen schnellen Blick auf die Fotos von Lily in dem Kostüm werfen und ihr sagen könne, ob es so in Ordnung sei? *Halbfertig, von wegen,* dachte Holly. Die Fotos zeigten eine engelhafte Lily, die in dem aufwändigsten Kostüm für eine Schulaufführung posierte, dass Holly je gesehen hatte. Mit dem Brokat, dem Lurex und den Straußenfedern wirkte es wie eine Mischung aus dem Hofstaat von Ludwig XIV. und einem Duran-Duran-Video aus den 1980ern. Es würde die anderen Kinder in den Schatten stellen. Holly bemühte sich, das richtige Verhältnis zwischen überschwänglicher Bewunderung und dem taktvollen Vorschlag zu finden, es »ein Quäntchen« schlichter zu halten. Holly benutzte Wörter wie »Quäntchen« grundsätzlich nur in Gesprächen mit Hermione Orton.

Sie war erleichtert, als Edward kam und wartend stehen blieb, was ihr Gelegenheit gab, sich loszueisen.

»Kann ich Sie unter vier Augen sprechen?«, fragte er, sobald er ihre Aufmerksamkeit hatte. »Tut mir leid, dass ich Sie so überfalle – ich möchte nicht, dass Eliza uns hört. Es geht um Cressida. Sie ist urplötzlich in meinem Büro aufgetaucht und will Lizzie sehen, und ich weiß nicht, was ich tun soll.«

»Natürlich«, sagte Holly gelassener, als sie sich fühlte. Cressida. Wenn es jemals einen Grund dafür gegeben hatte, ihre aufkeimenden Gefühle für Edward zu unterdrücken, dann war es Cressida. Die Ex-Frau, der keine das Wasser reichen konnte. »Wann?«

Er breitete hilflos die Hände aus. »Keine Ahnung. Ich will natürlich nicht, dass Eliza dabei ist. Und ich muss Cressida bald eine Rückmeldung geben ... Bitte entschuldigen Sie die Frage, aber könnten Sie heute Abend zu uns nach Hause kommen? Ich kann Eliza nicht allein lassen, wenn sie schläft ...«

Eliza, die mit anderen Kindern gekichert hatte, entdeckte sie beide im Gespräch und wirkte entsetzt, wahrscheinlich weil sie Angst hatte, dass Holly die Sache mit der Aufführung verriet. Sie ahnte nicht, dass ihr Geheimnis längst keins mehr war. »Kein Problem«, antwortete Holly. »Geben Sie mir Ihre Nummer, damit ich Ihnen schreiben kann, ob Eliza schläft. Schnell, sie kommt.«

Edward nahm rasch eine Visitenkarte aus der Brieftasche und gab sie ihr. »Vielen Dank. Sie retten mir das Leben«, murmelte er und ging davon.

Holly fuhr nach Hause und ging sofort zu Phyllis. »Cressida ist zurück«, verkündete sie auf der Türschwelle, und Phyllis zog sie ins Haus. Es war genauso geschnitten wie ihr eigenes. Es war seltsam, an einem Ort zu sein, der in gewisser Weise vertraut und doch vollkommen anders war. Während Holly kräftige gedeckte Farben und klassische Möbel gewählt hatte, herrschten bei Phyllis neutrale Töne – Magnolie, Beige und Salbei – und altmodische Mahagoni- und Teakmöbel vor. Während bei Holly alles brandneu und sorgfältig nach ihrem Geschmack ausgewählt war, war die Einrichtung bei Phyllis eher ein Mischmasch. Obwohl sie jetzt allein war, kündeten Familienfotos, Andenken und Erinnerungsstücke von einem langen, erfüllten Leben. Holly hatte die meisten Sachen bei Alex zurückgelassen. Sollte er damit machen, was er wollte. Sie hatte sich nicht mit Erinnerungen an eine glückliche Zeit umgeben wollen, die zu Ende gegangen war.

»Wenn es in diesem ganzen bösen Schlamassel einen Trost

gibt«, sagte Phyllis, als Holly ihr das Wenige erzählt hatte, was sie wusste, »dann den, dass er nach der ganzen Sache wahrscheinlich keine Gefühle mehr für sie hegt. Sie klingt wie ein kompletter Albtraum, wie mein Enkel sagen würde.«

»Glauben Sie?«, fragte Holly und schickte Edward ihre Telefonnummer, während Phyllis eine Tasse Tee kochte. »Ich dachte das Gegenteil. Haben Sie sie mal gesehen? Die Frau ist Aphrodite. Dass sie nach all der Zeit einfach so auftaucht ... muss in ihm Wünsche geweckt haben.«

»Die meisten Männer sind dumm, das gebe ich zu«, antwortete Phyllis, während sie in den Tassen mit National-Trust-Motiven rührte und Holly eine gab. »Beherrscht von ihren Gelüsten und leichte Beute für ein hübsches Gesicht. Aber ab und zu erwischt man einen vernünftigen, und nach dem, was Sie mir von Ihrem Edward erzählt haben, denke ich, dass er einer davon ist. Das Mädchen steht für ihn an erster Stelle. Er wird sich nicht mit einer Frau einlassen, die der Kleinen nicht guttut. Und genau das denkt er, denn sonst würde er sich ja nicht so aufregen und um Rat bitten. Sie ist schließlich die Mutter, und wenn sie eine gute Mutter wäre, würde er die beiden doch einfach zusammenbringen, nicht wahr? Unangemeldet in seinem Büro aufzutauchen ist respektlos. Das wird ihm nicht gefallen.«

Holly nahm einen tröstlichen Schluck Tee, dann folgte sie Phyllis in das runde Wohnzimmer und versuchte, sich nicht von einer erschreckenden Sammlung glänzender Toby-Krüge ablenken zu lassen.

»Die haben Stan gehört«, sagte Phyllis, die ihrem Blick folgte. »Scheußlich, nicht? Ich habe ihm deswegen die Hölle heiß gemacht, als er noch lebte, und jetzt kann ich mich nicht dazu überwinden, sie wegzuwerfen!«

Holly lächelte und drückte ihr die Hand. »Sie haben wahrscheinlich recht, was Edward betrifft. Und jetzt will er mit mir darüber reden. Ich habe fünf Wochen mit Eliza gearbeitet und finde, dass es das denkbar schlechteste Timing ist. Es könnte sie um Lichtjahre zurückwerfen. Aber sie ist ihre Mutter. Wie kann er da Nein sagen?«

Es war eine Frage, die sie den ganzen Abend beschäftigte, während sie nach Hause ging und sich Fajitas machte, während sie auf Edwards Anruf wartete und als sie den Briefschlitz klappern hörte, als etwas hindurchgeschoben wurde. Sie rannte zur Tür und sah einen flachen schmalen Karton aus der Öffnung ragen. Sie riss die Tür auf und lief in Socken hinaus, um den Lieferanten des Päckchens zu erspähen, aber die Straße war erneut menschenleer. Wer immer es war, er war schnell. Seufzend ging sie wieder ins Haus, weil sie kalte Füße bekam. Als sie das Päckchen öffnete, fand sie eine filigrane weiße Lichterkette darin. Dann rief Edward an, und sie fuhr die zwanzigminütige Strecke zu Christmas House. Er wollte ihr den Weg beschreiben, aber sie hatte ihn unterbrochen. »Bitte nicht falsch verstehen, aber ich weiß, wo Sie wohnen. Eliza redet so viel über das Haus, dass ich das Gefühl habe, selbst dort zu wohnen.«

Es war die Wahrheit. Welche Dämonen Eliza auch in der Vergangenheit verfolgt haben mochten, jetzt schliefen sie. Sie schäumte über vor Begeisterung, wenn sie sprach, und Holly hatte selten ein Kind erlebt, das so restlos glücklich mit seinem Leben war. Es wäre wirklich eine Schande, wenn das jetzt alles durch die Laune einer selbstsüchtigen Frau zunichtegemacht werden würde. Es wäre eine Tragödie.

Christmas House – was für ein Name – ragte groß und kastenförmig in der Dunkelheit auf. Holly konnte nicht viel erkennen, nur Torpfosten, Kies und Steinsäulen zu beiden Seiten des Eingangs, über dem eine Kutschenlampe brannte. Es sah elegant und einladend aus. Die Tür wurde geöffnet, ohne dass sie anklopfte; Edward hatte auf sie gewartet. Er trug verwaschene Jeans und einen dunkelblauen Pullover. Holly widerstand dem Drang, die Arme um ihn zu legen.

»Vielen, vielen Dank«, sagte er leise, als sie eintrat. »Ich bin mit meinem Latein am Ende. Aber ich hätte Sie nicht herbitten dürfen. Ich fühle mich schrecklich. Sie müssen mich für ein wandelndes Katastrophengebiet halten.«

»Überhaupt nicht«, flüsterte sie. »Ich glaube zwar nicht, dass ich helfen kann, aber ich höre gern zu. Gott, dieses Haus ist fantastisch!« Sie sah sich um und bewunderte die großzügige Eingangshalle, die breite Treppe und die große Küche, die sie durch die offene Tür erspähen konnte. Zugegeben, die Wandfarbe war verblasst und abgewetzt, die Halle wurde nur von einer Glühbirne erhellt und der Boden unter ihren Füßen bestand aus schäbigem altem Linoleum. Aber was für ein Potenzial!

Edwards erschöpftes Gesicht wurde von einem Grinsen erhellt. »Danke. Dieses Haus ist wie Rosenkohl. Entweder man liebt ihn oder man hasst ihn. Das ist unsere Methode, Gleichgesinnte zu erkennen. Also, was darf ich Ihnen anbieten? Ich habe eine offene Flasche Rotwein, aber Sie müssen natürlich noch fahren. Möchten Sie trotzdem ein Glas? Oder nur Tee, Kaffee oder heiße Schokolade? Dank Mrs D haben wir eine ganz gute Auswahl.«

»Ein kleines Glas Rotwein wäre schön und danach einen Kräutertee, falls Sie welchen haben.«

»Wunderbar. Gehen wir ins Wohnzimmer. Bis vor zwei Wochen mussten Besucher hiermit vorliebnehmen«, sagte er, als er sie in die Küche führte und Wein einschenkte. »Es war der einzige Raum, in dem man sich hinsetzen konnte. Aber dann kam Mrs D und hat gezaubert, und jetzt ...« Er schaltete das Licht aus und ging durch den Flur zu einem anderen Raum. »Jetzt haben wir das. Ta-dah!«

Die schmuddeligen Wohnzimmerwände waren in einem langweiligen verblichenen Beige gestrichen, aber die Möbel waren neu und einladend. In einem Holzofen toste und knisterte ein Feuer, und Lampen erhellten die dunklen Ecken mit weichem Licht. »Oh, sehr hübsch«, sagte Holly bewundernd. »Ein Glück, dass es nicht mein Haus ist – ich würde ein Vermögen dafür ausgeben.«

»Das habe ich bereits, und da ist Wandfarbe noch nicht mit drin. Aber um ehrlich zu sein, ich habe von solchen Dingen keine Ahnung, daher ist es ganz gut, dass die Finanzen mich zwingen, auf Pause zu schalten. Ich würde mich wahrscheinlich auf Elizas Urteil verlassen und das ganze Haus in Violett und Bananengelb streichen.«

»Nein, das geht natürlich nicht. Aber ein schöner sanfter Fliederton an der Wand hinter dem Bücherregal und in der Nische da drüben, und den Rest vielleicht in einem kräftigen Buttercremeton. Das würde ich jedenfalls tun.«

»Verstehen Sie etwas von Inneneinrichtung?«

»Nur als begeisterte Amateurin. Sehr begeistert.« Holly grinste und ließ sich in einen großen weichen Sessel fallen. »Ach, einfach himmlisch. Was für ein fantastischer Raum. Oh, und zwei Lammfell-Teppiche und ein paar Orientteppiche, um den Pflaumenton aufzugreifen – der Raum ist so groß, dass er mehrere Farben verträgt. Und orangefarbene Akzente, ein schönes, dunkles Bernstein ... lassen Sie mich bloß nie mit Ihrer Kreditkarte losziehen.«

»Das klingt sehr elegant. Darf ich es mir aufschreiben? Ich habe nämlich wirklich keine Ahnung.«

»Ich schicke Ihnen eine SMS. Wir sollten uns nicht ablenken lassen – ich habe Angst, dass Eliza aufwacht und ich durchs Fenster verschwinden muss.«

Er lächelte. »Die Fenster klemmen alle. Wenn sie nach unten kommt, werden wir sagen müssen, dass wir uns über die Weihnachtsfeier unterhalten. Es ist das Geringere von zwei Übeln.«

Phyllis hatte vielleicht recht, dachte Holly. Wenn er Cressida als das Größere von zwei Übeln bezeichnete, war er wahrscheinlich nicht allzu verliebt in sie. Edward berichtete schnell von seiner Begegnung mit Cressida und worüber sie gesprochen hatten. Holly konnte es kaum glauben – oder zumindest hätte sie es nicht glauben können, wenn Edward nicht so unverkennbar ehrlich und verwirrt gewesen wäre.

»Aber weiß sie denn nicht, wie Eliza sich fühlen muss?«, fragte Holly. »Schauspieler verfügen doch über Empathie und Vorstellungskraft. Außerdem war sie selbst mal ein Kind.«

»Das ist das Schlimmste daran – sie hat überhaupt keine Vorstellung von der Situation. Ich verstehe es einfach nicht. Sie wirkte ehrlich ahnungslos, warum es für Eliza in irgendeiner Weise problematisch sein könnte, dass sie jetzt hier auftaucht. Ist es nur gespielt, um ihren Willen zu bekommen? Oder kapiert sie es wirklich nicht? Und was wäre schlimmer? Früher war sie nie so – zumindest denke ich das. Aber jetzt hinterfrage ich alles. War sie wirklich die warmherzige, lebhafte, aufrichtige Frau, von der ich dachte, ich hätte sie geheiratet, und hat sie sich dann verändert, oder ist sie schon immer so gewesen? Ich hatte nicht das Gefühl, mit der Cressida zu sprechen, die ich gekannt habe. Ist sie im Grunde ein sympathischer Mensch, der nur etwas egoistisch und verwöhnt ist, weil sie weltberühmt ist? Oder hat sie eine Persönlichkeitsstörung, durch die ihr das Einfühlungsvermögen abhandengekommen ist? Tut mir leid, das klingt hart, aber diese Fragen beschäftigen mich.«

»Ich verstehe, warum. Ich kann sie Ihnen natürlich nicht beantworten, aber ich kann nachvollziehen, dass sie Sie wahnsinnig machen. Einerseits, wenn Cressida es wirklich wiedergutmachen und von jetzt an anders machen will, wäre das ...«

Holly konnte sich nicht recht dazu durchringen zu sagen, dass es wunderbar wäre, denn aus ihrer Sicht taugte Cressida nichts. Aus egoistischen Gründen wäre es ihr lieber gewesen, wenn Eliza mit ihrem Dad und Tante Pam auskommen würde und in der Schule mit Holly. Aber Kinder brauchten ihre Mütter – oder nicht? »Andererseits, wenn es eine Laune ist, wenn sie einfach nur für Unruhe sorgt und dann verschwindet ... das wäre nicht gut. Und dass Eliza nach Los Angeles fliegen soll, also wirklich ...«

»Ich will sie nicht verlieren«, murmelte Edward.

»Ich auch nicht«, sagte Holly, ohne nachzudenken. Dann war es ihr peinlich, es war vollkommen unangemessen. Doch Edward sah sie voller Wärme an, als wisse er, was sie meinte.

»Aber sie ist nun mal ihre Mutter«, fügte sie schnell hinzu. »Sie hat ein Recht darauf, sie zu sehen, und theoretisch sollte das für Eliza gut sein. Ich schätze, wenn Sie Cressida sagen, sie darf sie nicht sehen, wird sie darum kämpfen. Daher können Sie im Grunde nur dafür sorgen, dass es für Eliza tatsächlich gut wird, indem Sie bestimmen, was geschieht.«

Edward nickte. »Das dachte ich auch. Ich könnte ihr zum Beispiel sagen, dass sie sie sehen darf, aber erst nach der Weihnachtsfeier. Ich weiß, dass es bis dahin noch einige Tage sind, aber Cressida meinte, dass sie bis Mitte Januar in England ist, daher würden sich noch viele andere Gelegenheiten bieten.«

»Oh, es erleichtert mich, dass Sie das sagen«, gestand Holly. »Elizas Mut, nach allem, was sie durchgemacht hat, wieder auf die Bühne zu gehen, das Vertrauen, das sie in mich und die anderen Kinder setzt ... Sie liebt es so sehr, Edward. Sie sollten Sie da oben sehen – sie ist wie in ihrem Element. Ich fände es schrecklich, wenn man ihr das nehmen würde.«

»Genau. Wenn Cressida zuschaut ... oder wenn sie vorher auftaucht, würde das Eliza völlig aus der Fassung bringen. Also gut, ich werde Cressida mitteilen, dass ich Eliza sagen werde, dass sie hier ist – aber erst nach dem Zwanzigsten. Und was Los Angeles betrifft, es kommt gar nicht infrage, dass Eliza regelmäßig dorthin fliegt. Wenn Cressida will, dass ihre Tochter sich ein Bild von ihrem neuen Leben macht, werde ich sie begleiten. Das ist zwar nicht der Urlaub, den ich für uns ausgesucht hätte, aber immer noch besser als die Alternative. Vielen Dank, Holly.«

Holly trank ihren Wein aus und lehnte den Kopf in dem

Polstersessel zurück. Trotz des schwierigen Themas fühlte sie sich durch den Feuerschein, den Wein, den bequemen Sitz und vor allem durch Edwards Gesellschaft entspannt. »Ich habe doch gar nichts getan.«

»Es ist eine große Hilfe, jemanden zu haben, mit dem ich darüber sprechen kann, vor allem, weil Sie Eliza kennen und lieben. Ein Kollege im Büro hat früher Familienrecht praktiziert. Mit ihm werde ich auch über die L.A.-Geschichte und Cressidas plötzliches Auftauchen sprechen, nur damit ich weiß, was daran richtig oder falsch ist, aber das ist etwas anderes als die emotionalen Folgen, stimmt's?«

»Ja.«

Auch er lehnte den Kopf zurück und seufzte. »Es ist eine Erleichterung zu wissen, wie man weiter vorgeht. Müssen Sie bald los, oder bleiben Sie noch auf einen Kräutertee? Es ist mir sehr unangenehm, dass ich Sie mit meinen Problemen zutexte, seit ich Sie kenne, normalerweise bin ich nicht so. Ich verspreche Ihnen, dass ich damit aufhören werde.«

Holly lachte. »Ich hätte gern einen Kamillentee, falls Sie welchen dahaben. Und keine Angst – ich habe nicht das Gefühl, dass Sie sich mir aufdrängen. Ein Umzug bringt immer eine anstrengende Zeit mit sich, und es ist einfach schlechtes Timing, dass Cressida ausgerechnet jetzt zurückgekommen ist. Aber wenn Sie sich dann besser fühlen, erzähle ich Ihnen gern von meinen Problemen.«

Sie scherzte nur, aber als er mit zwei großen Tassen und einem Teller Hobnobs aus der Küche kam, fragte er, was mit Alex schiefgegangen und wann sie nach Hopley gezogen sei, und zu ihrer eigenen Überraschung sprach sie über eine Stunde lang. Sie erzählte ihm alles, sogar die gefürchtete Uterus-Geschichte. Erst Penny, dann Phyllis und jetzt Edward. Es wurde leichter, es auszusprechen.

»Das tut mir wirklich leid«, sagte Edward leise nach einer

nachdenklichen Pause. »Ich weiß, dass ich kein Recht habe, schlecht über ihren Ex zu sprechen, aber er ist ...«

»Ehrgeizig? Entschlossen? Auf seine Ziele fokussiert?«

»Ich wollte sagen, er ist ein Vollidiot.«

Holly konnte nicht anders und lachte. »Er will, was er will«, prustete sie und wischte sich Kamillentee vom Kinn.

»Ja, aber ... meine Güte. Verstehen Sie das bitte nicht falsch, aber jeder Mann könnte sich glücklich schätzen, Sie zu haben. Klar, Kinder sind ein Bonus, aber egal. Ich verstehe einfach nicht, wie er Sie wegen so etwas nach der langen Zeit verlassen konnte. Ich meine, mir ist klar, dass es keine Kleinigkeit ist – ich verstehe, warum Sie so fertig waren –, aber ist es nicht der Sinn einer Partnerschaft, gemeinsam durch dick und dünn zu gehen?«

Ein Gefühl wallte in Holly auf, und für einen schrecklichen Moment befürchtete sie, in Tränen auszubrechen, aber es ging vorbei. Edwards Worte waren warm und tröstlich. »Das habe ich in den Monaten danach auch gedacht und ich war wirklich verletzt und wütend. Aber wissen Sie, zu welchem Schluss ich gelangt bin? Mit der Beziehung kann von Anfang an etwas nicht gestimmt haben. Wir hatten auch schöne Zeiten, aber er hat offenbar nicht so für mich empfunden ... wie ich es mir wünschen würde. Ich fange langsam an, das zu akzeptieren. Ich möchte etwas Besseres.« Edwards Entrüstung bestärkte Holly.

»Ich bin froh, dass Sie das so sehen. Ich gebe Ihnen übrigens von Herzen recht. Ich verstehe, warum jeder sagt, dass Sie die geborene Mutter seien, und es tut mir wirklich leid, dass sich das als schwierig erweist, aber wie ich es sehe, sind Sie die geborene Lehrerin, und das mit viel Elan. Ich bin wirklich sehr dankbar, dass Eliza zu Ihnen gekommen ist.«

»Danke«, sagte Holly und zog verlegen die Nase kraus, freute sich aber gleichzeitig über das Kompliment. »Es ist nett, dass Sie das sagen. Es bedeutet mir viel.«

»Sie sind toll«, erwiderte Edward schlicht. »Wie Sie mit den Kindern umgehen, wie Sie sie verstehen ... Ein größeres Geschenk kann man anderen Menschen kaum machen als diesen absoluten, unerschütterlichen Glauben an ihr Potenzial und die Akzeptanz ihrer Fehler. Und nach dem, was Eliza mir erzählt hat, gibt es eine Menge Fehler, die Sie akzeptieren müssen. Wie ich höre, gibt es einige ... Wie soll ich es ausdrücken? Einige lebhafte junge Männer in der Klasse?«

»Oh, das können Sie laut sagen.« Holly begann, ihm Geschichten über Jason Tillwells Besessenheit mit Zombies und Blut und von Griffs Leidenschaft für außerirdische Monster zu erzählen. Sie berichtete auch von Javais völliger Unfähigkeit, sich an Regeln zu halten, und von David Kanumbas Sucht nach Eiscreme.

Sie bogen sich vor Lachen, als Holly auf die Armbanduhr sah und vor Schreck die Augen aufriss. »O mein Gott, es ist Mitternacht. Ich kann nicht glauben, dass ich so lange hier gesessen und Ihnen ein Ohr abgequatscht habe. Ich denke, Edward, jetzt sind wir quitt, was das gegenseitige Erzählen von Problemen betrifft.«

»Das freut mich«, antwortete er und stand auf. »Ich habe das Gespräch wirklich genossen. Noch einmal danke für Ihren Besuch. Ich sehe Sie langsam als Freundin. Keine Ahnung, ob das regelkonform ist, weil Sie Elizas Lehrerin sind, aber ich weiß Ihre Unterstützung und Gesellschaft wirklich zu schätzen.«

»Das geht mir genauso. Ich habe mir auch Gedanken wegen der Lehrer-Freund-Sache gemacht. Andererseits dürfen Lehrer Freunde haben, und in einem kleinen Ort wie Hopley würden nicht viele Menschen übrig bleiben, wenn ich keinen privaten Kontakt zu den Eltern meiner Schüler haben dürfte. Vielleicht sollte ich trotzdem mit Mr Buckthorn darüber reden und hören, ob er ein Problem damit hat. Ich möchte meinen Job nicht gefährden – er ist im Moment das Wichtigste, was ich habe.«

»Absolut. Reden Sie mit ihm – ich möchte Sie auf keinen Fall in eine peinliche Lage bringen. Aber wenn alles in Ordnung ist und Sie Lust haben, könnten wir vielleicht noch mal etwas zusammen unternehmen, mit Eliza. Sie wissen wahrscheinlich, wie sehr sie Sie mag. Vielleicht ein Waldspaziergang am Wochenende? Oder mal ein vorweihnachtlicher Drink, abends? Ich könnte auch Fatimas Eltern einladen, und Sie könnten Mrs D kennenlernen ...«

»Das sind beides wunderbare Ideen. Ich werde morgen mit ihm sprechen und Ihnen Bescheid sagen. Und bitte, schreiben Sie mir, wie es mit Cressida läuft. Eliza bedeutet mir sehr viel.«

Als sie in den stillen Flur schlichen, hörten sie ein dumpfes Geräusch und ein Rascheln, und Holly zuckte schuldbewusst zusammen. Hatten sie Eliza mit ihrem Gelächter geweckt? Doch Edward legte ihr beruhigend eine Hand auf die Schulter. »Das ist unser Fuchs«, flüsterte er. »Möchten Sie ihn sehen?«

»Ach Gott, den Fuchs hatte ich ganz vergessen. Ja, gern.«

Edward öffnete leise die Tür zum Esszimmer und schaltete eine kleine Lampe ein, damit das Licht nicht zu grell war. Das Rascheln kam aus einem großen Karton am Fenster, und Holly ging langsam darauf zu. »Blackberry«, wisperte sie. »Hallo, Blackberry. Ich habe schon viel von dir gehört.«

Der Fuchs stand auf und versuchte, sich auf die Hinterbeine zu stellen und die Pfoten an den Rand des Kartons zu legen, aber es schien zu schmerzhaft zu sein, und er sank wieder auf alle viere. Er knurrte leise und betrachtete Holly neugierig aus leuchtenden Augen. Sie grinste. »Er ist wunderschön. Ich wünschte, ich könnte ihn streicheln. Oh, ich weiß, dass ich das nicht darf und dass er ein wildes Tier ist, aber ist er nicht süß?« Das dichte rostrote Fell war einfach unwiderstehlich.

Edward verdrehte die Augen. »Sie sind genauso schlimm wie Eliza.«

»Sagt der ausgebildete Tierarzt, der einen Fuchs gerettet hat und bei sich zu Hause hält«, neckte Holly ihn. Sie hockte sich vor den Karton und schaute Blackberry in die gelben Augen.

»Wir werden ihn bald freilassen müssen. Seinem Bein geht es schon viel besser. Ich bin mir auch ziemlich sicher, dass er zu einem Rudel gehört, zu dem er zurückkehren kann. Es laufen immer wieder zwei oder drei Füchse durch den Garten – es würde mich überraschen, wenn er nicht dazugehören würde. Aber er ist wirklich ein reizender kleiner Bursche. Nicht wahr, Blackberry?«

»Ein Fuchs in einer Box«, murmelte Holly, ganz verzaubert von dem magischen Augenblick der Verbundenheit mit einem wilden Tier.

»Zumindest füttern wir ihn nicht mit Lachs«, sagte Edward.

KAPITEL 32

EDWARD

Am nächsten Tag rief Edward auf dem Weg zur Arbeit Cressida an. Ihre Mailbox sprang an, aber nach einer Stunde rief sie zurück. Er war gerade zwischen zwei Meetings, daher schloss er die Bürotür und nahm den Anruf entgegen. In seinem kleinen Büro mit Blick auf die Themse (hinter einem Meer grauer Gebäude) stand ein großer Schreibtisch, und die Wände waren mit Pinnwänden geschmückt, an denen Dutzende von Bildern der verschiedenen Projekte hingen, an denen er gerade arbeitete. Er war froh, dass er hier mit Cressida reden konnte, umgeben von den sichtbaren Beweisen für seinen Erfolg und seine Eigenständigkeit. Er setzte sich nicht hin.

»Natürlich kannst du Eliza sehen«, erklärte er. »Du bist schließlich ihre Mutter und hast jedes Recht dazu. Ich überlege nur, wie wir es am besten angehen. Ich möchte sie vorwarnen und ihr sagen, dass du hier bist, Cressida, aber erst nach der Schulaufführung am Zwanzigsten.«

»Oh!« Cressida klang erfreut. »Sie spielt in einem Stück?«

»Ja. Es tut mir sehr leid, aber ich fürchte, dass es für Eliza nicht gut wäre, wenn du es dir ansiehst.« Edward fühlte sich schrecklich, als er es sagte. Er nahm das gerahmte Foto seiner Tochter in die Hand und stellte es wieder auf den Schreibtisch. »Ich habe dir von den Problemen erzählt, die sie hatte – sie ist schrecklich unglücklich gewesen. Ich glaube, dass es wirklich wichtig ist, zusätzliche Belastungen von ihr fernzuhalten. Sie sollte vor der Aufführung auf keinen Fall gestört oder irgendwie aufgeregt werden. Kannst du das verstehen?«

»Ich denke schon. Kannst du mir mehr erzählen, Edward, oder hast du gerade zu tun? Wir müssen heute eine Reihe von Szenen nachdrehen, daher habe ich später vielleicht keine Gelegenheit mehr zum Reden.«

»Ich habe noch etwas Zeit.« Er ging alles noch einmal durch, die vielen Vorfälle, die er ihr im Lauf der Jahre berichtet hatte. Elizas Lampenfieber in Leeds, ihre Panik und ihre Übelkeit vor jedem Auftritt. Die Schikanen. Ihre Entscheidung, in der neuen Schule nicht auf die Bühne zu gehen. Und dann ihr Sinneswandel. Er hielt sich kurz, denn er musste weiterarbeiten, aber er machte seinen Standpunkt klar. »Es ist alles so unsicher«, schloss er. »Sie hat mir immer noch nicht gesagt, dass sie mitmacht – ich weiß es nur, weil ihre Lehrerin es mir erzählt hat –, daher bin ich mir ziemlich sicher, dass sie immer noch Angst hat, an dem Abend nicht auftreten zu können. Es genügt ein Tropfen, um das Fass zum Überlaufen zu bringen, und ihr großer Abend wäre ruiniert. Ich sage es nur ungern, aber das betrifft vor allem dich, denn du bist für sie untrennbar damit verbunden.«

Cressida seufzte. »O Gott, Edward. Ich fühle mich schrecklich, dass ich es ihr so schwer gemacht habe. Ich weiß, dass du mir das alles schon erzählt hast, aber ich habe wohl nicht richtig zugehört und wollte es auch nicht hören. Du hast natürlich recht. Ich würde alles dafür geben, sie an ihrem großen Abend zu sehen, aber es könnte sie wirklich aus dem Gleichgewicht bringen, daher warten wir bis danach, wie du es vorgeschlagen hast.«

»Danke für dein Verständnis, Cressida.«

»Besser spät als nie, stimmt's?«, antwortete sie trocken.

Erleichtert und überzeugt, dass sie es endlich verstanden hatte, wollte Edward versöhnlich sein. »Also wie gesagt, die Aufführung ist am zwanzigsten, und ich werde Eliza gleich am nächsten Tag von dir erzählen. Wenn es für sie in Ordnung ist, kannst du an dem Abend oder am nächsten Tag herkommen, so, wie du es einrichten kannst. Wir werden eine Lösung finden.«

»Das klingt gut, Edward. Sehr fair. Ich werde meinen Terminplan für die Tage nach dem zwanzigsten so frei wie möglich halten. Ich weiß das wirklich zu schätzen.«

»Okay«, sagte Edward. »Ich muss mich wieder an die Arbeit machen, aber wenn du Fragen hast, ruf mich an.«

Erst als er aufgelegt hatte, fiel ihm auf, dass er gar nicht von Los Angeles gesprochen hatte. Er hatte ganz klar sagen wollen, dass Eliza nicht allein nach Amerika fliegen würde. Wenn überhaupt, dann erst in vielen Jahren. Doch immer eine Schlacht nach der anderen. Zumindest hatte Cressida sich bereit erklärt, sich bis nach der Weihnachtsfeier fernzuhalten. Sie war entgegenkommender gewesen, als er gedacht hatte, und dafür war er ihr zutiefst dankbar. Es erfüllte ihn mit vorsichtigem Optimismus, dass sie vielleicht doch einen gangbaren Weg finden könnten, denn er wollte wirklich nicht, dass sich das schöne Leben, das Eliza und er sich gerade aufbauten, veränderte. Ein Hauch Cressida hier und da wäre nicht so schlimm. Was ihm Angst einjagte, war der Gedanke, Eliza mit Cressida teilen zu müssen. Dass es Zeiten geben würde, wenn sie bei Cressida war und nicht bei ihm, und dass sein Leben dann ... leer sein würde.

Doch darüber brauchte er sich jetzt keine Gedanken zu machen. Er hatte Eliza Zeit verschafft, damit sie vor der Aufführung nicht gestört wurde. Es war Eliza, die um jeden Preis beschützt werden musste.

Er öffnete das Fenster einen Spalt und ließ die kalte Stadtluft herein. Für ihn war der zwanzigste natürlich auch ein wichtiger Tag, aber zumindest schien die ganze Aufregung sich nicht auf seine Arbeit auszuwirken. Er besaß die Fähigkeit, Arbeit und Privatleben zu trennen, und dafür war er jetzt dankbar.

KAPITEL 33

HOLLY

Zu Hollys Erleichterung hatte Mr Buckthorn nichts gegen Freundschaften zwischen Lehrern der Dean-Court-Grundschule und den Familien ihrer Schüler einzuwenden. »Es wäre unvernünftig und auch gar nicht zu kontrollieren«, erklärte er. »Viele Lehrer haben Freunde mit Kindern, und diese Kinder gehen irgendwann auf unsere Schule. Die Freundschaften brauchen nicht aufgelöst zu werden, und in kleinen Gemeinschaften wie unserer ist es nur natürlich, dass neue entstehen.«

Holly hatte bewusst unerwähnt gelassen, dass es sich bei dem fraglichen Elternteil um den alleinerziehenden Dad der neuen Schülerin handelte. Wenn Mr Buckthorn denken wollte, sie würde sich zu Tee und Kuchen mit einer der Mums treffen, dann sollte es eben so sein. Das Prinzip war das Gleiche. Sie war froh, dass Edward mit ihr befreundet sein wollte, denn sie mochte ihn wirklich, und es war nicht nötig, sich wie Phyllis zu Gedanken an tiefere Gefühle hinreißen zu lassen, denn eine Freundschaft war etwas Kostbares. Das redete sie sich jedenfalls ein und war sehr stolz auf ihre Klugheit und Reife – bis sie sich bei einem Tagtraum ertappte, wie er sie aus seinen freundlichen grauen Augen anlächelte und sich vorbeugte, um sie zu küssen ... und dann verpasste sie sich innerlich einen Tritt und tat etwas Nützliches.

Am Donnerstag nach der Schule fand sie eine SMS von ihm vor:

C ist einverstanden, bis nach der Aufführung zu warten, bevor sie E sieht. Noch mal danke, ich hoffe, Sie hatten einen schönen Tag.

Tolle Neuigkeiten, antwortete sie. *Ich habe heute mit Mr B gesprochen und es gibt keine Regeln gegen Freundschaften zwischen Eltern und Lehrern.*

Dann folgte eine lange Wartezeit, und sie fragte sich schon, ob er diesen Teil des Gesprächs vergessen hatte oder ob er zu dem Schluss gekommen war, es sei doch eine schlechte Idee, oder ob er von ihrem Eifer abgestoßen war ... Wow, so war das also, wenn man wieder Single war. Sie war sechsunddreißig, fühlte sich aber wie sechzehn. Nicht schön.

Dann kam die Antwort.

War in einem Meeting. Gut zu wissen. Haben Sie Sa Zeit für einen Spaziergang im Wald? Wir lassen den Fuchs frei – denke, es würde E aufmuntern, wenn Sie dabei wären.

Um wie viel Uhr?

Am Samstagmittag parkte sie zum zweiten Mal vor Christmas House. Bei Tageslicht war es sogar noch schöner. Es war aus einem warmen hellgrauen Stein gebaut, nicht dunkel und abweisend, und hatte jede Menge Charakter – ein Spitzdach mit breiten Dachvorsprüngen, links vom Haus ein kahler Baum, steinerne Torpfosten, die einst prachtvoll gewesen, jetzt aber unförmig waren. Es war ein fahler, kalter Tag, mit einem wollweißen Himmel, an dem hier und da leuchtendes Gold hindurchblitzte. Holly trug mehrere Lagen übereinander und hatte ihre puderblaue Bommelmütze aufgesetzt. Als sie aus dem Wagen stieg, wurde die Tür aufgerissen und Eliza schoss hinaus und umarmte sie.

»Miss Hanwell, ich habe es Daddy gesagt! Ich habe ihm gesagt, dass ich bei dem Weihnachtsstück mitspiele. Er hat sich riesig gefreut, obwohl er mir jetzt ein Kostüm machen muss. Ich bin froh, dass Sie mitkommen, um Blackberry Auf Wiedersehen zu sagen. Bleiben Sie zum Mittagessen? Tante Pam hat gestern Abend gekocht, Sie brauchen also keine Angst zu haben. Daddy kann nicht kochen. Sie sollten das wissen, wenn Sie jetzt Freunde werden. Ich kann auch nicht kochen, aber Tante Pam will mir am Montag beibringen, wie man Pfefferminztaler macht. Können Sie kochen?«

»Ich bin nicht schlecht ...«, begann Holly, dann kam Edward mit dem Fuchs im Arm heraus. Das Tier sah recht zufrieden aus, als sei wie in einer königlichen Sänfte getragen zu werden genau das, was es vom Leben erwartete. »Möchten Sie vorher noch mal aufs Klo?«, fragte er Holly. »Oder einen Keks?«

»Nein, alles gut.«

»Prima.« Er gab Eliza den Schlüssel, damit sie die Haustür abschloss, dann machten sie sich auf den Weg. Eliza berichtete Holly, dass sie ihrem Dad sofort von dem Weihnachtsstück erzählt hatte, als sie erfuhr, dass Holly sich ihrer Wochenendexpedition anschließen würde. »Ich konnte es nicht länger geheim halten. Und jetzt, wo er es weiß, können wir darüber reden! Ich wusste, dass ich nicht den ganzen Nachmittag mit Ihnen verbringen kann, ohne über das Stück zu sprechen.«

»Gut mitgedacht, Eliza. Vielleicht können wir ihm eine kleine Vorschau geben, wenn wir wieder bei euch sind. Was meinst du? Nur eine deiner Szenen?«

»Aber nicht die mit Bob ...« Eliza runzelte die Stirn. »Vielleicht die erste Szene, in der ich zum ersten Mal mit den Kindern rede. Sie könnten Sophies Rolle übernehmen, Miss Hanwell.«

Sie stiegen einen Trampelpfad hinunter. Es hatte seit einigen Tagen nicht geregnet und war sehr kalt, daher war der Boden fest und uneben. Die Bäume waren kahl und die Farben gedämpft. »Ich denke, dass wir nicht allzu weit zu gehen brauchen«, entschied Edward. »Wir könnten ihn wahrscheinlich einfach im Garten freilassen, denn die Füchse kommen regelmäßig vorbei. Allerdings nicht jeden Tag, und wir wollen ihn nicht verwirren, daher dachten wir, es wäre gut, ein Stück in den Wald zu gehen.«

»Daddy war noch mal bei der Kuhle, in der wir ihn gefunden haben«, erklärte Eliza. »Er hat bei der Gemeinde angerufen, und dann hat jemand den Müll abgeholt. Also sollte Blackberry im Wald jetzt nichts mehr passieren.«

»Hier wäre vielleicht eine gute Stelle«, sagte Edward und ging an einer Biegung in die Hocke. Der Wald war still und die Bäume dicht. Einige verirrte Sonnenstrahlen spielten im Wind Fangen.

Eliza zuckte die Achseln. »Sie ist so gut wie jede andere«, antwortete sie traurig, aber gefasst. Sie verabschiedeten sich ernst von Blackberry, und dann riskierte Eliza es, die Hand auszustrecken, um ihm den seidigen Kopf zu streicheln. Blackberry schnappte sofort mit gebleckten Zähnen nach ihr, und Eliza riss die Hand zurück und runzelte frustriert die Stirn. Edward setzte den Fuchs auf den Boden und ließ los. Blackberry machte einen Satz und für einen bangen, wunderbaren Moment stand er da und schaute sie an.

»Es ist okay, Blackberry. Wir werden immer deine Freunde sein, aber du kannst zu den anderen Füchsen zurückgehen«, erklärte Eliza ihm. »Du bist ein wildes Tier, und der Wald ist dein Zuhause, weißt du noch?«

Blackberry sah sie starr aus gelben Augen an. Edward

erhob sich wieder, und Blackberry wartete noch einen Moment. Dann hob er witternd die Nase und schoss in das dichte Unterholz, wo er im Brombeergestrüpp verschwand, als wäre er aus Luft.

»Und dann war er fort«, sagte Edward und legte den Arm um Eliza. »Gut gemacht, Lizzy-Loops. Ich bin heute sehr stolz auf dich.«

»Gut gemacht, ihr beide«, lobte Holly sie. »Ich bewundere wirklich, was ihr getan habt. Den kleinen Kerl zu retten und ihn dann in sein wildes Leben zurückkehren zu lassen. Ich finde es wirklich ... schön.«

Es war schwer zu sagen, wer zufriedener aussah, Eliza oder Edward. Sie setzten den Spaziergang fort, folgten dem gewundenen Pfad durch den Wald und zeigten Holly ihre Lieblingsplätze. Zwei keckernde Elstern flogen für eine Weile neben ihnen her und schossen wie schwarz-weiße Blitze über den Weg. »Was für einen Lärm sie machen«, bemerkte Holly lachend.

»Ich mag Elstern«, räumte Eliza ein, »aber sie sind gewöhnlich. Ich wollte, dass Sie eine Eule sehen, Miss Hanwell, oder einen Dachs. Etwas Aufregendes.«

»Nun, zufällig mag ich Elstern, daher freue ich mich über sie, und vergiss nicht, Eliza, dass ich heute schon einen Fuchs gesehen habe, und das war etwas ganz Besonderes. Dieser Spaziergang ist wirklich schön. Danke, dass ihr mich herumführt.«

Als sie eine Stunde später aus dem Wald kamen, wurde Eliza durch einen glänzenden Fasan versöhnt, der mit über dem Boden schleifenden Schwanz und nervös nickendem Kopf vor ihnen auftauchte. Als er sie sah, erhob er sich wild flatternd in die Luft und flog zu den kahlen Feldern zurück.

Dann folgte das Mittagessen. Mrs D hatte einen großen Topf Risotto dagelassen, und dazu gab es von Edward verkochten Spargel. Das merkte man aber kaum, wenn man ihn kleingeschnitten unter das Risotto mischte. Holly, daran gewöhnt, selber zu kochen, fühlte sich satt und glücklich.

Nach dem Essen spielten Eliza und Holly die Szene aus dem Stück, in der Eliza zum ersten Mal auftrat, eine göttliche Erscheinung vor zwei einsamen Kindern. Edward applaudierte und pfiff, und sie verbeugten sich lachend. Dann spielten sie stundenlang Monopoly, bis Holly mit großem Abstand gewann. Als sie sich Nachos und heiße Schokolade gönnten, war es irgendwie neun Uhr geworden, lange nach Elizas Schlafenszeit.

»Meine Güte!«, rief Edward, als er sah, wie spät es war. »Ich habe völlig die Zeit vergessen.«

»Ich auch.« Holly schüttelte den Kopf. Wie war es möglich, dass man die Zeit derart aus den Augen verlor, obwohl kein Alkohol im Spiel war? Tiefes inneres Wohlbefinden erfüllte sie.

»*Ich* habe es gewusst!« Eliza schlang grinsend die Arme um sich. »Ich habe die ganze Zeit auf die Uhr geschaut. Ich konnte mein Glück nicht fassen – das ist der schönste Tag in meinem ganzen Leben!«

Edward lachte. »Du Schlawiner. Du weißt, dass du um acht ins Bett musst. Sag Miss Hanwell gute Nacht, dann geh und putz dir die Zähne. Ich werde in zehn Minuten oben sein und dich zudecken. Sie brauchen noch nicht zu gehen«, fügte er an Holly gewandt hinzu. »Wir wollen Sie nicht hinauswerfen.«

»Nein, nein, ich muss los«, antwortete Holly und kämpfte sich aus dem äußerst bequemen Sessel hoch, in dem sie es sich gemütlich gemacht hatte. Das Gefühl, zu Hause zu sein, dazuzugehören, war zu gefährlich, weil es nicht ihr Zuhause und sie eine noch neue Besucherin war. Sie durfte die Realität nicht aus den Augen verlieren. »Ich hatte nicht vorgehabt, so lange zu bleiben. Gute Nacht, Eliza, Liebes – danke für einen wunderbaren Tag. Träum was Schönes.«

»Gute Nacht, Miss Hanwell. Daddy und ich wollen morgen in die Kirche gehen. Die an der Straße nach Hopley. Wollen Sie mitkommen?«

Holly warf Edward einen Blick zu, und er nickte. »Ja, kommen Sie mit. Der Gottesdienst ist um zehn. Ich habe Ihnen doch erzählt, dass ich mich mit dem Pfarrer unterhalten habe. Er ist ein guter Kerl.«

Holly fühlte sich ernsthaft versucht, zu sehr versucht. »Das würde ich gern, aber ich kann leider nicht. Ich bin morgen mit meiner Freundin Penny verabredet. Vielleicht ein andermal. Aber dich sehe ich am Montag in der Schule, Eliza, und Sie, Edward, werde ich bei der Weihnachtsfeier wiedersehen.«

»Ich bin schon total gespannt. Ich werde meine verletzte Mutter stützen und euch beide anfeuern. Gute Nacht, Holly. Danke, dass Sie heute bei uns waren.«

»Es war ein schöner Tag«, antwortete sie schlicht und verschwand in die kalte Nacht.

KAPITEL 34

EDWARD

Am Sonntagnachmittag saß Edward da und starrte düster auf Hollys Schreiben mit dem Briefkopf der Schule darauf. Er wusste nicht, wo er anfangen sollte. Er hätte schon längst damit beginnen sollen, aber am Wochenende war so viel los gewesen. Zuerst waren sie in den Wald gegangen, um Blackberry freizulassen. Das Bein des kleinen Fuchses war gut verheilt, und nicht einmal Eliza konnte behaupten, er würde sie noch länger brauchen. Der Nachmittag und der Abend waren in Hollys Gesellschaft wie im Flug vergangen. Nachdem sie fort war und er Eliza ins Bett gebracht hatte, hatte er überlegt, mit dem Kostüm anzufangen – er wusste, dass er wirklich jede freie Minute dafür brauchen würde –, aber er war nicht in der richtigen Stimmung gewesen, mit einer so ungewohnten Aufgabe zu beginnen. Er hatte sich entspannt gefühlt, nachdem sie den ganzen Tag gelacht hatten, und beschlossen, früh zu Bett zu gehen. Da ihm vor der Präsentation nicht mehr viel Zeit blieb, wusste er, dass er die Erholung brauchte.

Er hatte geschlafen wie ein Stein, besser als seit Langem. Wahrscheinlich lag es an der frischen Luft und dem Spaß, den er danach gehabt hatte, anstatt sich abzuhetzen wie ein Irrer und Dinge auf endlosen To-Do-Liste abzuhaken. Vielleicht lag es auch an dem Gefühl, unterstützt zu werden. Einen anderen Erwachsenen an seiner Seite zu haben, der Eliza kannte und liebte. Eliza hatte ihm gebeichtet, dass sie in dem Stück mitspielte, und sie mit Holly proben zu sehen war Balsam für seine Seele gewesen. Sie hatten gelacht und herumgealbert, und man merkte, dass Eliza sich rundum wohlfühlte. Er war so erleichtert gewesen, dass ihm erst in dem Moment auffiel, wie lange er dieses Gefühl vermisst hatte.

Am Sonntag hatte er ausgeschlafen – etwas nie Dagewesenes –, und sie waren ohne Frühstück zur Kirche gerast. Sie hatten kurz gezögert, ob sie den Gottesdienst sausen lassen und lieber im Warmen bleiben und Bacon-Sandwiches essen sollten, aber wenn Eliza und Edward sich etwas vorgenommen hatten, hielten sie sich daran. Also zogen sie sich hastig an, rannten zum Auto und schafften es gerade rechtzeitig zum Gottesdienst. Eliza war bezaubert gewesen von der schönen alten Kirche, den romantischen Glasfenstern, der Krippe und Reverend Fairfields herzlicher Begrüßung danach. Sie hatten lange dagestanden und sich unterhalten, und Eliza hatte wie ein Wasserfall geplappert. Der Pfarrer hatte sie mit einigen Leuten bekannt gemacht – zwei alten Damen, die den größten Teil des Gesprächs bestritten, und einer Familie, deren Kinder auf eine andere Schule gingen. Sie wirkten freundlich und schlugen vor, sich nach Weihnachten einmal zu treffen. Edward bedankte sich bei ihnen. Es wäre gut, Freunde zu haben, die nicht mit der Schule in Verbindung standen, und den Bekanntenkreis zu erweitern.

Als sie St. Domneva verließen, war es fast Mittag und ihnen knurrte der Magen. Sie fanden, dass sie keine Minute länger mit Essen warten konnten, und gingen in den Pub ein Stück weiter die Straße herunter. Er sah gemütlich und familienfreundlich aus. Die Bar war reich mit goldenem Lametta geschmückt, und von den Deckenbalken hingen glänzende

Glöckchen herab. Weihnachtsmusik lief in üppiger Lautstärke – mal wieder die allgegenwärtigen Slade. Edward und Eliza machten sich über einen herzhaften Brunch her. Wieder zu Hause, rief Edwards Mutter an, um ausführlich über die Aufführung und die Weihnachtswoche zu sprechen, und wann würden Edward und Eliza sie besuchen? Edward versprach, gleich nach den Feiertagen zu kommen, aber nur, wenn seine Eltern den Besuch am nächsten Tag erwiderten.

»Wirklich?«, fragte seine Mutter. »Werden wir es auch bequem haben?«

Edward verdrehte die Augen. »Ich denke, du wirst angenehm überrascht sein, Mum, ehrlich.«

Es folgte eine lange Pause, und dann – vielleicht mit einem kleinen Schubs von Edwards Vater – sagte sie gnädig: »Das passt uns sehr gut, Liebling. Danke für die Einladung.«

»Gern. Wir freuen uns auf euch.« Edward lächelte und überlegte einen Moment, seiner Mutter von Cressidas Rückkehr zu erzählen. Doch Eliza war in der Nähe, lief in den Garten und wieder ins Haus, die Treppe hinauf und wieder hinunter, und jetzt war nicht der richtige Zeitpunkt. Außerdem hatte er noch ein paar Tage Gnadenfrist. Bis dahin war es kein Problem und es durfte auch keins werden.

Als er Hollys Brief mit der Anrede *Liebe Eltern* hervorkramte, war der Nachmittag bereits vorangeschritten. Er versuchte es mit Brainstorming, aber wie sich herausstellte, war ein Kinderkleid etwas vollkommen anderes als eine Werbekampagne. Außerdem lenkten ihn die Gedanken an Holly ab. Nach der schönen gemeinsamen Zeit gestern hatte er sich den ganzen Tag recht zufrieden gefühlt, aber jetzt stellte er alles infrage. Er kam nicht über die Tatsache hinweg, dass sie sie für heute eingeladen hatten und sie abgelehnt hatte. Natürlich hatte sie noch andere Freunde, daher war eine Verabredung keine große Überraschung – das war es nicht, was ihm Kopfzerbrechen bereitete –, aber hatte er es sich nur eingebildet, oder war da so

ein Ausdruck auf ihrem Gesicht gewesen, als sie Nein gesagt
hatte? Ein verlegener, entschlossener Ausdruck? Und hatte sie
nicht ziemlich hastig gesprochen? Sie hatten sich sehr schnell
kennengelernt, und am vergangenen Tag hatten sie viel Zeit
miteinander verbracht. Vielleicht war die Aussicht darauf, die
Suttons schon so bald wiederzusehen, etwas viel für sie. Wenn
das der Fall war, war es in Ordnung, aber er wollte nicht, dass
sie sich unwohl fühlte, als würde etwas von ihr erwartet. War er
während ihrer kurzen Bekanntschaft zu anhänglich rübergekommen?

Der gestrige Tag war ... nun, wenn er ehrlich zu sich selbst
war, lautete das Wort, das ihm in den Sinn kam, *eine Wonne*. Es
war nett, witzig und entspannend gewesen ... als würde man
mit einer wirklich guten Freundin abhängen, nicht mit einer
ganz neuen. Und das Seltsamste war, dass es ihm ein wenig wie
ein Date vorgekommen war, obwohl Eliza mit dabei gewesen
war, sodass es auch ein wenig wie Familienzeit gewesen war ...
obwohl es nichts davon gewesen ist. Wenn sich irgendeins
dieser Gefühle auf Holly übertragen hatte, würde sie sich vielleicht etwas zurückziehen wollen. Sie hatte ein schlimmes Jahr
hinter sich. Familie, Liebe, das waren im Moment wunde
Punkte für sie. Er hoffte wirklich, dass sie wusste, dass er es
wusste und respektierte.

Er spielte mit dem Handy, unentschlossen, ob er ihr eine
Nachricht schicken sollte. Was sollte er schreiben? Er konnte ja
schlecht sagen:

*Übrigens, nur für den Fall, dass Sie sich fragen: Ich versuche
nicht, Sie in die Kiste zu bekommen, und ich versuche auch
nicht, Sie als neue Mum in das Leben meiner Tochter einzu-
schleusen. Ich finde einfach, dass Sie ein ziemlich sensatio-
neller Mensch sind.*

Denn genauso war es. Er könnte einfach eine SMS nach

dem Motto: *Hey, wie geht's?* schicken, um die Lage zu sondieren, aber falls sie sich wirklich etwas überwältigt fühlen sollte, war es besser, sie für eine Weile in Ruhe zu lassen. Außerdem traf sie heute eine Freundin, daher würde es vielleicht etwas aufdringlich wirken. Sie hatten sich gestern Abend beieinander bedankt, und mehr gab es nicht zu sagen. Er würde sie am Mittwoch sehen, brauchte also nicht lange zu warten, obwohl es für sie eine berufliche Veranstaltung sein würde. Sie würden von vielen Menschen umgeben sein, sodass es schwierig werden könnte, abzuschätzen, wie die Dinge zwischen ihnen standen.

Noch etwas – sie hatte Eliza gestern nicht aufgefordert, sie Holly zu nennen. Eliza hatte sie mehrmals mit Miss Hanwell angesprochen, und es hatte etwas ... seltsam geklungen. Draußen im Wald, als Holly die blaue Mütze über die Augen gerutscht war, das Gesicht von Kälte gerötet, oder als sie sich vor Lachen gebogen oder mit gebanntem Blick den Flug der Elstern beobachtet hatte. Sie hatte nicht wie eine Miss Hanwell ausgesehen, sondern wie Holly. Jedes Mal hatte er gedacht, dass sie sagen würde: »Wenn wir nicht in der Schule sind, brauchst du mich nicht so zu nennen, Eliza. Nenn mich Holly.« Aber das hatte sie nicht getan. Er wusste, dass sie Eliza gern hatte, aber sie war vor allem die Superlehrerin. Sie würde immer alle Schüler gerecht und gleich behandeln. Vielleicht beschützte sie Eliza, indem sie verhinderte, dass sie sich zu sehr daran gewöhnte, Holly außerhalb der Schule zu treffen, falls sie wegen der Situation Bedenken hatte. Es war vernünftig, und er war dankbar für jeden Schutz, den Eliza erhielt, aber es war trotzdem seltsam enttäuschend.

Edward riss sich zusammen. Solche Sorgen waren unbegründet. Sie war nicht mit in die Kirche gegangen, weil sie etwas anderes vorgehabt hatte. Aus demselben Grund hatte sie ihm nicht geschrieben. Wahrscheinlich war sie so daran gewöhnt, dass Kinder sie Miss Hanwell nannten, dass sie es nicht einmal bemerkt hatte. Wenn er sich wegen irgendetwas den Kopf zerbrechen sollte, dann über das verdammte Kostüm. Die Zeit lief ihm davon.

Doch dann erschien Eliza und wedelte mit der DVD von *Ein Königreich für ein Lama*. Sie wollte sie sich zum vierhundertsten Mal ansehen. Edward wusste, dass er mit dem Kostüm anfangen musste, aber Wochenenden waren schließlich Zeit fürs Zusammensein ... und wer um alles in der Welt konnte einer Geschichte über einen Herrscher widerstehen, der in ein Lama verwandelt wird? Edward Sutton jedenfalls nicht. Nun, es blieben ja noch zwei Abende. Als Kind hatte er seine Hausaufgaben immer auf die letzte Minute gemacht. Er reagierte gut auf Druck. Irgendwann zwischen jetzt und Mittwochmorgen musste die Magie wirken.

KAPITEL 35

HOLLY

»Du bist mit den Gedanken woanders«, bemerkte Penny, als Holly am Sonntagnachmittag bei der Gemeinschaft eintraf. Sie hatten sich für vier Uhr verabredet. Holly hätte reichlich Zeit gehabt, mit Edward und Eliza in die Kirche zu gehen und immer noch rechtzeitig zu dem Treffen mit Penny zu kommen. Nicht, dass sie am vergangenen Tag nicht jede Minute mit den Suttons genossen hatte und dass sie es nicht schön fand, so viel Gesellschaft zu haben. Doch irgendetwas hatte sie zurückgehalten und nachts nicht schlafen lassen, trotz der frischen Luft und des herrlich entspannenden Tages. Vielleicht war alles eine Spur zu wunderbar gewesen.

Sie mochte Edward immer mehr. Ihn mit dem kleinen Fuchs zu sehen zum Beispiel. Seinen übertriebenen Applaus zu genießen, als Eliza und sie sich verbeugt hatten. Er war ein freundlicher Mann, und das war selten. Er war auch klug, praktisch veranlagt (außer, wenn es ums Kochen ging), humorvoll und unkompliziert. Und sehr attraktiv. Was Eliza betraf, war Holly von Anfang an vernarrt in sie gewesen. Wenn sie eine Tochter haben könnte, müsste sie genauso sein wie Eliza. Kein

Zweifel, Holly wollte mit beiden befreundet sein, aber sie musste aufpassen. Edward sollte nicht denken, dass sie sich als Mutterfigur für Eliza aufdrängen wollte, dass sie versuchte, harmlos gemeinte Unternehmungen in ein Date zu verwandeln. Es war so schön, so gemütlich gewesen, gemeinsam zu dritt Spiele zu spielen, zu plaudern und etwas Leckeres zu knabbern. Der Gedanke, heimzugehen, hatte sie mit Widerwillen erfüllt. Wie konnte sie sich in Christmas House bloß so zu Hause fühlen, bei Menschen, die sie erst seit wenigen Wochen kannte?

»Holly? Erde an Holly? Alles in Ordnung, Alte?« Penny sah sie verblüfft an. Sie waren in der Öko-Lodge, dem Herzen der Gemeinschaft. Gewaltige Holzbalken trugen das Flechtdach der hölzernen Halle. Auf einem Tisch am Ende standen große Heißwasserspender, die von wechselnden Mitgliedern der Gemeinschaft bedient wurden, sodass die Halle als kostenloses Drop-in-Café und Mittelpunkt des Kollektivs diente, wenn sie nicht für Workshops oder Meditationen genutzt wurde. Der Duft von Weihrauch lag in der Luft.

»Alles okay, tut mir leid. Mir geht nur gerade einiges durch den Kopf. Ich habe ein kleines Problem. Nichts Schlimmes. Es beschäftigt mich halt.«

»Das merke ich. Erzähl mir davon. Sekunde.« Penny füllte zwei Becher mit Kräutertee und nahm sich eine Handvoll Müsliriegel aus eigener Herstellung. Dann zog sie Holly zu einem hölzernen Picknicktisch mit Bänken am hinteren Ende der Halle. Aufgrund seiner ungewöhnlichen grauen Farbe, der Astknoten und der wackeligen Konstruktion wusste Holly, dass der Tisch wie alle anderen Möbel hier angefertigt worden war. Korbstühle standen um kleine runde Tische herum, Samtkissen lagen um niedrige, türkisch anmutende Mosaiktische verteilt, und es gab Sitzsäcke, die aus alten Kleidungsstücken genäht worden waren. Penny wusste, dass Holly die türkischen Tische und Kissen am liebsten hatte, aber heute war viel los in der

Halle, und hier hinten würden sie ungestört sein. »Erzähl«, wiederholte sie.

»Seit wir uns das letzte Mal gesehen haben, hat es Entwicklungen gegeben ...« Holly schaute zu den hölzernen Dachbalken hinauf, wo der Staub einen fröhlichen Jig im Wintersonnenlicht tanzte.

»Gut. Entwicklungen sind gut. Wandel ist die Natur des Lebens.« Penny nickte. »Wir dürfen nicht stillstehen, sonst versteinern wir, wir stagnieren. Wir müssen im Fluss bleiben.«

»Ja. Genau. Also, ich schätze, ich fließe. Akzeptiere alles, wie es ist. Phyllis, meine Nachbarin, hilft mir sehr dabei – ich habe dir doch von ihr erzählt, oder? Aber das ist es nicht. Es ist ... ich habe mich gewissermaßen in jemanden verliebt. Und ich denke, ich fühle mich vielleicht wirklich zu jemand anderem hingezogen.«

Pennys Brauen zuckten in die Höhe. »Okay«, sagte sie gedehnt. »Aber, hey, polyamouröse Beziehungen sind heutzutage total angesagt. Hier bei Soul Pastures haben wir einige davon. Von dir hätte ich das allerdings nicht gedacht.«

Holly lachte und nippte an dem Tee in ihrer klobigen blauen Tasse. »Nein, so meine ich das nicht. Ich habe mich in eine meiner Schülerinnen verliebt, eine Achtjährige namens Eliza. Oh, Penny, sie ist himmlisch – selbst du würdest sie lieben. Sie ist eine Seelenverwandte, verstehst du? Wirklich witzig und originell, aber auch ernst und sensibel und hübsch ...«

»Klingt wie die Tochter, die du immer hättest haben sollen«, bemerkte Penny und drückte ihren Teebeutel mit einem Löffel aus.

»Genau so empfinde ich es. Als würden wir zusammengehören. Aber sie ist natürlich nicht meine Tochter, sondern meine Schülerin, und als ihre Lehrerin tue ich mein Bestes für sie und helfe ihr, wo ich kann, und damit ist der Fall erledigt.« Ein Paar mit den gleichen rot-violetten Norwegermützen setzte sich an den Nebentisch. Sie hoben lächelnd die Hand zum Gruß, dann vertieften sie sich in ihr Gespräch.

Penny winkte ihnen ebenfalls zu und richtete ihre Aufmerksamkeit wieder auf Holly. »Okay. Soviel zu dem Kind. Und in wen hast du dich vielleicht verliebt?«

»Ihren Dad.«

»Oha.«

»Genau.« Holly erzählte Penny alles über den vergangenen Tag. Das Problem mit Cressida ließ sie unerwähnt. Sie bezweifelte, dass in Soul Pastures irgendjemand auch nur das geringste Interesse an der Hollywood-Schönheit haben würde, und überhaupt war das Edwards Sache und für diesen Teil der Geschichte auch nicht relevant. »Ich hätte mit ihnen zur Kirche gehen können«, kam sie zum Schluss. »Der Gottesdienst war heute Vormittag um zehn, ich hatte also jede Menge Zeit. Aber ...«

»Aber du wolltest keine Einrichtung besuchen, die im Patriarchat verwurzelt ist und die erwartet, dass jeder das Gleiche glaubt und wo man nur als bekennendes Mitglied in den Himmel kommt?«

»Nein, nicht die Art von Kirche. Edward hat mir von dem Pfarrer erzählt, und er klingt wie ein wirklich guter Mensch. Die Kirche ist so hübsch, dass ich sowieso mal hinwollte, um Leute kennenzulernen und mich weniger wie die Neue in Hopley zu fühlen. Es war der Gedanke, dass ... also, zum einen war es Eliza, die mich eingeladen hat, und Edward hat nur zustimmend genickt. Er konnte ja schlecht sagen: ›Nein, kommen Sie nicht mit‹, oder? Das wäre unhöflich und peinlich gewesen, und er ist ein netter Kerl.«

Penny nickte nachdenklich mit gerunzelter Stirn. »Tja, das ist ein Problem. Mit netten Kerlen sollte man sich nicht einlassen.«

»Lass das. Du weißt, was ich meine. Ich wollte nicht, dass er mich am Hals hat, weil er zu höflich war, Elizas Einladung zurückzunehmen. Und ... die Vorstellung, wie wir drei zusammen in die Kirche gehen, war etwas zu viel. Wir hätten wie eine richtige Familie ausgesehen. Jeder hätte uns für eine Familie gehalten, und wir hätten die ganze Zeit erklären müssen: ›Nein, wir sind nicht zusammen. Wir sind nur befreundet. Ich bin nicht Elizas Mutter, ich bin ihre Lehrerin ...‹ Es wäre zu seltsam gewesen.«

Penny nickte und schob verschüttete braune Zuckerkrümel auf dem Tisch zu einem kleinen Mandalamuster zusammen. »Etwas heftig, schätze ich. Du hast wahrscheinlich eine gute Entscheidung getroffen. Ich meine, dafür ist immer noch Zeit, wenn die Freundschaft hält, und ich sehe keinen Grund, warum sie es nicht tun sollte – sie mögen dich beide sehr. Und dann bist du eben in Sexy Dad verknallt, das ist nicht verboten. Wer weiß, vielleicht empfindet er ja genauso für dich – du bist sehr hübsch und der netteste Mensch der Welt. Und wenn nicht, wirst du es überleben. Zumindest zeigt es, dass du über Alex und diesen ganzen Mist hinweg bist. Ich finde das alles sehr gut.«

»Du hast recht«, erklärte Holly. »Gut für mich.« Aber als sie in ihren Müsliriegel biss, kam ihr unwillkürlich der Gedanke, dass Eliza nur dieses eine Jahr in ihrer Klasse sein würde. Wenn die Freundschaft nicht hielt, wenn ihre Gefühle für Edward blieben, würde Eliza im nächsten September in Vic Conroys Klasse gehen, und Holly würde sie nicht mehr jeden Tag sehen. Sie würde tagsüber nicht für sie verantwortlich sein. Darin unterschied sich eine Lehrerin von einer Mutter. Als Mutter musste man sie irgendwann loslassen, aber vorher hatte man gut achtzehn Jahre mit ihnen. Als Lehrerin hatte man nur neun Monate, und dann musste man sie wieder hergeben.

KAPITEL 36

EDWARD

Dienstagabend. Hollys Brief über das Kostüm lag wieder vor Edward. Dies war der Moment der Wahrheit. Wenn er es heute Abend nicht fertig bekam, würde seine Tochter einen Engel in Leggings und einem Spider-Man-T-Shirt spielen. Jetzt stand er wirklich unter Druck.

Der Brief erklärte, dass das Kostüm des Engels des Sternenlichts ein schlichtes knöchellanges weißes Kleid mit kurzen Ärmeln sein sollte. Darüber hinaus waren Flügel, Schuhe und ein Heiligenschein erforderlich. Ein Minimum an Dekoration war erlaubt. Edward hatte Elizas alte Sachen durchstöbert – er musste wirklich einiges zur Wohlfahrt bringen –, aber Eliza war kein Mädchen, das Partykleider besaß. Das einzig ansatzweise Brauchbare, was er hatte finden können, war ein altes Nachthemd – weiß mit rosa Rosenknospen – gewesen. Da es weit und formlos war, würde es gehen – es würde wallend aussehen. Es war zu lang – es war schon immer zu lang gewesen, und sie hatte nicht deshalb aufgehört, es zu tragen, weil sie herausgewachsen war, sondern weil es ihr nicht mehr gefiel. Aber er konnte es auf Knöchellänge kürzen. Die Rosenknospen waren so zart und klein, dass es praktisch weiß war.

Die Flügel hätten ein Problem dargestellt, wäre er nicht so geistesgegenwärtig gewesen, in ein Geschäft für Künstlerbedarf in der Nähe des Büros zu gehen und ein paar Bögen weißen Tonkarton zu kaufen, die so groß waren, dass er neu anfangen konnte, falls er einen Fehler machte. Er gratulierte sich zu seiner Weitsicht und machte sich endlich ans Werk. Dinge auf den letzten Drücker zu erledigen funktionierte jedes Mal. Endlich konnte er kreativ denken. Das Abendessen war vorbei und das Geschirr abgeräumt, und Edward saß am Küchentisch. Das Mondlicht fiel durchs Fenster herein und verstärkte das elektrische Licht im Raum. Es war ziemlich magisch. Er würde Eliza oder Mrs D nicht zeigen, was er tat, einerseits, weil es ihm peinlich war, und andererseits, weil ihm das Bild von Elizas fertigem Engelskostüm vor Augen stand und er sich völlig in seine Arbeit vertiefte.

Er konnte sich Eliza deutlich als dramatischen, trompetenblasenden Engel vorstellen, mit langen gefiederten Flügeln und einem Diadem im Haar. Er zeichnete die Flügel auf den Karton und schnitt sie rasch aus, dann zerriss er Papiertücher und klebte sie so darauf, dass sie wie Federn aussahen. Danach schlug er den Saum fünf Zentimeter breit um und steckte ihn mit großen schiefen Stichen fest, die vom Publikum aus bestimmt nicht zu sehen waren. Anschließend mussten die Ärmel dran glauben. Als er auch sie gesäumt hatte, betrachtete er stirnrunzelnd das ungleichmäßige Ergebnis. Er wusste nicht, wie er es sauberer hinbekam. Er ließ sich jedoch nicht entmutigen und hatte die geniale Idee, die Ärmel mit Lametta zu verzieren. Lametta mochte an einem Engelskostüm zwar etwas ungewöhnlich erscheinen, aber Lizzie liebte das Zeug, und es würde die krummen Ränder geschickt verbergen. Warum sollte sie kein origineller Engel sein? Ein Minimum an Dekoration war schließlich erlaubt. Schnell holte er silbernes Lametta und brachte Elizas Töpfe mit Glitzer gleich mit.

Er war sehr zufrieden mit der Wirkung des Lamettas.

Mrs D verabschiedete sich. Eliza kam, um gute Nacht zu sagen, und er stürzte zur Tür und umarmte sie dort, damit sie das Kostüm nicht sah, bevor es fertig war. Sie ging ins Bett, und er arbeite weiter an dem Kostüm. Er beschloss, etwas Glitzer auf die Flügel zu geben und bestrich sie mit Leim. Dummerweise klebten nun die Papierstreifen am Pinsel fest statt an den Flügeln und es sah aus wie in der Mauser. Er holte neue Papiertücher und kämpfte für eine Weile mit den Flügeln, dann kippte er einen ganzen Topf mit silbernem Glitzer darüber aus, sodass sie prächtig schimmerten. Schließlich schlich er auf Zehenspitzen in Elizas Zimmer hinauf. Sie schlief schon. Er stahl einen ihrer Haarreifen und nahm ihn mit nach unten, wo er ihn sorgfältig mit Lametta umwickelte, damit man das Schildpatt nicht mehr sah.

Dann schenkte er sich ein Glas Wein ein, setzte sich hin und begutachtete seinen Fortschritt. Er war sich nicht sicher. Es sah alles etwas selbstgemacht aus, und die Wirkung war nicht ganz das, was er im Sinn gehabt hatte. Am Schlimmsten jedoch war, dass die Rosenknospen durch das Weiß und Silber jetzt wirklich hervorstachen. Er nippte an dem Wein, ging ans Ende der Küche und betrachtete das Kleid aus der Entfernung. Die Rosenknospen waren immer noch zu sehen. Dann schaltete er das Licht aus, um einen dunklen Zuschauerraum zu simulieren, in dem er hoffentlich vom Bühnenlicht geblendet werden würde, aber er konnte die Rosenknospen immer noch deutlich erkennen. Edward fluchte vor sich hin. Er hätte nicht gedacht, dass es so lange dauern würde. Gab es wirklich Menschen, denen solche Bastelarbeiten Spaß machten?

Er hatte damit gerechnet, am Tag vor der Präsentation die ganze Nacht durchzuarbeiten, aber so hatte er es sich nicht vorgestellt. Er musste mit dem Kostüm fertig werden, damit er mindestens eine Stunde Zeit hatte, um seine Notizen für die morgige Präsentation durchzugehen – er wollte alles frisch im Kopf haben, wenn die Kunden eintrafen –, und hatte vor, früh ins Bett zu gehen. Dieses Projekt schien jedoch kein Ende zu nehmen! Was sollte er mit dem Kleid nur machen?

Er dachte bei einem weiteren Glas Wein darüber nach. Es war selten, dass er ein zweites trank, und dann kam die Lösung. Methodisch von oben nach unten und von links nach rechts vorgehend, tupfte er Leim auf die Rosenknospen und verdeckte sie mit Glitzer. Silberne Punkte konnten sehr effektvoll sein. Eliza war schließlich der Engel des Sternenlichts. Es könnte so aussehen, als ob sie die Sterne bei sich trug, wenn sie über die Bühne ging. Eliza würde begeistert sein. Er wagte zu hoffen, dass Holly es auch war.

Es schien Stunden zu dauern. Schon bald hatte Edward den Eindruck, dass die ganze Welt aus weißer Baumwolle und silbrigem Glitzer bestand. Das Muster tanzte vor seinen müden Augen, und so systematisch er auch vorging, tauchten wie ein Ausschlag immer neue Rosenknospen auf. Entschlossen stellte er die Weinflasche zurück in den Kühlschrank. Er wurde so müde, dass er schließlich am Tisch einschlief, den Kopf auf dem weichen Stoff und die Hände von verstreutem Glitzer bedeckt.

Er wurde vom Klingeln seines Handys geweckt. Es war Lindy. »Edward, es tut mir leid, dass ich Sie so früh anrufe«, entschuldigte sie sich.

Edward, von einer Woge der Verwirrung erfasst, bekam den nächsten Teil nicht mit. Meinte sie nicht *so spät*? Sie rief nicht früh an, sondern spät. Aber es war gut, dass sie es getan hatte, denn nun konnte er ins Bett gehen. Er sah sich nach einer Uhr um, bis ihm einfiel, dass er seine Armbanduhr trug, kniff die schmerzenden Augen zusammen und schaute aufs Zifferblatt. Es war sechs Uhr dreißig am Morgen. Entsetzt schlug er sich vor den Kopf und löste dabei den Schwamm, der dort festgeklebt hatte und nun in einer Glitzerlawine auf den Tisch fiel. Edward stieß ein ersticktes Stöhnen aus.

»Edward? Ist alles in Ordnung?«, fragte Lindy.

»Alles gut, alles bestens«, beteuerte er hastig. Er sah sich der Aufgabe nicht gewachsen, Lindy eine Nacht zwischen Leimtöpfen zu erklären, außerdem war es der Tag der Präsentation. Er musste professionell sein. »Tut mir leid, Lindy, ich war kurz abgelenkt. Sagen Sie mir noch mal, was Sie brauchen.«

Sie bat ihn, einen weiteren Laptop ins Büro mitzubringen. Gut. Das zumindest konnte er tun. Im Gegensatz zur Herstellung von Engelskostümen. Er konnte sich nicht einmal dazu überwinden, hinzusehen. Er beendete das Telefonat, torkelte ins Badezimmer und erschrak, als er sein Spiegelbild entdeckte. Er war von Glitzer übersät. Das Zeug hing in seinem Haar, in seinen Bartstoppeln, in seinen Wimpern. Auf der Stirn hatte er einen leuchtend roten Abdruck von dem Tisch, auf dem er die ganze Nacht gelegen hatte. Da er nach anderthalb Gläsern Wein und ohne sich die Zähne zu putzen eingeschlafen war, stank er aus dem Mund wie eine Bärengrube. Er sah aus und fühlte sich wie jemand, der sich auf einer bizarren Party zugedröhnt hatte, und nicht wie jemand, der die Nacht zu Hause verbracht und Kinderkleidung genäht hatte.

»O nein, das ist nicht gut, das ist gar nicht gut«, murmelte er und umklammerte panisch das Waschbecken. Dann riss er sich zusammen. Es war noch nicht zu spät, um etwas zu retten. Na schön, er hatte also nicht den gut organisierten Vorbereitungsabend gehabt, den er geplant hatte. Aber er kannte die Präsentation in- und auswendig. Er war begeistert von dem Konzept. Er war ein Meister der Kunst der Improvisation. Es würde alles gut gehen. Er musste nur einen Zahn zulegen.

Er rasierte sich mit Blitzgeschwindigkeit. Schwarze Barthaare vermischten sich im Waschbecken mit dem unvermeidlichen silbernen Glitzer. Dann duschte er unter einem dampfenden Wasserstrahl und war schlagartig wach. Jetzt machte er sich Vorwürfe. »Was für ein Idiot«, prustete er ins Wasser. »Du totaler Loser! Warum musstest du auch ausgerechnet gestern deine Bastelaktion starten! Kenne deine Grenzen!«

Wie hatte er sich nur einbilden können, er könne es schaffen? Er hätte arbeiten, schlafen und sich vorbereiten sollen. Jedes einzelne Wort der Präsentation war wie weggewischt. So viel dazu, dass er alles in- und auswendig kannte. »Warum sollten wir uns für Ihre Organisation entscheiden, Mr Sutton, statt für die äußerst beeindruckenden Konkurrenten, die ebenfalls an uns herangetreten sind?«, fragte Craig Daniels, der verbindliche Vorsitzende von WRM, in Edwards Fantasie, während er sich hastig in Hemd, Krawatte und Unterhose warf.

»Ich habe nicht die geringste Ahnung«, antwortete der imaginäre Edward. »Was mich betrifft, ich bin eine Vollkatastrophe. Vielleicht sollten Sie es mit jemand anderem versuchen.«

Die Panik legte sich, als er feststellte, dass er gut in der Zeit lag. Er putzte gründlich die Schuhe. Das hatte er schon immer beruhigend gefunden und atmete tief durch, während er sah, dass sie zu glänzen begannen. Dann holte er den Laptop und legte ihn neben seine Aktentasche. Sein Magen war zu verkrampft für Frühstück, daher würde er nur einen Kaffee trinken. Eliza schlief noch. Weil er heute so früh das Haus verließ, würde Mrs D sie zur Schule bringen. Sie musste jeden Moment kommen.

Er war wieder er selbst; er hatte alles im Griff. Edward ging in die Küche, um Kaffee zu machen und sein Werk der vergangenen Nacht zu begutachten. Es sah aus wie etwas aus einem Albtraum. Plötzlich fühlte er sich sehr, sehr alt und müde. Nicht nur hatte er am Vorabend der Präsentation die Nacht durchgemacht und sah aus wie ausgespuckt, es war ihm nicht einmal gelungen, ein Kostüm für Eliza fertig zu bekommen.

Sein Anfall von Enthusiasmus im Mondschein war restlos verflogen. Im kalten Licht des Morgens wirkte das Kleid einfach nur grauenvoll. Die überall verteilten Glitzerkleckse sahen aus wie zinnfarbener Pockenausschlag. Die Stiche, mit denen das Lametta an die Ärmel geheftet war, hatten sich gelöst, und das Lametta hing müde herunter. Der Saum war so wellig, dass er davon seekrank wurde. Die Flügel erinnerten weniger an die eines Engels als an die eines gerupften Huhns – trotz seiner Mühe hatten sich große Büschel Papierstreifen gelöst, sodass der langweilige Tonkarton darunter zum Vorschein kam. Alles in allem, befand Edward, war es das Erbärmlichste, was er je gesehen hatte; Eliza konnte es nicht anziehen.

Er hörte Mrs Ds Mini knirschend in die Einfahrt biegen und warf einen Blick auf die Armbanduhr. Zeit für den Aufbruch. Hastig schob er alles in einen schwarzen Müllbeutel, band ihn zu und warf ihn neben den Mülleimer, dann wischte er den Glitzer vom Tisch in die Hand und warf ihn in die Spüle. Zum Schluss schrieb er eine schnelle Notiz für Eliza.

Liebste Lizzie-Tops, es tut mir leid, aber ich fürchte, Nähen ist nicht mein Ding. Grauenvolle Katastrophe mit deinem Kostüm. Du kannst es nicht tragen. Entschuldige, entschuldige, entschuldige! Doch keine Angst, ich habe einen anderen Plan. Bis Mittag wird ein tolles neues Kostüm hier sein. Mrs D wird es dir in die Schule bringen. Wir sehen uns später und Hals- und Beinbruch, hab dich lieb, Daddy xxxxx

Er eilte aus dem Haus und tauschte ein schnelles Hallo mit Mrs D in dem kalten, blauschwarzen Morgen. Am Ende rettete er die Situation auf die einzige Art, die ihm einfiel. Anstatt im Zug noch einmal seine Notizen für die Präsentation durchzugehen, suchte er im Internet nach Kostümgeschäften und fand ein Engelskostüm für Kinder, das genau das war, was ihm vorgeschwebt hatte. Er bezahlte einen Aufpreis, damit das Kleid bis Mittag per Kurier zu ihm nach Hause geliefert wurde. Anschließend zwang er sich, das Gefühl des Versagens abzuschütteln und seine ganze Konzentration für die nächsten paar Stunden der Arbeit zu widmen.

Später hatte er das Gefühl, dass seine größte Leistung an dem Morgen darin bestand, den Rest des Teams vor der Präsentation zu beruhigen, Ratschläge zu erteilen und ein paar letzte Worte der Inspiration zu sprechen. Er hatte zwar keine Ahnung, wie das möglich war, wo er doch selbst vollkommen aufgewühlt und unvorbereitet war, aber er schaffte es trotzdem. Viel zu schnell war es zehn Uhr, und die Truppe von WRM traf ein. Noch während er am Fenster stand und beobachtete, wie sie den Parkplatz überquerten, sah er in seine E-Mails, um sich zu vergewissern, dass es mit der Bestellung des Engelskostüms kein Problem gab. Das WRM-Team ging durch den Flur zum Sitzungszimmer; fünf Personen, darunter Craig Daniels, der undurchschaubare Vorsitzende, und Emma Buchanan, die Geschäftsführerin, der Edward noch nicht begegnet war.

»Freut mich, Sie kennenzulernen, Mr Sutton.« Sie hatte einen kräftigen Händedruck und einen direkten Blick. Sie war die Sorte Mensch, die man unwillkürlich beeindrucken wollte. »Ich bin schon gespannt, was Sie für uns haben.« Dann kniff sie die Augen zusammen und richtete den Blick auf seinen Haaransatz. »Ist das etwa Glitzer?«

KAPITEL 37

HOLLY

Die Dunkelheit war hellen Blau- und Goldtönen gewichen. Vor dem Himmel zeichneten sich schwarz die filigranen Zweige der Bäume ab, und ein kalter Nebelschleier hüllte den Park und die Häuser ein, die man von Hollys Klassenzimmerfenster aus sehen konnte. Alles schimmerte noch von dem leichten Frost. Der Winter war so schön. Einen Moment lang stand Holly träumerisch und nachdenklich an die warme Heizung gedrückt da und betrachtete die Aussicht. Sie war natürlich früh hergekommen. Heute war der Tag der Weihnachtsfeier, und es gab noch viel zu tun. Es waren die letzten ruhigen Augenblicke, die sie den Tag über haben würde.

Dann stürmte Sam, der Hausmeister, herein, und der Wahnsinn begann. Er hatten angeboten, ihr zu helfen, alles in die Aula zu tragen, was sie für *Ein Weihnachtswunsch* brauchen würden, bevor der Tag richtig anfing. Die zahllosen Tannenzweige, die kostbaren Patchwork-Engel, die Dekorationen und die angestrichenen Plattformen für die Weihnachtsbaumszene waren einfach viel zu viel, als dass Holly es allein hätte schaffen können. Als die ersten Kinder eintrafen, halfen sie auch mit. Der kleine Javai taumelte unter einem schwankenden Stapel Kartons, und Lily und Vicky trugen jede zwei Tannenzweige gleichzeitig und wirbelten und schwangen sie durch die Luft wie Revuetänzerinnen ihre Straußenfächer.

Jedes Mal, wenn Holly ins Klassenzimmer zurückkehrte, waren weitere Kinder eingetroffen, die nicht im Mindesten beunruhigt waren, einen lehrerinnenlosen Raum vorzufinden – sie wussten, dass der Tag der Weihnachtsfeier ein Tag wie kein anderer war. Manche Kinder waren jetzt schon so aufgedreht, dass sie mit Linealen Duelle ausfochten oder in einem ausgeklügelten Parcours durchs Klassenzimmer turnten. Holly verpflichtete sie schnell zum Dienst, bis sie sich wie der Rattenfänger von Hameln vorkam, einen Schwarm kleiner Gestalten mit vollen Armen im Schlepptau.

Weil ihr Stück das letzte der Vorstellung war, konnten sie die Kulisse nicht schon im Voraus aufbauen. Vor der Aufführung von *Ein Weihnachtswunsch* würde es eine zehnminütige Pause geben, in der sie die Bühne herrichten mussten. Sie übten in mehreren Probeläufen, alles in der kurzen Zeit aufzubauen; Eliza, Fatima, David, Griff und Kyle waren Hollys Roadies. Dann spielten sie die Generalprobe und räumten anschließend die Aula, damit die anderen Klassen ebenfalls ihre Vorbereitungen treffen konnten.

Sie aßen alle gemeinsam im Klassenzimmer zu Mittag. Jedes Kind hatte etwas zu essen oder zu trinken dabei, und Holly hatte große Mengen an Plätzchen mit Zuckerguss, Lebkuchenmännern und Hühnerkeulen sowie Krautsalat, Fladenbrot und Hummus mitgebracht. Sie schob die Tische zusammen, breitete das Festmahl auf einer Weihnachtstischdecke in Primärfarben aus, und dann drängten sich alle um den großen Tisch, krümelten alles voll, machten sich die Finger schmutzig und vor allem lachten sie. Holly erstickte jede drohende Essensschlacht im Keim, doch ansonsten durften die Kinder sich entspannen. Es war ein besonderer Tag, und Selbstbeherrschung war zu viel erwartet – die Putzkolonne war vorgewarnt und erwartete ein großes Trinkgeld. Es war die reine Freude, dachte Holly. Sie fühlte sich wohl am Rande des Chaos; nichts ließ ihr Herz so singen wie der Klang von Kinderlachen, und sie war sich stolz bewusst, dass sie Magie wirkte: Erinnerungen, die die Kinder noch viele, viele Jahre mit sich tragen würden.

Am Nachmittag trafen Bob und sein Besitzer Andrew ein. Die Kinder empfingen sie begeistert und boten ihnen Möhrenstückchen (für Bob) und Plätzchen (für Andrew) an. Da es trocken war, warteten sie in dem kleinen Garten hinter der Aula. Bob würde durch die Brandschutztüren hinter der Bühne kommen und hoffentlich erst bemerkt werden, wenn er seinen großen Auftritt hatte. Er sollte wie das Rentier in der Geschichte eine große Überraschung sein.

Hollys Gedanken wanderten zwischendurch immer wieder zu Edward. Bei der Probe warf sie einen Blick auf die Armbanduhr und dachte: *Jetzt wird er gerade seine Präsentation halten. Wie es wohl läuft?* Beim Mittagessen fragte sie sich, an welcher Stelle der Heimfahrt er sich gerade befand und ob er Triumph oder Enttäuschung empfand. Als alle hinausmarschierten, um Bob zu begrüßen, fand sie Gelegenheit, Eliza die Frage zu stellen, die sie schon den ganzen Morgen beschäftigte: »Ist dein Kostüm fertig?«

»O ja«, antwortete Eliza mit leuchtenden Augen. »Und es ist wunderschön!«

»Hatte dein Dad Zeit, es zu machen?«, hakte Holly nach, aber Fatima kam angelaufen, rief Elizas Namen und zog sie weg, bevor sie antworten konnte.

Schließlich war es so weit. In der Aula herrschte Stille, Stuhlreihen (mit entsprechendem Brandschutzabstand) warteten darauf, gefüllt zu werden. Die Kinder waren alle hinter der Bühne, die Jungen auf der linken, die Mädchen auf der rechten Seite, und stiegen in ihre Kostüme. Holly lief hin und her, half, wo sie gebraucht wurde, und trug kunstvolles

Bühnen-Make-up auf. Und dann fanden sich die Zuschauer ein. Jimmy Claybourne von der *Hopley Post* erschien früh und machte sich über den Glühwein her, der an den Tischen am Rand der Aula ausgeschenkt wurde. Hollys Gäste waren Phyllis und Penny – sie war gerührt, dass beide hatten kommen wollen; eine Weihnachts-Schulaufführung war nicht gerade Pennys Ding – und zeigte mit einem Engelsflügel in der einen und einer Nikolausmütze in der anderen Hand wild gestikulierend auf beide, damit sie einander erkannten. Sie hatte gerade noch Zeit zu sehen, wie die zwei sich umarmten und ganz vorn nebeneinander setzten, bevor ein abgerissener Fuchsschwanz – Kostümkrise, keine Tierquälerei – sie fortrief.

Nach und nach trudelten die Eltern und Großeltern ein. Evie Greaveys Familie kam früh, und während ihre Geschwister sich Plätze suchten (mit großen Pappbechern voll Glühwein), kamen Mr und Mrs Greavey zur Bühne, winkten Evie zu und baten dann Holly, sie kurz zu sprechen.

»*Jetzt?*« Holly konnte sich die Frage nicht verkneifen. Sie kämpfte gerade mit Neil Burrows Schneemannkostüm, eine Umarbeitung seines Osterhasenkostüms von letztem April. Trotz der Versuche seiner Mum, die Ohren festzustecken, sprangen sie immer wieder hoch. Holly überlegte ernsthaft, sie abzuscheiden, hatte jedoch so eine Ahnung, dass Mrs Burrows ihr es nicht danken und sie das Kostüm am nächsten Osterfest wiedersehen würde.

»Wenn Sie so gut wären«, sagte Mr Greavey in einem Ton, der bedeutete: *Ja, jetzt, ob es Ihnen passt oder nicht.* Das verhieß nichts Gutes, dachte Holly und stieg von der Bühne.

»Ich bin gleich wieder da, Neil«, versprach sie, und er blieb wie ein weinerlicher Schneehase zurück. »Mr und Mrs Greavey, hallo«, sagte sie schnell. »Was kann ich für Sie tun?«

»Stimmt es, dass Sie Evie heute Abend singen lassen?« Mr Greavey redete nicht um den heißen Brei herum, und Holly war ihm dankbar.

»Evie singt ein Solo, ja.«

»Was um alles in der Welt ist nur in Sie gefahren?«

»In mich? Ich verstehe nicht.«

»Warum haben Sie das vorgeschlagen? Es ist so ... unerwartet, so überraschend. Regelrecht ungeheuerlich.« Mr Greaveys Brauen zogen sich zusammen wie Gewitterwolken. Holly wurde schwer ums Herz. Das konnte sie wirklich nicht gebrauchen. Genauer gesagt, Evie konnte es nicht gebrauchen. Sie sah sich um. Hinter den Kulissen kam es hie und da zu leicht chaotischen Szenen. Die Aula war inzwischen zu einem Viertel gefüllt, und es herrschte ein aufgeregtes Stimmengewirr.

»Ungeheuerlich? Ich fürchte, ich verstehe nicht. Evie singt für ihr Leben gern – sie hat eine wunderschöne Stimme – daher schien es auf der Hand zu liegen. Ich habe sie gefragt, ob sie singen möchte, und sie hat Ja gesagt. Ich versichere Ihnen, dass es ganz und gar ihre Entscheidung war.«

»Nein, tut sie nicht«, sagte Mrs Greavey in unüberhörbar ängstlichem Tonfall.

»Tut was nicht ...?«

»Sie singt nicht gern. Und sie hat auch keine schöne Stimme. Sie sind schuld, dass sie versagt, Miss Hanwell. Sie ist ein sensibles Kind. Ich fürchte, wir können das nicht zulassen.«

Holly unterdrückte ihre Ungeduld. Was hatte Evie bloß zu ihnen gesagt? »Darf ich fragen, wann Sie von dem Solo erfahren haben? Hat Evie es Ihnen gerade erst erzählt?«

»Sie hat es uns überhaupt nicht erzählt!« Mr Greavey wirkte empört. »Wir haben sie heute Morgen mit einer Klassenkameradin telefonieren hören. Sie sagte, sie sei so nervös wegen ihres Solos, dass sie sterben könne. Dieser Auftritt ist unvernünftig, Miss Hanwell. Sie muss sich auf den Unterricht konzentrieren. Eine solide Schulbildung wird ihr Sicherheit geben. Das wünschen wir uns für sie. Sie hat gesagt, Sie hätten ihr in Mathe Nachhilfe gegeben. Darüber haben wir uns gefreut. Wir dachten, Sie seien auf dem richtigen Weg.«

Holly holte tief Luft. »Ich verstehe. Das muss eine ziemliche Überraschung für Sie gewesen sein. Lassen Sie es mich erklären. Ich habe ihr tatsächlich in Mathematik geholfen. Sie hatte ein paar kleine Probleme. Sie ist jedoch sehr gewissenhaft und hat sich sehr verbessert. Das ist wunderbar. Aber sie ist erst acht, Mr und Mrs Greavey. Neben der Schule verdient sie es, Spaß zu haben und das zu tun, was sie mag – und in Evies Fall ist das Singen. Was das Gespräch betrifft, das Sie mitgehört haben: Alle Darsteller sind vor einem großen Abend nervös. Sie alle sagen so etwas. Ich habe vor fünf Minuten mit Evie gesprochen, und sie ist zwar nervös, aber vor allem ist sie aufgeregt.«

»Aber Evie ist keine Sängerin«, beharrte Mrs Greavey, den Tränen nahe. »Sie ist eine ... eine ... was ist sie, Albert?«

»Sie ist eine Maus«, erklärte Albert Greavey mit Entschiedenheit. »Von unseren drei Kindern ist sie diejenige, die ... nichts Besonderes ist. Ich weiß, es klingt hart, so etwas über sein eigenes Kind zu sagen. Verstehen Sie mich nicht falsch. Ich liebe sie über alles. Aber sie ist nicht so lebhaft wie die anderen, nicht stark. Sie wird da oben Schiffbruch erleiden, um es ganz offen zu sagen, Miss Hanwell. Sie hat nicht das Zeug dazu.«

Holly lächelte. »Evie ist keine Maus. Haben Sie sie auf das Solo angesprochen, nachdem Sie das Telefonat gehört haben?«

»Wir haben nicht gelauscht«, warf ihre Mutter sofort ein. »Wir haben es ganz zufällig mitgehört. Und nein, wir haben sie nicht darauf angesprochen. Wir waren spät dran und vollkommen verblüfft. Heute Nachmittag haben wir darüber gesprochen und sind zu dem Schluss gekommen, dass wir es wirklich verhindern müssen.«

»Dann hat Evie also keine Ahnung, dass Sie etwas wissen«, antwortete Holly. »Das ist gut, denn sie möchte Sie überraschen. Ich versichere Ihnen, dass sie deswegen sehr aufgeregt ist. Wenn Sie sich ernsthafte Sorgen machen und darauf bestehen, vor der Aufführung mit ihr zu reden, werde ich sie natürlich holen. Aber wenn Sie mir vertrauen können, rate ich

Ihnen, Platz zu nehmen und den großen Augenblick ihrer Tochter zu genießen.«

»Den großen Augenblick?« Albert Greavey sah seine Frau verwirrt an, und sie zuckte die Achseln.

»Geht es ihr wirklich gut, Miss Hanwell?«, fragte sie und biss sich auf die Unterlippe.

»Hervorragend. Das versichere ich Ihnen.«

»Aber ... es ist Evie«, flüsterte sie.

»Ja. Genau. Und wenn Sie mich jetzt bitte entschuldigen wollen, ich habe noch viel zu tun.«

Holly stieg wutschnaubend wieder auf die Bühne. Sie verstand, dass die Greaveys von Sorge getrieben wurden und ihre Tochter beschützen wollten. Trotzdem. Eine *Maus? Nichts Besonderes?* Hatten sie ihr überhaupt jemals Aufmerksamkeit geschenkt? Vor sich hin kochend machte Holly sich auf die Suche nach Neil. Sie würde ihm die verdammten Ohren an den Schädel tackern, wenn es nötig war. Sie warf einen kurzen Blick über die Schulter und sah, dass die Greaveys immer noch vor der Bühne standen, ihre Körpersprache ein Bild von Furcht. Als sie einen Moment später noch einmal hinsah, waren sie verschwunden. Die Aula war fast voll.

Mr Buckthorn erschien in einem unnötig bunten, karierten Jackett. »Es ist Zeit, Jungs und Mädchen, Lehrer. Alle außer Mr Browns Klasse verlassen jetzt bitte die Bühne und sind absolut still. Hals- und Beinbruch für alle.«

Holly versammelte ihre Klasse an dem ihnen zugewiesenen Bereich hinter der Bühne. Es war staubig, dunkel und herrlich aufregend. Die Kinder kicherten und flüsterten, aber Holly legte einen Finger an die Lippen, und sie wurden etwas ruhiger. Sie hatte ihnen einen aufmunternden Vortrag über die viele Arbeit gehalten, die die anderen Klassen in ihre Aufführungen gesteckt hatten und dass sie ihnen den Abend auf keinen Fall durch Albernheiten verderben durften.

Danach packte sie Neil an seinem flauschigen Ärmel und

zog ihn zu sich. Im Nähzimmer hatte sie eine große Sicherheits-
nadel gefunden. Wenn das nicht hielt, würde nichts halten.
Während Mr Browns Klasse, die »kleinen Kinder«, wie Dean
sie geringschätzig nannte, stockend ihr zehnminütiges Krippenspiel aufführte und für einen traditionellen Auftakt der Weihnachtsfeier sorgte, stach Holly auf den dicken Stoff des
widerspenstigen Ohres ein, bis die Nadel ihn durchdrang.

Dann lehnte sie sich zurück, hörte zu und genoss die
Aufführung. Gleichzeitig fragte sie sich, ob Edward schon hier
war, ob er die Parfüm-Kampagne an Land gezogen hatte und ob
ihm das Stück gefallen würde, das sie geschrieben hatte ...

KAPITEL 38

EDWARD

Vier Stunden nach dem Eintreffen von WRM verließ Edward das Büro und fuhr wieder nach Hause. Im Zug musste er an sich halten vor Freude, aber sobald er im Auto saß, drehte er das Radio auf volle Lautstärke und ließ seinem Jubel freien Lauf. Sie hatten den Auftrag bekommen. Die Details und was das nun konkret bedeutete, waren in den Hintergrund getreten, und als er das Büro verließ, hatten alle gefeiert, Champagnerkorken knallen lassen und Sachen gesagt wie: »Ich wäre fast gestorben, als ...« und »Konntet ihr das glauben, als ...?« Alle waren enttäuscht, als Edward seine Sachen nahm und ging, aber für ihn war das kein Konflikt. Er hatte seine Arbeit getan, und jetzt war es Zeit für Eliza.

Als er nach Hause kam, hatte er reichlich Zeit, um sich umzuziehen und zur Schule zu fahren. Hoffentlich war das Kostüm okay; vielleicht hatte Lizzie ihm ja einen Brief darüber dagelassen.

Er schloss die Haustür auf und sog genüsslich den Geruch von Bolognese ein. Es war noch warm im Flur, und er segnete Mrs D tausendmal für die Veränderungen, die sie in ihrem Leben bewirkt hatte. Dann ging er in die Küche, um nachzuschauen, ob dort ein Zettel auf ihn wartete, aber da war keiner. Stattdessen lag auf dem zerkratzten Kieferntisch der glänzende Karton mit dem Kostüm. Er erkannte den violetten Markennamen auf weißem Grund sofort. Mrs D musste vergessen haben, es in die Schule mitzunehmen. Aber *zweimal*? Sie war die organisierteste Frau, die er kannte. Dass sie vergessen hatte, es Lizzie in der Mittagspause zu bringen, lag durchaus im Bereich des Möglichen, jeder konnte mal zerstreut sein. Aber sie war nicht hier. Das Haus war leer, kein Mini in der Einfahrt. Sie war weggefahren, um sich das Stück anzusehen, und hatte das Kostüm wieder zurückgelassen.

Seltsamerweise war der Karton geöffnet worden. Der Deckel lag daneben und weißes Seidenpapier quoll heraus. Edward hob das Kostüm hoch: Kleid, Flügel und Heiligenschein, genau wie er es bestellt hatte. Es war ein wirklich großartiges Kostüm. Nach einer Erklärung suchend schaute er sich um, sah aber nichts, was ihm einen Hinweis gab. Ihm kam ein beunruhigender Gedanke. Hatte Eliza sich so darüber geärgert, dass er es nicht geschafft hatte, ihr ein Kostüm zu nähen, dass es sie aus der Bahn geworfen hatte? Hatte sie beschlossen, in letzter Minute auszusteigen? Wenn er das Weihnachtsspiel für sie ruiniert hatte, würde er sich das nie verzeihen.

Dann fiel sein Blick auf den schwarzen Plastiksack von heute Morgen, der neben dem Mülleimer auf dem Boden lag. Er war aufgerissen und leer. Von dem Sack bis zur Haustür zog sich eine verräterische Glitzerspur.

»Oh, Eliza«, murmelte er und verspürte ein Kribbeln in den Augen. Er konnte nicht glauben, dass sie sich entschieden hatte, seine missratene Kreation anzuziehen statt eines richtigen Outfits. Sie brauchte kein dummes Kostüm, um ein Engel zu sein – sie war schon einer. Er zog schnell einen schönen Pullover und Jeans an, schnappte sich seinen Mantel und den Kostümkarton und eilte zum Wagen. Wenn er rechtzeitig ankam, konnte er Eliza die Gelegenheit geben, es sich noch einmal zu überlegen.

Nur Minuten vor dem geplanten Beginn der Aufführungen stürmte er in die Kulissen der Aula und rannte an entrüsteten Lehrern vorbei, die versuchten, ihn aufzuhalten, aber er war auf einer Mission. Die kleinen Kinder hatten bereits auf der Bühne hinter dem Vorhang Aufstellung genommen. Er entdeckte einen niedlichen kleinen Josef, eine allerliebste Maria und zwei mechanische Schafe.

Hinter der Bühne saß der Rest der Schule in Klassengruppen zusammen, und er entdeckte Eliza sofort. Sie saß in der Mitte bei Holly, die einen leuchtend roten Pullover und Rock trug. Dort war Fatima, und da Jinny, und da war auch der kleine Schurke Jason Tillwell. Und dort saß seine Tochter, mit Lametta, lang herabhängenden Fäden und fiebrig glänzenden, pockenähnlichen Glitzerflecken. Ein paar Papierstreifen waren von den Flügeln gefallen und lagen um sie herum verteilt, als hätte sie die Grippe. Er schämte sich zutiefst.

»Pst! Lizzie-Boots. Eliza!«, zischte er. Sie drehte sich um und winkte ihm strahlend zu. Auch Holly drehte sich um und wirkte erfreut, erschreckt und neugierig. Er winkte, doch jetzt war keine Zeit zum Plaudern. Eliza stand auf und lief lautlos zu ihm, während weitere Papierfetzen von ihr herabwehten.

»Was machst du hier, Daddy? Du solltest auf deinem Platz sitzen.«

Er hielt den glänzenden Karton hoch und schüttelte ihn. »Es ist noch nicht zu spät!«

Sie runzelte die Stirn. »Sei nicht dumm, Daddy – ich mag mein Kostüm.«

»Süße, das kannst du nicht machen.«

»Doch.«

»Aber denk doch nur, wie ich jetzt dastehe. Nähen ist nicht gerade meine Stärke, Liebes.«

»Stell dich nicht so an«, tadelte sie ihn. »Und jetzt geh und setz dich.«

»Ernsthaft?« Er konnte nicht glauben, dass sie so uneitel war, aber es schien, als hätte sie in der Hinsicht seine Gene geerbt und nicht die von Cressida.

»Ernsthaft. Ich möchte dieses Kostüm, Daddy, ich liebe es. Das hättest du wissen müssen.«

Er seufzte und gab sich geschlagen. »Na schön. Hals- und Beinbruch, Lizzie-Tops. Ich hab dich lieb.« Er begann auf Zehenspitzen die Kulissen zu verlassen.

»Daddy!«, zischte sie, und er drehte sich um. »Danke für mein schönes Kleid.«

Er salutierte ihr ironisch und machte sich auf die Suche nach einem Platz.

KAPITEL 39

ELIZA

Schon bald stand Eliza auf ihrem grün gestrichenen Bänkchen, bereit, die Eröffnungshaltung einzunehmen (Arme erhoben, Flügel stolz zur Schau gestellt), wenn der Vorhang aufging. Ihre grauen Augen leuchteten vor Aufregung, und ihre Wangen brannten. Miss Hanwell hatte ihnen zuvor geholfen, Bühnen-Make-up aufzutragen, und sie wusste, dass das Gesicht, das dem Publikum zugewandt war, nicht ihr eigenes sein würde, sondern das einer viel selteneren und magischeren Eliza, die auf gefiederten Flügeln schweben und wunderbare Dinge tun konnte. Es war seltsam, aber sie war überhaupt nicht nervös.

Als sie am Morgen aufgewacht war, hatte sie gedacht, dass sie es nicht durchziehen konnte. Sie war mit einem mulmigen Gefühl im Magen aus dem Bett gestiegen, und dann war sie nach unten gegangen, um noch einmal die Weihnachtskarte ihrer Mutter zu lesen. Ihre Mutter war jetzt eine Fremde, begriff sie, und sie war eine Fremde für ihre Mutter. Es war schrecklich. Sie schaute auf die Zeilen und dachte an die vielen Aufführungen, die ihre Eltern sich zusammen angesehen hatten und bei denen sie sie anschließend abwechselnd umarmt hatten. Dann dachte sie an die Aufführungen danach, als sie auf der Bühne erstarrt und alles furchtbar schiefgegangen war. Eliza wollte das einfach nicht noch einmal durchmachen. Sie war wieder nach oben zu ihrer Fensterbank gegangen, ihrem Lieblingsplatz, um nach draußen zu schauen und nachzudenken, aber die Glasscheiben waren beschlagen gewesen, und sie hatte überhaupt nichts sehen können.

Dann hatte sie den Morgenmantel angezogen und war mit hängenden Schultern in die Küche gegangen, fest davon überzeugt, dass sie Miss Hanwell in letzter Minute im Stich lassen und ihren Dad enttäuschen würde. Bestimmt würde sie es sich nie verzeihen können. Doch Tante Pam hatte Eliza in der Küche ihr Lieblingsfrühstück zubereitet: Pfannkuchen. Da war Eliza klar geworden, dass sie trotz der Entfremdung von ihrer Mutter viele andere Menschen hatte. Tante Pam war zwar erst seit Kurzem ihre Freundin, aber sie hatte trotzdem das Gefühl, sie schon ihr Leben lang zu kennen. Das Gleiche galt für Fats und Jinny. Miss Hanwell war die wunderbarste Lehrerin der Welt. Und dann war da natürlich ihr Dad.

»Dein Vater lässt dir ein Kostüm liefern«, hatte Tante Pam ihr berichtet und geschickt einen Pfannkuchen in der Luft gewendet. Diese Kunst hatte Eliza immer noch nicht gemeistert. »Er hat mir eine SMS geschickt. Er sagt, dass bei seinem Kostüm einiges schiefgegangen ist und dass er ein neues per Kurier schicken lässt. Da ist auch ein Brief.«

Eliza hatte stirnrunzelnd den Brief gelesen. Dann hatte sie sich umgesehen und den schwarzen Müllsack an der Tür entdeckt. Sie hatte ihn geöffnet und behutsam das Kostüm herausgeholt, das ihr Vater gemacht hatte. »Aber mir gefällt das hier«, hatte sie gesagt, und Tante Pam war herbeigekommen, um es sich anzusehen. Sie hatte Eliza geholfen, die abgefallenen Papierstreifen wieder anzukleben, dann hatte sie das Lametta hastig mit Sicherheitsnadeln befestigt. Sie waren sich beide einig, dass es kein schöneres Kostüm geben könne. Stolz und glücklich hatte Eliza das Kleid in ihre Tasche gepackt, und

Tante Pam hatte behutsam die langen Flügel auf den Rücksitz ihres Autos gelegt. Eliza hatte das gekaufte Kostüm nicht sehen müssen, um zu wissen, welches ihr lieber war.

Inzwischen war ihre morgendliche Niedergeschlagenheit verschwunden, und sie hätte überschäumen können wie eine kräftig geschüttelte Cola-Flasche. Sie hatte die längsten Flügel von allen Kindern und das glitzerndste Kleid. Dicke Lamettabüschel umrahmten ihr Gesicht und juckten am Kopf. Es war das allerbeste unangenehme Gefühl der Welt.

Jetzt drängte Miss Hanwell die Kinder, ihren Platz einzunehmen und flüsterte ihnen ermutigend zu. »Ist alles in Ordnung?«, fragte sie, als sie an Eliza vorbeiging.

Eliza nickte grinsend.

»Gut«, flüsterte Miss Hanwell. »Das ist gut.« Dann trat sie durch den Vorhang, um das Publikum zu begrüßen.

KAPITEL 40

EDWARD

Edward hatte einen Platz in der dritten Reihe gefunden. Er lächelte während des Krippenspiels der Kleinsten und genoss die Darbietungen der anderen Klassen, vor allem das Weihnachtsmedley mit Tanz und Gesang und einen unmelodischen, aber temperamentvollen Auszug aus *Les Miserables*. Dann gab es eine zehnminütige Pause, in der man sich neuen Glühwein holen und schnell ein paar Mince Pies verdrücken konnte. Währenddessen war der Vorhang geschlossen. Dahinter war viel dumpfes Poltern und Scharren auf der Bühne zu hören, und einmal Elizas unverkennbares silberhelles Lachen.

Er ging zu seinen Eltern, die sich prächtig amüsierten. Seine Mutter hatte Anlass, ihn zu kritisieren (weil er erst in letzter Minute gekommen war). Das hieß, dass es ihr gut ging, und sein Vater war so froh darüber, etwas mit ihr zu unternehmen, nachdem er gesehen hatte, wie sie die Treppe heruntergefallen war, dass er ungewöhnlich guter Laune war.

»Das Lied über den Esel«, sagte er immer wieder schmunzelnd. »Herrlich. Einfach herrlich. Und als Maria Jesus fallen gelassen hat – unbezahlbar!«

Als Edward Mrs D entdeckte, stellte er sie seinen Eltern

vor. Seine Mutter tat das, was sie immer tat, wenn sie neue Leute kennenlernte, und gab sich überlegen und herablassend, aber Mrs D war nicht die Art Frau, die Unsinn tolerierte, und machte dem schnell ein Ende. Sie unterhielt sie mit lustigen Geschichten darüber, was Eliza nach der Schule trieb, und Edwards Eltern hingen ihr an den Lippen. Er musste wirklich dafür sorgen, dass sie Eliza öfter sahen, dachte er. Vielleicht im neuen Jahr, wenn das Haus in einem annehmbaren Zustand war …

Als die Leute wieder ihre Plätze einnahmen, humpelte Edwards Mutter auf ihren Krücken hin und her und sagte: »Verzeihung« und »Ich frage wirklich nur ungern, aber wären Sie wohl so nett …« und wedelte dabei mit ihrer rechten Krücke wie ein Dirigent, der eine komplizierte Reise nach Jerusalem anwies. Innerhalb weniger Minuten waren acht Leute weitergerutscht, sodass vier Plätze nebeneinander frei waren und sie alle zusammen Elizas Auftritt verfolgen konnten.

Als Holly herauskam, um die Zuschauer zu begrüßen, dachte Edward, wie atemberaubend sie aussah mit ihrem glänzenden goldenen Haar, dem weihnachtlichen roten Outfit und den langen schwarzen Lackstiefeln. Sie stellte das Stück vor und verließ dann seitlich die Bühne, bevor die Vorhänge sich wieder öffneten.

Ein allgemeines Oh und Ah erhob sich von den Familien, Kindermädchen und Nachbarn im Publikum. Die zerkratzte Schulbühne war nicht wiederzuerkennen. Der Boden und der Hintergrund waren von grünen Tannenzweigen übersät, deren Duft die Aula erfüllte. Es war, als schaue man in einen riesigen Weihnachtsbaum hinein. Über den Hintergrund verteilt hing der Baumschmuck aus Pappe, den die Kinder im Unterricht gebastelt hatten, und die Patchwork-Engel, die sie zu Hause gemacht hatten. Hinzu kamen zwölf reglose Kinder, die aussahen, als hingen auch sie an den Zweigen des magischen Baums. Edward hatte von Eliza und Holly das Geheimnis erfahren, dass sie auf nahezu unsichtbaren Podesten standen. Jeder, der Eliza, Fats, Lily, David, Javai und die anderen kannte, staunte unwillkürlich darüber, dass sie so lange stillstanden. Die Wirkung war atemberaubend.

Gemurmel ging durch die Aula.

»Diese Lehrerin ist sehr gut.«

»Äußerst talentiert.«

»So kreativ.«

Für einen Augenblick war das Bild erstarrt, wie sie es geprobt hatten, um dem Publikum Zeit zu geben, zu reagieren und sich wieder zu fassen. Edward konnte sich nicht sattsehen. Dort stand seine kleine Tochter, strahlend und Teil der Magie. Ihre langen Flügel waren nicht zu übersehen, der Glitzer auf ihrem Kleid schimmerte wie Wasser im Bühnenlicht. Er hatte Angst gehabt, dass sie in ihrem Kleid albern aussehen würde, dass sie als die einzige mit Papiertüchern auf den Flügeln oder Punkten auf dem Kleid herausstechen würde. Er hatte sich vorgestellt, in einer Reihe selbstgefälliger Eltern zu sitzen, die im Flüsterton über den Zustand von Eliza Suttons Kleid lästerten und kicherten, dass das ja zu erwarten gewesen sei bei einem alleinerziehenden Dad. Aber so war es gar nicht. Es wurde zwar ringsum geflüstert, aber Edward hörte nur: »Sieh mal, Ma, da ist Jai. Hat er die Weste verkehrt herum an?« – »Wo ist Claire? Ach da, ganz außen.« – »O nein, Indiras Hut ist zerdrückt!« und so weiter.

Eins der Kinder war Neil Burrows als Schneemann verkleidet. Er trug einen weißen Anzug, der verdächtig pelzig aussah. Tatsächlich hatte er ein rehbraunes Bäuchlein, wie Edward bemerkte. Vermutlich war ein Häschen-Kostüm hastig zwangsverpflichtet worden. Vor den gebannten Augen des Publikums glitt in diesem Augenblick unter seinem Hut ein langes Hasenohr hervor und fiel ihm über die Wange. Er warf einen entsetzten Blick in die Kulisse, wahrscheinlich zu Holly, dann nickte er und nahm wieder seine beeindruckend reglose Haltung ein.

Plötzlich wurde Edward klar, dass sie aus der Nähe betrachtet alle Hängesäume und notdürftig befestigte Flügel hatten. Einige wenige Leute im Publikum mochten vielleicht wirklich geschickt im Nähen gewesen sein, aber die anderen hatten einfach ihr Bestes gegeben und aus Bordmitteln improvisiert, so gut es ging. Die Feuerprobe würde natürlich die Reaktion seiner Mutter sein. So unauffällig er konnte, drehte er den Kopf zu ihr und sah sie an. Sie hielt die Laseraugen auf Eliza gerichtet. Wirkte sie kritisch? Verächtlich? Peinlich berührt? Nein, sie wirkte verzaubert – und sehr stolz. Die Kinder waren alle Patchwork-Engel, dachte er, zusammengestückelt und etwas merkwürdig, aber wunderschön. Er lehnte sich zurück und verfolgte entspannt die Vorführung.

Während die Geschichte sich entwickelte, erkannte er die Bedeutung der verschiedenen Teile, die Eliza ihm erzählt hatte. Die beiden Kinder, gespielt von Sophie Lewis und Kyle Mortimer, und ihr verbitterter, freudloser Onkel, gespielt von Matt Simmons, der hemmungslos übertrieb. Der magische Weihnachtsbaum, dessen Schmuck zum Leben erwachte und zu laufen und sprechen anfing. Die sechs Engel, die ausgesandt worden waren, um die Weihnachtswünsche der Kinder wahr werden zu lassen. Die große Enthüllung, als Eliza Bob, ein echtes, lebendiges Rentier, auf die Bühne führte und eine La-Ola-Welle ungläubigen Lächelns im Publikum auslöste. Und Evies Solo, das so schön und bewegend war, dass Edward Tränen in die Augen traten. Das Kind hatte Talent! Der kurze, aber leidenschaftlich empfundene Auftritt von Griff Heaton als Weltraummonster Nr. 1 ließ alle vor Lachen brüllen. Und Eliza, die jeden ihrer Monologe, ohne zu stocken oder ein Wort zu vergessen, vortrug, spielte mit alter Souveränität und wirkte sogar noch sicherer. Edward wäre vor Stolz beinahe geplatzt.

Als die Kinder sich auf der Bühne versammelten und

verbeugten, erscholl Applaus, und Wohlbehagen hing in der Luft wie Holzrauch. Edward klatschte, bis ihm die Hände wehtaten, und Mrs D und seine Eltern ebenso. Sie hörten nicht einmal auf, als die Krücke seiner Mutter herunterrutschte und seinen Vater am Knöchel traf.

Edward ließ den Blick durch die Aula schweifen: So viel Glück, so viele unterschiedliche Familien, zusammengeführt von der Magie, die Holly Hanwell bewirkt hatte, Magie, die seine Eliza und ihre Freunde zum Leben erweckt hatten. Wo er auch hinschaute, sah er lächelnde Gesichter, und er lachte laut, während er applaudierte ... Bis er ganz hinten in der Ecke eine Gestalt entdeckte, bei der ihn ein eisiger Schauer überlief. Es war unverkennbar eine Frau, die abseits stand, anstatt sich zu den anderen zu setzen. Sie trug ein Kopftuch wie ein Hijab und verdeckte damit ihr Haar und den unteren Teil des Gesichtes, und dazu eine große Brille mit getönten Gläsern und einen langen unförmigen Mantel. Eine seltsame Art, sich für eine Schulaufführung zu kleiden. Überhaupt ein seltsames Verhalten, fast so, als wolle sie nicht bemerkt werden. Oder vielmehr, dachte Edward, als er wegschaute und sofort wieder hinsah, wirkte die Gestalt wie jemand, der bemerkt werden wollte, aber so tat, als wolle sie nicht bemerkt werden. Sein Magen krampfte sich zusammen, und sein Glücksgefühl verschwand. Das war doch wohl nicht etwa ... *Cressida?*

KAPITEL 41

HOLLY

Das Stück war ein großer Erfolg. Obwohl sie sich so viel Mühe damit gegeben hatten, konnte Holly kaum glauben, dass alles so gut gelaufen war. Keins der Kinder hatte einen Fehler gemacht oder seinen Text vermasselt. Bob hatte sich gewohnt professionell verhalten, und Eliza hatte auf ihre ruhige Art allen die Show gestohlen – für Holly war klar, dass ihr Talent etwas Besonderes war. Was Evie betraf, sie hatte alle umgehauen. Als der Augenblick für ihr Solo gekommen war, war sie im Rampenlicht ganz kurz erstarrt. Holly hatte aus den Kulissen die eiskalte Angst auf ihrem Gesicht gesehen. Sie wollte ihr gerade Mut zuflüstern, als Evie sich merklich schüttelte, die Beine leicht auseinanderstellte, sodass sie aufrecht dastand, wie Holly es ihr gezeigt hatte, und zu singen begann. Ihre Stimme war unglaublich! Noch kräftiger als an dem Tag, an dem sie Holly im Klassenzimmer etwas vorgesungen hatte, und genauso schön. Seit sie angefangen hatten, Evies Lied im Unterricht zu proben, hatte Holly gemerkt, wie sie von Tag zu Tag selbstbewusster geworden war. An diesem Abend war sie wie ein anderes Kind: sicher, glücklich, strahlend. Wenn ihre Eltern nach diesem Auftritt nicht begriffen, dass sie eine begnadete Sängerin war, dann war ihnen nicht mehr zu helfen.

Es wurden weiter Glühwein und Mince Pies serviert, und die Zuschauer plauderten in einer Atmosphäre allgemeiner Weihnachtsstimmung. Jimmy, der Journalist, saß in einer Ecke auf einem der kleinen Kinderstühle über einen Notizblock gebeugt und machte sich eifrig Notizen. Holly drehte eine Runde durch die Menge, gratulierte den stolzen Eltern und konnte kaum glauben, wie freundlich alle zu ihr waren. Sie schienen sie für eine Zauberin zu halten und sahen sie verblüfft an, wenn sie ihnen sagte, wie klug und besonders ihre Kinder seien. Sie ging von Gruppe zu Gruppe und hielt dabei Ausschau nach Eliza und ihrem Vater.

Da waren sie! Auf dem Weg zu ihnen bemerkte sie, dass Pam Dixon und zwei Leute bei ihnen standen, die Edwards Eltern sein mussten. Edward und Eliza winkten ihr grinsend zu, als sie sie sahen, und Edward löste sich von der kleinen Gruppe und kam auf sie zu geeilt.

»Holly, das war phänomenal. *Sie* sind phänomenal. Gut gemacht.«

Sie lächelte. »Danke, Edward, das ist sehr nett von Ihnen. Und wie ist die Präsentation gelaufen? Ich habe den ganzen Tag daran gedacht.«

Sein Grinsen sagte ihr alles, was sie wissen musste. »Wir haben es geschafft. Wir haben den Auftrag. Es ist noch gar nicht richtig bei mir angekommen ...«

»Es war klar, dass Sie es schaffen würden. Herzlichen Glückwunsch. Ich freue mich so für Sie.« Sie streckte die Hand nach ihm aus. O Gott, impulsive Berührungen in der Öffentlichkeit waren nicht die beste Methode, um ihre Gefühle für ihn für sich zu behalten. Er lächelte jedoch nur und erwiderte ihre Umarmung. Eine freundschaftliche Umarmung war doch in Ordnung, oder? Er war so warm und groß. Und dann sah er sie auf eine Weise an, dass ihre Knie zu Pudding wurden.

»Edward ...«

»Holly, ich hoffe, es ist nicht schrecklich unpassend, aber ich wollte sagen ...«

»Edward? Würdest du uns miteinander bekannt machen?« Das war Edwards Vater.

Holly schüttelte sich – was hatte er nur sagen wollen? –, und Edward drehte sich zu der kleinen Gruppe um, die sich ihnen unbemerkt genähert hatte. »Mutter, Dad, das ist Holly Hanwell, Elizas Lehrerin und eine gute Freundin.«

War sie das? Wie schön zu hören. Nur eine gute Freundin? Aber das war jetzt nicht wichtig. Sie gaben sich alle die Hand, und seine Eltern gratulierten ihr herzlich. Pam Dixon strahlte, und Edwards Dad holte Holly ein Glas Glühwein.

Eliza zupfte sie am Arm. »Miss Hanwell, kommen Sie nachher mit zu uns? Ich bin bestimmt zu aufgeregt, um schon ins Bett zu gehen, und wir könnten heiße Schokolade trinken und über das Stück reden.«

Es gab nichts, was sie lieber getan hätte. Es würde schrecklich sein, nach diesem Abend in ein stilles Haus zurückzukehren. Phyllis und Penny hatten sie bereits umarmt und sich verabschiedet. Phyllis war müde und Penny hatte noch eine lange Fahrt durch die Winternacht vor sich, um nach Soul Pastures zurückzukehren. Wieder war die Einladung von Eliza gekommen, nicht von Edward. Holly wünschte sich sehr, dass sie von Edward kam. Und tatsächlich, er nickte. »Bitte, tun Sie das. Es sei denn, Sie haben das Stück nach all den Wochen so satt, dass Sie nie wieder daran denken wollen. Das würden wir verstehen. Aber wir würden uns wirklich freuen, wenn Sie mitkommen würden. Sie wären unser Ehrengast. Mum, Dad, Pam – warum kommt ihr nicht auch? Wir können eine kleine Afterparty veranstalten.«

»O nein«, sagte seine Mutter schnell. »Wir freuen uns auf unseren Weihnachtsbesuch am Achtundzwanzigsten und werden bis dahin warten. Es wird sonst zu spät für uns alte Leute. Ihr dürft Holly ganz für euch allein haben.«

»Wenn sie mitkommt ...?«, fragte Edward. Selbst Holly konnte sehen, dass sein Gesicht aufrichtige Hoffnung verriet, und sie glaubte diesem Ausdruck.

»Das wäre absolut ...«

In dem Moment stieg Mr Buckthorn auf einen Stuhl, schwankte gefährlich – er galt allgemein nicht als leichtfüßig – und forderte sie auf, eine Rede zu halten. »Unsere Miss Holly Hanwell!«, rief er. »Stückeschreiberin und Produzentin, Bühnenbildnerin, Entdeckerin von Talenten und die beste und hilfreichste aller Lehrerinnen. Bitte, kommen Sie hier herauf und sagen Sie ein paar Worte.«

Holly wäre am liebsten im Boden versunken. Schließlich war sie nicht die einzige Lehrerin, die heute Abend eine Vorstellung auf die Bühne gebracht hatte. Doch in der ganzen Aula klatschten und jubelten die Menschen, und mehrere Hände schoben sie in Buckthorns Richtung. Es gab kein Entkommen.

Widerstrebend ging sie auf ihn zu. Mr Buckthorn sprang unbeholfen mit einem Plumps vom Stuhl, der den Boden erzittern ließ und ihm die Knie ruiniert haben musste. »Hoch mit Ihnen! Hoch!«, rief er überschwänglich.

Eliza lief zu ihr und schlang die Arme um sie. Holly erwiderte die Umarmung und taumelte leicht, nicht, weil Eliza so schwer war, sondern weil die Liebe und das Glück, das sie durchströmte, sie schwindlig machten.

»Sie müssen etwas sagen«, flüsterte Eliza. »Ich hatte einen tollen Abend, und ohne Sie hätte ich es nicht geschafft. Alle sagen dasselbe, die ganze Klasse. Evie ist so glücklich, dass sie weint. So eine Aufführung gab es noch nie.«

»Vielen Dank, Liebes«, sagte Holly. Sie befreite sich aus der Umarmung des kleinen Mädchens und kletterte mit Hilfe von Mr Buckthorns ausgestrecktem, extravagant kariertem Arm auf den Stuhl. Ein Meer von großen und kleinen Gesichtern sah ihr entgegen.

Bevor sie anfangen konnte, hörte sie ein langsames Klatschen und sah eine fremde Gestalt vom Ende der Aula durch die Menge auf sich zukommen. Im Gehen streifte sie Kleidungsstücke ab – einen Regenmantel, einen Schal, eine Sonnenbrille ... Für einen Moment fragte Holly sich, ob sie gerade Zeugin eines bizarren Striptease wurde und ob die Fremde betrunken war. Doch als sie die Brille abnahm, schaute Holly in ein bekanntes, sofort erkennbares Gesicht. Es war Cressida Carr, der Filmstar. Elizas Mutter. Edwards Ex-Frau.

»Bravo!«, rief Cressida, deren Bühnenstimme durch die Aula drang. Alle Köpfe drehten sich in ihre Richtung. Aus glücklichen, aufgeregten Gesichter wich die Vorfreude, bis nur noch heruntergeklappte Unterkiefer und staunende Augen übrig waren. »Bravo! Was für ein herrliches kleines Stück, und wie stolz ich auf meine talentierte Tochter bin!«

Als sie bei Eliza war, zog sie sie in eine Umarmung. Jetzt schaute jeder im Raum wie gebannt zu Cressida, und Holly war nur eine Frau, die auf einem Stuhl stand.

Wie alle anderen musste sie einfach hinsehen. Cressida trug ein atemberaubendes blaues Kleid, das ihre strahlend blauen Augen neonfarben erscheinen ließ. Ihr langes, schlangenartig gewelltes schwarzes Haar hatte den unverkennbaren Glanz von Hollywood. Ihr herzförmiges Gesicht sprühte vor Emotionen, und ihr ganzes Auftreten war das eines Menschen, der erwartete, Aufmerksamkeit zu erregen. Holly riss den Blick von ihr los und suchte in der Menge nach Edward.

Sein Gesicht glühte, genauso intensiv wie das von Cressida, nur dass niemand ihn ansah und seine Miene einen ganz anderen Ausdruck zeigte: eine komplexe Mischung aus Entsetzen, Angst und absolutem Zorn. Vor Hollys Augen machte er drei entschlossene Schritte vorwärts, angespannt wie eine Katze, aber seine Mutter hielt ihn am Arm fest. Er blieb stehen, und sie flüsterte ihm etwas ins Ohr. Er ließ kurz die Schultern hängen, dann nickte er und ging weiter, doch ohne die tödliche Entschlossenheit im Schritt. Holly verstand. Er durfte in Elizas Gegenwart keine Szene machen, aber sie musste wissen, dass ihr Dad in der Nähe war. Holly konnte Elizas Gesicht nicht sehen und war froh darüber.

Edward sagte etwas zu Mr Buckthorn, dann trat er neben Cressida und seine Tochter. Mr Buckthorn ging wie ein Mann, der aus einem Bann erwachte, ebenfalls zu Cressida und sprach einige Worte. Holly fing Bruchstücke auf: »... Sie hier begrüßen zu ... große Ehre«, und dann: »Wenn Sie bitte einen Augenblick warten könnten.«

Dann richtete er das Wort wieder an die Anwesenden in der Aula. »Wie Sie sehen, beehrt uns heute Abend ein prominenter Gast. Sie werden sie sicher auf den ersten Blick erkennen, und ich hoffe sehr, dass Sie sich bereit erklären wird, gleich ein paar Worte zu sagen, doch nun werden wir etwas von Miss Hanwell hören. Holly, wenn Sie bitte so freundlich wären?«

Holly war drauf und dran gewesen, von dem Stuhl zu steigen. Sie konnte kaum denken. Sie wollte nur wissen, ob es Eliza gut ging.

Cressida wirkte mächtig verärgert. Sie nahm den Arm von Elizas Schultern und trat zurück. Eliza lief sofort zu Edward, der sich zu ihr herabbeugte und eindringlich mit ihr sprach. Elizas kleines Gesicht war weißer als Papier, und ihre silbergrauen Augen waren vollkommen verwirrt. Unglücklich. Sie nickte jedoch und hörte zu. Holly musste etwas sagen. Mindestens die Hälfte des Saals sah jetzt wieder zu ihr. Sie war auch einmal Schauspielerin gewesen. Sie wusste, wie man eine Rede hielt, wie man Probleme lange genug beiseiteschob, um zu sagen, was gesagt werden musste. Sie durfte die Tiefe ihrer Gefühle für Edward und Eliza nicht von einem Stuhl aus offenbaren.

Also sagte sie, wie glücklich der Abend sie gemacht habe

und wie stolz sie auf die Kinder sei. Sie lobte die anderen Klassen und die Mühe der Lehrer und sagte, wie dankbar sie ihrem Direktor sei, dass er die darstellenden Künste an ihrer Schule von ganzem Herzen unterstütze. Sie erklärte, dass Mr Buckthorn zwar so freundlich gewesen sei, ihr das Verdienst für ihr Stück zuzusprechen, dass es jedoch die Kinder seien, denen sie ihre Inspiration, Motivation und Daseinsberechtigung verdanke. »Wenn ich daher von diesem Stuhl steige«, kam sie zum Schluss, »werde ich auf jeden einzelnen meiner wunderbaren Schüler das Glas erheben. Ihr Glück ist alles, was zählt. Sie sollten und werden immer an erster Stelle stehen.« Dann sprang sie vom Stuhl, landete anmutig auf dem Boden und machte einen kleinen Knicks.

Es folgte Applaus, und einige Leute drängten herbei und klopften ihr auf die Schulter. Die meisten gafften jedoch immer noch und hielten die Handys auf Cressida gerichtet, die zu Jimmy, dem Journalisten, geschlendert war. Er hörte ihr wie gebannt zu. Sie stahl allen die Show. Dabei verdienten andere die Aufmerksamkeit. Holly zählte sich nicht dazu – das war ihr egal –, aber um die Kinder tat es ihr leid. Evie und Eliza und Fatima und Lily und Griff ... Holly knurrte innerlich.

Sie ging zurück zu Edward und Eliza. »Edward«, sagte sie, »ist alles in Ordnung? Eliza, geht es dir gut?«

Edward war so benommen, dass er nicht sprechen konnte. Er sah Holly flehend an, war jedoch nicht in der Lage, seine Gedanken in Worte zu fassen. Hinter ihm erschienen seine Eltern und Mrs Dixon, um ihm schweigend beizustehen. Und dann kehrte Cressida mit Jimmy im Schlepptau zu ihrer früheren Familie zurück.

KAPITEL 42

EDWARD

Er hätte es wissen müssen. Das war der Gedanke, der ihm immer wieder durch den Kopf ging. Er hätte wissen müssen, dass sie ihr Versprechen brechen würde. Doch wenn die Mutter deines Kindes sich einverstanden erklärte, im Interesse des Kindes zu handeln, sollte man ihr doch glauben können, oder? Etwas anderes anzunehmen würde heißen, dass man eine wirklich sehr schlechte Meinung von ihr hat. Edward hatte sie seit Jahren nicht gesehen; er hatte keinen Grund, so schlecht von ihr zu denken. Trotzdem - hätte sein Instinkt ihn nicht warnen sollen? Doch sie war so charmant und verständnisvoll gewesen. Selbst wenn er Verdacht geschöpft hätte, was hätte er tun können? Sicherheitsleute am Schultor postieren? Eine einstweilige Verfügung erwirken? Wohl kaum.

Seine Hand lag auf Elizas Schulter, während sie sich an seine Beine schmiegte wie ein kleines Kind. Er spürte, wie sie zitterte. Es könnte noch von der Aufregung des Auftritts her stammen, doch ihre überschäumende Freude war schlagartig einer stummen Wachsamkeit gewichen, und er hätte am liebsten geweint. Seine Eltern und Mrs D standen wie Backgroundsänger hinter ihm, und Holly war als treue Unterstützerin an seiner Seite. Da kam Cressida auch schon, zog den Reporter hinter sich her und zeigte ihr strahlendstes Lächeln. In einer Hinsicht war sie schöner denn je: makellos, glamourös, perfekt; wäre sie etwas zu essen, würde einem das Wasser im Mund zusammenlaufen. Doch in anderer Hinsicht war sie weniger schön. Sie war nicht mehr die Cressida, die er gekannt und geliebt hatte. Die junge Frau von damals, mit der wilden Mähne und den nackten Füßen, immer zum Lachen aufgelegt, war irgendwie lebendiger gewesen, verlockender. Diese Cressida hatte zwar große Ähnlichkeit mit ihr, aber das war auch schon alles.

»Gut gemacht, Darling, sehr gut gemacht«, kreischte sie und nahm eine passive Eliza stürmisch in den Arm. »Du warst absolut wunderbar. Die Allerbeste von allen. Ich bin sehr stolz auf dich.«

»Danke«, antwortete Eliza leise.

»Und Ihnen auch herzlichen Glückwunsch«, fügte Cressida an Holly gewandt hinzu. »Wirklich ein ganz reizendes Stück.«

»Danke«, entgegnete Holly unbeeindruckt.

»Und Edward, Darling. Es ist so schön, dich zu sehen. Himmel, du siehst aus, als hättest du einen Geist gesehen. Sag bitte nicht, dass du böse bist, weil ich heute Abend gekommen bin. Du hast gesagt, erst nach der Show, und jetzt ist nach der Show. Ich war brav und habe mir große Mühe gegeben, am Eingang nicht erkannt zu werden. Ich habe darüber nachgedacht, was du gesagt hast, dass Eliza vor der Aufführung nicht gestört werden sollte, und du hattest recht. Aber jetzt ist es vorbei, und ich konnte es nicht ertragen, auch nur einen Moment länger von meinem kleinen Engel getrennt zu sein.«

»Ich sagte«, korrigierte er sie mit zusammengebissenen Zähnen, »dass Eliza diesen Abend für sich haben soll. Den ganzen Abend. Und dass ich morgen mit ihr über dich sprechen und fragen wollte, ob sie einverstanden ist, dich zu sehen –

damit sie es selbst entscheiden kann. Diese Freiheit hast du ihr genommen, Cressida.« Er wollte noch viel mehr sagen, aber er war sich dessen bewusst, dass ein Zeitungsreporter neben ihnen stand. »Aber jetzt bist du hier und es ist nicht zu ändern. Du hast die Aufführung gesehen. Sollen wir uns für wann anderes verabreden?«

»Wann anders? Wann, wenn nicht jetzt, Darling? Ich will mit Eliza feiern. Wollen wir alle zusammen nach Hause fahren? Ich würde zu gern euer kleines Haus sehen.«

»Cressida, sie ist acht. Sie muss bald ins Bett.«

»Ich weiß, dass sie acht ist. Ich bin schließlich ihre Mutter. Was sagst du, Eliza, soll Mummy zu dir nach Hause kommen? Dann können wir zusammen etwas Warmes trinken, bevor du ins Bett gehst, und du kannst mir alles über deine neue Schule erzählen.«

»Wenn du möchtest.« Elizas Stimme war ausdruckslos, aber höflich.

Edward hockte sich neben sie, um mit ihr zu reden. Dankbar hörte er, wie seine Mutter Cressida in ein Gespräch verwickelte, damit seine Tochter und er für einen Moment ungestört waren. »Was möchtest du tun? Wenn du müde bist, kannst du einfach Nein sagen – deine Mum wird es verstehen. Aber wenn du dich mit ihr unterhalten möchtest, kann sie kurz mit nach Hause kommen. Wie du willst, Süße.«

Eliza zuckte die Achseln. »Sie kann mitkommen. Irgend- wann müssen wir sie ja sehen. Und sie hat die weite Reise gemacht, um mich zu besuchen.«

Und um dir die Show zu stehlen, dachte er, sagte jedoch nur: »In Ordnung.« Er stand auf und sah Cressida an. »Nur für eine Stunde, Cressida. Du hast uns überrascht, und für Eliza ist es schon spät.«

»Eine Stunde ist in Ordnung, Edward. Danke. Und ich hoffe, dass es eine schöne Überraschung war!«

Niemand antwortete. In der absoluten Stille sah Cressida

Holly wieder an und sagte: »Sie sind ja immer noch da. Wie reizend. Aber sollten Sie nicht herumgehen und mit den vielen Eltern reden?«

»Das mache ich schon noch«, versicherte Holly ihr, ohne sich zu rühren, und Edward überkam ein kurzes Glücksgefühl, weil sie noch bei ihm war, weil sie sich nichts gefallen ließ.

»Nun, Sie werden wissen, was Sie tun.« Cressida ließ die doppeldeutigen Worte für eine Sekunde in der Luft hängen, dann strahlte sie Jimmy an. »Ich werde gleich mit meiner Familie aufbrechen. Sie wollen sicher Fotos machen, bevor wir uns verabschieden. Es ist so ein wunderbares Wiedersehen. Ich könnte nicht glücklicher sein.«

Jimmy brachte Edward, Cressida und Eliza pflichtschuldig in Position. Sie schlang einen Arm um beide und hob lächelnd das Kinn, als posiere sie für ein Selfie mit Fans. Jimmy machte einige Aufnahmen.

»Ist das alles?« Cressida klang enttäuscht. »Wollten Sie nicht auch eins nur mit mir und Eliza? Ich kann auch gern auf die Bühne gehen, wenn es Ihnen lieber wäre. Es gibt jede Menge Möglichkeiten – das wird für Sie der Knüller des Jahres.«

Endlich sprach Jimmy. »Das genügt, danke, Miss Carr. Es ist jetzt schon der Knüller des Jahres, glauben Sie mir. Aber mein Auftrag bestand eigentlich darin, über die Weihnachtsfeier zu berichten. Dürfte ich bitte ein Foto von Ihnen machen, Holly? Und besteht die Möglichkeit, dass ich eins von Ihnen mit Ihrer Klasse kriege, bevor alle nach Hause gehen? Oder wäre das zu umständlich? Und ist Bob noch da? Ich würde gern ein Foto von Ihnen mit unserem tierischen Promi machen.«

Holly richtete sich auf und lächelte. »Natürlich, Jimmy – das ist überhaupt kein Problem. Ich werde es für Sie regeln.« Edward sah ihr nach, dankbar für ein paar weitere Minuten Aufschub, bevor er nach Hause fahren musste. Er verspürte einen großen Widerwillen bei dem Gedanken, dass Cressida in das magische Reich eindringen würde, das Eliza und er für sich geschaffen hatten.

»Wir brauchen doch nicht zu warten, oder?« Cressida klang gelangweilt. »Eliza muss ins Bett – das hast du gerade selbst gesagt. Wir sollten fahren.«

»Eliza wird für das Foto gebraucht«, entgegnete Edward entrüstet. »Sie gehört auch mit zur Klasse.«

»Aber es wird doch schon ein Foto von Eliza und mir in der Zeitung geben. Sie wird nichts verpassen.«

»Sie wird es verpassen, auf dem Klassenfoto zu sein«, erklärte Edward müde. »Mit ihren Freunden. Warte einfach, Cressida – es wird nicht lange dauern.«

Und tatsächlich, innerhalb weniger Minuten hatte Holly die Kinder zusammengetrommelt, und Jimmy bat sie alle auf die Bühne. Eliza eilte hinter ihnen her, und Cressida lachte. »Meine Güte, ich muss zugeben, dass ich nicht damit gerechnet habe, von einer modernen Maria von Trapp und einem Reh ausgestochen zu werden!«

Ihre Stimme drang klar verständlich durch die Aula. Vielleicht war es nicht ihre Absicht gewesen oder vielleicht doch, in einem impulsiven Moment, aber als sich mehrere Gesichter mit entsetzten oder ungläubigen Mienen zu ihr umdrehten, war klar, dass sie ihre Worte bedauerte. Holly warf ihr von der Bühne aus einen harten Blick zu; Cressida war die erste, die wegschaute. Doch Edward hatte genug. Jetzt, da Eliza und Jimmy außer Hörweite waren, konnte er ihr die Meinung sagen.

»Cressida, es reicht. Was zum Teufel hast du dir dabei gedacht, heute Abend hier aufzukreuzen? Und komm mir nicht von wegen das Stück ist vorbei und du bist ja ach so edel gewesen, weil du mit deinem großen Auftritt bis nach der Aufführung gewartet hast. Du hast Eliza und Holly die Show gestohlen. Du hast Elizas großen Abend, der ein einziges Fest hätte sein sollen, in einen Spießrutenlauf verwandelt. Hast du gesehen, wie sie vor dir zurückgewichen ist, als du dich bemerkbar gemacht hast? Sie weiß nicht mehr, wie sie sich dir gegenüber verhalten soll. Und jetzt hast du dich auch noch selbst zu uns eingeladen, ohne mir die Möglichkeit zu geben, sie darauf vorzubereiten. Das ist mies von dir, weißt du das?«

Vor lauter Zorn nahm Edward den Trubel in der Aula nicht mehr wahr. Er hatte das Gefühl, als seien er und Cressida die beiden einzigen Menschen auf der Welt, als würden sie auf einem Floß auf dem Meer treiben und als wolle er sie unbedingt herunterstoßen.

»Hör zu, Edward, jetzt, da ich hier bin, sehe ich ein, dass ich die Sache falsch eingeschätzt habe. Ich habe mir so gewünscht, Eliza zu sehen, dass ich dachte, sie würde sich genauso freuen, mich zu sehen. Aber jetzt ist mir klar, dass ich mich geirrt habe. Außerdem dachte ich, dass ich deiner kleinen Schule und dem Stück durch mein Erscheinen Publicity verschaffen könnte und dass es eine gute Sache sei. Aber vielleicht habe ich mich auch da geirrt. Aber in einem Punkt irre ich mich nicht, Edward: Ich bin Elizas Mutter, und es wird höchste Zeit, dass wir wieder Kontakt haben. Also schick mich bitte nicht weg.«

Edward stöhnte. »Wir haben bereits vereinbart, dass du auf ein warmes Getränk mit zu uns kommen wirst. Dann geht Eliza ins Bett, und wir beide werden ein ernstes Gespräch führen und Grundregeln aufstellen. Worauf ich übrigens gut verzichten könnte, da es zufällig auch für mich ein ziemlich großer Tag war. Aber so etwas darf nicht noch mal passieren, daher regeln wir das heute Abend.«

Hinter ihm stieß Mrs D ein zustimmendes Geräusch aus. Er konnte praktisch hören, wie sie sich auf die Zunge biss.

Cressida nickte, und sie sahen zu, wie Jimmy seine Fotos machte. Das Lächeln war auf Elizas Gesicht zurückgekehrt. Nachdem Jimmy einige Minuten drauflosgeknipst hatte, sagte er etwas zu den Kindern, und sie nickten begeistert. Holly verschwand und kam einen Moment später mit Bob zurück. Es wurden Gruppenfotos von den Kindern mit dem geduldigen

Rentier gemacht, und anschließend fotografierte Jimmy Eliza, wie sie Bob wie im Stück über die Bühne führte, und Holly mit Bob. Danach packte Jimmy seine Sachen und die Kinder gingen zurück zu ihren Eltern. Eliza zögerte, dann tat sie das Gleiche. Edward seufzte. Er hatte noch nie erlebt, dass sie zögerte, zu ihm zu kommen.

Er verabschiedete sich, dann gingen er, Cressida und Eliza wie die kleine Familie, die sie einst gewesen waren, zur Tür. Er schaute einmal zurück. Holly war in ein Gespräch mit den Greaveys vertieft. Er wünschte von ganzem Herzen, sie hätten auf sie warten können, statt sie zurückzulassen. Und dabei war er drauf und dran gewesen, ihr zu sagen, dass er sie für etwas Besonderes hielt. Vielleicht hätte er sie sogar zum Essen eingeladen. *Tolles Timing, Alter!*

»Cressida?« Edwards Mutter trat ihnen trotz ihrer Krücken schnell in den Weg. »Edward mag zwar vor Eliza aufpassen, was er sagt, aber ich bin aus anderem Holz geschnitzt. Ich komme aus einer anderen Generation. Also, hör zu, junge Dame. Du bist ein verwöhntes Gör. Eine Primadonna. Das warst du schon immer und bist noch schlimmer geworden. Du bist selbstsüchtig und hast kein Benehmen, und du bist nicht gut genug für meine Enkelin. Du hast ihr das Leben zur Hölle gemacht. Tu das ja nicht noch mal.«

Als hätte sie es mit aufdringlichen Paparazzi zu tun, senkte Cressida den Kopf und setzte ihre dunkle Brille auf.

Edward warf eilig ein: »Okay, danke, Mum. Ich rufe dich morgen an.«

Doch Sarah Sutton war noch nicht fertig. »Und ...«, rief sie, nahm Cressida die Brille ab und sah ihr in die Augen: »Für meinen Sohn warst du *nie* gut genug.«

KAPITEL 43

HOLLY

Die Rückkehr nach Hause war eine schreckliche Ernüchterung. Holly warf ihre Tasche auf einen Stuhl und sich selbst aufs Sofa und stöhnte. Sie hatte während der vergangenen Wochen ihren Frieden damit gemacht, allein zu leben, und fühlte sich in ihrem Haus wohl. Sie war mit ihrer eigenen Gesellschaft zufrieden, gönnte sich hin und wieder einen kleinen Luxus und mochte ihren Alltag. Doch heute war ein besonderer Anlass, und den hätte sie gern mit besonderen Menschen verbracht. Es war nicht Gesellschaft an sich, nach der sie sich sehnte – auf einen Pub voller Bekannter würde sie jetzt dankend verzichten -, aber sie wollte mit Menschen zusammen sein, die ihr wichtig waren. Nach einem langen Tag auf den Beinen, umgeben von Kindern *wie eine moderne Maria von Trapp*, nach all der farbenfrohen Aufregung war diese Stille ein zu großer Kontrast. Es verwirrte sie.

Abgesehen von Cressidas dramatischem Erscheinen war der Abend ein Triumph gewesen. Eltern und Kinder waren glücklich. Evie Greaveys Eltern waren völlig aus dem Häuschen gewesen und hatten sich für ihr früheres Verhalten entschuldigt, und Evie hatte gestrahlt. Hollys Auftritt hatte genau das bewirkt, was sie gehofft hatte – Menschen berührt und sie zum Weinen und Lachen gebracht. Gleich mehrere Mütter hatten ihr heute Abend gesagt, dass ihnen vor lauter Stress durch die Weihnachtsvorbereitungen neben den täglichen Verpflichtungen überhaupt nicht festlich zumute gewesen sei. »Aber jetzt schon«, hatte sie wieder und wieder gehört. »Sie können Wunder wirken, Miss Hanwell.« Es war sehr schön gewesen.

Aber sie konnte von Cressidas Verhalten nicht einfach absehen, oder? Es kam ihr so vor, dass Elizas Wunder zu früh zunichte gemacht worden war. Es war so rührend gewesen, sie da oben auf der Bühne zu sehen, die Ängste zu kennen, die sie gequält hatten, und zu wissen, dass sie, Holly, eine kleine Rolle dabei gespielt hatte, ihr zu helfen, es sich anders zu überlegen. Und für fünf Minuten nach der Aufführung war Eliza glücklich gewesen. Holly hatte es sehen, hatte es fühlen können. Als sie zu Edward und ihr gegangen war, um sich mit ihnen zu unterhalten, hatte sie praktisch spüren können, wie Eliza Funken versprühte, die auf den Menschen landeten, die sie umgaben. In ihrem grenzwertigen Pünktchenkleid mit dem durchhängenden Lametta und der Spur Papierfetzen, die sie hinter sich herzog, hatte sie prächtig wie eine kleine Königin gewirkt. Doch nachdem Cressida großspurig herumstolziert war, war Eliza buchstäblich in sich zusammengesunken. War binnen Minuten wieder das Kind geworden, das Holly vor einigen Wochen kennengelernt hatte, der feucht gewordene Knallfrosch. Es machte Holly so wütend, dass sie nicht aufhören konnte zu grübeln. Wie konnte jemand seinem Kind gegenüber so egozentrisch sein?

Holly stand auf und ging für eine Weile im Raum auf und ab, während sie innerlich kochte. Da ihr Zorn keine Anstalten machte zu verrauchen, legte sie beruhigende klassische Musik auf, machte sich eine Tasse Kamillentee und kehrte dann wieder aufs Sofa zurück. Sie schob die Füße unter ein Kissen und versuchte, tief durchzuatmen. Immer noch zornig.

Was für ein herrliches kleines Stück ... Herablassende Hexe! Doch es war nicht Cressidas Meinung, die Holly wichtig war, sondern Eliza. Und Edward. Auch er hatte vollkommen verblüfft gewirkt, und das war ja auch verständlich. Es war das Letzte, was er nach den schweren Monaten verdiente, die er hinter sich hatte, in denen er sich für Eliza zusammengerissen hatte und nachdem er die Präsentation mit Bravour gemeistert hatte. Die Suttons hätten das Stück und die Präsentation feiern sollen.

Und sie hätte jetzt bei ihnen in Christmas House sein und vor einem knisternden Feuer eine heiße Schokolade trinken sollen, anstatt allein hier zu sitzen und sich einzureden, sich an diesem Abend noch entspannen zu können. Sie hätte tausend Pfund darauf gewettet, dass Cressida Edward nicht eine einzige Frage nach seiner Arbeit stellen würde. Und doch war ausgerechnet Cressida mit den Menschen zusammen, die sich schnell zu Hollys Lieblingsmenschen entwickelten, obwohl Cressida in Wirklichkeit nicht das Geringste über die beiden wusste. Nur wegen eines biologischen Unfalls hielt sie es für ihr gottgegebenes Recht. *Wann, wenn nicht jetzt, Darling? Ich will mit Eliza feiern. Wollen wir alle zusammen nach Hause fahren?*

Edward hatte überhaupt nicht glücklich ausgesehen. Und doch tat er Holly nicht nur aufrichtig leid, sie war auch ... besorgt. Besorgt wegen etwas, das sie eigentlich gar nichts anging. Ob er und Cressida vielleicht ... Zuerst würde es sicher ganz schrecklich zwischen ihnen sein, aber später, wenn sie alles geklärt hatten, würde Cressida sagen, es sei zu spät, um noch zu fahren (Holly hatte keinen Zweifel, dass Cressida das sagen würde) ... Dann würde Edward vielleicht die Frau ansehen, die er einst so geliebt hatte, die Mutter seiner geliebten Tochter und ... Cressida sah göttlich aus, das war unbestreitbar. Wenn es ihr wirklich ernst damit war, dass sie eine Beziehung zu Eliza wollte, und wenn sie mehr Zeit in England verbringen würde, dann musste irgendeine Art von Beziehung mit Edward folgen. Da war diese schnelle Umarmung gewesen, die Wärme in seiner Einladung, sich ihnen anzuschließen, die sie auf den Gedanken gebracht hatte, dass er vielleicht ... Nein. Ganz sicher nicht. *Was hatte er ihr vorhin nur sagen wollen?*

Holly wusste, dass sie hübsch war. Manchmal sogar schön. Viele Menschen sagten ihr das, und sie besaß Spiegel. Doch sie war hübsch auf eine alltägliche Art. Sie war zwar durchaus vorzeigbar, aber trotzdem eine ganz normale Frau, mit krisseligem Haar, wenn es regnete, und runden Wangen, wenn sie grinste, und einer Neigung, ganz rot im Gesicht zu werden, wenn sie aufgeregt war. Während Cressida so aussah, als sei sie gerade – überaus anmutig – vom Olymp gefallen.

Holly seufzte. In gewisser Weise hielt sie es für unwahrscheinlich, dass sich zwischen Edward und Cressida wieder etwas entwickelte. An diesem Abend hatte sie eher den Eindruck gehabt, dass sie einander nicht riechen konnten. Aber sie waren früher ein Paar gewesen, und Cressida besaß Eigenschaften, abgesehen von den offensichtlichen, die ihn dazu gebracht hatten, sie zu lieben und zu heiraten. *Ich werde gleich mit meiner Familie aufbrechen.* Sie war lange fort gewesen. Vielleicht war sie bereit für eine weitere Veränderung.

Und falls ja, konnte er ihr widerstehen? Würde er es überhaupt wollen? War Cressida ehrlich? Konnte sie die beiden glücklich machen? Fragen stürmten auf Holly ein wie gierige Möwen, und sie wusste keine Antworten darauf. Mehr denn je musste sie jetzt ihre Gefühle für Edward beiseiteschieben, wie auch ihren Wunsch, dass sie und nicht Cressida Elizas Mutter sei. Sie war nur eine neue Freundin, nur Elizas Lehrerin. Sie würde immer für die beiden da sein, wenn sie sie brauchten, aber sie musste sich zurückziehen und den Dingen ihren Lauf lassen.

Doch etwas konnte sie für die beiden tun, dachte sie plötzlich. Etwas, das, falls es klappte, einen Teil der Sprengkraft von Cressidas Auftritt entschärfen würde. Es war schon spät, aber sie wusste, dass Jimmy noch auf sein und seine Story schreiben und Zeit im Internet vertrödeln würde. Jedes Mal, wenn sie sich mit ihm in Verbindung setzen musste, zeigte seine WhatsApp an, dass er das letzte Mal zu nachtschlafender Zeit online gewesen war. Er war eine Nachteule, wie sie im Buche stand. Holly nahm ihr Handy aus der Tasche und konnte nicht umhin zu hoffen, dass eine Nachricht von Edward da sein würde, etwas in der Art von: *Tut mir leid wegen heute Abend. Verschieben wir unsere Feier?* Aber nichts. Klar. Er hatte alle Hände voll zu tun.

Holly wählte Jimmys Kontakt aus, klickte auf Anrufen und ließ den Blick durchs Wohnzimmer schweifen, während es klingelte. Es war so schön und gemütlich bei ihr. Buttergelbe Wände, die im Lampenlicht glühten. Ein großer Sitzsack in Himbeerrosa unter dem Fenster. Das weiche safranfarbene Sofa und das dicke Schaffell davor, in dem man so schön mit den Zehen wackeln konnte. Bücherregale, Kerzen und gerahmte Fotos von Holly, auf denen sie mit ihren Eltern und Freunden lachte. Sie wünschte, sie könnte Edward und Eliza zu sich einladen, um es ihnen zu zeigen.

»Holly, Baby, was liegt an? Das war ein Abend, was? Sind noch mehr Hollywoodstars aufgetaucht? Scarlett Johansson? Tom Cruise?«

»Nein, zum Glück nicht. Danke, dass du heute Abend gekommen bist, Jimmy. Wie geht es mit der Story voran?«

»Oh, gut, gut. Ich bin noch nicht fertig, aber die Nacht ist ja noch jung.«

Holly brachte sich in eine aufrechte Position auf dem Sofa. »Schön. Hör mal, Jimmy, ich muss dich um einen riesigen Gefallen bitten. Es steht mir zwar nicht zu und du darfst mir selbstverständlich sagen, dass ich nicht die geringste Chance habe, aber es geht um Folgendes: Bitte, schreib nichts über

Cressida Carr.« Ohne auf seine Antwort zu warten, die sicher entrüstet ausfallen würde, stürzte sie sich in eine Erklärung von Elizas Trauma durch den Fortgang ihrer Mutter und wie sehr Eliza und Edward den Rummel hassten, den Cressidas Berühmtheit mit sich brachte. »Sie sind einfach nur zwei reizende Menschen, Jimmy, und Eliza ist ein ganz besonderes Kind. Ich weiß, es ist viel verlangt, aber die beiden haben in letzter Zeit so viel durchgemacht.«

Als sie endlich aufhörte zu reden, entstand eine Pause, und sie schaute aufs Display, ob Jimmy noch dran war. Dann sagte er: »Holly Hanwell, ich schreibe kein verdammtes Wort über diese Frau. Wofür hältst du mich?«

Er schrieb nicht über Cressida? »Für einen Journalisten, Jimmy. Ich halte dich für einen Journalisten. Versteh mich nicht falsch, ich weiß, dass du ein guter Mensch bist, aber du musst auch deinen Job machen und über lokale Ereignisse berichten. Und das war doch ein Ereignis, oder?«

»Holly, ich habe das Gesicht des kleinen Mädchens gesehen. Ich weiß nicht, was in der Familie los ist, und ich will es auch gar nicht wissen, aber niemand im Saal fand das gut. Man hat mich hingeschickt, um über die Weihnachtsfeier zu schreiben. Etwas Inspirierendes, Weihnachtliches und Ausgefallenes – das waren die Anweisungen, die mein Chef mir gegeben hat. Mann, Holly, das singende Mädchen, deine kleine Freundin in ihrem schrägen Outfit, Bob das Rentier ... ich habe massenhaft Material, auch ohne Madames großen Auftritt. Also, entspann dich.«

»Jimmy, ich bin seit heute Abend Fachfrau für Engel, also lass dir von mir gesagt sein, dass du einer bist. Aber was, wenn dein Chef erfährt, dass Cressida Carr zu der Feier gekommen ist und du nichts darüber geschrieben hast?«

»Dann werde ich ihm sagen, ich hätte es nicht mitgekriegt.«

Holly lachte und verschluckte sich fast an ihrem Kamillentee. »Jimmy, sie war nicht zu übersehen. Wie könntest du das nicht mitgekriegt haben?«

»Ich habe etwas zu viel Glühwein getrunken und war abgelenkt von dem Rentier. Niemand im Büro hält mich für einen Heiligen, Holly.«

»Also ich schon. Danke, Jimmy, du bist der Beste.«

»Frohe Weihnachten, Holly.«

Sie wünschte ihm ebenfalls frohe Weihnachten, dann beendete sie das Gespräch. Lächelnd hielt sie das Telefon in der Hand. Ein Journalist mit Herz; wer hätte das gedacht? Jeder im Publikum wusste jetzt, dass Cressida Elizas Mutter war. Aber dank Jimmy würde Eliza nur aus den richtigen Gründen in der Zeitung stehen. Zumindest würde der Artikel nicht für noch mehr Klatsch und Faszination, die die beiden für eine Weile begleiten würden, sorgen.

Holly schaltete den Fernseher ein und scrollte durch Netflix. Es hatte noch keinen Sinn, ins Bett zu gehen – an Schlaf war nicht zu denken. Es lief ein Film mit Cressida Carr, den sie noch nicht gesehen hatte. Sie zögerte einen Moment. Aber nein. Das wäre masochistisch gewesen. Sie wollte keine zwei Stunden damit verbringen, sich diese Frau anzusehen. Sie hatte einen Teil der spitzen Bemerkungen von Edwards Mutter aufgeschnappt – sie hatte nicht gerade die Stimme gesenkt –, und Sarah Sutton hatte vollkommen recht. Cressida verdiente weder Eliza noch Edward.

KAPITEL 44

EDWARD

Auf der Heimfahrt erklärte Edward Eliza genauer, wie es zu Cressidas Erscheinen an dem Abend gekommen war. Dass sie ihn überraschend im Büro aufgesucht habe und dass er darauf bestanden habe, dass seine Tochter vor der Weihnachtsfeier keiner Aufregung ausgesetzt werden sollte.

»Ich verstehe es, Daddy, ehrlich. Ich hätte Ja gesagt – zu einem Treffen, meine ich –, also keine Sorge. Aber es ist schlechtes Timing, stimmt's? Wir wollten heute Abend Spaß haben. Ich wollte, dass Holly mit uns nach Hause kommt, um zu feiern.«

»Keine Bange, wir werden schon noch mit Holly feiern«, versicherte er ihr. »Aufgeschoben ist nicht aufgehoben.«

Er fuhr langsam, damit Cressida ihnen in ihrem schicken blauen Mietwagen folgen konnte. Das war auch gut so; die Erfolge und jetzt der unerwartete Tiefpunkt des Tages hatten ihn so mitgenommen, dass er vorsichtig fahren musste. Er war froh, als sie zu Hause ankamen, obwohl ihm davor graute, Cressida in ihr kleines Reich zu lassen.

Der Lotus hielt neben ihnen, und Cressida trat auf den Kies, als sei er ein Podest. Sie erging sich in wenig überzeugenden Begeisterungsrufen über das Haus und wie viel »Charakter« es habe. (Den hatte es wirklich, aber Cressida ließ es so klingen, als sei es etwas Schlechtes.) Eliza und seine Ex-Frau folgten Edward in die Küche, und ihm fiel auf, dass Eliza ihrer Mutter nicht anbot, ihr ihr Zimmer zu zeigen. Er reagierte nicht, als Cressida Bemerkungen über die Spinnweben und die altmodischen Küchenschränke machte, statt über das einladende Licht in der Diele oder den dunklen Garten. Benommen machte er Milch warm und warf eine Pizza in den Ofen, und er hörte nur mit einem Ohr zu, während Eliza und Cressida am Tisch saßen und plauderten – oder vielmehr plauderte Cressida, und Eliza antwortete.

Die drei gaben sich größte Mühe zu feiern und den Rest des Abends Eliza zu widmen. »Dein Aufstieg in den Star-Himmel!«, rief Cressida. »Miss Sutton bot eine schauspielerische Glanzleistung!« Sie versuchte zu scherzen und nett zu sein, aber Eliza verstand den Rezensionsjargon nicht ganz und Edward bemerkte, dass sie nicht die gleiche Begeisterung an den Tag legte wie bei Hollys Besuch. Er tat, was er konnte, um ihnen das Gespräch zu erleichtern und sie wieder auf einen Nenner zu bringen. Er erinnerte Eliza an Dinge, die Cressida früher getan hatte, als sie noch zusammengelebt hatten, und er klärte Cressida darüber auf, wie Eliza sich seit ihrem Fortgang entwickelt hatte.

Dann setzte er Cressida ins Wohnzimmer und ließ sie am Feuer zurück, während er Eliza allein ins Bett brachte. Sie war inzwischen so müde, dass ihr die Augen zufielen, daher versprach er ihr, dass sie am nächsten Morgen über alles reden konnten, was sie wollte, und gab ihr einen Gutenachtkuss.

Als er ins Wohnzimmer zurückkkam, hatte Cressida das Licht ausgemacht und saß fast im Dunkeln. Sie lächelte ihn an. »Ist der Feuerschein nicht herrlich?«, fragte sie. »Ich liebe ihn. Reuben und ich haben einen wunderbaren Kamin in unserem Haus in L.A., so einen großen alten aus Stein, in denen ein

Mann aufrecht stehen könnte, wie man ihn in Filmen sieht, die auf einer Ranch spielen. Er fehlt mir, seit ich in London bin. Ich wohne in einem Hotel – sehr luxuriös, aber austauschbar.«

»Es muss merkwürdig sein, so lange im Ausland zu arbeiten«, sagte Edward und verkniff sich die Frage, ob sie Reuben zwang, sich in den Kamin zu stellen, wenn er sie verärgert hätte.

»Ja, es ist hart. Aber zumindest bin ich in eurer Nähe – geografisch, meine ich –, und ich hatte Gelegenheit, Eliza zu sehen. Sie ist so ein liebes kleines Mädchen, Edward.«

»Das stimmt.« Für einen Moment fühlte Edward sich im Einklang mit ihr. Trotzdem schaltete er das Licht wieder ein. Er wollte nicht mit seiner Ex-Frau in einem romantischen Halbdunkel sitzen. Cressida räkelte sich wohlig wie eine Katze und klopfte auf das Sofakissen neben sich. Edward warf sich in einen Sessel.

»Aber könntest du nicht irgendetwas mit ihr machen?«, fragte Cressida stirnrunzelnd.

Edward lachte. »Was denn? Soll ich sie auf einer Farm arbeiten lassen? Sie als Hutständer benutzen?«

»Haha. Mit ihrem Aussehen, meine ich. Sie ist hübsch, Edward.«

Das weiß ich, dachte er empört. *Schließlich sehe ich sie jeden Tag.*

»Das war ja auch zu erwarten«, fuhr Cressida lachend fort, »immerhin hat sie unsere Gene. Aber du ziehst sie nicht entsprechend an. Mit ihrem Aussehen könnte sie es wirklich weit bringen.«

O mein Gott, dachte Edward, und war für einen Augenblick sprachlos. Das Licht des Feuers tanzte über die Wände und das volle Bücherregal. Er riss sich zusammen. »Cressida, ich ziehe sie nicht an; das tut sie selbst. Sie trägt das, was sie mag. Sie sucht es sich selbst aus.«

»Und genau da liegt dein Fehler! Als würde ein Kind so etwas können. Du bist ein Mann, daher hast du natürlich auch keine Ahnung, aber irgendjemand muss es für sie übernehmen. Kann deine Mutter nicht helfen?«

»Du klingst genau wie meine Mutter«, entgegnete Edward. Er wusste, dass es sie wütend machen würde. »Sie versteht auch nicht, wie unabhängig Eliza ist. Sie ist kein Kind, Cressida. Ich meine, natürlich ist sie eins, aber nicht nur. Sie ist ein ... ein ganzer Mensch. Sie hat ihre eigenen Vorstellungen. Sie trifft Entscheidungen, und nicht nur über das, was sie anzieht. Wenn du sie in Rosa und Rüschen herausputzen würdest, wäre sie nicht glücklich. Und du hast recht, sie wird es weit bringen – daran habe ich nicht den leisesten Zweifel. Aber nicht, weil sie hübsch ist, sondern weil sie klug und etwas Besonderes ist und in ihrem kleinen Finger mehr Integrität hat als die meisten Menschen in ihrem ganzen ...«

»Schon gut, schon gut«, unterbrach Cressida ihn besänftigend. »Ich wollte dich nicht verärgern, Edward. Ich behaupte ja nicht, dass du in der Erziehung versagt hast. Es ist nur so, verstehst du, dass mir bei meinem Beruf so etwas automatisch auffällt.«

»Natürlich. Aber ich will nicht, dass sie sich angewöhnt, aus ihrem Aussehen Kapital zu schlagen und denkt, sie müsse einen hübschen Anblick bieten, um etwas wert zu sein. Ich möchte nicht, dass Schönheit für sie eine Währung ist. Sie wird natürlich immer hübsch sein, aber das ist nur Nebensache.«

»In dieser Welt?«, sagte Cressida höhnisch. »Schönheit ist keine Nebensache. Tut mir leid, ich bin zynisch. Der ganze Abend tut mir leid, Edward. Es ist lange her, dass ich mit normalen Menschen zusammen war, für die meine Anwesenheit nicht das Größte ist, was passieren kann. Ich bin eingerostet.«

»Das verstehe ich. Wir leben jetzt in vollkommen verschiedenen Welten, Cressida.«

»Ja«, seufzte sie und sah sich im Wohnzimmer um. »Das tun wir. Das hier ist wirklich ein schöner Raum, Edward. Mit der richtigen Einrichtung könntest du ihm ein spektakuläres Aussehen verpassen. Ein Kronleuchter. Ein weißer Teppich. Möbel aus Chrom.«

Unwillkürlich dachte Edward an Hollys Vorschläge, an die warmen und weichen Farben, die sie beschrieben hatte, und die Erinnerung versetzte ihm einen Stich. Das war der Raum, den er wollte. Das Leben, das er sich wünschte. Er verschränkte die Hände und beugte sich vor. »Ich will dir eine schnelle Frage stellen. Zwei Fragen. Denkst du daran, weniger zu arbeiten oder ganz aufzuhören?«

»Nein!« Cressida sah ihn entsetzt an.

»Hast du vor, noch mehr Filme in England zu drehen und häufiger hier zu arbeiten?«

»Keineswegs. Ich meine, es ist nicht auszuschließen, dass ich noch mal einen mache, aber wie die Dinge liegen, ist der hier eine Ausnahme.«

»Okay, also, Cressida, was sollen wir tun? Ich will dich nicht von Eliza fernhalten, das weißt du hoffentlich, aber wie soll das realistischerweise gehen? Es ist ausgeschlossen, dass sie allein nach Los Angeles fliegt. Wie stellst du dir das vor, falls du sie immer noch häufiger sehen willst? Wirst du dir Zeit freihalten, um zwischen zwei Filmen herkommen? Wärst du bereit, zu warten, bis ich genug Urlaub nehmen kann, um sie nach Los Angeles zu begleiten? Wirst du zwischendurch öfter anrufen und schreiben, damit der Kontakt nicht wieder abreißt?«

Er bemerkte die Panik, die über Cressidas Gesicht huschte. Sie holte tief Luft und nickte langsam. »Gute Fragen, Edward. Gute Fragen. Ich schätze, ja, wenn du sie irgendwann nach Los Angeles bringen könntest, wäre das besser als nichts. Wir haben ein riesiges Haus, ihr könntet bei uns wohnen ...«

»Ich werde nicht bei dir und Reuben wohnen, Cressida. Das wäre seltsam. Ich halte mich zwar für einen ziemlich modernen Mann, aber nein. Ich werde mir ein Hotel nehmen.«

»Und Eliza?«

»Sie sollte erst mal bei mir bleiben. Ich könnte sie jeden Tag zu dir bringen. Wenn sie sich dann mit dir wohlfühlt und Reuben mag, liegt es an ihr. Sie könnte für eine Weile bei dir bleiben. Und wie ist es damit, dass du herkommst, um sie zu besuchen?«

»Also, es ist so. Zwischen den Drehs habe ich frei, manchmal einen Monat, manchmal zwei oder drei. Aber ich brauche diese Zeit, Edward. Einen Film zu machen ist ... intensiv. Es zehrt an den Kräften. Ich bin oft wochen- oder monatelang zu Außenaufnahmen an einem Drehort. Die Zeit dazwischen nutze ich, um mich wieder zu erden, zu sammeln. Das ist die Zeit, in der ich zu Reuben zurückkehre, in der ich meine Freunde treffen kann und mich in einem Spa entspannen oder einfach ganz normale Dinge wie Shoppen tun kann. Dadurch tanke ich neue Kraft, sodass ich wieder einsatzfähig bin. Wenn ich während dieser Zeit hierher fliegen und darauf verzichten würde ... Nun, Edward, dann wäre ich nie zu Hause.« Sie streckte die langen Beine aus, die sie übereinandergeschlagen hatte, und zog sie wie eine Meerjungfrau zu sich heran. Ein sanftes Stirnrunzeln verfinsterte ihr schönes Gesicht.

Er konnte sehen, dass es ihr gerade dämmerte. Er knirschte frustriert mit den Zähnen, zwang sich aber, ruhig zu bleiben. »Ja, ich verstehe, warum das für dich nicht das Richtige wäre. Aber was schlägst du dann vor? Ich wäre mit allem einverstanden, solange Eliza nicht allein reisen muss und ihren Unterricht versäumt. Du musst doch einen Plan gehabt haben, Cressida, sonst wärst du nicht in meinem Büro und in Elizas Schule aufgetaucht, um den Abend zu stören. Bei unseren letzten Gesprächen hast du gesagt, wie sehr du es bereust, wie du mit ihr umgegangen bist und welche Sehnsucht du nach ihr hast, dass du wieder eine Beziehung zu ihr aufbauen willst. Das verstehe ich. Aber wie willst du das anstellen? Wie hast du dir das gedacht?«

»Oh, Edward.« Sie wandte den Blick von ihm ab und spielte mit ihren Ringen – atemberaubende Gold- und Silberringe mit Diamanten und Strass. Er erinnerte sich an die Zeit, als sie nur seinen schlichten goldenen Ehering getragen hatte. Er wartete.

Schließlich seufzte sie. »Okay, hör zu. Ich hatte keinen Plan. Ich habe in London gearbeitet und ein paar Mal überlegt, dass ihr in der Nähe wohnt. Je länger ich darüber nachgedacht habe, umso mehr habe ich mir gewünscht, Eliza zu sehen. Der Wunsch wurde immer stärker, bis ich an dem Tag zu dir ins Büro gekommen bin. Ich dachte ... keine Ahnung. Es war dumm.«

»Was?«

»Ich dachte, dass du vielleicht eine Lösung hast. Dass du vielleicht anbieten würdest, nach L.A. zu ziehen. Ich weiß, ich weiß, flipp jetzt nicht aus, mir ist klar, dass das Quatsch ist, aber ich habe nicht richtig nachgedacht. Ich habe sie einfach ganz plötzlich vermisst. Und du hattest immer eine Lösung, weißt du noch? Als ich damals die Rolle bekam, während ich schwanger war, hast du gesagt: ›Mach beides!‹ Und als ich die Chance mit Hollywood bekommen habe, hast du mir gesagt, dass ich sie nutzen soll. Du meintest, du würdest dich so lange um Eliza kümmern und dafür sorgen, dass alles seinen gewohnten Gang geht. Und das hast du getan.«

»Und dann hast du mich verlassen.« Er konnte es sich nicht verkneifen.

»Ich weiß. Jedenfalls, ich dachte, es muss einen Weg geben und dass du mir helfen würdest, ihn zu finden.«

Edward lachte freudlos und breitete verärgert die Hände aus. »Das versuche ich ja. Aber es klingt wirklich so, als ob du Kontakt zu Eliza möchtest, aber nicht bereit bist, dafür irgendetwas an deinem Leben zu ändern. Das ist kein Vorwurf, ich verstehe dich. Aber wir müssen realistisch sein, Cressida. Wir müssen den Dingen ins Auge sehen und uns irgendwie arrangieren.«

Sie murmelte etwas mit der Miene eines reumütigen Kindes.

»Tut mir leid, das habe ich nicht verstanden«, sagte Edward. Doch sie schüttelte nur den Kopf, und ihr glänzendes Haar schimmerte. Er war sich ziemlich sicher, dass sie gesagt hatte: *Das kann ich nicht so gut.* Aber das war ihm ohnehin klar; sie brauchte es nicht auszusprechen.

Edward war erschöpft. Irgendwie war es fast Mitternacht geworden. »Cressida, du musst jetzt gehen. Ich habe einen sehr langen Tag hinter mir. Du hast mich zwar nicht danach gefragt, aber ich hatte heute Vormittag eine wichtige Präsentation. Ich habe letzte Nacht nicht richtig geschlafen und muss ins Bett. Also, ich frage ein letztes Mal: Was willst du?«

»Ich werde mir etwas überlegen, Edward. Ich werde die ganze Nacht darüber nachdenken. Meine Güte, ist es wirklich schon so spät? Hör zu, kann ich diese Nacht hierbleiben? Ich habe wirklich keine Lust, im Dunkeln den ganzen Weg zurück nach London zu fahren.«

Edward war verblüfft. Damit hatte er nicht gerechnet. Sie machte ein flehendes Gesicht und sah tatsächlich müde aus ... Aber nein. »Hast du auch nur für einen Moment darüber nachgedacht, was es Eliza für eine Botschaft vermitteln würde, wenn sie morgen früh zum Frühstück herunterkommt und dich hier vorfindet?«

Hatte sie nicht. Also versuchte sie unter viel Geseufze und mürrischem Herumrutschen auf dem Sofa, ihren Assistenten anzurufen, damit er ihr einen Fahrer schickte, der sie abholen sollte. »Ich werde den Lotus morgen zurückbringen lassen«, sagte sie zu Edward, während das Telefon klingelte. Ihr Assistent nahm den Anruf nicht entgegen, sodass Cressida ihm eine anmaßend klingende Nachricht aufs Band sprach.

»Kein Glück!«, sagte sie und sah Edward erwartungsvoll an.

Da er nicht bereit war, sie auf unbestimmte Zeit im Haus zu haben, buchte er über den Vierundzwanzig-Stunden-Fahrdienst seiner Firma einen Wagen, der nach zehn Minuten kam.

»Das Auto ist etwas klein«, bemerkte sie, als sie den schwarzen Ford Galaxy sah.

Edward lachte. Es war zu spät, und es war alles zu unwirklich. Er wollte nur noch seine Ruhe und ins Bett. »Es ist wahrscheinlich nicht das, woran du gewöhnt bist«, stimmte er ihr zu, »aber es wird dich sicher nach London bringen und du musst nicht selbst fahren. Gute Nacht, Cressida.«

KAPITEL 45

HOLLY

Holly erwachte schlecht gelaunt aus einem unruhigen Schlaf voll seltsamer Träume und fühlte sich vom Leben enttäuscht. Der Tag nach der Weihnachtsfeier war normalerweise ein glücklicher und fröhlicher Tag, aber sie wusste jetzt schon, dass dieser ein einziger Kampf werden würde. Wegen der Aufregung des Abends und den Gedanken an die Suttons hatte sie kaum geschlafen. Sie war erst gegen zwei Uhr eingenickt, und jetzt war es … Sie tastete nach dem Schalter der Nachttischlampe und sah auf die Uhr. Sechs. Der Wecker war auf halb sieben gestellt. Wenn er sie also nicht geweckt hatte, was war es dann? Sie hatte von Spechten geträumt.

Sie drehte sich stöhnend um. Ach, wenn sie doch nur den ganzen Tag im Bett liegen bleiben und sich selbst bemitleiden könnte. Alles fiel ihr wieder ein. Die Weihnachtsfeier. Edward. Cressida.

Dann hörte sie wieder den Specht. Im Dezember? In einer Wohnstraße? Außerdem machten Spechte nicht so langsame, gleichmäßige Geräusche. Nun, was immer es war, Holly war zu müde, um sich darum zu kümmern. Na also, es hatte aufgehört.

Doch da fing es wieder an. Klopf, klopf, klopf. Ein seltsames Geräusch, das um sechs Uhr früh an einem Donnerstagmorgen in ihrer ruhigen kleinen Straße nichts zu suchen hatte. Schließlich siegte die Neugier über ihre Trägheit und sie schwang die Beine aus dem Bett in die Kälte. Die Heizung war noch nicht angesprungen. Holly zog den Vorhang einen Spalt auf und spähte hinaus. Es war immer noch dunkel wie am Boden eines Abgrunds, ohne einen Stern am Himmel, doch die Straßenlaterne beleuchtete hilfreicherweise ein eigenartiges Bild, das sich auf ihrem Rasen abspielte. Gut, es war weniger ein Rasen als eine handtuchgroße Grasfläche. Es sah aus, als wären mehrere kleine Schilder wie Pilze aus dem Boden geschossen – dann bemerkten ihre müden Augen und ihr verschlafenes Gehirn, dass eine Gestalt sich über ein Schild beugte und es mit einem Hammer in den Rasen schlug. Klopf, klopf, klopf. Das Geräusch war sehr leise. Wenn Holly tief geschlafen hätte, hätte es sie nicht geweckt. Sie runzelte die Stirn. Die Gestalt war in einen langen gesteppten Anorak gehüllt und hatte die Kapuze hochgezogen.

Vorsichtig ließ Holly den Vorhang fallen, schlüpfte in den dicken Morgenmantel und lief die Treppe hinunter, ohne das Licht einzuschalten. Praktischerweise standen ihre fellgefütterten Stiefel im Flur. Sie schob die Füße hinein, stellte sich hinter die Haustür und lauschte. Klopf, klopf, klopf. *Erwischt!*

Sie drehte den Schlüssel im Schloss und riss mit einer schnellen Bewegung die Tür auf. Die Lampe des Bewegungsmelders sprang an, und als die Gestalt im Anorak erschrocken aufblickte, rutschte die Kapuze herunter. Es war Phyllis. Um viertel nach sechs am Morgen mit einem Hammer in der Hand. »Mist!«, rief sie. »Auf frischer Tat ertappt.«

»Das möchte ich meinen.« Holly trat in die kalte Dunkelheit hinaus. »Und was genau ist das?« Es waren insgesamt fünf Schilder, auf denen Sprüche standen wie: *Weihnachtsmann, bitte hier halten. Ich war brav. Mince Pies im Haus* und so weiter. Holly brach in Gelächter aus. »Phyllis, Sie sind eine Verrückte, wissen Sie das?«

Phyllis zog die Nase kraus und kratzte sich am Kopf. »Das sagen meine Söhne auch.«

»Ich kann nicht glauben, dass Sie es die ganze Zeit über waren. Sie haben mich belogen!«

»Glatte, unverfrorene Lügen, wenn nötig«, pflichtete Phyllis ihr bei.

»Aber jetzt kommen Sie erst mal herein und trinken einen schnellen Kaffee, bevor ich mich für die Arbeit fertig machen muss. Sie haben mir einiges zu erklären, meine Liebe.«

Phyllis folgte ihr ins Haus, legte den Hammer auf dem Dielentisch ab und behielt den Mantel an, während Holly die Heizung einschaltete. Es summte und klickte, und das kleine Haus wurde schnell warm. »Warum um alles in der Welt haben Sie das getan?«, fragte Holly und schaltete den Wasserkocher ein. »Ich dachte schon, ich hätte einen Stalker!« Der Garten vor dem Küchenfenster war immer noch ein dunkles Quadrat.

Phyllis grinste. »Sie schienen deswegen nicht sehr besorgt zu sein, sonst hätte ich es Ihnen gesagt. Angefangen hat es mit dem Kranz. Ich hole meinen immer bei einer wunderbaren Floristin in London, und ich dachte einfach, es wäre eine nette nachbarschaftliche Geste, auch für Sie einen zu besorgen, weil Sie hier neu waren. Sie waren nicht da, als ich ihn vorbeigebracht habe, und so dachte ich, ich hänge ihn auf und erspare Ihnen die Mühe. Später bin ich noch mal gekommen, um alles zu erklären, aber da habe ich Sie weinen sehen, daher dachte ich, es sei nicht der richtige Zeitpunkt. Da wusste ich, dass etwas nicht stimmte, deshalb habe ich den Baum besorgt, um Sie aufzumuntern, und dann hat es sich irgendwie verselbstständigt. Sie waren so traurig. Ich wollte Ihre Weihnachtsfee sein.«

Holly rührte kopfschüttelnd in den Kaffeetassen und umarmte Phyllis dann fest. »Das war sehr lieb von Ihnen.

Zuerst war es wirklich merkwürdig, aber dann habe ich mich wohl irgendwie daran gewöhnt. Mir war überhaupt nicht festlich zumute, aber trotzdem war es schön, so einen hübschen Weihnachtsschmuck zu haben. Und Sie haben einen ausgezeichneten Geschmack, Phyllis. Sehr elegant. Abgesehen von den Schildern auf dem Rasen.«

Phyllis kicherte. »Die sind ein kleiner Scherz und die letzte Überraschung, die ich geplant habe, versprochen. Haben Sie wirklich nicht erraten, dass ich es war?«

»Am Anfang habe ich schon darüber nachgedacht, aber dann haben Sie mir ins Gesicht gelogen! Und als Sie mir die Lichterkette durch den Briefschlitz geschoben haben, habe ich es gehört und bin gleich nach draußen gerannt, aber Sie waren schon weg. Ich wusste nicht, dass Sie so schnell rennen können.«

»Oh, das war ich nicht, sondern Stuart, mein Enkel. Ich habe ihn hergeschickt und ihm eingeschärft, sofort zu verduften, sobald es erledigt war. Mein Sohn hat mich ermahnt, dass ich mich wie eine Psychopatin verhalten würde ...«

Holly grinste. »Vielen Dank. Es hat mich aufgeheitert, und das hatte ich dringend nötig.«

»Aber jetzt nicht mehr, seit der attraktive Edward auf der Bildfläche erschienen ist und seit der Weihnachtsfeier gestern Abend. Ich sage es Ihnen noch einmal, es war wunderbar, meine Liebe.«

»Oh.« Holly ließ den Kopf hängen. Für einen Moment hatte sie den vergangenen Abend vergessen. »Phyllis, Sie haben eine Riesensache verpasst. Raten Sie mal, wer gekommen ist, als Sie fort waren?«

Phyllis breitete die Hände aus und lehnte sich an die Heizung.

»Cressida Carr.«

»*Was?* Du meine Güte. Was hat sie da gemacht?«

»Ärger. Hören Sie, ich kann es Ihnen jetzt nicht erzählen,

weil es zu lange dauern und ich zu spät zur Arbeit kommen würde. Ich muss noch duschen. Sind Sie heute Abend zu Hause?«

»Kommen Sie zum Essen und erzählen Sie mir alles.«

Als Phyllis gegangen war, absolvierte Holly eilig ihre übliche Routine, aber ohne den gewohnten Schwung. Die kurzfristige Ablenkung hatte sie aufgeheitert, änderte jedoch nichts an der Tatsache, dass Cressida aufgetaucht und mit Edward nach Hause gefahren war. Untypischerweise war sie etwas spät dran, und es wurde gerade hell, als sie das Haus verlassen wollte. Sie schaute aus dem hinteren Fenster im Obergeschoss, während sie sich den Mantel zuknöpfte, und sah, dass der Ahornbaum nun vollkommen kahl war. Sie seufzte. Was für eine Ernüchterung. Es war sehr schwer, sich auf den neuen Tag zu freuen.

Im Lehrerzimmer fand sie eine E-Mail von Mr Buckthorn vor, in der er erklärte, dass Eliza nicht zur Schule kommen würde, weil sie den Tag mit ihrer Mutter verbringe. Eine Welle der Verlassenheit überkam sie. Es klang vielversprechend – für die beiden. Sie jedoch konnte den Gedanken nicht ertragen, Eliza einen ganzen Tag lang nicht zu sehen, erst recht nicht heute, wenn die ganze Klasse über nichts anderes als die Weihnachtsaufführung sprechen würde, bei der Eliza einer der unbestrittenen Stars gewesen war. Holly wusste, dass ihre Gefühle für die bevorstehenden zweiwöchigen Ferien nichts Gutes verhießen, und wagte nicht, an das nächste Jahr zu denken, wenn Eliza in Mrs Conroys Klasse wechseln würde. So sehr sie die Kinder liebte, hatte sie noch nie so an einem gehangen. Wurde sie langsam unprofessionell?

Nur die Kinder hielten sie davon ab, den ganzen Tag Trübsal zu blasen. Die Kinder und eine SMS von Edward während der Nachmittagspause. Er schrieb, was sie bereits wusste, dass Eliza mit ihrer Mum unterwegs war. Und er schlug einen Kaffee vor, wenn »das alles« vorüber war, was sie auch ermutigend fand. Doch wer wusste, wann es vorüber sein würde, oder wie dieses »Vorüber« aussehen würde? Zumindest konnte sie sicher sein, dass er sie nicht vergessen hatte. Holly tippte eine Antwort.

Das wäre toll – sagen Sie mir einfach Bescheid. Danke für das Update und viel Glück!

Sie schickte die Nachricht ab und zögerte dann. Es gab noch viel mehr, was sie ihm sagen wollte. Edward hatte ihr so vieles anvertraut. Schließlich waren er und Cressida geschieden. Und wenn Cressida – makellos, strahlend, berühmt – tatsächlich in das Leben der Suttons zurückkehrte, wollte Holly nicht einfach in den Hintergrund treten. Es gab Dinge, die er wissen sollte, während er sich einen neuen Weg in die Zukunft bahnte. Dass sie über Alex hinweg war – und zwar so was von über ihn hinweg. Dass sie Edward für den wunderbarsten Mann hielt, der ihr je begegnet war. Und dass sie den Suttons immer freundschaftlich verbunden sein würde, aber wünschte, es könne mehr daraus werden. Sie begann zu tippen.

Edward, mir ist klar, dass Sie gerade viel um die Ohren haben. Ich hoffe, Sie wissen, dass ich für Sie da bin, egal, was geschieht. Ich wollte Ihnen nur sagen, dass Sie und Eliza für mich etwas ganz Besonderes sind. Sie beide kennenzulernen hat mich sehr glücklich gemacht, und ich halte Sie für ...

Die Schulglocke ertönte zur letzten Stunde des Tages. Holly fuhr zusammen und löschte alles wieder.

KAPITEL 46

EDWARD

Am Donnerstagabend ging Edward in der Küche auf und ab, auf und ab, wie an dem Morgen einige Wochen zuvor. Diesmal war der Grund für seine Qualen nicht seine Mutter, sondern die von Eliza. Cressida hatte sie am Morgen zu einem Ausflug abgeholt, sodass Eliza ausnahmsweise den Unterricht versäumte. Sie mussten jeden Moment zurückkommen. Wie war es ihnen ergangen? Waren sie innerhalb eines Tages beste Freundinnen geworden? War es eine absolute Katastrophe gewesen? Ging es Eliza gut?

Am Abend zuvor hatte Cressida ihn während der zehn Minuten, die sie auf den Wagen gewartet hatten, irgendwie überredet, sie den nächsten Tag mit Eliza verbringen zu lassen. Zu welchem Zweck, wusste er nicht, da sie anscheinend keine Lösung für ihr Dilemma sah, aber sie hatte ihn angefleht und schließlich sogar die Hände gefaltet und gesagt: »Nur für einen Tag, Edward. Dann haben wir zumindest das gehabt, was auch geschieht.« Oscarreif.

So kam es, dass er den Tag allein verbracht und sich drei Filme mit ihr nacheinander angesehen hatte. Warum? Eine idiotische Art, den freien Tag zu verbringen, aber er hatte in den Filmen nach Hinweisen auf sie gesucht. Es hatte natürlich nichts gebracht. In einem Film spielte sie eine Prostituierte, im nächsten eine Geheimagentin, und im dritten starb sie an Leukämie. Sie war in allen vollkommen überzeugend. Die einzige Rolle, in der sie nicht gut war, war anscheinend die einer Mutter. Er musste daraus schließen, dass das einzig Echte von Cressida in den Filmen ihre vollendeten schauspielerischen Fähigkeiten waren.

Er dachte an die Zeit zurück, als er sie kennengelernt hatte. Sie war einundzwanzig und so voller Leben, so impulsiv und entschlossen gewesen. Zusammen mit ihrer Schönheit hatte ihm diese Mischung den Atem geraubt. Er wusste sofort wieder, warum er sich in sie verliebt hatte. Aber wenn er an Cressida heute dachte, stellte er fest, dass sie sich eigentlich kaum verändert hatte. Äußerlich war sie eine gephotoshoppte Version ihrer selbst, aber sie war nicht erwachsen geworden. Überhaupt nicht! Weder Mutterschaft noch Erfolg hatten sie verändert, und die angebliche Einsicht in ihr Fehlverhalten auch nicht. Die Eigenschaften, die ihn bezaubert und verführt hatten, waren von Lebensweisheit oder Einfühlungsvermögen unbeeinflusst geblieben und hatten ihren Reiz verloren. Sie waren einfach nur nervig.

Wenn er jetzt darüber nachdachte, hätte er hart bleiben und darauf bestehen sollen, dass sie für den Anfang nur einen kurzen Ausflug machten oder dass er sie begleitete. Doch Cressida besaß das Talent, andere einzuwickeln. Und Eliza war natürlich einverstanden gewesen ... Er konnte nicht umhin zu denken, dass sie immer Rücksicht auf andere nahm. Er hatte ihr gesagt, dass sie ablehnen durfte, aber hätte sie das wirklich gekonnt? Kinder verinnerlichten ihre eigenen Regeln, und nichts war schwerer zu ertragen als das Gefühl, die eigene Mutter zu enttäuschen. Edward wusste das besser als irgendwer sonst.

Als sie am Morgen in dem metallicblauen Lotus aufgebrochen waren, hatte Eliza wie jemand gewirkt, der zu einem Vorstellungsgespräch für eine Stelle fuhr, die er gar nicht wollte, und nicht wie ein Kind, das sich auf einen aufregenden Ausflug freute. Cressida wollte mit ihr zum Filmset fahren und ihr die anderen Schauspieler vorstellen und ihr zeigen, wie sie arbeitete, und sie hatte versprochen, sie maßlos zu verwöhnen. Es war eine großartige Gelegenheit für alle.

Das Schlimmste war, dass Edward zum Teil gar nicht wollte, dass der Ausflug ein Erfolg wurde. Natürlich wollte er nicht, dass Eliza dabei unglücklich war, aber er wollte auch nicht, dass Cressida und sie sofort beste Freundinnen wurden; er war sich in Bezug auf seine Ex-Frau immer noch nicht ganz sicher, und nach nur einem Tag vermisste er bereits sein altes Leben. Doch das war egoistisch. Wenn Eliza eine gute Beziehung zu ihrer Mum haben konnte, sollte es ihr erlaubt sein.

Er zwang sich, nicht mehr in der Küche auf und ab zu gehen, und füllte den Wasserkocher für den Fall, dass Cressida eine *Tisane* wollte – so nannte sie Kräutertee –, wenn sie zurückkamen. Er warf einen Blick auf die Armbanduhr. Fünf vor vier. Sie sollten spätestens um vier zurück sein. Als er das letzte Mal auf die Uhr gesehen hatte, vor gefühlt vier Stunden, war es zehn vor vier gewesen. Wieso verging die Zeit so langsam? Der Tag war eine einzige Qual gewesen.

Er hatte nicht vorgehabt, den Tag nach der Weihnachtsfeier und der Präsentation allein zu verbringen und sich Cressidas Filme anzusehen, aber nach den hektischen und emotionalen letzten Tagen war er zu müde gewesen, um etwas Sinnvolles zu tun. Snacks auf dem Sofa zu essen war alles, wozu er fähig war. Sein Kopf war nach dem vergangenen Abend überlastet.

Zwischen dem zweiten und dritten Film hatte er Holly eine SMS geschickt. Am liebsten hätte er sich mit ihr getroffen und diesen endlosen schrecklichen Tag mit all seinen Ungewissheiten gemeinsam mit ihr totgeschlagen. Doch sie musste arbeiten, und so angespannt und abgelenkt wäre er keine gute

Gesellschaft gewesen. Er hatte ihre Hilfe schon genug in Anspruch genommen.

Noch mal herzlichen Glückwunsch zu gestern Abend – es war wunderbar. Eliza verbringt den Tag mit ihrer Mutter!!! Ich bin allein zu Hause und verliere langsam den Verstand. Wenn Sie Lust haben, können wir vielleicht mal zusammen Kaffee trinken, wenn das alles vorüber ist.

Ihre Antwort war schnell gekommen.

Das wäre toll – sagen Sie mir einfach Bescheid. Danke für das Update und viel Glück!

Ihre Nachricht hatte ihn zum Lächeln gebracht. Es war schön, jemanden zu haben, mit dem man auch an einem verrückten Tag reden und sich verbunden fühlen konnte. Er hatte eine weitere SMS geschrieben.

Es bedeutet mir viel, dass Sie mich unterstützen. Sie sind wirklich ein ganz besonderer Mensch. Ich hoffe, Sie wissen, wie wertvoll mir Ihre Bekanntschaft ist. Ich kann es gar nicht erwarten, dass all das vorbei ist, damit wir ...

Damit wir was?, hatte er sich gefragt. Damit er sich wieder mit ihr treffen konnte, denn nichts machte ihn glücklicher. Damit er ihre Freundschaft und seine wachsenden Gefühle genießen konnte, ohne dass seine Ex-Frau wie ein Gespenst über ihnen schwebte. Das konnte er nicht schreiben. Er hatte die Nachricht gelöscht und nach der Fernbedienung gegriffen.

Jetzt, Stunden später, während er angestrengt auf das Geräusch des Autos lauschte, war er so hibbelig, dass er zum Handy griff und ihr noch einmal schrieb:

*Ich erwarte sie jeden Moment zurück. Gehe die Wände
hoch. Wie war Ihr Tag?*

Bevor eine Antwort kam, hörte er das willkommene Knirschen von Autoreifen auf dem Kies und wäre fast zusammenge-
schreckt, dann stürzte er zur Tür. Der glänzende blaue Wagen
kam zum Stehen, und es folgte eine kleine Pause, bevor erst
eine und dann die andere Tür geöffnet wurde. Zwei Paar
Schuhe erschienen auf dem Kies – kleine violette Doc Martens
auf einer Seite, burgunderrote hohe Absätze auf der anderen.
Er musste beinahe lächeln. Sie waren so verschieden, aber das
bedeutete nicht, dass sie nicht gute Freundinnen sein konnten.

»Willkommen, willkommen!«, hörte er sich rufen und
fragte sich, warum er wie der Ansager eines Comedy Clubs
klang. Er breitete die Arme aus, und Eliza rannte über den
spritzenden Kiess zu ihm. Sie warf sich ihm mit einem ihrer
großen Sprünge in die Arme, und er hielt sie fest, sodass ihre
violetten Schuhe für einen langen, dankbaren Moment in der
Luft baumelten. Dann setzte er sie wieder auf dem Boden ab
und sah sie an. Cressida stand zögernd neben dem Auto, aber er
würde gleich zu ihr gehen.

Eliza sah gut aus. Sie war nicht den Tränen nahe oder
außer sich oder irgendetwas in der Art. Sie war auch nicht ihr
übliches überschwängliches Selbst. Normalerweise war es so,
dass sie zehn Sekunden nach ihrer Ankunft ununterbrochen
plapperte und ihm schwindelig wurde bei dem Versuch, mitzu-
kommen. »Wie geht es dir, Lizzie-Loops? Wie war der Tag?«

»Mir geht's gut. Es war nett«, sagte sie. Es ging ihr wirklich
gut, das konnte er sehen, er sah aber auch, dass der Tag kein
rasender Erfolg gewesen war. Ob zu Recht oder Unrecht, es
erfüllte Edward mit großer Erleichterung.

»Möchtest du schon mal reingehen und dir den Mantel
ausziehen? Ich werde eine Packung Kekse aufmachen – wäre
das was?«

»Die mit Zitrone!« Ihr Gesicht hellte sich etwas auf.

»Geht klar. Willkommen daheim, Lizzie.«

Sie lief ins Haus, und er hob den Blick zu Cressida. Sie trug ein altrosa Etuikleid zu einem cremeweißen Mantel und den burgunderroten Stiefeln mit gleichfarbiger Handtasche, Handschuhen und Schal. Wie sie da neben dem Lotus stand, hätte sie gut für ein Fotoshooting posieren können. Der Wind wehte ihr das dunkle Haar ums Gesicht, und der kahle Goldregen zitterte in den Böen. Hinter ihnen wartete der Wald mit seinem geheimen Leben.

»Cressida, wie geht es dir?«

»Es geht mir gut, Edward. Bestens.«

»Kommst du mit rein? Tasse Kaffee? Tisane?«

Er konnte ihre Körpersprache nicht deuten. Sie schien gleichzeitig in sich zusammenzusacken und sich zu versteifen. »Gern. Kannst du mir kurz tragen helfen ...?«

Sie machte sich daran, große Mengen von Einkaufstüten aus dem Kofferraum zu holen. Es war ihm ein Rätsel, wie sie sie dort hineinbekommen hatte; bei einem Lotus spielte der Laderaum eine eher untergeordnete Rolle. Edward nahm ihr einige Tüten ab und runzelte die Stirn. »Cressida, was ist los? Du siehst seltsam aus. Ist alles in Ordnung?«

Sie warf einen Blick zum Haus, ob Eliza zu sehen war. »Edward, ich kann das nicht.«

»Was? Tee trinken?«

»Nein«, zischte sie. »Das kann ich. Mutter sein weniger.«

»Oh, Cressida. Machst du Witze?«

Sie stieß eine burgunderrote Schuhspitze in den Kies. »Hass mich nicht! Es ist wirklich schwer, Edward. Konversation ist ... Nun, es ist nicht das, woran ich gewöhnt bin. Und als wir am Set waren ... Es war einfach nur schrecklich.«

»Hat Eliza sich danebenbenommen? Das sieht ihr gar nicht ähnlich.«

»Nein, sie war ganz brav und sehr höflich. Sie hat jedem

geantwortet, der sie angesprochen hat, und still dagesessen, als sie es musste, und sie hat sich für alles bedankt. Jeder hat gesagt, was für ein Musterkind sie sei, wie brav und ruhig und wohlerzogen.«

»Oh, ich verstehe. Das klingt auch nicht nach ihr.«

»Es klingt nach überhaupt keinem Kind, Edward, das weiß sogar ich. Sie war unglücklich. Nein, sie war nicht unglücklich; sie hat sich einfach nur gelangweilt. Ich bin ihre Mutter und ein großer Star und wir waren auf einem Filmset, und sie hat Lane van der Hahn kennengelernt, und trotzdem hat sie sich gelangweilt. Sie hat die ganze Zeit über Füchse gesprochen! Wie kann sie meine Tochter sein? Ich brauche unbedingt einen Drink und muss mir die Nase pudern, bevor ich fahre, Edward, aber noch mehr Zeit mit ihr ertrage ich heute nicht. Ich muss mich wieder sammeln, am besten sofort.«

Edward legte lachend den Arm um sie und traf sie dabei unabsichtlich mit einer Tüte von Hamleys, dem Spielzeugladen. »Entschuldige, Cressida, komm herein. Gönn dir eine kurze Pause, bevor du zurückfährst. Es wird alles gut, versprochen.«

Sie lehnte sich für einen Moment an ihn, und er konnte ihre Erleichterung spüren. Sie wollte, dass jemand das Kommando übernahm; sie wollte, dass er dafür sorgte, dass alles klappte, wie er es immer getan hatte. Und zum ersten Mal seit zwei Wochen wusste er, dass er dazu in der Lage war.

Während Cressida sich im Bad frisch machte, ging Edward zu Eliza ins Wohnzimmer und sagte ihr, dass ihre Mutter bei ihnen noch einen Tee trinken würde. Eliza stieß einen kleinen Seufzer aus, dann sagte sie: »Okay, Daddy.«

Er lächelte. »Keine Sorge, Lizzie-Hat. Sie wird nicht lange bleiben. Und dann werden wir zwei das Feuer anzünden und die große Schachtel Pralinen aufmachen, die ich für Heiligabend aufgehoben habe, und du wirst mir alles über deinen Tag erzählen – das Gute, das Schlechte und das Hässliche, okay?«

»Selbst das, was mir keinen Spaß gemacht hat?«

»Alles ohne Ausnahme. Musst du in der nächsten halben Stunde irgendwelche Hausaufgaben machen?«

»Du willst mich aus dem Weg haben, während du mit Mummy sprichst.« Eliza grinste mit einem Anflug ihres gewohnten Scharfsinns.

»Um ehrlich zu sein, ja.«

»Ich habe keine Hausaufgaben, aber ich könnte ein bisschen fernsehen.«

»Perfekt. Wenn du magst, logge ich mich für dich bei Netflix ein. Da gibt es ein paar tolle Kinderfilme, aber die App ist sehr kompliziert, und dann noch die Fernbedienung ... Ich habe eine Ewigkeit gebraucht, bis ich das kapiert habe.«

Eliza sah ihn belustigt an. »Daddy, es ist ganz einfach. Ich hatte es sofort raus, als wir es bekommen haben.«

»Das war klar.« Edward stellte den Wasserkocher noch einmal an und entschuldigte sich dabei stumm bei der Umwelt, dann versorgte er Eliza mit einem gesunden Snack aus Möhren und Hummus, Käse, Haferplätzchen und den versprochenen Zitronenkeksen. Da das Abendessen im Wesentlichen aus Schokolade bestehen würde, fand er, dass er ihr ein paar Nährstoffe geben sollte. Als er das Wohnzimmer verließ und sorgfältig die Tür hinter sich schloss, kam Cressida gerade anmutig die Treppe herunter, als schreite sie über den roten Teppich.

»Eliza wird sich einen Film ansehen«, sagte Edward. »Wir setzen uns in die Küche.«

»Oh«, stieß Cressida aus, als sie die Küche betrat. »Was für ein schmuddeliger, deprimierender Raum.« Edward sah sie mit hochgezogenen Brauen an, und sie korrigierte sich hastig: »Ich meine, es macht mir natürlich nichts aus. Ich dachte nur, wie langweilig und klein eure Küche ist. Für britische Verhältnisse ist sie natürlich nicht klein ... nur so schäbig und alt ... Tut mir leid, ich mache es nicht besser, oder?«

»Cressida, hier ist dein Tee. Eliza und ich haben in dieser

Küche einige unserer glücklichsten Augenblicke verbracht. Als wir hier eingezogen sind, haben wir die Heizung nicht anbekommen und hatten keine Möbel. Das hier war der wärmste Raum im Haus, und hier haben wir gegessen und uns unterhalten. Wir haben die Füchse draußen gehört, wir haben gelacht und wichtige Dinge besprochen, wie zum Beispiel, wo wir Weihnachten verbringen wollen. Eines Tages werden wir die Küche renovieren, aber jetzt ist es mein Lieblingsraum.«

Cressida ließ sich an den Küchentisch sinken und legte die Hände um ihre Tasse. »Ich verstehe. Nun, ich schätze, ich bin einfach etwas anderes gewöhnt. Edward, wir leben in völlig verschiedenen Welten. Du und ich, ich und Eliza. Wie soll ich diese Kluft überbrücken, wenn ich fast nie hier bin?«

Edward ließ sich ihr gegenüber nieder. »Gar nicht. Sieh es pragmatisch, Cressida. Hör zu, mir ist klar, dass du an deinen Entscheidungen gezweifelt hast und dass du herkommen musstest, um Eliza zu sehen. Aber ich denke ehrlich, dass du damals das Richtige getan hast, als du dich in unserer Wohnung mit mir hingesetzt und mir erklärt hast, dass du uns verlassen würdest. Du hast gesagt, du hast kein Händchen für Kinder und das du dich eines Tages mit Eliza in Hollywood oder London zum Lunch treffen kannst, wenn sie groß ist. Weißt du noch?«

Sie lächelte und verzog gleichzeitig das Gesicht. »Ich schätze, ja ...«

»Ich denke, so wird es gehen. Ihr seid zwei vollkommen verschiedene Menschen, du und Eliza. Ich habe noch nicht mit ihr gesprochen, daher weiß ich nicht, was sie will, und ich möchte diese Entscheidung nicht ohne sie treffen. Aber ich bin davon überzeugt, dass ihr Gemeinsamkeiten finden werdet, wenn sie älter ist. Vielleicht, wenn sie ein Teenager ist – ah, was für ein Gedanke!. Für den Moment, solange du dort bist und sie hier ...«

»Ich weiß. Es wird einfach nicht funktionieren. Um mit

Eliza eine Beziehung aufzubauen, müsste ich mehr aufgeben, als ich zu tun be... als ich kann.«

»Das denke ich auch«, pflichtete er ihr sanft bei. »Aber jetzt, da du sie gesehen hast und einen Tag mit ihr verbracht hast, könntest du nicht bitte enger mit ihr in Kontakt bleiben? Wenn wir uns darin einig sind, dass ihr euch nicht regelmäßig treffen könnt, könntest du sie nicht zumindest jede Woche oder alle zwei Wochen per Video anrufen? Könntest du ihr nicht hin und wieder eine Postkarte von deinem Drehort schicken, damit sie einen kleinen Einblick in dein Leben hat und weiß, dass du an sie denkst?«

»Ich ... Ich schätze, schon.«

»Schätzen ist nicht genug. Du bist wie eine Bombe hier hereingeplatzt. Jetzt stellst du fest, dass es nicht so einfach ist, wie du gedacht hast. Aber du musst irgendwie weitermachen, Cressida. Wenn du wieder nach Amerika verschwindest und Eliza die nächsten drei oder fünf Jahre nichts von dir hört, wird sie das Gefühl haben, dass sie dich enttäuscht hat. Auf die Art gibt es sicher keine zukünftigen Ladies' Lunches. Verstehst du das?«

»Ja. Es ist nur so, dass mein Gedächtnis nicht besonders gut ist. Ich bin ein Mensch, der sehr ... im Augenblick lebt. Wenn ich wieder drüben bin, vergesse ich leicht, dass es dieses andere Leben gegeben hat.«

Edward sah zu dem mitgenommenen Kalender an der Wand, vollgeschrieben mit den Einzelheiten seines Lebens mit Eliza. Ihre unendlich kostbaren Augenblicke und Erinnerungen. »Aber Eliza existiert. Cressida, mach deine Kalenderapp auf und trage ihren Namen ein Jahr lang an jedem zweiten Mittwoch ein, damit du es nicht vergisst. Ich meine nicht jeden Tag. Ich sage auch nicht, dass du eine Stunde mit ihr reden musst. Fünf Minuten, wenn du nicht mehr Zeit hast. Ich sage nur, dass es regelmäßig sein muss. Du bist die einzige Mutter, die sie hat.«

Cressida schluckte und nickte. »Danke für die Tisane, Edward.«

»Cress, du weißt schon, dass es nur eine Kräutermischung im Teebeutel aus dem Supermarkt war, oder?«

Sie sah ihn an, und für einen Moment dachte er, dass sie in Tränen ausbrechen würde, doch dann lachte sie plötzlich. »Gott, ich bin schrecklich, nicht?«

»Jepp, ein bisschen.«

Sie erhob sich anmutig wie eine Schwalbe und sah sich ein letztes Mal um, als betrachte sie eine fremde Landschaft. »Ich fahre jetzt. Ich habe heute erfahren, dass ich morgen zurückfliege, viel früher, als ich dachte. Ich melde mich ... am ersten Weihnachtsfeiertag, ja? Ich will euch nicht stören, nur Hallo sagen.«

Edward stand auch auf. Es dämmerte schon, und er wollte nicht, dass das ganze Theater von wegen *Ich will nicht im Dunkeln zurückfahren* von Neuem losging. »Das wäre toll.«

»Das« – sie zeigte auf die Unmengen von Tüten auf dem Boden – »sind Geschenke für Eliza. Ich bin nach der Arbeit mit ihr shoppen gewesen. Ich glaube, sie fand, dass ich es etwas übertrieben habe, aber ich wollte, dass sie sich an den Tag heute erinnert.«

»Glaub mir, das wird sie. Du brauchst ihr nichts zu kaufen, Cressida. Du darfst sie nur nicht vergessen. Soll ich die Hälfte davon einpacken, damit sie es Weihnachten öffnen kann? Dann wird sie einen kleinen Teil von dir hier haben, obwohl du nicht da bist.«

»Das würdest du tun? Ja, das würde mir viel bedeuten. Danke für alles, Edward.«

Cressida verabschiedete sich von Eliza mit einem Kuss, versprach anzurufen und umarmte Edward, dann fuhr sie in einer Wolke aus Chanel und Luftküssen davon. Sie sahen ihr nach. Eliza lehnte an seinen Beinen, und Edward drückte sie an sich. Sie standen lange so da, nachdem Cressida außer Sicht war, während der kalte Wind ums Haus pfiff und es schnell dunkel wurde. Edward konnte kaum glauben, dass es nach dem Stress und der Angst der letzten anderthalb Wochen vorbei war. Cressida war fort. Sie konnten zur Normalität zurückkehren. Er brauchte sich nicht von Eliza zu trennen. Doch vielleicht würde sie jetzt mehr Kontakt zu ihrer Mutter haben, und das konnte nur gut sein. Cressida war kein schlechter Mensch, dachte er, nur vollkommen egoistisch und ahnungslos. Er schloss die Augen und lächelte. Das Leben in Christmas House würde weitergehen, genau so, wie sie es sich immer erträumt hatten. Er konnte kaum fassen, wie viel Glück er hatte.

»Daddy, mir ist kalt. Und du hast versprochen, dass wir die Pralinen essen.«

»Stimmt. Dann nichts wie rein, Lizzie-Tops, und her mit der Schokolade.«

KAPITEL 47

ELIZA

Eliza kuschelte sich am Abend ins Bett und war glücklicher, als sie es am Morgen für möglich gehalten hätte. Als ihre Mutter gekommen war, um sie abzuholen, war sie richtig traurig darüber gewesen, die Schule zu versäumen. Gab es ein anderes Kind, das lieber in die Schule gehen wollte, als sich einen Tag lang von der eigenen Mutter verwöhnen zu lassen? Sie würden in der Klasse über die Weihnachtsfeier reden – Miss Hanwell hatte es Nachbesprechung genannt - und Eliza würde es verpassen. Fats würde in der Schule sein. Miss Hanwell würde in der Schule sein. Den ganzen Tag hatte sie sich Mühe gegeben, Spaß zu haben, weil sie wusste, dass das von ihr erwartet wurde, aber in Wirklichkeit konnte sie nur daran denken, dass sie viel lieber bei ihrem Dad und Fatima und Miss Hanwell und Tante Pam sein wollte.

Das Filmset war okay gewesen. Es war ziemlich interessant, die großen Kameras zu sehen und wie oft die Schauspieler ihren Text wiederholen mussten und wie der Regisseur immer mehr die Geduld verlor, bis er schließlich ausrastete. Eliza war zu dem Schluss gelangt, dass sie keinen Job haben wollte, bei dem es okay war, dass sie so angebrüllt wurde. Als sie das sagte, hatte ihre Mutter sie überrascht angesehen und gemeint: »Aber das ist die Aufgabe eines Regisseurs, Darling. Es ist nicht böse gemeint. Außerdem schreien sie *mich* nie an.«

Das stimmte. Ihre Mutter war brillant, das war nicht zu übersehen. Sie musste ihre Szenen nur selten wiederholen, und alle liebten sie. Sie nannten sie »Schätzchen« und brachten ihr fettarmen Latte, wann immer sie wollte. Auch Eliza war bestaunt und mit Süßigkeiten und Suppe versorgt worden. Es war klar, dass niemand je von ihr gehört hatte, und es herrschte allgemeines Staunen darüber, das Cressida Carr in England eine Tochter hatte. Eliza hatte sich gefragt, ob sie traurig darüber sein sollte, dass ihre Mutter nie von ihr sprach, aber dann war ihr eingefallen, dass sie auch niemandem von ihrer Mutter erzählt hatte, daher war es vielleicht das Gleiche.

Nach dem Dreh waren sie einkaufen gegangen. Eliza ging gern mit ihrem Dad einkaufen, weil sie regelmäßig irgendwo eine heiße Schokolade tranken und sich die ganze Zeit unterhielten. Mit ihrer Mutter war es schwerer gewesen, weil sie nicht wussten, was die andere mochte, daher hatte Eliza sich die meiste Zeit gelangweilt, ohne es sich anmerken zu lassen, und das war ziemlich ermüdend. Sie hegte den Verdacht, dass es ihrer Mutter genauso ging. Eliza wusste, dass Kinder Mütter haben mussten, es sei denn natürlich, sie waren tot. Dennoch konnte sie nicht anders, als sich zu wünschen, dass man manchmal einfach zugeben durfte, dass alles gut war, so wie es war, um sich diese Mühe zu sparen. Auf dem Nachhauseweg war ihnen endgültig der Gesprächsstoff ausgegangen.

Als ihr Dad sich in der Küche mit ihrer Mutter unterhalten hatte, hatte Eliza befürchtet, dass sie noch mehr solche Tage vereinbaren würden. Doch dann war ihre Mutter gefahren und hatte gesagt, dass sie am nächsten Tag nach Amerika zurückfliegen würde. Anscheinend würde sie genauso plötzlich verschwinden, wie sie gekommen war.

Als ihr Dad sie später nach ihrem Tag gefragt hatte und wie

es ihr ging und was sie wollte, konnte Eliza offen sprechen, selbst über etwas so Schweres, weil sie sich so gut kannten. Danach hatte er ihr erklärt, dass ihre Mutter es sehr schön gefunden habe, sie zu sehen, und dass sie sie sehr lieb habe. Sie würden sie aber lange nicht wiedersehen, weil sie immer noch in Amerika lebte und arbeitete. Er hatte etwas besorgt gewirkt, als ob er dachte, Eliza wurde traurig sein, aber sie hatte sich gegen die Rückenlehne des großen weichen Sofas fallen lassen und erleichtert die Füße hochgelegt.

»Hast du deine Mum nicht gemocht?«, hatte er gefragt.

Eliza hatte sorgfältig über seine Frage nachgedacht. Als Cressida in der Aula erschienen war, hatte Eliza befürchtet, dass sie sie hassen würde, und hatte sich ganz mies gefühlt. Aber heute war es anders gewesen. »Ich glaube, ich mag sie. Sie war nicht gemein zu mir, und sie hat sich sehr große Mühe gegeben, damit ich einen schönen Tag habe, und das war doch nett von ihr, oder?«

»Ja, Liebes.«

»Aber mit ihr macht es keinen ... Spaß. Wir sind nicht miteinander warm geworden, und ich fühle mich ... leichter, wenn sie nicht da ist. Sie ist doch glücklich in Amerika, oder, Daddy? Ich will nicht, dass sie unglücklich ist. Aber sie soll nicht das Gefühl haben, dass sie uns im Stich lässt, wenn sie uns allein lässt.«

Er hatte gelächelt. »Eliza, du kannst so gut mit Worten umgehen und hast ein Talent, etwas auf den Punkt zu bringen. Sie ist wirklich glücklich in Amerika, und ich denke, sie ist erleichtert darüber, dass sie jetzt in ihr anderes Leben zurückkehren kann. Ich bin es auch, wenn ich ehrlich bin. Es gefällt mir, wenn wir nur zu zweit sind. Aber wenn du mehr von deiner Mutter sehen möchtest, sag mir einfach Bescheid, dann werden wir schauen, wie wir das organisieren können, okay?«

»Okay. Danke, Daddy. Ich finde es auch schön, wenn wir nur zu zweit sind. Aber das heißt nicht, dass du keine Freundin haben darfst, wenn du eine haben willst. Solange sie wirklich nett ist.«

Er lachte schallend und sah sie belustigt an. »Wie kommst du nur auf solche Ideen, Lizzie-Loops? Danke für die Erlaubnis, ich werde es mir merken.«

Als Eliza jetzt eingekuschelt im Bett lag, war sie glücklich. Es war interessant gewesen, ihre Mutter zu treffen, aber jetzt war sie wirklich froh, dass sie weg war. Ihr Dad hatte gesagt, dass sie vielleicht etwas öfter anrufen würde, und dagegen hatte Eliza nichts einzuwenden. Morgen war der letzte Schultag vor den Ferien, also würde es eine Party geben! Vielleicht sprachen sie immer noch über die Weihnachtsfeier und Miss Hanwell würde ihr alle aufregenden Neuigkeiten erzählen, die sie verpasst hatte. Ihr Dad würde morgen von zu Hause aus arbeiten, daher würde er sie nach der Schule abholen, und dann – Weihnachtsferien! Sie hatten so viele wunderbare Dinge geplant – wie einen Weihnachtsspaziergang im Wald. Eliza hatte seit Ewigkeiten nichts mehr von den Füchsen gesehen, nicht einmal Spuren im Raureif. An einem Tag wollten sie ihre Großeltern besuchen, und das würde schön sein – ein Tag war auch nicht zu lang. Noch aufregender war, dass ihre Großeltern für einen Tag herkommen wollten. Eliza konnte es gar nicht erwarten, ihnen Christmas House zu zeigen.

Und sie würden an Heiligabend ihre erste Party veranstalten – der nette Pfarrer war eingeladen und brachte seine Frau und seine Tochter mit. Außerdem kamen Tante Pam mit ihrem mürrischen Ehemann und Fats und ihre Eltern. Eliza hatte sich auch vorgenommen, Miss Hanwell zu fragen. Als sie ihrem Dad gesagt hatte, er könne eine Freundin haben, hatte sie natürlich an Miss Hanwell gedacht.

Sie glaubte nicht, dass es ihm überhaupt in den Sinn gekommen war, aber ehrlich, eine perfektere Frau konnte es nicht geben. Miss Hanwell war hübsch, freundlich, witzig, klug und roch ziemlich gut. Man merkte, dass sie Eliza und ihren

Dad wirklich gern hatte, und Eliza wusste, dass sie keinen Freund oder Ehemann hatte, weil Lily Orton das gesagt hatte. Lily hatte außerdem erzählt, dass Miss Hanwell Weihnachten allein verbringen würde – Eliza hatte keine Ahnung, woher sie das wusste. Aber das kam ihr traurig und total falsch vor, daher war Eliza sich sicher, dass sie gern zu ihrer Party kommen würde. Doch manchmal konnten Erwachsene wirklich auf dem Schlauch stehen, weshalb Eliza ihnen ab und zu einen kleinen Schubs geben musste, aber davon abgesehen musste sie einfach Geduld haben. Ihr Dad verschob oft etwas auf die letzte Minute, wie ihr Kostüm. Aber irgendwann würde er dazu kommen.

KAPITEL 48

HOLLY

Was ein Tag ausmachen konnte. Gestern war hart gewesen. Holly war von der Arbeit aus direkt zu Phyllis gefahren und hatte ihr in allen Einzelheiten von Cressidas großem Auftritt erzählt. (Phyllis hatte angemessen vernichtend reagiert.) Heute hatte Holly besser geschlafen, und Eliza war wieder in der Schule, unbeeinträchtigt von ihren Abenteuern. Holly hatte befürchtet, dass Eliza bei ihrer Rückkehr still und niedergeschlagen sein würde, aber stattdessen war sie genauso wie in den letzten Wochen gewesen – ausgelassen und gesellig. Holly hörte genau hin, wenn die Kinder sich unterhielten, aber Cressidas Erscheinen hatte keine Eifersucht oder Unfreundlichkeit ausgelöst und nur geringes Interesse hervorgerufen.

»Deine Mum ist ein Filmstar«, sagte Javai Anand.

»Ja«, bestätigte Eliza.

»Cool.«

Griff Heaton wollte wissen, ob Cressida Filme über Weltraummonster drehen würde, und Eliza antwortete, dass sie es nicht wisse, aber fragen werde, wenn sie das nächste Mal mit ihr telefoniere. »Sie ruft mich aber nicht oft an«, warnte sie ihn und klang dabei sachlich und nicht im Mindesten unglücklich.

»Okay«, sagte Griff.

Lily Orton fragte, ob Cressida kostenlose Make-up-Proben und Kleider bekomme, worauf Eliza mit den Schultern zuckte, und dann lud Lily Eliza zum Tee ein. Falls hier Opportunismus im Spiel sein sollte, so machte Holly sich deswegen keine großen Sorgen. Lily hatte schon vorher viel mit Eliza geredet, und es ging um Tee, nicht um Spott. Es war alles in Ordnung.

Am Vormittag machten sie ihren Mitbringtag und Eliza hatte ein Foto von Blackberry dabei und erzählte allen, wie ihr Vater ihn gerettet und geheilt hatte. Am Nachmittag fand die Abschlussfeier vor den Ferien statt, bei der es Spiele, Musik und allgemeinen Spaß gab. Als Eliza am Ende des Schultags zu Holly gelaufen kam, dachte sie, dass sie ihr fröhliche Weihnachten wünschen wollte. Auf ihrem Lehrertisch stapelten sich wunderbare Karten und Geschenke der Kinder. Doch stattdessen sagte Eliza: »Daddy holt mich heute ab. Kommen Sie doch mit und sagen Sie Hallo.«

Holly musste vor den Ferien noch eine gute Stunde Papierkram erledigen, aber der lief ihr nicht weg. Sie widerstand dem Drang, den Spiegel aus ihrer Handtasche zu holen. »Hat er heute frei?«, fragte sie.

»Er arbeitet von zu Hause aus.«

»Ah, ich verstehe. Und wie geht es dir, Liebes? Hattest du gestern einen schönen Tag?«

Eliza zuckte die Achseln. »Es war okay. Ich wäre lieber hier gewesen, aber es war interessant. Wir machen Heiligabend bei uns zu Hause eine kleine Party. Wenn Sie kommen möchten, erzähle ich Ihnen dann alles.«

Holly lächelte. Noch eine Einladung von Eliza. Es wärmte ihr das Herz, aber sie hätte trotzdem lieber eine Einladung von Edward bekommen. »Ich rede mit deinem Dad und denke darüber nach«, antwortete sie. »Und dir es geht wirklich gut, Eliza? Du hast am Mittwochabend ein wenig geschockt gewirkt, deine Mum zu sehen, und ich wollte mich nur vergewissern, dass es dich nicht zu sehr mitgenommen hat.«

»An dem Abend schon«, sagte Eliza, »aber gestern war sie in Ordnung und heute ist sie nach Amerika zurückgeflogen, sodass alles wieder normal ist. Es geht mir gut.«

»Ah, okay. Das ist schön.« Holly widerstand dem Drang, einen Siegestanz aufzuführen, und folgte Eliza winkend und grüßend durch den Flur und über den Schulhof. Edward stand mit David Kanumbas Vater am Tor, der eindringlich auf ihn einredete. Sein Gesichtsausdruck war grimmig, und er wirkte erregt. Holly fragte sich, worüber sie sprachen. Politik? Menschenrechte? Ein Verbrechen in der Nähe? Als sie bei ihnen war, stellte sie fest, dass es um Fußball ging.

Dann kam David angelaufen, und Mr Kanumbas Gesicht schmolz zu einem glückseligen Lächeln. *Vaterfreuden,* dachte Holly. *Tolle Sache.* Sie lächelte Edward an, während die Kanumbas in die Ferien aufbrachen.

Laute Rufe flogen durch die Luft wie Möwen: »Auf Wiedersehen! Fröhliche Weihnachten! Ich wünsche euch schöne Ferien!« Für Holly war es ein bittersüßer Anlass. Es war wunderbar, so viel Glück zu sehen, und sie war von einem Gefühl der Zufriedenheit erfüllt - es war ein erfolgreiches Halbjahr gewesen, auf das sie stolz sein konnte –, doch die Aussicht auf zwei Wochen ohne Arbeit oder Familie machte sie nicht froh. *Es ist, wie es ist,* ermahnte sie sich. Es waren nur zwei Wochen, nicht ein ganzes Leben. Es ging ihr jetzt viel besser, und auch darauf war sie stolz.

»Wir war der letzte Tag?«, fragte Edward.

»Er lief sehr gut. Und wie geht es Ihnen? Wie ich höre, arbeiten Sie heute von zu Hause aus?«

»Ja. Ich hatte eigentlich vor, Lizzie abzuholen und dann noch zwei Stunden zu arbeiten, aber um ehrlich zu sein, für heute reicht's. In einer Stunde wird es dunkel. Wir werden das

Wochenende mit einem Streifzug durch den Wald beginnen, solange es noch hell ist.«

»Das klingt wunderbar.«

»Möchten Sie mitkommen? Können Sie schon weg?«

Holly dachte an den Papierkram auf ihrem Schreibtisch. Sie erledigte ihn immer gleich nach der Schule am Ende des Halbjahres. Es war Teil ihrer super organisierten Methode. Aber sie konnte auch am Wochenende herkommen. Selbst wenn sie den Stapel bis Januar liegen ließ, wäre das nicht das Ende der Welt. Die Aussicht auf den Wald war verführerisch, und es war Edward, der gefragt hatte. »Wissen Sie was? Ich komme mit. Ich muss nur schnell noch mal rein und meine Tasche holen. Ich fahre Ihnen nach.«

»Fantastisch. Dann sehen wir uns bei mir.«

Holly nahm ihre Handtasche und ließ den Blick durchs Klassenzimmer schweifen. Es war wirklich ein gutes Halbjahr gewesen, und sie wusste, dass sie Glück hatte, eine Arbeit zu haben, die sie liebte. Die Wände waren mit weihnachtlichen Kunstwerken bedeckt. Sie dachte an Elizas ersten Tag, als hier Bilder von Feuerwerk hingen. Im Januar würde sie alles abnehmen, aber dann kam der Weltreligionstag, dann Valentinstag, Ostern, Ramadan ... ein Jahr voller Meilensteine, ein Kreis der Feste.

Eliza und Edward erwarteten sie bereits vor Christmas House. »Yippie, Sie haben es geschafft!«, jubelte Eliza und hüpfte auf und ab. »Gehen wir!«

Holly schlüpfte in Gummistiefel – glücklicherweise bewahrte sie immer ein Paar im Kofferraum auf, seit sie in das von Feldern umgebene Hopley gezogen war und Penny besuchte –, und sie machten sich auf in den Wald. Die letzten Tage waren sehr kalt gewesen, und obwohl die Temperatur um ein paar Grad gestiegen war, gab es hier und da zwischen den Bäumen noch zugefrorene Pfützen, wie Platten aus grünen Karamellbonbons. Doch es war leicht, ihnen auszuweichen, und sie folgten weichen schlammigen Wege. Es war auch dunkler hier, wo die Bäume ihre kahlen Arme emporreckten und das Licht des aufgehenden Mondes abschirmten. Die Luft war weiß vor Kälte. Holly schauderte. Der Wald hatte etwas Geheimnisvolles und Magisches an sich.

Eliza lief voraus, denn sie musste am Ende des Halbjahres Dampf ablassen. Edward und Holly folgten ihr langsamer, und Holly erfuhr alles über Elizas Tag mit Cressida.

»Sie sagt, dass sie öfter anrufen und Postkarten schicken will«, kam Edward zum Schluss, »aber das glaube ich ehrlich gesagt nicht. Sie meinte auch, dass sie sich am ersten Weihnachtsfeiertag melden will, aber das habe ich Eliza nicht gesagt. Wenn sie sich meldet, toll, und wenn nicht, auch nicht schlimm.«

»Ich bewundere es, wie Sie mit der Situation umgegangen sind«, gestand Holly. »Ich bin mir nicht sicher, ob ich so ruhig und freundlich sein könnte. Und so großzügig. Sie akzeptieren Cressida so, wie sie ist.«

»Es ist viel einfacher, jetzt, da ich weiß, dass ich mein ganzes Leben doch nicht auf den Kopf stellen muss. Als ich gestern Abend mit Cressida gesprochen habe, ist ihr etwas klar geworden, was sie schon die ganze Zeit über gewusst hat. Das hier ...« Er machte eine unbestimmte Handbewegung. »Sie wissen schon, Alltag, normale Menschen, Mutter sein – ist einfach nicht ihr Ding. Sie ist eine gute Schauspielerin – eine brillante Schauspielerin sogar. Sie ist ein erfahrener Star, sie folgt ihrem Herzen. Ihre Stärke liegt darin, Menschen zu inspirieren und zu unterhalten.«

»Das sind gute Eigenschaften«, antwortete Holly nachdenklich. »Wenn Eliza älter ist, wird sie vielleicht eines Tages von einer Mutter mit diesen Gaben profitieren.«

»Das denke ich auch.«

»Eliza meinte, Cressida sei heute zurückgeflogen. Sie wirkt

gar nicht traurig. Und was ist mit Ihnen? Geht es Ihnen gut? Hat das Wiedersehen mit ihr keine ... alten Gefühle geweckt?«

»Großer Gott, nein! Es geht uns beiden gut. Wir leben so, wie wir leben wollen, Eliza und ich. Wissen Sie, sie hat gestern Abend gesagt, der Tag mit ihrer Mutter sei interessant gewesen. Ich hätte eher gesagt, es sei stressig gewesen und hätte mich wahnsinnig gemacht ... aber jetzt, da es vorbei ist, gebe ich Eliza recht. Es war wirklich interessant. Ich meine, ich war früher bis über beide Ohren in Cressida verliebt, aber jetzt kann ich beide Versionen von ihr sehen, die damalige und die von heute, als würde die neue Cressida die alte überlagern, als würden verschiedene Schichten des Lebens aufeinanderstoßen. Es war ... es hat mich in meiner Achtsamkeit bestärkt, denke ich. Das Wort wird heutzutage viel benutzt, nicht wahr?«

Holly nickte. »Ich bin froh, dass es Ihnen beiden gut geht.« Das war eine Untertreibung. Sie hoffte, dass man ihr die Erleichterung nicht anmerkte.

»Es geht uns besser als gut. Ach, und wissen Sie, was Eliza mir noch erzählt hat? Sie meinte, ich dürfe mir eine Freundin suchen, aber nur, wenn es jemand wirklich Nettes ist.«

Holly brach in Gelächter aus, erheitert und ein wenig nervös. »Das hat sie gesagt? Wow. Und, haben Sie jemanden im Sinn?«

Edward blieb stehen und sah sie ernst an. »Mir ist nur eine Person eingefallen, aber ich bin mir nicht sicher, ob das Timing richtig ist.«

Holly blieb ebenfalls stehen. »Ach, wirklich? Jemand, den ich kenne?« Ihr wurde flau im Magen, als sie in sein freundliches Gesicht schaute. Der Wald ringsum seufzte und knisterte, als wäre er verzaubert.

»Holly, ich finde es schön, mit Ihnen befreundet zu sein. Und diese Freundschaft möchte ich wirklich nicht verderben ...«

Holly stockte der Atem, während sie darauf wartete, was er als Nächstes sagen würde.

»Aber ich müsste lügen, wenn ich behaupten würde, dass ich nur platonische Gefühle für Sie hege. Sie sind ... Sie sind wunderschön. Und Sie lassen alles ringsum lebendig werden wie die ... die Göttin des Frühlings oder so etwas.«

Holly sah ihn ungläubig an. »Mit einer Göttin hat mich noch nie jemand verglichen.«

»Sollte man aber.« Edward machte eine Bewegung, als wolle er sie berühren, zog die Hand jedoch unsicher wieder zurück. »Ich mag Sie sehr. Aber Sie empfinden vielleicht nicht genauso. Außerdem sind wir nicht einmal auf einem Date gewesen, einen Ausflug mit einer Achtjährigen kann man wohl schlecht mitzählen. Es war mehr wie Familienzeit, als hätten wir zehn Schritte übersprungen. Ich weiß nicht, wie das geht. Und Sie, Sie haben gerade viel zu verarbeiten. Es ist noch nicht einmal ein Jahr vergangen, seit Sie sich von einem Mann getrennt haben, den Sie heiraten wollten. Vielleicht ist eine neue Beziehung ja noch gar nicht auf Ihrem Radar. Ich wäre schon zufrieden damit, einfach nur mit Ihnen befreundet zu sein, wenn Sie nicht mehr möchten, ehrlich. Ich würde Sie nur gern öfter sehen. Für den Anfang wollte ich Sie zu einer kleinen Party an Heiligabend bei uns einladen, falls Sie nichts vorhaben. Aber ich dachte, wenn wir mehr Zeit miteinander verbringen, sollten Sie wissen, dass ich da schon einen Plan habe. Vollständige Offenlegung.«

Holly lächelte und spürte, dass ihr Lächeln immer breiter wurde, bis es von einem Ohr zum anderen reichte. Gedanken und Fragen schwirrten ihr mit dem Überschwang von Schmetterlingen im Sommer durch den Kopf, aber sie versuchte, ruhig zu bleiben. »Danke, dass Sie mir das gesagt haben. Wissen Sie was? Ich habe auch einen Plan.«

»Wirklich? Sie nehmen nicht Reißaus?«

»Mir geht es genauso, Edward. Ich halte dich schon seit

einer Weile für einen wunderbaren Menschen. Ich wollte nur nicht, dass du glaubst, ich würde mich mit Gewalt in deine Familie drängen.«

»Oh, bitte, ich wäre begeistert, wenn du dich in meine Familie hineindrängen würdest. Nur keine Hemmungen!«

Holly schaute auf ihre Gummistiefel hinab, die jetzt mit klebrigem Schlamm verschmiert waren, der nicht zu wissen schien, ob er schmelzen oder gefrieren sollte, und ihr ging es genauso. »Ich bin normalerweise nicht der Typ, der sich kopfüber in etwas hineinstürzt«, antwortete sie, »aber nur damit du es weißt, ich brauche nicht noch mehr Zeit, um über Alex hinwegzukommen. Ich lebe jetzt seit fast einem Jahr ohne ihn und finde ehrlich gesagt, dass das mehr als genug ist. Die Babysache ist schwerer, aber das ist nicht zu ändern. Trotzdem ist es wahrscheinlich vernünftig, es langsam anzugehen. Ich habe Eliza sehr ... gern, wie du sicher bemerkt hast. Ich möchte nicht, dass uns das unter Druck setzt.«

»Das weiß ich zu schätzen. Sie ist auch verrückt nach dir, also ...« Sie sahen sich lange an, dann senkte er den Kopf und sie fühlte sich leicht und luftig, als würde sie zu ihm hinschweben ...

In dem Moment kam Eliza den Schlammpfad entlang auf sie zugerannt. »Los jetzt!«, keuchte sie mit rosigem Gesicht, während ihre grauen Augen strahlten und das Haar unter der roten Bommelmütze flog. »Warum steht ihr nur da? Ich habe gerade ein Eichhörnchen und eine Elster gesehen, und ich habe eine Eule gehört. Ich bin mir sicher, dass es eine Eule war. Aber ich dachte, sie kämen nur nachts hervor ... andererseits ist es fast Nacht, oder? Aber keine Füchse. Ich will mal schauen, ob ich die Eule finde.« Sie drehte sich um und verschwand zwischen den Bäumen.

»Wenn sie so rennt, wird sie die Eule bestimmt nicht sehen«, sagte Edward leise. »Warum hat sie nur solche Ähnlichkeit mit einem Elefantenbaby, obwohl sie so klein ist?«

»Wirst du es Eliza sagen?«, fragte Holly. »Denkst du, dass sie ... das mit dir und mir ... gemerkt hat?«

»Das glaube ich nicht. Aber ich schätze, ich sollte schon etwas sagen. Wir reden immer über alles, Eliza und ich. Und ich möchte ... keine Ahnung, dich zum Essen ausführen können, ohne sie zu belügen. Gott, Holly, seit wir hergezogen sind, habe ich mehr ernste Gespräche mit ihr geführt als in den ganzen acht Jahren davor.«

»Was genau wirst du sagen?«

»Nun«, antwortete Edward nachdenklich, »auf jeden Fall, dass wir Freunde sind. Dass wir gern mehr als Freunde sein würden, aber nichts überstürzen wollen, sodass sie keine voreiligen Schlüsse ziehen darf, wenn wir anfangen, mehr Zeit miteinander zu verbringen. Klingt das gut?«

Holly nickte. »Perfekt. Ich weiß zwar nicht genau, wie wir es angehen sollen, auch in Hinblick auf Eliza und meine Arbeit und ohne voreilig zu sein, aber ... es gefällt mir, Edward.«

»Mir auch. Wollen wir?« Er hielt ihr seine Hand in dem großen Handschuh aus Schaffell hin und Holly, die rosafarbene Wollhandschuhe trug, ergriff sie. Das wunderbare Glücksgefühl, seine Hand zu halten, breitete sich in ihr aus, und er wirkte so stolz, als hätte man ihm ein kostbares Geschenk überreicht. Gemeinsam machten sie sich auf den Weg durch den Wald und genossen den Winter und das Wunder, das sie gerade erlebten.

Eine halbe Stunde später waren sie auf dem Heimweg. Es war inzwischen fast dunkel. Holly war froh, Edwards Hand halten zu können, während sie zurückstolperten, und Edward bestand darauf, dass Eliza in der Nähe blieb. »Die Zeit war etwas knapp, Lizzie«, sagte er. »Zum Glück kennen wir den Wald gut, aber wir sollten es nicht riskieren, uns im Dunkeln zu verlaufen.«

Als sie den Waldrand und den Zaun von Christmas House erreichten, wurde es wieder heller – eine violette, neblige

Abenddämmerung. »Glühwein?«, schlug Edward vor. »Ich habe welchen da, weil ich weiß, dass du ihn magst.«

Eine Woge vollständiger Zufriedenheit durchströmte Holly. Sie hatte sich seit sehr langer Zeit nicht mehr so wohlgefühlt.

Dann stieß Eliza einen kleinen Laut aus und hielt beide am Arm fest, damit sie stehen blieben. »Seht mal!«, flüsterte sie und streckte die Hand aus. Ihr Gesicht strahlte, und ihre Augen waren so groß, dass sie wie Teiche aus silbergrauem Eis aussahen.

Die Mondsichel stand über Christmas House. Es wirkte warm und einladend. Die Türschwelle und ein Teil des Gartens waren in das weiche gelbe Licht der Außenlampe getaucht. Auf dem Rasen war eine Familie von Füchsen. Drei von ihnen tollten im Schatten wie wirbelnde Feuerräder herum, während ein vierter zusah, als würde er Wache stehen. Holly erstarrte, und auch Edward bewegte sich nicht.

»Denkt ihr, dass es Blackberrys Familie ist?«, flüsterte Eliza und lehnte sich an Holly. Holly legte ihr den Arm um die Schultern.

»Ich weiß es nicht, Lizzie-Loops. Es könnte sein«, antwortete Edward genauso leise.

In dem Moment drehte der wachsame Fuchs sich mit schlauen gelben Augen zu ihnen um. Holly hielt den Atem an. Sie dachte, dass sie weglaufen würden, doch das taten sie nicht. Sie fuhren fort, zu spielen und sich zu balgen.

»Schnell, Daddy, mach ein Foto!«

Edward klopfte seine Taschen ab und stöhnte. »Tut mir leid, Lizzie-Boots, ich habe mein Handy zu Hause gelassen.«

»Miss Hanwell?«

»Es tut mir schrecklich leid, Eliza, aber meins liegt im Auto. Und du kannst mich Holly nennen, wenn du magst, wenn wir nicht in der Schule sind.«

Eliza grinste und umarmte sie rasch. Trotz des kalten weihnachtlichen Abends schmolz Holly innerlich dahin wie Eis in der Sonne. »Hol mein Handy«, sagte sie und reichte Eliza die Autoschlüssel. »Es liegt im Fach der Fahrertür.«

Eliza schlich sich davon und hob die Knie wie eine sich heimlich davonstehlende Comicfigur, um die Füchse nicht zu verschrecken. Sie sahen ihr nach und unterdrückten ein Lachen, und als sie das Auto erreichte, drehte Edward sich zu Holly um. Sie schaute ihm in die grauen Augen, die an diesem magischen Abend voller Sterne und Schatten waren, und spürte, wie sie von Neuem dahinschmolz, als er den Kopf senkte und sie auf die Lippen küsste. Er roch nach frischer Luft und Holzrauch und sein Mund war weich und warm. Der Kuss war notwendigerweise kurz – Eliza kam bereits zurück –, doch er war voller Versprechen. Holly konnte nicht anders, sie stellte sich auf die Zehenspitzen und hauchte ihm einen schnellen Kuss auf die Wange – Bartstoppeln, Rasierwasser –, dann war Eliza wieder da.

Holly machte eine Reihe von Fotos von den Füchsen für sie, dann ließ sie das Handy in die Tasche gleiten. Edward nahm sofort wieder ihre Hand.

»Danke, Holly«, sagte Eliza, dann seufzte sie. »Es war richtig mit dem Haus, nicht, Daddy? Es war richtig von uns, herzuziehen, obwohl Granny uns für verrückt gehalten hat.«

»Weißt du was, Eliza? Es war definitiv richtig.«

Holly konnte die Zufriedenheit in seiner Stimme hören, und zu dritt beobachten sie weiter das Spiel der Füchse, während sich ringsum die Nacht herabsenkte.

MEHR VON BOOKOUTURE
DEUTSCHLAND

Für mehr Infos rund um Bookouture Deutschland und unsere Bücher melde dich für unseren Newsletter an:

deutschland.bookouture.com/subscribe/

Oder folge uns auf Social Media:

facebook.com/bookouturedeutschland

twitter.com/bookouturede

instagram.com/bookouturedeutschland

EIN BRIEF VON TRACY

Ich möchte mich ganz herzlich bei euch dafür bedanken, dass ihr *Das kleine Weihnachtshaus* gelesen habt. Wenn es euch gefallen hat und ihr über meine Neuerscheinungen informiert werden möchtet, braucht ihr euch nur über folgenden Link anzumelden (eure Mail-Adresse wird nicht weitergegeben, und ihr könnt euch jederzeit wieder abmelden):

deutschland.bookouture.com/subscribe/

Diese Geschichte begleitet mich schon sehr lange – vierundzwanzig Jahre! Sie begann als Kurzgeschichte, die ich in meinen Zwanzigern geschrieben habe, als ich in London lebte und davon träumte, Schriftstellerin zu werden, während ich in einem medizinischen Fachverlag arbeitete. Damals ging es vor allem darum, ob Eliza bei dem Stück mitspielen würde, und einige Abschnitte waren aus Blackberrys Sicht geschrieben! Ich habe damit keine Wettbewerbe gewonnen und besitze immer noch den originalen Packen ausgedruckter A4 Seiten, die inzwischen vom Alter leicht vergilbt sind.

Seitdem hatte ich viele verschiedene Jobs und habe viele verschiedene Bücher geschrieben. Edward, Eliza und Holly (mit Blackberry!) sind jedoch all die Jahre bei mir geblieben und bestanden darauf, dass an ihrer Geschichte mehr dran war und dass ich sie in einer längeren Form aufschreiben sollte. Es war mir daher eine große Freude, die Gelegenheit zu haben, als richtige Autorin zu meinen alten Freunden zurückzukehren und ihnen ein eigenes Buch zu schenken.

Ich hatte auch immer den Wunsch, einen Weihnachtsroman zu schreiben. Aus dem Grund war es wunderbar, etwas zu schreiben, das sich um diese magische Jahreszeit drehte, die durch Zusammenarbeit und Verbundenheit zu etwas ganz Besonderem wird. Es hat Spaß gemacht, die schönen Einzelheiten des Festes einzuarbeiten (es war allerdings verwirrend, als es Frühling wurde und die ersten Hecken blühten und ich immer noch über Lametta und Glühwein schrieb!). Und es war schön, wieder in meine kleine fiktive Stadt Hopley zu reisen, die bereits in *Hidden Secrets at the Little Village Church* vorkam, meinem ersten Buch für Bookouture. Ich war froh, dass Edward und Eliza als Neuankömmlinge von den Einwohnern willkommen geheißen und unterstützt wurden. Ich hoffe, dass die Leser von *Hidden Secrets* sich gefreut haben, einige Figuren daraus wiederzusehen.

Ich würde mich sehr freuen, wenn ihr auch in mein nächstes Buch hineinschaut, das in einer anderen Stadt am Meer spielen und 2022 veröffentlicht werden wird. In der Zwischenzeit wäre ich euch sehr dankbar, wenn ihr eine Rezension schreiben könntet, falls euch *Das kleine Weihnachtshaus* gefallen hat. Ich würde gern wissen, was ihr davon haltet, und neue Leser:innen könnten sehr von eurer Meinung profitieren.

Falls ihr Fragen oder Bemerkungen habt, meldet euch bitte bei mir über Twitter, denn ich chatte gern mit meinen Lesern.

Mit den besten Wünschen

Tracy

twitter.com/AuthorTracyRees

DANKSAGUNG

Zunächst einmal möchte ich mich bei euch, meinen Leser:innen, ganz herzlich dafür bedanken, dass ihr diese Geschichte gelesen habt. Für eine Autorin gibt es nichts Schöneres als das Gefühl, dass die vielen einsamen Stunden des Schreibens sich in das Vergnügen von jemand anderem verwandelt haben. Ich danke auch den Rezensent:innen und Blogger:innen, die so großartige Arbeit leisten und für eine so lebendige und positive Buchgemeinschaft sorgen.

Dieses Buch hatte das Glück, gleich zwei Herausgeberinnen zu haben. Ich danke Kathryn Taussig dafür, es angenommen zu haben und für frühe Korrekturen – fantastisch wie immer. Und ich danke Natasha Harding für ihre Unterstützung, sowohl des Buches als auch meines Wohlbefindens. Ich weiß das sehr zu schätzen. Dein Feedback war für mich sehr wertvoll und dein Auge fürs Detail ist ein Wunder. Es ist eine Freude, mit euch beiden zu arbeiten.

Dem ganzen tollen Team bei Bookouture gebührt ein großes Dankeschön: Peta Nightingale, Kim Nash, Sarah Hardy, Saidah Graham, Kelsie Marsden, Alexandra Holmes und alle anderen, die an diesem Buch mitgewirkt haben. Ich danke der Grafikdesignerin Debbie Clement für das schöne weihnachtliche Cover, Laura Kincaid für das Lektorat und die Rettung der Chronologie und Becca Allen fürs Korrekturlesen.

Danke, Mum und Dad, dass ihr immer an mich geglaubt habt. Ich habe diese Geschichte lange in mir getragen und den Wunsch, Bücher zu schreiben, noch länger. Ihr habt mich immer unterstützt und ermutigt, und eure Begeisterung für mein Schreiben bedeutet mir sehr viel.

Außerdem danke ich all meinen Freunden, die zu zahlreich sind, um sie mit Namen aufzulisten. Jeder von euch ist etwas Besonderes und wichtig für mich. Fröhliche Weihnachten!

9 781837 909421